U0014737

華文小說
創作百變天后
凌淑芬

烽火再起

絕境重生

輯三

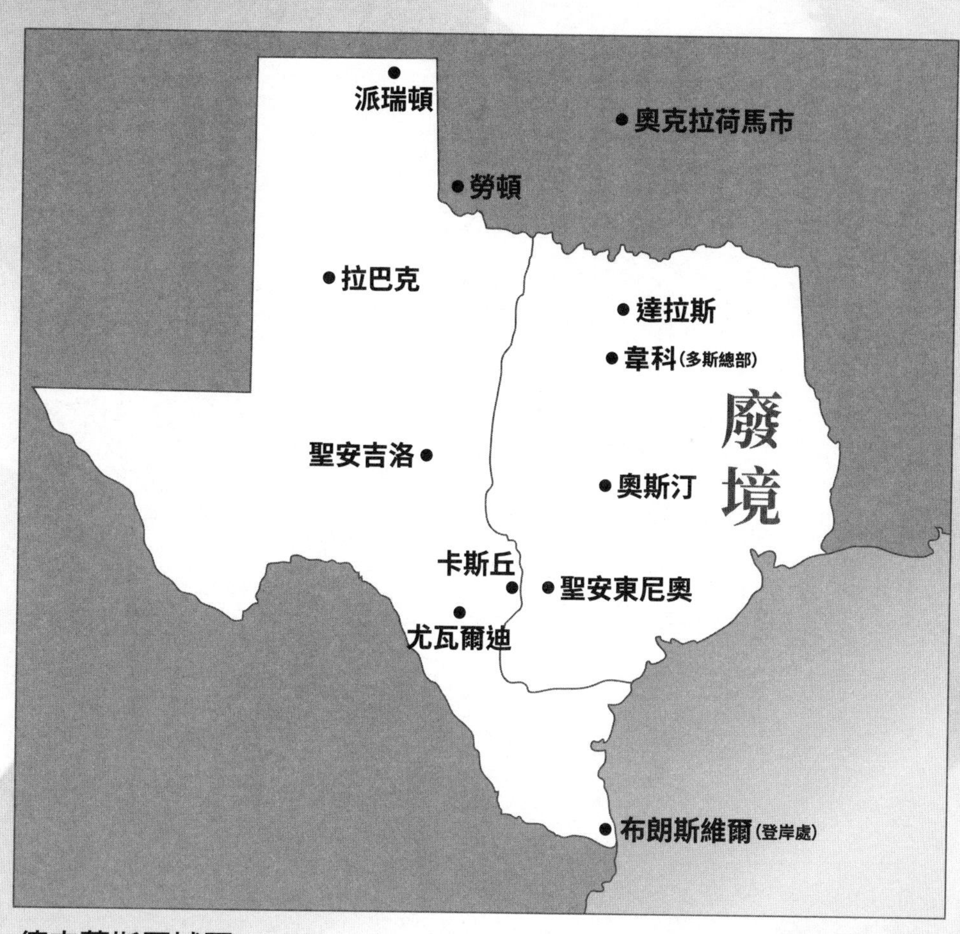
派瑞頓
奧克拉荷馬市
勞頓
拉巴克
達拉斯
韋科(多斯總部)
廢境
聖安吉洛
奧斯汀
卡斯丘
聖安東尼奧
尤瓦爾迪
布朗斯維爾(登岸處)

德克薩斯區域圖

序幕

跑、跑、跑！

轉彎，趴下，跳！

跑、跑、跑！

濃稠穢臭的空氣更近似液體而非氣體，當全身被這種黏膩空氣包覆，不只呼吸困難，連張開口吸氣都覺得窒咽。

岡納緊抱著懷中的人，疾速狂奔。

掀開孔蓋，跳下去，濃臭加重一層，他以意志力逼開欲嘔的感覺，繼續往黑暗前進。

這就是奎恩當時的感覺吧？

劫出他的妻子，一路在地底穿梭，奔向那暫時安全的棲所？

諷刺的是，他卡爾·岡納竟然也陷入相同的處境，前方甚至沒有一個「暫時安全的棲所」。

他們要不就逃出去，要不就死在這裡，沒有其他選項。

微光一閃，一片虛擬螢幕出現在半空中。

「岡納衛官，別做傻事，把那女人放下，她不值得你失去一切。」

岡納充耳不聞，穿過那片虛擬螢幕繼續往前跑。

另一道微光閃亮，新的螢幕投射在前方，緊跟著他的步伐。

「岡納衛官，立刻帶她出來投降，我們保證不會以軍法處置你。」

媽的，這些傢伙何時在下水道裝了這麼多監視器？

他調整一下懷中的人，騰出一隻手，射掉角落的監視鏡頭。

跑，右轉，跑，再右轉。

該死！右邊是實牆。

他掏出手機查看地道圖。

「他在前面，你們走右邊，前後包夾。」追兵緊隨在後。

沒時間了，現在只能相信自己的直覺，他的記憶力從來沒有背叛過他。

岡納舉腳用力踹下去，看似堅實的牆露出一道縫隙。他罔顧反作用力產生的劇痛，鋼鐵肩膀頂開假牆，繼續狂奔。

「唔……」懷中人呻吟一聲。

他低頭一瞥。該死，她失血太快，倘若傷口不處理，很可能最後他懷中只剩下一具屍體。

「忍著點。」他神情剛硬地四下環顧。

這裡。

再跑，鑽，再跳。

在密不透風的下水道裡，十分鐘猶如十個世紀。

終於，他暫時擺脫後面的追兵。

這一段是新舊水道的串連管路，理論上不存在，工人築好新水道之後就該把這一段封閉，不過他們都知道，「理論上」的事通常只停留在理論上。

他把懷中的女人放下來，遮蔽物推回去。他們頂多只能停留十分鐘，不過夠他喘口氣了。

若絲琳吃力地靠牆而坐，整張臉無半絲血色。

「讓我看看。」岡納小心翼翼掀開她的襯衫。

「不。」她軟弱無力地把他拍掉。

岡納不管她，硬把她的襯衫解開。

腥紅液體立刻毫不客氣地湧出來。該死！她的左腹血肉模糊，傷口再不處理，即使沒死於失血過多，也會死於感染。

他檢查一下她的背後，找到一個子彈穿出口。子彈沒留在體內是好事，可是失血速度會更快。

「我得把妳的傷口綁緊，盡量減緩出血，準備好了嗎？」他將她的絲質襯衫解下來，繞著她的軀幹。

若絲琳僅著胸罩的上半身佈滿血跡，這時候不會有人在意裸露的問題。

「嗯。」她微微點頭。

岡納用力拉緊襯衫。

「啊……」她咬進他的肩膀裡。

岡納將襯衫綁好，她軟軟癱回壁面。

「你不是在阿拉斯加嗎？」

「我路過，想想我們也有一陣子不見，又是老交情，就順手救一下。」

「哈！如果我記得沒錯，上次見面是一個半月前，在安克拉治，我們在旅館的床上混了三天，只靠客房服務過活，分手時你幫我買了一套全新的衣服，以免我得光著身體到機場。」

「妳也很客氣地只敲了我一萬塊的名牌洋裝。」

「被你在床上壓了三天，一萬塊是合理的報酬。」她血跡斑斑的手貼上他堅硬的臉頰。

「妳爲什麼回美加？」岡納眼中淡淡的輕鬆消失。

「你又爲什麼回美加？」不過最重要的是：「爲什麼你知道我在美加？」

岡納沒說話。

「你獲得線報。」她明白了。

「我在紀律公署依然有人脈。」被流放到阿拉斯加五年，不表示他就置身事外，到底「紀律公署阿拉斯加辦事處」依然屬於公署的一環。

他人在安克拉治，一聽說她回到美加，公署佈了羅網在追捕她，立刻趕過來，幸好及時救到了。

若絲琳不曉得該作何解讀。他們兩個都不是多情種子，嚴格說來，甚至稱不上處於一段「關係」裡。

他在安克拉治，她主要住在日本，大部分在世界各地跑。有時她正好來到附近，他們有閒又有需要，碰碰面，把對方往死裡操，再各自分開，這就是過去五年的相處模式。

如果情況反過來，是她聽說岡納有難，她會不會來救他？若絲琳訝異地發現，她會的。

「妳回美加做什麼？」岡納皺眉。她只要一踏入國境就是非法血源者，簡直拿自己的生命開玩笑。

「海倫修女陷入彌留，我必須回來見她最後一面。」

岡納沒有預期是這個答案。

這女人冷血的時候冷血，多情的時候又如此多情。

「我很遺憾。」

「你該走了，我是說眞的。沒有必要把我們兩個都拖下去，你還有回頭的機會。」她的眼神罕見地嚴肅。

「反正奧瑪從沒喜歡過我。」

一波突如其來的劇痛讓她全身痙攣，岡納緊緊抱住她。等這波痙攣過去，她虛弱地舒了口氣。

「如果我沒撐過去……」

「閉嘴，狐狸精永遠站到最後，妳會沒事的，我們走吧！」他挺起鐵塔般的身軀，重新將她抱進懷裡。

即使這麼簡單的一個動作，都讓她痛得再痙攣一次，岡納強迫自己不去感受她的感受。

出發。

跑、跳、轉彎，往上爬，再跑！

永無止盡的甬道，永無止盡的濃臭，永無止盡的狂奔。

他們跑到第三段通道又被發現。

「在這裡！」

前後兩端都有衛士迅速縮短距離，岡納被夾在中間，懷中抱著一個垂死的女人。

「長官，請將這個墨族女人交出來，和我們一起回總部。」帶頭的衛士禮貌地說。

岡納冷笑一聲。「她是我的線民，清除部想帶走我的線民，不必先打聲招呼嗎？」

「長官，您是阿拉斯加分部的負責人，境內的公務不在您的管轄範圍。況且這個女人是非法血源者，從她踏上美加的國境就已經違法，請將她交給我們。」衛士依然禮節周到，眼睛傳達的卻不是那麼回事。

「好吧。」岡納微微一笑。「你自己過來逮捕她。」

獅子對羚羊說：這裡的草很好吃，過來吃吧！

幾名衛士互相交換一下視線。動手！

岡納不得不將若絲琳放下，環刃閃現。

咻。

整個世界突然陷入一片黑暗。

他們都以爲下水道已經夠黑，直到這片黑暗出現才發現，原來現在才是絕對的黑暗。

電子設備全部失靈，監視器的紅光也熄掉，連一直被忽略的環境音都陷入徹底的寂靜。

ＥＭＰ模擬器。

「誰？」

「是誰？出來！」衛士在原地打轉。

岡納突然感覺有人拍他一下，他背後應該是牆壁才對。

「跟我來。」一句耳語隱在衣裾摩擦聲之中。

岡納不暇細想，直接往後退一步。

他沒有撞在牆上。

不知何時出現的洞口讓他順利走進去。

黑暗中，他跟著這幾個人拔腿狂奔。

他不曉得「這幾個」究竟有多少人，腳步聲形成的回音很難計算，他只知道懷中的女人越來越冰冷，他們沒有多少時間了。

忽地，前方裂開一道天光，突如其來的光線刺得他迴開雙眸。

那道光縫不斷擴張，他的眼睛終於適應了光線，身體在此時穿進光縫裡。

這是……？他們在一段地底河道裡。

岡納迅速認出地理位置。這裡是城市水道與天然河道的交會處，上方被市區道路覆蓋，只有間隔幾十呎的人孔蓋投下光源。他們腳邊的石堤不足兩呎，倘若不小心多跨一步，就會跌入黑暗的河中。

所謂的「幾個人」證實只有兩個。一名黑髮黑眸，二十出頭，漂亮得不像男人該有的樣子；另一名棕髮褐眼，年近三十，英挺中透出一股沈著。

無論是漂亮或沈著，他們身上都有一股熟悉的氣息，岡納認得出軍中同類。

「你們是誰？」

「我叫傑登。」漂亮得不像話的年輕人回答。

「我叫尼克。」棕髮男人說。「岡納衛官，我們是來接你的。」

一輛小型潛艇緩緩浮出水面。

1

奎恩家門外成了現成的修車場，兩具千斤頂把一台車架高，一雙修長的腿從車底伸出來。

「扳手。」

扳手忠實地遞進他手中，大掌抓著扳手消失回車子下。

五歲的小男孩繼續報告：「……然後我就說：『才不是。』比利說：『是，就是長癌症。』我說：『小綠才不會長癌症。』比利說：『長一顆一顆就是長癌症，跟人一樣。』我說：『植物才不會長癌症。』對吧，爹地？」

「嗯……」他對這一點倒沒研究。「我相信小綠會沒事的。」

「所以現在它在媽咪的辦公室。」

「比利？」

「不，小綠。」不過小道格好像很享受讓比利被揪進媽咪辦公室的念頭。「媽咪說她最好多觀察一下，如果小綠眞的生病了，我們得帶它去看醫生。」

「嗯。」小綠是他老婆的第一個孩子。

「仙人掌也有醫生嗎？」

「當然。」

「所以，人有人的醫生，車子有車子的醫生，仙人掌也有自己的醫生。」小道格點點頭。

「嗯。」

「你現在就是在當車子的醫生。」

「想不想下來看看？我教你怎麼找車子生病的地方。」他爸爸探出頭。

「好，過去一點。」五歲小男孩活力充沛地降落地面。

奎恩在躺板車上騰出一點空間，小傢伙立刻鑽進爸爸身側，煞有介事地盯著車底。

一雙大腳丫和一雙小腳丫從車底下伸出來。這一幕實在太可愛，經過的路人無法不微笑。

卡斯丘的今天一如往常的每一天。

然而，比起七年前，現在的卡斯丘已不可同日而語。

七年前的卡斯丘是一座寂寞的邊域小鎮，荒涼蕭瑟，鎮上少數的居民誰都不惹誰，也誰都不理誰。這樣一座偏疆小鎮，眼看就是成為鬼鎮的命運。

然後，墨族人來了。

再然後，奎恩來了。

從奎恩出現之後，有了天翻地覆的改變。

任何人都知道，在德克薩斯最安全的地方不再是政府直管的「中立城」，而是卡斯丘。

「希塞社區」成為一座軍事訓練營區，卡斯丘成為一座堡壘，小鎮受到完全的保護。

這裡的犯罪率最低，民生安定，正規的商業行為活絡——「正規」的定義是不偷不搶不販毒，不拐賣人口，不逼良為娼。至於檯面下一些走私軍火、贓物買賣等等，只要不鬧到檯面上來，奎恩暫時睜一隻眼閉一隻眼。

原先住在卡斯丘的宵小，要不就乖乖從良，要不就自行搬走，其他敢在太歲頭上動土的人，歡迎！小鎮四周都是荒野，隨便找塊地埋人可是簡單得很。

奎恩練兵用的校場，「修羅地獄」，如今擴張到深入廢境五哩。他們拓蓋了不同的攻防地型，以薄木板搭了一座模擬小鎮，供街頭巷戰和人質救援的實際操演。四座大型宿舍搭蓋在營區邊緣，室內校練場也在過去幾年間擴張到三座。墨族叛軍和羅瑞・艾森都把新兵送到這裡訓練。

卡斯丘的面積比以前擴張兩倍，固定居民是一萬兩千人，然而流動人口動輒在兩、三萬之間。過去五年，德州瞬息萬變。

自聖安吉洛之役，皮克和兩名大將死亡，「蒙特雷屠夫」艾爾瓦多果然趁機接收老大的勢力。奎恩與羅瑞・艾森的結盟，象徵著舊日版圖的瓦解，艾爾瓦多與高梅茲、澳洲幫、歐洲小幫派迅速合盟，原先南美區與歐洲區的畫分不再存在，新版圖興起。

這五年，德克薩斯陷入火熱的爭奪戰，新舊勢力互相角逐，其中當然少不了叛徒。墨族之中有哪個人會和對手暗通款曲，奎恩不必說，其他人都心知肚明。

卡佐圖從來不懂「忠誠」的定義，對他來說，誰能除掉奎恩，誰就是他的好朋友。依照墨族人的默契，只要卡佐圖沒有公然叛變，他們無法動他。

他很清楚唯一敢動他的人是誰，於是過去幾年，他連德克薩斯都不敢踏進一步。

無論如何，背後最大的那個魔王尚未出手。只要他們鬆懈一點，就是政府動手的時機。

他懂，羅瑞懂，孟羅懂，田中洛懂，甚至愛斯達拉和列提都懂。

愛斯達拉和列提這兩個不合了半輩子的人，最近幾年終於安生了些，奎恩必須親自調解的紛爭越來越少。大家只是加緊練兵，平定德州盜匪，爲終極一戰做好準備。

無論如何，五年過去了。

種種風起雲湧抵不過一個尋常的十月午後，忙碌的爸爸帶著兒子，在車道上一起修車。

「這是什麼？」小道格撿起一股線段。

「剎車線。」他爸爸指給他看剎車線在哪裡。

「爲什麼要這個東西？」

「車子才能停下來。」

「噢。」小道格盯著車底。「爹地，友誼是什麼？」

奎恩停下手中的工作。「發生了什麼事？」

「我跟比利說：『你要是再講小綠不好，我就不跟你說話了。』比利說：『小綠只是仙人掌。』我說：『小綠是我的家人，我也不會一直講你媽媽會死掉啊！』比利很生氣說：『你幹嘛講我媽媽會死掉？』我說：『你也講小綠會死掉！』然後我們就吵架了，然後比利就不跟我說話了，然後我也不跟他說話了。」

啊，小孩子的江湖。

奎恩把自己和兒子滑出車下，小道格有樣學樣地學爸爸盤腿而坐。

這個大半生縱橫沙場、領導國家最神祕組織的男人，後半段加入叛軍、讓他一手帶出來的精英部隊頭痛萬分的男人，讓許多罪犯聽見他的名字會半夜從夢中驚醒、核心政要對他束手無策的男人，現在只想爲他五歲的兒子解開心頭的困擾。

「一段眞正的友誼必須對彼此誠實，無論要好或吵架都不會輕易分開。」

小傢伙點點頭。「像你跟洛伯伯一樣，你們昨天互相大吼大叫，可是今天早上還是跟對方說話了。」

呃，好吧。

「是的。」

「那，我和比利的友誼結束了。」小傢伙宣佈。

「爲什麼？」

「他說小綠壞話，我必須對自己的心誠實。」

「小綠不會希望你爲了它而失去朋友。」他告訴兒子。

「他吃掉我的午餐果凍。」

「啊。」這才是眞正原因，爸爸懂了。「我相信你們會找出相處的辦法。」

小傢伙隨意往左邊的路口一瞄，注意到朝他們走來的人。

「喔哦！」

奎恩順著兒子的視線望過去，跟著喔哦一聲。

紫菀小公主踩著怒氣騰騰的步伐衝過來，爲了強調決心，呯、呯！兩隻小腳踩得又重又響。

他在心裡做好準備。

「我永遠、永遠、永遠不會再跟瓊妮說話了！」紫菀小公主宣佈。

爲何他兩個小孩同時出現社交危機，難道是父親的遺傳？

「發生了什麼事？」

紫菀頂高鼻梁上的鏡框。「我跟她說了一個祕密，要她答應絕不會告訴別人，她答應了，可是她跑去跟杰森說。」

小孩子比最詭譎的國際關係更難搞，他永遠搞不懂這種小型生物。

不過，他家這兩隻小的還是得搞定。

「紫菀，『我有一個祕密只告訴妳，妳不能跟別人說』，就是等著別人說出去的意思。」他盤腿坐在地上，單邊的肩膀便寬闊得能坐下一個小孩。在兩個小傢伙眼中，爸爸就是他們世界的不倒城牆，所有問題他都能幫他們打下來。

「可是她答應不跟別人說的。任何人知道都沒關係，就是不能是杰森……」紫菀吸吸鼻子。

噢——鐵血將軍心融化了。

奎恩立馬將寶貝女兒擁進懷中，紫菀無比委屈地枕在爸爸肩頭，小道格翻白眼。

慢著。「杰森是誰？」

「杰森是她暗戀的男生，可是他喜歡的是凱莉。」道格出賣起姊姊一點也沒顧忌。

「你亂講！」傷心小貓一秒變成暴怒貓咪。

「妳本來就暗戀他。」

「才不是！」

「才是！」

「才不是！」

「才是！」

「杰森喜歡的才不是凱莉！」

原來她在意的是這句……爸爸默默想。

慢著！

「何時冒出杰森的？班呢？」奎恩努力趕上進度。

「這件事和班或杰森一點關係都沒有，只和瓊妮有關係！」小紫菀抓狂。

「好吧，起碼妳學到教訓，以後不想傳出去的祕密就別跟人說。」他加一句：「但是妳隨時可以跟爸爸說，我一定會幫妳保守祕密的。」

「嗚，我再也不要理她了……」小紫菀心碎地趴回爸爸肩頭。

「小寶貝，友情得多花點時間經營，別動不動就和朋友絕交。」奎恩親吻她的頭頂。

「哼，就算我不跟瓊妮說話，我還有夏琳，才不像某人，除了那個討人厭的比利就沒朋友了。」

紫菀對弟弟扮鬼臉。

「誰說我沒有朋友？我的朋友很多很多！」小道格抗議。

「你才沒有。」

「我有！」

「你沒有。」

「我有！」

「你沒有。」

又開始了。甄在哪裡？前線需要支援。

「我有傑登，他是我的好朋友。」道格想到一個。

「傑登很老很老了，我說的是學校的朋友。」

原來傑登算很老很老，老爸默默受教。

「誰規定朋友只能是學校同學？」道格用力拉直小小的身軀。

「傑登只想跟莎洛美在一起，才不想理你。」紫菀再將他一軍，道格中箭。

「他們兩個現在好噁心，一天到晚親親抱抱的。」道格嫌惡地說。

「他們馬上要住在一起，等他們住在一起之後就更沒有時間理我們。」紫菀突然產生危機意識。

「爹地你應該阻止他們。」道格斷然下令。

「對，我們會幫你，我不要莎洛美搬到他家。」兩小鬼這時又同仇敵愾起來。

爹地也很想。

「不過你還是沒朋友。」

「我有。」

「你沒有。」

「我有！」

又吵起來，他嘆了口氣。「你們兩個可以和同學好好相處，不要一天到晚吵架嗎？」

這個連最兇惡的罪犯都怕的男人，對自家孩子的紛爭卻束手無措。

「別擔心，爹地，我會交一個比比利更威風的朋友，他會交菀菀的好朋友當女朋友，然後她就沒朋友了。」

「……」他兒子竟然有此雄才大略，他該感到欣慰嗎？

「奎恩，你現在有空嗎？」

田中洛走出辦公室，努力想掩飾陰鬱的神情，卻不十分成功。

「喔哦！」道格說。

「進屋去找媽咪。」他放開女兒，往田中洛邁過去。

姊弟倆剛踏上門廊，媽咪從屋子裡走出來。

「菀菀，廚房桌上有剛做好的優格，帶弟弟進去吃好嗎？媽咪等一下就回來。」

秦甄匆匆經過兩個小孩身邊，跑向交頭接耳的兩個男人。

德克薩斯對她十分仁慈，三十四歲的她看起來和初到之時並未有太大的差別。

生養了兩個小孩讓她的曲線更加柔潤，不胖，只是多了一股女人味。她身上抹不去的赤子之情，永遠能在最短的時間和孩子打成一片。

焦慮取代了愉悅的天性，她的步伐越走越慢，生怕聽見不想聽的消息。

終於，兩個男人的交談結束，奎恩轉身走過來。

她著急地搜尋他的五官，想找出一絲線索。等他終於近到她能看清他的眼神，心臟瞬間提到喉嚨間。

在旁人眼中，這依然是一張毫無表情的面孔，但她太瞭解她丈夫了，肯定有預期之外的狀況發生。

「告訴我、告訴我、告訴我……」她沒發現自己一直在反覆呢喃。

「他們來了。」

她長長吁了口氣，癱在他懷裡。

終於。

✷

岡納並未睡著。

偶爾他會閉眼假寐，所有人都知道他一直醒著。

艙房的門並未上鎖，門外無人站崗，只是門外總會「正好」有人經過。他和若絲琳不是囚犯，這是他一上船就被告知的消息。

說眞的，這些人究竟把他們當什麼，他並不在乎，如同他也不在乎自己已超過四十個小時沒睡，世界上總歸沒有白吃的午餐。

以尼克和傑登對下水道的熟悉度，最有可能是墨族人，不過墨族人也有不同分支。若是田中洛的人，目標應該是爲了若絲琳；若是愛斯達拉、列提或布魯茲的人，原因就値得玩味；若是卡佐圖那幫人，他和若絲琳大概凶多吉少。

卡佐圖雖然是個瘋子，岡納不會因此就小看他的手下。這些人跟卡佐圖混在一起只是因爲喜歡殺人，不表示每個都和主子一樣是蠢貨。

不過，墨族人不會有潛艇，感覺起來更像孟羅那一路的，所以不排除這些人和紐約的海盜王有關。

總之，他們已經在對方的地盤，茫茫大海無處可去，既來之則安之。

叩叩。

門外的人自行開門，尼克端著他的……午餐？晚餐？他已經忘了時間，總之是他的某一餐走進來。

傑登盤著雙臂站在門外。

「你應該睡一下。」尼克將餐盤放在床畔。「我們還有十個小時才能抵達目的地，接著還要坐一段遊艇才能上岸，你在這裡非常安全。」

岡納眼未睜，身未動，唯有嘴角極輕一揚。

「韓小姐的傷勢，在潛艇上能做的都做了，接下來的考驗是將她從潛艇送回岸上，她的狀況受不得顛簸，我們會盡量小心。」

岡納終於睜開眼。

很難理解爲何有人光是睜開眼睛這麼小的動作，就能讓自己的壓迫感升高到另一個層次。

這艘小型的潛艇並沒有太多空間，每間艙房只夠放一張床，淋浴間和廁所必須與其他人共用。在岡納睜眼之前，他只是一個坐在床上的男人，在他睜眼之後，整個空間都是卡爾．岡納。

尼克和傑登只認識另一個男人有同樣的效果。

岡納翻看餐盤的食物，拿起一顆烤過的餐包，臉也不轉，突然往門口丟過去。餐包射向傑登膝蓋的高度，傑登膝蓋微曲，把餐包輕輕一頂，輕鬆地在半空中接住，放進嘴裡吃掉。

「奎恩還好嗎？」岡納微笑。

「你爲何認爲我們和奎恩有關？」傑登雙眼一瞇。

「奎恩有一個毛病：太驕傲。別人扔低的東西他從不彎身去接，總是這樣頂起來，再用手接，你的動作和他一模一樣。」

傑登輕鬆的表情立刻消失。

「你該休息一下。」尼克起身，兩個人轉頭離去。

既然他們說他不是囚犯……岡納走出房間。

醫務室在走廊尾端，並不難找，整艘潛艇只有一條走道，途中經過的人眼光都放在他身上，不過沒有人出聲攔阻。

他先從門上的小窗確定裡面的狀況，再推開門。

除了貨艙以外，醫務室是最大的一間艙房。正中央是一張病床，船醫的寫字桌放在左邊的牆前，背後是一整面藥品櫃，品項足以應付一般常見的手術。若患者的傷病超過這間醫務室能處理的範圍，就看自己是否命大到足以撐到靠岸。

或許他該替若絲琳慶幸，孟羅還算個好老闆，聘僱的船醫技術不差，雖然從外表上看不出來。岡納不得不想，這些海盜班子是不是覺得自己有義務彰顯身世背景？以船醫爲例，他一隻肌肉虯結的手臂繡滿刺青，超亮的大光頭配上肥壯渾圓的體格，完全能去當街頭打手。

不過岡納不會小看他的技術，從他能迅速應變出許多止血的方法來看，應該具有豐富的野戰經驗，說不定曾經當過眞正的軍醫。

「她的情況暫時穩定下來了。」船醫從塡到一半的病歷表中抬起頭。

「他的意思是，我一時還不會死，離開這間病房他就不保證了。」病床上響起一道虛弱的低語。若絲琳。

「我給你們幾分鐘的時間，別讓她太累。」船醫走出病房，給他們一點隱私。

起碼她還能說話，對比於她剛上船的景況，岡納再替船醫加一分。

岡納將一張椅凳拉到她身畔。

「妳什麼時候醒的？」

「我睡了三十個小時，也該醒了。」她嘴角微微一彎，臉色卻病態的蒼白。

岡納沒有搭話，若絲琳睜開眼。「看來我幫你把你的份睡掉了。」

他看起來比她更需要休息。

「這麼糟？」他抹抹下巴，結果摸到一手鬍碴。

「還行。」

這是她第一次見到他這麼不修邊幅，紀律公署的男人老是把乾淨和紀律綁在一起，超變態的。

病房陷入短暫的靜默。好奇怪，以前他們並不是沒碰過更危險、更對立的處境，現在卻不曉得要說什麼。

「沒有關係的。」她忽然開口。

「嗯？」

「等我們上岸，你可以放心回去，我不會有事的。」她的神情明明虛弱，黑眸卻閃著異樣的清明。

「妳認爲在奎恩事件之後，他們還會讓另一個帶著墨族女囚逃走的衛官回去？」岡納的唇角譏誚地一揚。

「是的。他們負擔不起另一名叛逃的衛官，只要你肯回去，他們一定會讓你回去。」她的眸心清澈得如同一面鏡子。

她的話讓他莫名其妙地不爽起來，卻又說不出原因。

「妳需要休息，我晚一點再過來。」他突兀地站起來。

「岡納？」

他回過頭，若絲琳笑容微揚，憔悴的病容卻驚人的豔麗。

「我還沒來得及說：謝謝你。」

他點了點頭，開門離去。

✷

船在兩天之後靠岸。

時間比預期長，因爲他們必須躲避巡曳中的海軍。

登岸地點在布朗斯維爾附近的一個走私碼頭，屬於布魯茲的地盤。

在所有叛軍頭目裡，布魯茲是最少和奎恩接觸的人，只在幾個必要的場合碰頭。

「他們來了。」布魯茲面無表情地往前一指。

遠方地平線出現一抹船影。

「有件事我得告訴妳。」奎恩忽然開口。

現在才說，肯定不是好事。秦甄轉頭看向他。

「若絲琳中槍受傷，船上有軍醫，不過他們必須開啓隱形模式，躲避海軍的追蹤，所以我們到現在還不知道她的狀況。」

「你爲什麼不早一點說？」秦甄頓足。

「提早知道也不能改變什麼，只是讓妳白擔心而已。」

這男人太過冷靜的模樣有時候實在讓人很抓狂。

「所以，沒有人知道下船的會是死人或活人？」焦慮感開始湧上來。

「如果船上有屍體，船首會掛起黑旗。」布魯茲的眼睛只盯著海洋，不看向任何人。

「謝謝你。」

她不得不接受事實。

如果換成其他人，秦甄會輕碰一下手臂以示感謝，不過布魯茲不是其他人。如果她非碰布魯茲不可，一定會先讓他知道。

布魯茲是個高功能自閉症者。

他的外表和所有人一樣，唯有相處久了之後，才會從他的言行舉止漸漸發現一些細節。

布魯茲缺乏社交技巧，對於自己說話太直，常常得罪人，並不理解原因，也不在乎。

他不愛做眼神接觸，排斥肢體碰觸，對一些旁人眼中的小事卻有著異樣的執著。

他擁有照相機般過目不忘的記憶力，據說只讀過聖經一遍，而且是在一個小時內翻完的，就把整本聖經背下來了。

他也不喜歡意外。

關於布魯茲是如何成立這路人馬，沒有人知曉原因——因爲他從不跟任何人閒聊。

他的核心手下都有自己的版本，不過也不曉得誰說的是眞的。唯一可以確定的是，他們都效忠於布魯茲，對他異常保護。

這群人可以跟你快樂地喝啤酒、聊八卦，在下一刻發現你想對布魯茲不軌，立刻抽出刀子殺了你。

布魯茲今年只有二十七歲。

是的，二十七歲。全墨族將領裡最年輕的一個。

他屬於那種長得很不像墨族的墨族人，黑髮棕眼、身高六呎，體格偏向清瘦。以外表來說，他和義大利裔的拉斐爾兄弟反而比較相似。

和愛斯達拉、列提、田中洛這幾個年過四十的領頭站在一起，年輕的布魯茲簡直像個玩家家酒的孩子；直到去年的拉雷多一戰，所有人都懂了。

話說去年奎恩得到一條線報，卡佐圖某個時間點會出現在拉雷多。雖然他對於卡佐圖敢踏上德克薩斯一事抱持懷疑態度，還是抱著姑且一探的心情去了。

果然這是一個陷阱。

嚴格說來，卡佐圖確實在拉雷多，不過在奎恩抵達之前早就先一步溜了。沒想到這傢伙爲了除掉他，竟然甘願以自己爲餌，與「蒙特雷屠夫」艾爾瓦多合作。

理所當然，奎恩做好了準備。

這一戰類似聖安吉洛的重演，只除了這次奎恩安排好伏兵，最後艾爾瓦多重創而逃。

不過這一戰的重點在布魯茲。

拉雷多距離布魯茲的大本營布朗斯維爾只有三個小時。艾爾瓦多當然不是省油的燈，早已安排好人手從南邊攻上來，來個兩路包抄。

他的人，開車壓壞了布魯茲的玉米田。

是的，玉米田。

布魯茲喜歡吃玉米。他喜歡到甚至自己研究怎麼種，因爲他每一餐的主食都必須吃玉米。

布魯茲不喜歡「改變」。玉米田被壓壞，對他來說是日常裡出現的一個「異常」。

他無法接受異常。

奎恩終於明白布魯茲爲什麼是一個軍事天才。當一項異常發生，他無論如何都要將這項異常扳回正常。

最後，布魯茲的人從南邊殺上來，不但將艾爾瓦多的援兵殺個精光，還一路殺到拉雷多去。

布魯茲的副手——大老粗山喬是這麼說的：

「呸，咱老大抓了一個人來問，爲什麼要踩壞我們的玉米田，那傢伙說是艾爾瓦多的意思。老大一聽就怒了，他和艾爾瓦多無冤無仇的，無論如何非找那混蛋問個清楚，所以我們就過來『問問』了。」

奎恩承認，過去五年打的大大小小戰役，這是最輕鬆的一次。

基本上他就是和孟羅站在旁邊——這傢伙也跟來看熱鬧，卡佐圖在拉雷多的情報就是孟羅攔截到的——兩人一邊喝著咖啡，一邊看布魯茲大開殺戒。

最終艾爾瓦多負傷逃逸，幾天後傳來他死於傷口感染的消息，皮克的最後一絲勢力終於瓦解。

「提醒我不要惹毛他。」奎恩終於說。

「現在我知道如果要幹掉你，應該去誰面前搬弄是非了。」孟羅深思道。

無論如何，這就是布魯茲。

他對什麼都不感興趣，只有兩樣東西：玉米和他的朋友。

艾爾瓦多踩壞他的玉米，紀律公署想殺他的朋友，於是奎恩明白該如何用他。

這把刀只要用得好，會是他最厲害的武器。

除了自己人之外，布魯茲只交了兩個朋友，秦甄和華仔。秦甄以前就接觸過類似的學生，瞭解該如何和他相處——當然，奎恩相信，最主要的加分點是她能煮很棒的玉米濃湯。

華仔就比較奇特，沒有人瞭解布魯茲爲什麼和他談得來，這兩個人只要對起話來，邏輯沒人聽得懂，但他們兩個就是溝通無礙。最後萊斯利給了一個中肯的評論：「怪咖都喜歡怪咖。」

今天一早，他們的車隊抵達布朗斯維爾，直到中午才等到船入港的通知，現在已經是下午三點了。

田中洛和秦甄理所當然要跟過來。本來莎洛美也想來，畢竟若絲琳在五年前救過她一次，不過甄一出門，兩個小孩就只肯黏她，莎洛美只好留在卡斯丘。

尼克和傑登這次出任務輕裝簡從，奎恩讓他們各自的小隊一起跟來。諾亞當年遺下的戰友，最後加進傑登，成為一支新的隊伍，大家依然在戰場上共患難。

遠方的船影越來越大，近到終於可以看見船首。

沒有黑旗。秦甄鬆了口氣。

可是沒死不代表沒事，她的一顆心又揪了起來，握著老公的素手不由得收緊。

等船影再近一些，船首站著一道鐵塔般的人影，岡納。

她看向身旁的男人，奎恩的神情波瀾不興；田中洛從頭到尾一語不發。

這艘單桅船吃水不深，適合駛在淺海域。船艙裡的人忙著把貨搬上甲板，孟羅就算出船救人，也非得趁機載點私貨不可。

岡納的身影忽然鑽進船艙，下一瞬，他們馬上明白他消失的原因。一張掛著點滴的病床由三個人小心翼翼地抬上來，岡納獨自一人抬起床頭，尼克和傑登抬床尾，三人盡量保持病床的水平。

船終於靠在岸邊，布魯茲的人幫忙把病床抬下船，平穩地放在地面。

床上的女郎雙眸緊閉，臉色極度蒼白。秦甄慢慢挪到床畔，所有人等著被一缸淚水淹沒。

「噯，若絲琳，我才離開幾年，妳怎麼就把自己搞成這樣人不人、鬼不鬼的？」秦甄詫異地開口。

咦？

「妳也不先看看妳自己。難道妳以爲自己穿著晚禮服，手上拿香檳杯？」病床上的女人火速睜開眼，劈里啪啦回擊。

呃……

「我是小學老師，我們有個形象要維持。」秦甄揮揮手，甩開這些不重要的細節。「說眞的，妳看起來糟透了。」

「什麼形象？破牛仔褲和爛T恤嗎？」中氣不足完全沒妨礙若絲琳的火力全開。

「起碼我不是橫著上岸的。」

「把我搬上船，我要回頭！」若絲琳斷然命令。

啊？

旁邊一堆傻眼的觀眾，只有奎恩老神在在。他老婆豐富的腦內小劇場，他已經被訓練得很習慣了。

「現在回頭太遲了，我生了兩個小孩，妳這個做阿姨的到現在還沒見過他們，妳欠他們各自七年份和五年份的生日禮物。」秦甄雙手一盤。

「噢，很抱歉，我前兩年忙著坐牢，後幾年忙著躲避追蹤，但是替你們家兩個小鬼買禮物，當然應該擺在我的頭號要務，我眞不是人哪！」若絲琳用力一揮手。

說眞的，岡納不曉得她還有力氣揮手。

「知道就好。」秦甄滿意地點頭。

「我不要再跟妳講話，我昏倒了！」若絲琳直接閉上眼睛。

「拜託。」秦甄翻個白眼。

那個……噴淚大戲呢？「我好擔心妳嗚嗚嗚」、「我也想妳嗚嗚嗚」呢？

「我要求退票。」傑登不平地轉向尼克。

尼克火速站開一步。我們不是一國的，你不要拖累我，兄弟情義也是有條件的。

「嗨，老朋友。」奎恩慢慢走到老搭檔面前，微微一笑。

岡納努力掩飾心頭的跌盪起伏。

說真的，第一眼他沒認出奎恩。並不是奎恩變化太大，他的臉孔當然還是奎恩，那種傲然挺拔的站姿依然很好認，任何人都可以輕易從人群中一眼定位奎恩。

然而，這個人也不是「奎恩」。

岡納的記憶一直停留在七年前，最後一次從監視器看著他踏出家門的身影。

那個奎恩是所有人記憶中的模樣：黑袍制服，神情冷漠，紀律公署最剛硬無情的總衛官。

眼前的男人不再是那個精準完美的總衛官。

他的原始、粗獷和這片荒野一樣，曬到深褐的皮膚透露出七年的歷練和滄桑，然而，他平靜的神情比以前更令人難以揣摩。

他不再穿著註冊商標的黑袍，身上只是一套普通的軍用夾克和牛仔褲，依然銳利得能割傷人，全世界大概只有一個女人能輕易靠近他。

奎恩總衛官是北極雕出來的冰塊，最完美的人形機器，這男人卻是烈日曝曬過的皮革。冰塊可以敲碎，韌皮卻刀槍不入。

一匹在叢林馳騁過的猛虎，不可能再被圈禁回牢籠。岡納心頭莫名其妙一涼，好像他一直在追捕的那個人早就消失，他直到今天才知道。

反應是立即的，他一拳揮出，奎恩眼也不眨，往左一站，輕輕鬆鬆躲過這一拳。其他人還沒回過神，這兩人已經過了一招。

「此地場合不宜，以後有的是時間。」奎恩扣住他的拳頭。

「喂，你們兩個給我安分一點。」秦甄訓斥他們的口氣跟訓斥兩個小鬼頭差不多。

爲什麼男人老是一見面就要先打上一架？

「爲什麼男人老是一見面就先互嘖罣固酮？」若絲琳嘖嘖稱奇。

「嘿！我也正在想這個耶！」她開心地和好友一擊掌。

若絲琳眞的回來了。她的心直到這一刻終於安定下來。

經過七年，她又找回她最珍貴的姊妹。

岡納一踏出門就看到一個小男孩坐在門廊上。

不是普通的小男孩，這小子一看就是奎恩的種。

他先環顧一下左右。爲什麼這小鬼一大早出現在他的門廊？

早上八點的卡斯丘依然十分忙碌，位於他屋子左邊的建築物據說是學校，今天是周末，照樣有師生進進出出。

前方幾百碼正在搭建訓練場，周末不能進行噪音太大的工程，來來去去的工人只能搬動一些建材，其中有幾個「工人」看起來很眼熟，依稀是陪他們回卡斯丘的叛軍成員，看來搭建訓練場是他們操練的一部分。

岡納不確定卡斯丘是否平時就是這個樣子，他才來兩天，一切依然十分陌生，不過這副朝氣蓬勃的景象，與世人認知的「德州廢境」差距十萬八千里。

上岸那天若絲琳雖然還能談笑風生，其實狀況沒有表面那麼輕鬆，於是秦甄和奎恩一行人先回來，他們在布朗斯維爾又多停留了五天，等她的傷勢更穩定一些。

昨天早上他們抵達卡斯丘，若絲琳立刻被安置到秦甄的屋子，他被指定住在他們家隔壁。

沒有人說他應該住多久，岡納也不問。目前爲止三餐有人送來，他有飯就吃，有衣服就換，從不主動打探任何事。

昨晚秦甄自己跑到他門口敲門。

「我每天都會煮早餐和晚餐，以後你早晚自己來我家吃，午餐由營廚的人負責。」

既然如此，現在是吃早餐的時間，他自動出門報到。

其實她不只丟這句話，她盯了他很久，突然搖頭笑了起來。「你眞的跟里昂一模一樣。」然後轉身回家

什麼事跟他一樣？岡納忍住回問的衝動。

「噢，嗨！」那小鬼看見他，精力充沛地跳起來。「我叫道格。」

「……」他不是很習慣看著一張長得這麼像奎恩的臉，笑容卻如此燦爛。

「我來接你去我們家吃早餐。」小鬼熱情邀約。

「你家就在隔壁。」

「我知道，可是轉學生通常沒朋友，最可憐了。」道格同情地望著他。「你是新來的，沒關係，我可以當你的朋友。」

「……我不需要朋友。」

「每個人都需要朋友。」身爲一個大冰箱的後代，道格完全沒被他凍傷。

這小鬼幾歲？五歲？六歲？岡納決定直接漠視他，走下門廊。

「好，那就這樣說定了。」道格自行決定。「我是全世界最愛交朋友的人，從現在開始，我們兩個就是好朋友，你有什麼事都可以跟我說，好朋友就是要互相幫忙的。」

「友誼不是這樣運作的。」他沒聽過隨便指定當別人好朋友的事。

道格跟在他後面，街上有兩個二十出頭的年輕人，突然直接朝著岡納走過來。

麻煩上門了，野蠻的笑容立刻躍上岡納的唇角。

「嘿！」小道格突然跳到他們面前。

那兩個年輕人頓了一頓。

「道格，讓開，我們有話和他說。」其中一人陰沈地說。

「不行！岡納剛剛變成我最好的朋友，你們找他麻煩，就是找我麻煩。」道格老氣橫秋。

「……」被指定的好朋友表示。

「道格，你不知道他是誰，他是——」

「我當然知道他是誰，他叫卡爾·岡納，是我爸爸的朋友，不過他剛剛和我變成『滋已』。」

「知己。」被指定的好朋友糾正。

「知己，看吧！他也同意的。」道格得意地抓住他的手，大小男人站成同一邊。

岡納太過震驚了，一時竟忘了甩開。

兩個年輕人憤憤瞄他一眼，「你們等著，不會一直有人在旁邊保護你。」

「無任歡迎。」岡納微微一笑。

兩個年輕人輕哼一聲，轉身離去。

「看吧！朋友多麼重要，我就說我會保護你。」道格拍拍他。

「……」

岡納決定趕快把這小鬼帶回家，免得這個鬼地方把他搞瘋。

奎恩家的大門一推開，培根和新鮮麵包的氣味立刻衝入鼻端，他不由得深呼吸一口氣。

該死，直到這一刻他才發現，他竟然一直記得秦甄烹調食物的香氣。

「爹地，他來了。」從頭到尾道格都拉著他的大手，岡納依然太過震驚，忘了鬆開。

廚房的人數比他預期中多。

這間屋子的空間不大，廚房即是餐廳。長桌兩端各坐一名黑髮男子，從長相判斷只可能是兄弟或近親；較年長的那位，左手邊坐著一個漂亮的紅髮女人。

奎恩坐在面對門口的那一側，雖然不是主位，這個角度能把整個一樓看進眼底。傑登和莎洛美背對著岡納，坐在奎恩對面，他們兩側分別萊斯利和一名華裔男人。

採光最好的窗檯擺了一棵仙人掌，岡納瞄奎恩一眼。這是他當年逃亡時，唯一帶走的物品。他該如何消化這個事實？一個居家版的奎恩，或一個多情種子的奎恩？

「坐。」奎恩隨便往空位一指。

岡納選擇坐在奎恩旁邊，因為這裡面對門口，可以看見整間一樓，不會有人從他背後冒出來。大家互相傳遞食物，廚房裡漫流著一股溫暖的居家氛圍，奎恩的存在是這灘溫泉中的磐石，穩穩鎮著一方天地。

只有秦甄忙碌地在櫥檯間穿梭，一個人同時顧著爐火和烤箱。岡納很清楚她不是被迫煮飯，這是秦甄的樂趣。

這七年不可能無風無雨，她卻依然如岡納記憶中的模樣，一隻清麗歡快的精靈，風雨並未摧折她的神采。

「早安。」秦甄把一大盤歐姆蛋往他面前一放。「五分熟，你最喜歡的，桌上看得見的食物都能吃，自己動手。嘿！大家有禮貌一點，請自我介紹。」

「拉斐爾。」年紀較長的黑髮男人開口。「對面是我弟弟克里斯，旁邊這位是我的天敵，珍娜。這個是華仔，超齡小學生。」

紅髮女子傾身和岡納握手。「嗨，我們剛新婚，他還在適應中——兩年零八個月了。」

「我還單身，所以沒有適應的問題。」另一端的克里斯對他揮個手。

華仔只是用狐疑的眼神盯著他，像盯著一隻臭蟲。

每個人的神色都很舒緩，岡納卻未忽略表象下暗藏的警戒。

他看過太多軍人，這張桌子上的男人都太過精實強壯，絕對不是那種健身房練出來的線條。墨族人幾十年來都是孱弱之兵，何時開始出現這種精銳之氣？

答案當然是他身旁的男人。

道格往爸爸和岡納中間擠進來，奎恩拿一張空盤子，舀了炒蛋、培根和馬鈴薯沙拉推到兒子面前。

「吃完早餐才能喝飲料。」

道格的手伸到一半，只好嘴嘟嘟地收回來，低頭開始吃炒蛋。

奎恩已經是一個父親！岡納慢慢叉起一匙歐姆蛋，和著這個事實一起嚥下去。

對面的莎洛美突然往他走過來，岡納立刻放下餐具警戒。莎洛美繞過餐桌，給他一個強烈的擁抱。

岡納全身僵硬。

「謝謝你。」莎洛美誠心誠意地說。

「……爲什麼？」

「你在首都救了我一命。」她告訴他。

「我的目的並不是爲了救妳。」

「無所謂，你總之是救了我。」莎洛美輕輕一笑，回自己的位子坐定。其他人重拾他進來之前的閒聊。

「總之，我答應莉莉安，有一天一定會陪她回家吃飯，但是她不要立刻逼我選一天。」克里斯吃完一份培根三明治，拿起土司再替自己做一份。

「莉莉安是學校的行政祕書，克里斯和她來參加我家的聚會時認識的。」秦甄替岡納補充人物背景。

「見父母是大事。」奎恩隨口說。

「我喜歡莉莉安，拜託你跟她走久一點。」莎洛美指了指克里斯的鼻子。

「我也喜歡她，我盡量。」克里斯聳聳肩。「你們兩個呢？新家佈置好了嗎？」

傑登咀嚼的動作一頓。「……拜託不要這樣看人。」

「嗯？」奎恩挑了下眉。

「就是這樣！」傑登控訴。「就是這種目光，非常恐怖！」

奎恩的白牙慢慢陷進三明治，用力咬了一塊下來，傑登渾身一抖。

「如果你嚇跑我男友，我會非常火大。」莎洛美警告他。

「我什麼都沒說。」奎恩很無辜。

「爹地真的沒有說話。」小道格幫忙做證。

這小子真是狀況外，傑登對他齜牙咧嘴。「有些人不必說話，就能讓別人明白他的意思。」

「真的嗎？」小道格困惑地望向父親。「爹地，那你是什麼意思？」

「我也不曉得，你問他。」他爹地聳了聳肩。

拉斐爾夫妻嗤嗤直笑。紫菀或許是奎恩家的小公主，所有人都明白，莎洛美才是奎恩夫婦的第一個掌上明珠。

「說眞的，只有我這麼想，或是你們也覺得自己回到懲治設施？」對面的萊斯利吃著吃著，突然停下來。

所有人跟著停住。

今天的餐桌風水也太差了吧？兩尊門神就這麼擺在他面前，萊斯利越想胃越痛。

奎恩還好一點，那張冷臉看久了也就順眼了；岡納就不一樣，即使不穿註冊商標的黑袍，依然像一點動靜就會彈起來發難。

這可是「奎恩總衛官」加「岡納衛官」，紀律公署武力值最高的組合，萊斯利吃到快消化不良。

「我們不曉得，這裡只有你進過懲治設施。」拉斐爾指出。

「好吧，那權威人士指出：我有回到懲治設施的錯覺。」萊斯利對兩位老搭檔露出白牙。「多謝你們以前的『照顧』。」

「如果我們眞的有心『照顧』你，你現在就不會坐在這裡了。」岡納繼續進襲歐姆蛋。

「好吧！被你搞得我也失去食慾了。」克里斯把三明治放回盤中。

「你們在幹嘛？他們只是奎恩和岡納，就這樣。」秦甄把最後一批培根端上桌，在丈夫旁邊坐下。

「岡納，我做了南方口味的炸雞，早餐吃這個可能太重，不過你一直很喜歡我的炸雞。」

岡納看一眼前面的炸雞，終於慢慢拿起一塊，放在口中一咬。

「他想念妳的料理。」奎恩評論道。

「眞的嗎？」秦甄笑靨如花。

「並沒有。」某人嘴硬。

「有。」奎恩確認。

「我們七年不見，或許你沒有自己以爲的瞭解我。」岡納冷諷。

「他咬完第一口沒有把炸雞放低，只是停留在嘴邊，以方便在最短的時間內送進口中。相信我，他想念妳的料理。」奎恩拆他的台拆得很徹底。

「噢……謝謝你，岡納。」秦甄非常窩心地按著胸口。

「你話變得有點多。」岡納的面子下不來。

「這就是我，愛聊天的傻瓜。你應該看看這些人拉我到鎮上喝酒的情景，我傳授了不少人把妹訣竅。」奎恩泰然自若地繼續吃著炒蛋。

他拒絕讓那一幕在腦中具象化！太噁心了！

「我就說吧！他們兩個一模一樣。」秦甄對其他人說。

所有人忙不迭點頭。

「到底是什麼一樣？」岡納的不爽終於達到頂點。

「你們都對人家的示好感到不自在，踏入敵營都選擇按兵不動；明明有滿肚子想法，不過知道主動提出會遭人猜忌，於是按在那裡比耐性，等別人受不了，自己來問。」他搭檔的老婆拆起他的台也不怎麼給面子。

「眞的耶！」一堆人想起奎恩剛來的樣子，不禁低笑。

岡納依然不確定自己該有什麼反應。

他一直在追索的男人就坐在他旁邊，可是現在不是他能動手的時候。

說真的，他甚至不知道自己還需不需要動手，追捕奎恩很早就不再是他的職務，他突然覺得很空虛，彷彿生命的重心被抽離了。

「媽咪，幫我綁頭髮。」一道小影子突然衝進來。

紫菀．奎恩，在顛沛流離中出生的孩子。

岡納看不出她長得像父母的哪一邊。奎恩是全國公認「最英俊的臉孔」之一，秦甄也是個清麗美女。眼前這六、七歲的小女孩，鼻頭圓圓，眼睛圓圓，眼鏡也圓圓，可愛是可愛了，只是成年之後頂多就走個可愛討喜的路線，要想變成她父母那樣的俊男美女可能有難度。

「她長得跟你們一點都不像。」岡納不禁評論。

「喝——」

滿桌大人倒抽了口氣。

「才不會呢！紫菀長得最像媽媽了，你看看她眼睛和嘴巴的形狀。」

「還有她的眉毛，一看就是奎恩家的眉毛。」

「對嘛、對嘛！」在場女士激烈反駁。

華仔瞇起眼，一根熱狗指著他鼻子。

「我、不、喜、歡、你！」

「……」

奎恩低頭吃炒蛋，完全沒有救駕的意思，結婚多年的男人都深知何時該閉嘴。

「媽咪，他亂亂說。」紫菀站在那裡，受傷地盯著他。

岡納迴避她的目光。他只是講一句話而已，爲什麼有一種踢了小狗一腳的感覺？

「岡納，我長得像爸爸。」小道格踴躍提供。

你一定要在傷口灑鹽就是了？岡納難以置信地盯著這小白目。

「別理他，妳長得像爹地和媽咪。」秦甄親親女兒頭頂。「媽咪得幫若絲琳阿姨送早餐，讓爹地幫妳好嗎？」

秦甄張羅一盤新的食物，放到托盤上，走出廚房。

「爹地，幫我綁。」紫菀換到到父親身旁。

奎恩抽出餐巾紙擦擦嘴，然後，就在岡納無比震驚的眼光下，接過女兒的髮圈及小梳子。

「馬尾還是辮子？」

「辮子。」

奎恩將寶貝女兒拉到腿中間，熟練地幫她梳攏頭髮，左一股，右一股，手指靈巧穿梭，迅速綁好兩個麻花辮。

岡納驚駭到全身動彈不得。奎恩會綁小女生的辮子！

他眞的在幫一個小女孩綁麻花辮！

那雙大手輕易能折斷一截頸椎，現在卻在幫一個小女娃梳頭綁髮。自己到底掉進什麼樣的平行時空？

「爹地，幫我把辮子纏起來，我們今天要練習足球，蕾莉每次都會抓我頭髮。」紫菀忽然想到，趕快拉拉爸爸的手。

莎洛美熟門熟路地拉開一格抽屜，拿出鐵絲髮夾，奎恩接過來，幫女兒把辮子盤高夾好。

綁好了，紫菀蹦蹦跳跳到玄關照鏡子。

「還沒走出來？」奎恩從馬克杯的杯緣望著他。

「……什麼？」他依然在抑止震驚的情緒。

「文化衝擊。」深藍眸底掠過一絲笑意。「我一直在等你看到鬼的表情何時消失。」

「他有表情嗎？」萊斯利插嘴。

其他人看岡納都那死樣子，跟他們老大差不多。

不對，奎恩是有表情的，他越火大，表情就越平靜。他們若是做錯事，奎恩肯罵人都是好的，最怕就是他一臉平靜。

「耶，這樣很好看，爹地，你是我生命中的陽光。」他女兒開心地跑回來親他。

岡納差點嗆到，爸爸安然繼續喝咖啡。

「那我呢？我是什麼？」小道格奮勇提議：「我要當手榴彈！」

「……」並沒有要說你是我的誰。不過紫菀選擇保留，不然媽咪知道，一定又會叫她對弟弟好一點。

秦甄端著空托盤走回來，她兒子立馬衝過去。

「媽咪，我不是陽光，我是手榴彈！」

「眞的嗎？手榴彈好威風啊。」秦甄親親兒子的頭頂。

果然天下的媽媽都是一樣的。岡納至此終於發現，他的新任「好朋友」自我感覺相當良好。

紫菀盯著岡納直看，她有一雙嚴肅的眼睛，不太像這年紀的小孩會有的，若說她身上有任何讓他聯想到奎恩的地方，應該就是這雙眼睛了。

「幹嘛？」岡納冷冷瞪回去。

紫菀撇嘴，低頭吃爹地幫她盛的燕麥粥。

岡納突然放下餐具走出去，所有人莫名其妙，奎恩只是隨意地瞄一眼，繼續喝咖啡。

原因兩分鐘後揭曉：岡納抱著他們的嬌客走下樓。他抱的方式很特別，把若絲琳整尊直挺挺抱著，不彎折她開刀的傷口。

他怎麼聽見聲音的？他們什麼都沒聽見。克里斯一干人心想。

「嗳，妳這人眞是的，我叫妳在床上多躺幾天。」秦甄頓足。

「楚門給我的第一個醫囑就是下床走動，增加傷口的癒合力，只有妳一天到晚想把我綁在床上。」

拉斐爾立刻讓出自己的位子，到客廳換了張有靠背的椅子過來，現場的座位大搬風。

若絲琳被安頓好，背後是小綠所在的窗檯。

她的氣色比剛上岸時好很多，秦甄稍早幫她梳了馬尾，換上一襲寬大的T恤，方便換藥，看起來更神清氣爽。

有些女人不管多狼狽，隨便一站就是千嬌百媚，若絲琳屬於這一型；有些女人天生奶奶疼、小孩愛、貓貓狗狗黏過來，秦甄屬於這一型。

「喂，眼睛都看直了？」秦甄敲敲科技宅的桌子。「伊——絲——」

「人家我又沒有亂瞄，妳不要中傷我至高無上的愛情。」萊斯利趕快擦掉口水。

這萬年宅男終於碰到一隻瞎貓願意把他撿回去，就是幼教老師伊絲。

他們這一對站在一起非常有趣。萊斯利是千年不照太陽的蒼白瘦皮猴，伊絲卻身形圓潤，膚色常和孩子們一起玩而曬成健康的紅潤。她相貌並不算美麗，卻十分討喜，除了秦甄之外，另一位校園人氣王就是她。

伊絲和萊斯利互相看對眼，眾人都樂觀其成，省得希塞營區老是黑氣沖天，一個科技宅天天詛咒別人家的幸福美滿。

「嗨。」若絲琳對小綠打聲招呼。

「它叫小綠。」道格熱心介紹。

一個性好社交的奎恩。岡納心頭再度五味雜陳。

「我知道，我比你早認識它。」若絲琳對他眨眨眼。

「妳怎麼會認識小綠？妳又沒來過我們家。」道格好奇地問。

「我去過你爹地和媽咪以前的家。」

「爹地和媽咪以前有家？」姊弟倆大吃一驚。

對他們而言，父母是跟他們出生時一起出現的，他們在這個世界上多久，父母就存在多久。爹地媽咪竟然另外有一個他們不知道的家，簡直想都沒想過。

「爹地，你以前的家在哪裡？」紫菀捱近爸爸身畔。

「首都。」奎恩把女兒抱到大腿上。

「你爲什麼會去首都？」道格追問。

「我在首都長大，和媽咪也是在那裡認識的。」

「媽咪也在首都？她去首都做什麼？」道格的嘴巴張得開開。

「跟現在做的事一樣，當老師。」奎恩薄硬的唇角浮起一絲淡笑。

「哇！」

在遙遠的時空裡，竟然眞的有一對他們不認識的爹地媽咪，太神奇了。

「那你和媽咪也像傑登和莎洛美一樣住在一起嗎？」紫菀吃一口燕麥粥。

喂，妳一定要哪壺不開提哪壺嗎？極力保持低調的傑登對她猙獰齜牙。

「我和你們媽咪結婚了，當然住在一起。」奎恩泰然回應。

「那莎洛美和傑登也結婚了嗎？」紫菀天眞地問。

救命，地道在那裡？傑登低頭四處找。

「不是所有住在一起的人都結婚了。」莎洛美完全不懼惡勢力。

「那不然你們住在一起幹嘛？」紫菀越來越好奇。

「沒有幹嘛，就是住在一起。」莎洛美也快被問得吃不消了。

「不可能的。」道格斷定。「他們和爹地媽咪，一定都不只是住在一起而已，一定有其他的事。」

「……」爹地和媽咪若不做「其他的事」，你們是從哪裡來的？

「阿姨，妳也在首都認識媽咪的嗎？」紫菀繼續問漂亮阿姨。

「不，我們從小一起長大的，妳媽咪是我的姊妹，所以我是你們眞正的阿姨。」若絲琳喝一口果汁。

「可是妳跟媽咪長得不像。」紫菀歪了歪頭。

「我們不是同一個爸爸媽媽生的，不過我們是好姊妹。」若絲琳向來不喜歡小孩，不過看在這兩小鬼是她外甥的份上，破例對他們非常溫柔。

「我和道格是同一個爸爸媽媽生的，可是他說我長得很醜。」紫菀指著對面的壞人。

「喂！」這臭小鬼竟然搬弄是非。「我沒有說妳醜，只說妳長得不像父母。」

「爹地媽咪長得很好看，你說我不像他們，就是說我長得醜。」

「……」七歲小鬼該有這種邏輯能力嗎？

「誰在乎？我也長得不像我父母。我就是我，不必像任何人，妳也一樣。」若絲琳聳聳肩。

紫菀小公主芳心大悅。「妳可以當我的朋友，我有很多好朋友，不像道格，他和比利吵翻了，所以他沒朋友。」

「亂講，我有朋友。」道格激烈反駁，「岡納就是我朋友，我們剛剛說好要當一輩子的好朋友！」

「哦？」奎恩對老搭檔挑了下眉。

「我們得找個時間聊聊『好朋友』這件事。」岡納告訴小鬼。

「道格，我可以當你的好朋友。」華仔熱情邀約。

「瞧！」

「華仔不算，他跟每個同學都是好朋友。」換言之就是沒節操。

華仔的臉頓時垮下來。

「菀菀，妳對弟弟好一點嘛！」母親大人溫柔要求。

紫菀嘆了口氣，扛下全世界的重擔，不再吐她弟弟槽。

世界和平就這樣露出曙光。

「道格，岡納大概算不上什麼好朋友，不過你們若變成朋友，或許有一天他會救你一命。」若絲琳一雙妙目瞄了過來，意緒不明地笑。

她。

「爲什麼道格會需要人家救他的命？」紫菀好奇問。

「救命的朋友跟大學文憑一樣，平時不會感覺它們的重要性，可是有總比沒有好。」若絲琳告訴

「唔，這話怎麼聽起來又歪又有道理？」萊斯利搔搔下巴。

「快吃吧！岡納，等一下我帶你去看個東西。」奎恩瞄了眼腕錶。

所有人收到指示，加快清空食物的速度。

「你開完會之後會回來嗎？今天是洗衣日。」秦甄提醒他。

「嗯。」奎恩點點頭。

小姊弟倆蹦跳起來。

「耶，我我我我我！」

「換我了啦！今天換我了！」兩人爭著搶。

岡納詭異地看他們一眼。他們兩個在搶著洗衣服？

這家人還能多古怪？

✷

原來奎恩要帶他去的地方是田中洛的辦公室。

兩個男人走到一半，岡納就忍不住了。

「你的小孩喜歡做家事？」哪個有尊嚴的小孩會喜歡做家事？

「洗衣日是兩個小孩的時裝秀，他們邊摺衣服，邊玩扮裝遊戲，我和甄負責當觀眾。他們想弄得

多亂都行，只要事後收拾整齊。」奎恩看他一眼。

甄讓孩子學做家事的方法，就是讓每件事都變得很有趣，孩子玩著玩著就學會了。

「你為什麼娶一個這麼怪里怪氣的女人？教出來的小孩也怪怪的。」岡納終於抱怨。

「岡納，你不喜歡她，只是因為她搶走了你的搭檔。」

「為何你會有我一直在迷戀你的錯覺？」岡納差點絆到腳。

「你花了七年追在我的屁股後頭，我得說，這還滿迷戀的。」

「……你現在是怎樣？變成幹話王嗎？」

奎恩輕笑，打開辦公室大門。

裡面的音量在他們進門那刻瞬間安靜。

除了田中洛，列提和愛斯達拉也在。兩人面紅耳赤，田中洛一臉痛苦地捏著鼻梁，剛才的對話顯然不怎麼愉快。

奎恩藍眸迅速冷下來。

「又怎麼了？」

他雖然整合了墨族軍力，不代表每個人都能變成好朋友。

奎恩不會容忍他們鬧出大事。唯一一次比較嚴重的情節，是列提的軍官射傷愛斯達拉的傳令兵，差點導致對方傷殘。那一次奎恩重罰了這名軍官，差一點就要驅逐他。沒有眞正驅逐是因為他縝密調查過，軍官確實沒有開槍的意圖，槍枝是在雙方拉扯的途中不愼走火。

當時奎恩只撂下一段話：「不要以為我不會驅逐違紀者。如果你們以為我擔心驅逐者跑去投誠政府，你們就錯了。對我沒用的人，對他們也不會有多大用處。」

列提無話可說。這件事之後，爭執依然難免，不過大家都用嘴巴吵，很少再動手動腳。

「沒什麼。」愛斯達拉看見岡納也在，所有話立時壓下去。

「他來幹嘛？」脾氣剛烈的列提就沒他那麼客氣了。

奎恩只是定定冷視兩人。

沈默向來令人不安，尤其這份沈默來自奎恩總衛官。當做錯事的人被那雙毫無情緒的冰川藍盯住，他們會流出一身冷汗，然後立誓永遠不再犯。

這招顯然對墨族兩名大將也管用，愛、列二人不自在地轉移視線。

愛斯達拉性格沈穩，在軍事策略上奎恩較爲倚重他。列提的性子急，不過執行效率高，需要打突襲戰時，奎恩通常指派他。

「沒事，我私下再和他們談。」田中洛出來打圓場。

「借過、借過，先讓後面的人進去吹冷氣。」萊斯利抱著自己的寶貝電腦，從兩座鐵塔中間擠進去。

也不想想自己人高馬大，把門框塞得滿滿的是什麼意思？

這間辦公室實在很小，一張辦公桌和會議桌就塞滿了。萊斯利往會議桌一坐，筆電開機，所有人圍攏入席，列提和愛斯達拉當然選擇最遠的兩端。

「他們在鬧什麼？」岡納問。

「一個女人。」奎恩看他一眼。

「什麼？」

「你憑什麼隨便洩露我們的過去？」列提差點嗆到，愛斯達拉的表情也沒多好看。

奎恩充耳不聞。「那個女人先和列提在一起，後來跟了愛斯達拉，不過最後她誰也沒要，嫁給另外一個男人，他們都認爲是對方從中作梗的結果。」

「就這樣？」兩名墨族大將不和的內幕，竟然只是因爲感情糾紛？「你們兩個會不會太玻璃心了一點？」

「那個女人的名字叫葛蘿莉亞．阿納爾。」

岡納一頓。

「葛蘿莉亞．阿納爾？」他終於開口：「墨西哥的第一夫人，現任總統阿納爾的第四任妻子，有『墨西哥的艾薇塔』之稱的葛蘿莉亞．阿納爾？」

「就是她。」奎恩面無表情。

旁邊兩個男人的面子頓時掛不住。

「我們的事跟你們一點關係都沒有。」列提嗆他們。

「你們有沒有考慮過，或許癥結點不是你也不是他，是另一個更有權勢的男人？」岡納一秒突破盲點。

「奎恩，他是紀律公署的人，他來這裡做什麼？」愛斯達拉直接拿公務開刀。

「我有些東西要他看看。」奎恩對萊斯利點個頭。

萊斯利馬上把筆電的資料往光桌一掃，影像投影到光桌上方。

「慢著！」列提把光桌的電源關掉，這次臉色是嚴肅的。「再怎麼說，卡爾．岡納依然是紀律公署的衛官，你讓他看這些機密是什麼意思？」

「這也是岡納的機密，如果不是他，我們不會有這些檔案。」奎恩耐心地解釋。

「儘管如此，不表示他可以被信任，我們還不知道他的目的是什麼。」愛斯達拉沈聲道。

「奎恩？」連向來挺他的田中洛都有所疑慮。

「他們說得有道理，你怎麼知道我可以信任？」岡納在旁邊說風涼話。

奎恩輪流注視眼前的人。

「你們說得對，我不確定能不能信任他，不過我明白一件事，奧瑪不是他的朋友。岡納爲了救若絲琳而來到德克薩斯，紀律公署容不容得下他有待商榷。

「許多見不得光的事藏在暗處，不見得都和墨族有關，岡納不曉得還有誰能信任，最簡單的方法就是把檔案交到我手中，所以我們才能拿到這些檔案。

「骨子裡，我和岡納永遠是執法人員，我們對墨族議題的立場是否一致並不重要，在多斯科技的這一塊卻是相同的。」藍眸定定落在岡納身上。「敵人的敵人就是我的朋友，所以，我選擇暫時相信他。」

「倘若我們弄錯了呢？」愛斯達拉蹙緊了眉心。

「這是我們必須冒的險。」奎恩看向他。「就如同當初我站在這裡，你們也無法確定我的意圖。」

有些事必須賭一把，經過重重推理分析之後，大膽賭一把。

岡納的神情超然到近乎漠然，彷彿自己不在現場。列提慢慢把光桌的電源插回去。

岡納盯著投影在空中的資料。這些東西看起來像某種實驗數據，欄位和內容卻是一些無意義的字串，根本看不出所以然。

「你們解開加密了？」

「嗯哼！不客氣，我誠心接受你的道謝。」萊斯利很不謙虛地謙虛一下。

「只解開一部分，而且是最不重要的那部分。」奎恩馬上澆他一桶冰水。

萊斯利瞬間消風。

「好吧，讓我重複幾年前向這些死腦袋解說過的事：多斯科技十分謹慎，他們把所有檔案分成三股，以三種不同的私鑰加密，由於私鑰的組成太複雜……」

「你可以直接說結果就好，我不必知道背後的原理。」岡納看他一眼。

「不行，讓每個人都瞭解原理很重要，這樣你們才會知道自己要找的是什麼。」萊斯利難得這麼正經。「私鑰的組成是一組極度複雜的密碼，人腦不可能記住這麼複雜的密碼，所以必須儲存在載體上。

「多斯科技有一台主機不對外連結。任何人要用這台主機，必須親自打開保險庫的門，走到那台主機面前，存取這組私鑰。多斯科技最有可能是以另一個程式來加密私鑰的儲存載體。

「這表示：即使拿到私鑰，也必須把儲存晶片插入那台主機，才能還原成原始密碼。只要不是那台主機的數位印記，任何電腦都沒有用。」

萊斯利攤了攤手。「現在你們知道問題在哪裡了。我可以破解各種加密，可是我無法隔著幾千哩，用我的腦波遙控一台對外隔絕的主機。」

岡納和奎恩互望一眼。這種保密程度堪比軍事等級，如果只是普通的實驗資料，無論再敏感，都不必做到這個地步。

「那你是怎麼解出這些實驗數據的？」岡納對空中投影一指。

萊斯利把已經解開的數據獨立出來。

「完全是巧合。幾年前奎恩從一名牧師的地下室取回一些紙本文件，我把檔案數位化之後發現，那幾個檔案可能是加密數據的一部分。接下來就太技術性，我不多說，總之你們只需要知道我極端痛苦、緩慢心酸地一一比對，最後反譯出一部分。」

「你自己也說，即使我們找到私鑰，你還是需要那台主機。」岡納指出。

「不過找到私鑰是第一步，我可以設法在另一台主機上模擬數位印記。這些都是假設，沒有私鑰，一切只能用想的。」萊斯利攤攤手。

「也就是說，我們要找的是一組極度複雜的密碼，寫成一段加密程式儲存在某種晶片上？」岡納問。

萊斯利點點頭。「總之只要你們負責找到私鑰，我就負責解。」

「雖然我們無法接近那台主機，但多斯科技有許多不同部門，他們不可能內部傳檔，也讓主管跑一趟加密主機還原私鑰吧？」岡納思索道。

「你的重點是……？」萊斯利看著他。

「我們可不可以合理推論，某些主管的電腦裡，存有一些未加密的檔案？畢竟他們不可能每天下班前跑一次加密，上班前再跑一次還原，太沒有效率了。」

「所以？」奎恩開始有點明白了。

「我在多斯科技的主機裝了一個後門。」岡納丟出炸彈。

呼！萊斯利屁股下的椅子滑出去，結結實實跌在地上。

「什麼？」科技宅跳起來。

「不然你們以為我是如何從多斯科技偷到這些資料？」

「你幹嘛不早說？」科技宅怒吼。

「我說過了，他很好用。」奎恩挑了下眉。

「別高興得太早，這是五年前的事，或許早已被移除。」

「什麼樣的後門？」奎恩問。

「『影子』。」岡納白牙一閃。

「啊，那一定還在。」奎恩微笑。

影子號稱是終極木馬程式，由資訊組那群鬼才寫的。一旦進入主機，它會複製成資料的一部分，乍看像備份，才有「影子」之稱。最狡猾的是，它會露出一個「殼」，抓蟲的人一旦找到殼層，以爲自己清乾淨了，系統掃描也掃不出問題，這時寄生源碼悄悄重組，後門永遠關不起來。

他們利用這套後門程式，偵破過不少恐怖集團的行動。

「什麼什麼？那是什麼？快告訴我。」萊斯利心癢難搔。

「你如何安裝的後門？」奎恩不得不好奇。

「我讓芳娜．羅蘭將木馬上傳到他們的主機。」資訊組那群怪咖的作品應該不容易被發現，運氣好的話，後門還在。

所有人突然安靜下來，面面相覷，奎恩的表情尤其奇怪。

「幹嘛？」岡納看著他們。

「咳，羅蘭小姐的事我們知道就好，不必傳出去。」田中洛輕咳一下。

「不會吧？你老婆連這種醋都吃？」岡納難以置信。

「奎恩先吃她前男友的醋，才拿前女友出來說嘴，然後就出事了。」田中洛善良地補遺。

「你們少管閒事。」奎恩藍眸一瞇。

岡納抬起頭盯著天花板。

「你在看什麼？」列提也抬頭一起看。

「看外星人何時把眞正的里昂‧奎恩放回地球。」

噗——哈哈哈哈！列提笑得打跌。

「各位、各位，儘管我非常熱愛離間奎恩夫婦的感情，造成他們夫妻失和、婚姻破裂，不過我們可不可以回到正題？我們可能有管道駭進多斯科技的資料庫！」科技宅敲敲桌子。

岡納在桌面寫下木馬程式的相關資訊，滑過去給他，萊斯利只差沒流口水搖尾巴。

「你多久可以找到我們需要的資料？」奎恩沈聲問。

「難說，得看木馬是不是還在。伺服器的資料量想必跟精蟲一樣多，我得花時間過濾一下。」

「你們從解出來的檔案查出什麼？」岡納問。

「他們在做人體實驗。」奎恩修長的手指翻轉著空中的影像。

「就這樣？我把檔案交給你五年，你窩在這鬼地方，哪裡也沒去，而這就是你唯一查出來的線索？」

「讓我想想看。」奎恩摸摸下巴。「這幾年我殺掉高梅茲和蒙特雷屠夫，瓦解南美區最主要的兩大犯罪集團，與羅瑞‧艾森聯手，清除那些比利時雜碎，勸服澳洲仔，統整了德克薩斯三分之二的版圖……算算我眞的沒做什麼，眞是對不起，老友，我沒把你放在第一位，傷了你的心。」

嗤、嗤、嗤……

好幾聲噴笑在窗外響起。岡納火速回頭，那扇小小的窗戶竟然巴了好幾個人在看。

這些人看得如此光明正大，他甚至不能用「偷看」來形容。

「他們是誰？」岡納不可思議地回頭問。

「我的人。」奎恩見怪不怪。

「他們在竊聽我們的機密會議。」

「所有我們要說的，他們已經知道了。」奎恩聳聳肩。

連將領開會都有人敢在外面偷聽，這樣散漫的軍紀奎恩竟然還能忍？

這個世界到底怎麼了？

「你到底是誰？快把軀殼還給眞正的里昂．奎恩！」岡納低吼。

「你讓我都不忍心告訴你，我們這裡確實有內賊，不過不是外面那幾個。」奎恩白牙一閃。

「誰？」

「如果我們知道，這人就不會是內賊了。」列提搶白他。

有道理。「那人潛伏多久了？」

「我一直都在懷疑，更確切露出形跡是五年前。」

「聖安吉洛之戰？」

奎恩點頭。「戰事結束後，我仔細盤問每個同行的人。有不只一人打電話回家，提過我們現場做的一些變動，因爲他們不覺得那是什麼了不得的事，我們無法鎖定特定人士。

「同樣的情況發生在後來的幾次事件，那個當下我有所警覺，但事後都發現這人很懂得把自己隱藏在各種來源裡面。」

岡納很清楚奎恩的能耐，如果連奎恩找了五年，這人依然躲得好好的，若不是很邊緣的人，就是很核心的人。

「哪邊派來的奸細？政府或犯罪集團？」

「政府和卡佐圖或許都有。」

奎恩給了他一個平穩的視線，岡納太瞭解這種眼神，奎恩知道些什麼，但在這堆人面前不想提。顯然奎恩認爲他是可以知道的。有趣，看來他們兩個老搭檔私下得找個時間好好聊聊。

「你爲什麼知道聖安吉洛的戰事？他們並沒有向境內通報。」愛斯達拉插口。

「我什麼都知道。」岡納瞄他一眼。

「太好了，那請告訴我們，內賊是誰？」萊斯利興致勃勃。

「……」

窗外又爆出好幾聲「噗嗤」、「噗嗤」，岡納揉了揉鼻梁。

「給他一點時間。」奎恩對每個人說。

「你可以叫這些人滾蛋嗎？」岡納放下手低吼。

他實在太可憐了，田中洛決定放他一馬。

「那兩位是荷黑和瑪卡；傑登、尼克和拉斐爾兄弟你見過了；培里斯和伍德是愛斯達拉的心腹，索多是列提的人。這些人都是核心成員，所有我們要談的事他們已經知道了。辦公室太小，他們擠不進來，才站在外面。」

「我不在乎，叫他們滾開！」他不會把自己的背對著一群墨族人。

奎恩隨意抬一下手。

掃興！窗外響起一堆咕噥聲，腳步聲終於離開。

還是進入正題吧！不然他可能撐不了太久。奎恩想。

「我和多斯科技的前任主管接觸過，他叫羅勃·賀雪。據他的說法，多斯科技極有可能想創造超級人類，但他所知不多。多斯科技對於跨部門的訊息交流十分忌諱，『野火計畫』是由一個叫端木慶的人負責的。」

「我猜你也調查過端木慶？」奎恩劍眉一軒。

廢話。「端木慶今年介於五十到五十五歲之間，唯一能找到的近照只有大學畢業紀念冊上的照片。不過，據說那張照片是假的。他的專長是神經醫學和基因工程，曾經做過幾次突破性的研究。不過這個領域極具爭議性，因此端木慶非常低調，從不參加公開的學術研討會，許多重要論文都是以匿名發表，只有一部分被證實是他寫的。」

岡納後來才知道，羅勃·賀雪是少數和端木慶有私交的人，他算是誤打誤撞，找到那少數中的少數。

奎恩藍眸凝肅，陷入深思，辦公室跟著安靜下來。

岡納逐漸看出一些意味。列提和愛斯達拉或許以爲自己和奎恩平起平坐，不過奎恩才是眞正的領導者，只要他認眞起來，所有人都會自動屏氣凝神。

奎恩說得對，他收復了大片江山，包括墨族。

「我們在一個受試者的大腦找到很特殊的東西。」奎恩對田中洛點了下頭，田中洛走向辦公桌，從抽屜拿出一個小玻璃罐回來。

岡納接過來，一根細如動物毫髮的黑毛。

「這是什麼？」

「我們把這根毛髮送到歐洲實驗室進行檢驗。」奎恩將檢驗報告交給他。

岡納翻開檢驗報告。

這是……活體生物？

當然他們送驗時已經死了，但這根「黑毛」竟然是某種多細胞生物。

檢驗結果只有一個字：不明有機體，實驗室也無法判斷這是什麼樣的生物。

他們唯一可以給的結論：這種生物屬於人工培育而成。雖然是有機體，很奇特地具有三分之一的無機質，而且帶有高度磁性。

在自然界，不可能有這種生物存在。

「多斯科技在人腦裡面放『蟲子』？」

「這些化學原料是什麼？」列提指了指底下列出來的一串單字。

「微金屬顏料的主成分，具有高度的滲透力，因此加工作爲微金屬原料之後，可以迅速散播到人體各處。」奎恩的嗓音沈沈。

「可是，微金屬顏料的主成分不是高管制品嗎？」田中洛眉一皺。

「確實。」

主成分是阿爾法礦石的副產品，只有國家一級實驗室和軍事組織能取得；多斯科技若能輕易取得高管制成分，幕後支持者必然非常有力。

「這也沒什麼好大驚小怪的，政府當然有一份，多斯科技自己幹嘛需要超級人類？」萊斯利撇撇嘴。

奎恩把檢驗報告接過來。「阿爾法礦石有一個特性，分子結構很輕易便能瓦解到低於奈米的等級，一旦和金屬結合，就能讓金屬近乎無堅不摧。『黑蟲』有磁性的那一段，倘若能承載某種訊號的話，就能把訊號發送到大腦各處……」

「媽的！」萊斯利差點把玻璃瓶摔了，被田中洛及時接住。「這根黑毛是遙控接收器，他們想遙控人類大腦。」

「顯然如此。」奎恩神色平靜。

他們刺激大腦，將人類潛能發揮到極致，再剝奪這人的自由意志——這就是超級士兵的起點。萊斯利心有餘悸地盯著那怪物，任何剝奪人類自由意志的東西都叫「怪物」。

「你之前為什麼不告訴我們？」田中洛瞪著他。

「我並不總是第一時間就猜到一切。」奎恩嘆息。

德克薩斯依然繼續傳出失蹤人口，他們取得的屍首都在腦內找到這種黑蟲。很現實的是，過去五年，多斯科技不是他們的主要問題，德州內戰才是。如今墨族和羅瑞已取得明顯勝利，他們可以專心來處理這個問題。

萊斯利舉手。「先說，我不是說這些四處綁架人的混蛋不重要，不過他們是我們的任務嗎？我們還有一些紛爭必須弭平，只要多斯科技不直接衝著墨族人來，我們為什麼去捅這個馬蜂窩？」

「你們以為墨族和政府的爭端最後會如何收尾？」奎恩看著每個人。「政府死不認錯，所以我們拿著槍攻進國會山莊？」

其他人面面相覷。

老實說，他們從來沒有想過這件事。如同當年孟羅問奎恩：「你想走到哪裡？」他們也沒想過這個問題，只知道不斷地抗爭。

「這不失是個好方法。」列提聳聳肩。

「這是不切實際的想法。」奎恩的神情前所未有的嚴肅。「無論這場戰爭打多久，最差的情況是只剩一兵一卒，我們即使逼對方認輸，也沒有眞正的贏家。所謂的『勝利』，是讓對方發現，再這樣打下去，他們付出的成本遠大於收穫，於是他們願意妥協，大家坐下來談條件——相信我，這是最理想的結局。

「只要坐上談判桌，我們需要足夠的武器作爲籌碼，而敵人不願曝光的祕密就是我們的籌碼。」奎恩平靜地說。

「我從沒想過自己會這麼說，不過，你若去從政，應該會成爲一個厲害的政治家。」田中洛終於說。

已經七年過去，田中洛總是在這些不經意的時候發現他們有多幸運。

戰爭從來不只是槍桿子，也包括政治和談判技巧。奎恩的可貴之處不只在他的驍勇善戰，更在於他明瞭政治世界的運作。

他們再無法找到更好的指揮官。

某一天，宇宙打了個呵欠，決定選一群人送給他們一個禮物，而墨族人抽中大獎。

「我們應該在他面前討論這些嗎？」愛斯達拉比一下岡納。

「放心，類似的話我早就跟總統和奧瑪說過了。」岡納笑得虎牙森森。

「好吧，你們慢慢討論，我來看看岡納的木馬還在不在。」科技宅摩拳擦掌。

「你對多斯科技的動態掌握多少？」岡納看向老搭檔，奎恩不可能放任敵人在自己的後院行動而不追蹤。

「我固定派幾組人在廢境監控。」奎恩微微一笑。合作多年，兩人的默契依然還在。

他手一揮，一張德州地圖取代空中的投像，幾個紅點分散在廢境裡，韋科（Waco）被畫了一個大圈圈。

韋科介於奧斯汀和達拉斯中間，戰前只是個平凡無奇的小鎮。

「他們在廢境有幾個據點，但最後都會匯集到韋科，所以我認爲眞正的實驗總部藏在這裡。」奎恩將投影轉爲衛星影像，放大。「別看這小鎮平凡無奇，他們的戒備十分森嚴。鎮外十哩處就開始架設監控系統，行動感應、重量偵測，隨你選，越靠近越密集。」

「鎮上的情況呢？」岡納問。

「那一帶是一望無際的平原，缺乏有利的制高點，只有幾處林子可以藏身。奎恩讓我們先別打草驚蛇，所以我們躲在附近的森林監控，五年下來也累積了不少照片和紀錄。」愛斯達拉解說道。

岡納點點頭。「你們知道的，這根黑毛是全新材質，具有高度軍事用途，『奎恩工業』是全球最大的軍事研發集團，許多業界傳聞他們一定聽過風聲——」

「不！」

他不必說完，一聲冷硬的回絕已斷然射出。

「奎恩，他說得有道理……」田中洛試圖勸說。

「不！」奎恩藍眸一冷。

「你只要拿起電話，幫我們問媽咪一聲就好了。」岡納笑得無比歡快。

萊斯利打個寒顫。拜託，大哥，你不適合走笑面娃娃路線。

「不！別讓我再說一次。」

自出走之後，他不曾和任何人聯繫。他的路是他自己的選擇，不必牽連奎恩家族。

叩叩。

「哈囉，我可以借用一下影印機嗎？」秦甄輕快地推開門。

屋內劍拔弩張的氣氛頓時一緩，所有人面面相覷。

田中洛的辦公室常年門戶大開，任何人都可以進來找他。只有在門關上、窗簾也拉下之時，全社區的人都知道裡面一定在開重要的會，秦甄決計不會在這種時候進來打擾。

「妳一定不只是想印東西而已。」萊斯利雙眸一瞇。

「我當然是，看，資料在這裡。」她揚了揚手中的教材，愉快地走向影印機。

教師休息室有影印機，不過田中洛的辦公室就在他們家對面。有時她想印個小東西，就會直接過來。

「唷，大家都在。」

另一批人跟在她後面進來。

孟羅和羅瑞・艾森。

哈！這下更明白了。

「妳是來影印的才有鬼，妳是怕這些傢伙打起來吧？」萊斯利用力一拍桌子。

奎恩、岡納、愛斯達拉、列提、孟羅、羅瑞、門外一堆手下……全德州能打的都來了。

換成是他，爬也要爬進來，不過他是來看戲的，不像某人的老婆是來防打架的。

秦甄對他扮個鬼臉，繼續影印她的教材。即使她順便來「鎮壓」一下暴力場面又如何？

「如果他們打起來，妳會保護我嗎？」萊斯利抱著胸口皮皮挫。

「不會。」非常乾淨俐落。

不過所有人心知肚明，若眞的動起手來，秦甄老師一定會很不高興。

他們各自在不同場合都被甄老師訓過話——

列提覺得很冤枉，他和愛斯達拉在吵架嘛！當然會用一堆F和S開頭的字眼，他們只是忘了自己站在學校門口。

羅瑞覺得很冤枉，他已經走到室外抽菸，他怎麼知道旁邊正好有一位孕婦經過？

孟羅覺得很冤枉，他看一位美女在路邊生悶氣，好心過去安慰一下，怎麼知道她已經結婚了？

若說過去五年讓他們學會任何事，那就是：奎恩是對的，小學老師果然是地表最強生物。所有人都不敢惹她不開心。

「你來這裡做什麼？」奎恩的銳眸直接射向羅瑞。

「看老婆。」歐洲幫的霸主，北愛爾蘭軍團之首，卡斯丘仙女的丈夫不爲所動。

「你老婆不在這間辦公室裡。」

「是，不過他在。」羅瑞指著岡納。「我不信任他，基於同盟利益，我認爲自己最好加入。」

「你呢？」問話對象換人。

「嘖嘖嘖，沒想到有這麼多人在，這下我們要討論的問題有點尷尬了。嗨，甄！」風流性感瀟灑的海盜王依然一襲皮背心，皮長褲，金黃色的皮膚彷彿自帶陽光，閃閃發亮。

「嗨，不要打架。」秦甄燦爛地揮揮手。

「我說眞的，在德克薩斯穿皮衣只是在折磨自己。」萊斯利好心提醒他。

「這叫男性風格，一種你缺乏的東西。」海盜王仁慈地回應。

「你想做什麼？」奎恩的冷顏從頭到尾不改。

「唉，」孟羅把萊斯利擠開，「我本來是希望私下談的，不過看這態勢，若拉著你到旁邊講情話，這些人都擺不平。」

奎恩連接話都懶，等他自己說完。

「記得五年前我在拉巴克的旅館說什麼嗎？我說我願意投資你。」孟羅的笑容太閃亮。「我願意減免費用，可是減免不代表不收錢，畢竟我有一整座島的人要養，你是明白的。」

「說，重，點。」

「有點耐心嘛！」孟羅從口袋抽出自己的手機，往他面前一放。「親愛的金主，你跳票了。」

「什麼？」好多張口中爆出聲。

奎恩拿過來一看，最近一筆的匯款交易失敗，爲什麼？他們非常需要這批新武器。

「出了什麼事？」他的語氣與其說是疑惑，不如說是冰冷的質問。

「好問題，我也這麼問銀行的。」嘖嘖，看看每一雙落在他身上的視線，莫非這就是當大明星的感覺？「我有個在開曼群島的朋友幫我們查了一下──是這樣的，你的幾個主要交易帳戶都被凍結，所以其他離岸銀行的錢也匯不進來。事關眾人利益，我當然也得關心一下，到底是誰吃了熊心豹子膽，敢向國際邦聯的金融財務局提出凍結你財產的申請。結果，是這個人。」

孟羅愉快地拿起手機，把一份文件掃到空中，讓每個人看得一清二楚。

這是由委任律師發給金融財務局的「不明金融活動禁制申請」，承辦律師是楊・艾德森，最末簽名欄的名字非常熟悉：瑟琳娜・艾德森。

奎恩震驚的表情，是所有人認識他以來第一次目睹。

「官方說法你已經失蹤七年，再一個月就能合法申請爲死亡人口。瑟琳娜檢具證明文件，表示從你帳戶匯轉至海外的資金有不明流動。身爲你的母親，她向法院申請將所有帳戶列管，然後以代理人的身分凍結資產。」

秦甄跟她老公一樣目瞪口呆。哇，她有一個好威的婆婆……

「我說，你要不要打個電話給媽咪報平安？」孟羅熱情地推過自己的手機。這個世界上沒有哪個媽想見兒子會見不到的，尤其這個媽還是瑟琳娜。

「萊斯利！」奎恩終於找回自己的聲音。

萊斯利差點被他的熊吼震跳起來。

「打、給、我、母、親。」奎恩咬牙切齒。

「啊？我？爲什麼是我……噢噢！」萊斯利醒過來，趕快把手機接到加密網路，塞進他手中。

奎恩深呼吸一下，重新恢復冷靜。

恐怖！奎恩越冷靜的時候，就是他越致命的時候。

「我是里昂．奎恩，讓我母親聽電話。」語氣可能凍傷接電話的人。

幾秒後。

「母親，是我……不……那是我的錢……不……是……妳沒有權利……我說……」

奎恩把電話拿開幾吋，所有人都以爲那支電話會被捏碎。

最後，他萬分隱忍、萬分克制地放下電話，還盯著電話半晌，好像很滿意自己的自制力。

「甄？」

「嗳。」她差點跳起來。

「打包全家的行李，我們到歐洲一趟。」

3

「你確定我們突然這樣跑出來沒問題嗎?」

「岡納剛到卡斯丘,大家對他還充滿戒心。」

「還有若絲琳,她是最不安分的病人。」

「對了,學校,我的勞作課才教到一半。」

「甄!」奎恩突然拉住她。

甄被他嚇了一大跳。

奎恩將妻子帶到牆邊,溫柔撫著她的臉頰。

「告訴我,妳在心煩什麼?」

秦甄頓了一頓,望著繁忙的戴高樂機場。

他們眞的在法國了。

上一次她來歐洲,是升上正式教師的第一個暑假,本來她想把實習期間存起來的錢還給父母,因爲她的第一個月房租和保證金是他們繳的。後來父母要她把那筆錢留著,好好慶祝自己拿到教師資格,於是她和若絲琳到歐洲自助旅行一個月。

這一趟來,心情完全不同。

想像中「坐船偷渡」、「偷偷摸摸上岸」的情況完全沒發生,他們直接開車到墨西哥,一輛屬於奎恩工業的私人飛機已經等著他們。

她老公若無其事地拿出一份外交文件，直接走VIP通道通關。她背心發汗了半天，一直擔心假證件被海關驗出來怎麼辦，他這人又長了一張註冊商標的名人臉，結果通通白擔心了。

奎恩工業的私人飛機就跟他們聞名遐邇的會客室一樣，許多國家都選擇睜一隻眼閉一隻眼，不問太多問題，尤其是那些需要軍火的發展中國家。

於是他們一路舒適地飛到巴黎，私人機組員全程服務；認真想起來，整趟旅程最辛苦的，頂多是他們必須自己開車到墨西哥。

兩個第一次坐飛機的小鬼都樂壞了，機長讓他們到駕駛艙參觀，還讓道格坐在駕駛座上。小男孩握著操縱桿，一張小臉漲得紅通通，能讓這聒噪的小傢伙話都說不出來的事可不多。

下了機，他們一樣持外交證件從祕密通道出關，直驅政要名人專用的停車場。

讓她意外的是，機上的服務人員也跟著他們一起下機，她才明白他們不只是服務人員，也是隨扈。

胃部越絞越緊，她緊緊揪住老公的衣領。

「如果她不喜歡我怎麼辦？」

「什麼？」奎恩一怔。

「你媽咪。如果她不喜歡我怎麼辦？」她像隻嘶嘶低叫的貓咪。

「她會喜歡妳的。」他安撫道。

「如果她就是不喜歡呢？」

「甄，妳跟我參加過最高權勢者的餐會，每個人像小狗一樣爭舔妳的手，現在卻擔心一個平凡的女人？」他好笑道。

「她不是平凡的女人，她是你媽。而我是那個搶走她兒子的女人，害他拋棄家業，跟著我流浪到連上帝都摒棄的土地……哦，老天，我的胃痛了。」廁所在哪裡？她得找個地方吐一下。

「甄，」奎恩強壯的雙臂穩住她。「妳溫柔可愛，風趣善良，關心小孩和弱勢，哪一點不討人喜歡？」

「那是對其他人而言。如果二十年後道格帶回一個讓他拋棄一切的女人，我也會不喜歡她。」

「眞的嗎？」道格不知何時咚咚咚跑過來偷聽。

「當然不是眞的，甜心，不管你選擇什麼樣的女朋友，媽咪一定都會喜歡她。」她捧起兒子的小臉蛋重重一吻。

道格開心地再咚咚咚跑回姊姊身邊，小姊姊牽住他的手。

「我母親認定我這輩子可能孤老以終，不然就是娶個像芳娜那樣的女人，冷冷淡淡過完一生。現在我遇到心愛的人，生了兩個小孩，婚姻幸福美滿，相信我，她會喜歡妳的。」奎恩安慰她。

「眞的嗎？」她還是不放心。

「此外，我根本不在乎她喜不喜歡妳，我愛就好。」他聳了聳寬肩。

也對，即使瑟琳娜不喜歡她，她們一年也見不了幾次面。秦甄打了一劑強心針。

「抱歉。」她對隨行人員笑笑，趕快走回來。

隨扈維持專業的撲克臉，幫他們把行李放進沒有特殊標誌的黑色休旅車，所有人上車駛離機場。兩個小鬼沿途看得撟舌難下。

「哇——」

「喔——」

「媽咪，妳看，那個雕像是眞人耶！」

「爹地，他的帽子好高，爲什麼不會掉下來？」

兩個小孩極力探頭。奎恩一隻手抓著女兒的後心，另一隻手抓著兒子，免得他們跌出去。

車隊轉向通往巴黎郊區的道路，秦甄的胃又揪起來。

終於，車隊穿過一扇莊園的大門。

「喔——」

「哇——」兩個小鬼再度驚呼。

幾分鐘前他們依然在熱鬧的市區，一道鐵門之隔，他們已進入一座幽靜的森林。

古老巨大的橡樹站在車道兩側，林木參天，立刻讓秋涼多降了幾度。

車子在綠蔭森濃之中蜿蜒，日光透過枝葉篩落而下，幾隻小鹿停在路中央好奇地盯著他們，完全不怕人。小朋友驚呼連連，司機很有耐心，特意停下來，等幾隻鹿自行走開，紫菀和道格巴著窗戶，眼睛離不開。

終於，車道盡處，幽林豁然開朗，一棟城堡聳立在眼前。

嚴格說來，這是一棟石磚外牆的豪宅，四層樓高，不過在歐洲，任何石磚建築看起來都像城堡。

秦甄的指尖陷進丈夫的掌心裡。

「放輕鬆。」奎恩握起她的手在唇邊一吻。

這處產業佔地超過五十英畝，主宅擁有十二間套房，網球場，游泳池，健身房，私人電影院和一間酒窖。庭園裡有噴泉水池，人工河流，綠草如茵，七年前他母親以四億美加幣買下來，成爲法國的地產之首。

車子繞了噴水池一圈，停在正門，十級大理石台階通往一扇巍峨大門。車子一停，門立刻無聲從內部滑開，門房恭謹地迎出來。

「奎恩先生，夫人已經在等你們，行李我們會直接送到房內。」

「謝謝。」

紫菀怕生的性子這時便露出來了，微怯地巴在爸爸身上，奎恩抱著女兒下車，另一邊的小道格早已迫不及待衝下車。

終於進入龍穴。秦甄步伐虛軟地出來，深呼吸幾下，牽起兒子的手，和丈夫一起踏上台階。

原以為這樣的豪宅內部一定是雕樑畫棟，古典宮廷風格，瑟琳娜．艾德森的宅邸卻意外地簡約。玄關挑高十呎，以白色牆面為基底，沒有任何一絲浮誇的線板。往內延伸一條寬闊的長廊，左邊是整排炫亮的對外窗，北歐風格的白木質窗框，搭配淡藍壁面，右邊有三扇關起來的門。

藝術品是一間房子的靈魂，好幾幅只在課本看到的名畫應該不是仿作，固然有博物館等級的名作，亦有不少現代藝術作品。只是一道玄關長廊，便把主人不凡的品味透露出來，她喜歡這裡。

「果然富過了三代，品味才會出來。」她偷咬老公耳朵。

「不盡然。」奎恩沈穩的眸掠過一絲笑意。「妳的品味就比我好很多。」

她親暱地頂他一下。

「先生，需要我為您卸下外套嗎？」門房禮貌地問。

「不用。」

奎恩將女兒放下地，門房無聲讓自己消失。

喀、喀、喀、喀、喀。

鞋跟敲擊著大理石地板的清脆聲響，長廊底端，一道雙扇門打開，雍容優雅的身影跨了出來。

第一眼，秦甄的呼吸懸住。

瑟琳娜．艾德森絕對是她見過最美的女人。

記得第一次看見芳娜時，她曾想過芳娜就像童話故事裡的公主，然而和瑟琳娜比起來，芳娜只是個童話故事裡還沒長大的丫頭。眞正的女主角，是成熟端豔的瑟琳娜。

她完全符合名門貴婦的形象，姿態高雅，神情冷豔，一絲不苟的金髮盤在腦後，端凝如女神。

第二眼，秦甄的下巴掉下來。

瑟琳娜瞄到孫子孫女的那一刻，藍眸一亮，什麼高貴冷豔美麗的面具通通拋到九霄雲外。

她從起跑線衝到他們面前，在幾十呎以外蹲下來，最後一段是以滑壘之姿，撲通跪坐在兩個小孫子的面前。

紫菀和道格緊緊巴著父母，圓眼大睜。

「嗨，我是你們的祖母，你們聽說過我嗎？」她的嗓音興奮得發抖，完全不在意身上穿的是六位數的設計師華服。

紫菀抓緊父親的手，連小猴子道格都遲疑片刻。

「那是奶奶啊，爹地這次就是帶我們來見她的。」秦甄溫柔地輕推兩個小朋友。

瑟琳娜充滿期待地望著他們。

「妳的眼睛跟我爸爸一樣。」紫菀終於說。

瑟琳娜笑出來。「他是我兒子，所以是他跟我的一樣。」

紫菀終於鼓起勇氣，慢慢走到祖母面前。

瑟琳娜保養得太好了，「祖母」這個稱謂在她身上充滿違和感。

「嗨。」瑟琳娜伸出一隻手和紫菀一握。「我可以得到一個擁抱嗎？」

紫菀想了想，終於點點頭，傾身抱住祖母，瑟琳娜滿足地嘆息。

「妳好香喔。媽咪，她好香喔！」

「這款香水是調香師爲我配製的，晚一點我們可以到我的更衣室玩扮裝遊戲，我送妳一瓶。」瑟琳娜對她眨眨眼。

「我是紫菀。」小孩的好奇心蓋過怯生，紫菀開始探索新大陸。

「我叫瑟琳娜。」瑟琳娜的笑容調亮了一分。

「我不能叫妳瑟琳娜，一定要叫『奶奶』，不然媽咪會說我們沒有禮貌。媽咪說，在他們家族裡，沒有小孩子直接叫長輩名字的。」紫菀點點頭。

「媽咪把你們教得很好呢！」瑟琳娜又笑了起來。

她的目光落在紫菀身後的小男孩，對孫女咬耳朵：「妳覺得，如果我抱抱妳弟弟，他會同意嗎？」

道格的雙手用力一拋，嘆了口長氣，他媽咪馬上笑出來。「抱歉，他現在處在不喜歡被女生抱的年紀。」

「我明白，只是我們第一次見面，或許可以給我一點特權？」瑟琳娜忍笑，莊嚴地點頭。

道格終於接受命運的考驗，帶著烈士的光環踏上姊姊讓出來的空位。

瑟琳娜擁抱他，眼角隱約閃著水光。

「妳長得像公主一樣漂亮。」道格說。

「她結婚了，她是皇后，不是公主。」紫菀在旁邊糾正。

「誰說公主不能結婚？妳最喜歡的白雪公主也跟王子結婚了啊。」道格不服氣。

瑟琳娜站起來。「姊姊喜歡白雪公主，那你喜歡什麼？」

「我喜歡閃——電——俠！」小男孩刷刷刷比畫，逗得他奶奶直笑。「不過我爹地比閃電俠厲害，我最喜歡爹地。」

回頭給爸爸一個「讚」的手勢。看吧！我挺你。

奎恩搖頭嘆息。

瑟琳娜被這兩個小人兒逗得樂不可支。

「我忘了自我介紹，我的名字叫道格．奎恩。」

瑟琳娜的笑容微微不穩，一瞬之間便恢復。「你知道你是跟著祖父命名的嗎？」

「我知道。若絲琳阿姨說，『道格．奎恩』是一塊大招牌，我以後一定會被同學欺負，不過我才不是那麼容易被欺負的人；而且我在街上一直找，根本沒看到哪個招牌寫『道格．奎恩』，所以她一定是騙我的。」

瑟琳娜放聲大笑，用力抱了抱孫子，站起來。

母子闊別多年，終於重逢。

剛剛在長廊一端，她的心重重揪了一下，他們父子倆相似得令她心痛。

里昂失蹤之後，憂急攻心的她曾和貝通話，貝只回答：「里昂追尋他心中的眞理而行，道格會爲他感到驕傲的。」

這代表什麼？他是爲了使命感而出走，不是爲了妻子？瑟琳娜向來摸不準兒子的想法。

眼前的兒子，神色一貫淡漠，對於依偎身畔的女子，既不親近也不疏離。或許這就是貝的意思，他孩子的母親對他並沒有那麼強烈的影響力。

然後瑟琳娜注意到他的手。

他和秦甄十指緊扣，他妻子的手緊張地收緊，他的拇指立刻在她手背輕畫。

一個簡單的舉止便勝過千言萬語。

里昂是愛她的。

然後是他腳邊的兩個小傢伙。他們有著父母的黑髮和母親的黑眸，小女孩戴著一副嚴肅的眼鏡，可愛到令人想咬一口，小男孩臉上帶著什麼都好奇的新鮮。

這兩個小傢伙明顯在充滿愛的環境下長大，瑟琳娜的心融化得一塌糊塗。她兒子終於學會愛情。

這是她兒子一家，她終於見到他們。

「嗨，里昂。」

「嗨，母親。」

兩人莊嚴地互相擁抱，動作生澀彆扭。

「爹地，你也要抱她五秒鐘才公平。」旁邊一個很吵的小男孩要求。

秦甄嘆了一聲，久違的母子倆互望一眼。

「他剛剛真的有計時。」奎恩乾澀地說。

「好的。」瑟琳娜的嘴角完全守住。

母子重新擁抱，旁邊開始數秒。

「一——」

「二──」

「你數得太慢了。」他老爸提出抗議。

「三────」

「四─────」懲罰性加時。

奎恩感覺得到母親在他懷裡笑得發抖。

「五─────結束。」

瑟琳娜後退一步，神情儼然，完全看不出一秒鐘之前差點支持不住。

「看來你對孩童已經培養出超人的耐性。」

「我的人生永遠在學習新經驗。」

「現在，讓我正式見見我的媳婦。」

秦甄上前和婆婆相擁。

菀菀說得沒錯，她好香。

「妳有一個非常漂亮的家，艾德森夫人。」她柔聲說。

「請叫我瑟琳娜。許多人預期屋裡屋外都像一座城堡，我是個實際的女人，城堡住起來一點都不舒服。」

「這一點我們的想法一致。」

「妳知道妳是奎恩家的馴獸師、魔法的製造者吧？」她的婆婆精緻的眉一挑。

「這要看妳指的是馴服大的或馴服小的。」

「沒有大的，也很難製造出兩隻小的。」她婆婆輕笑。

「關於這個部分，令郎也出了一半的力，我不能攬下所有功勞。」

「她們在討論『性』嗎？」兩隻小人兒在旁邊評論。

「肯定是的。」

秦甄呻吟一聲，把臉埋進掌中。

瑟琳娜眼看又要支持不住。

「很抱歉，他們最近突然好奇小孩是怎麼來的，我篤信性教育應該從小做起，而且不使用模稜兩可的句子……」她困窘地解釋。

「如果這會讓妳好過一點，里昂也在差不多的年紀好奇過相同的問題，」瑟琳娜按下不穩的氣息。「差別是，他不是用問的。有一天放學回家，他鉅細靡遺描述了完整的『執行過程』，然後告訴我，學校今天教了他們小孩是怎麼來的，他已經學會了，所以免除我日後必須解說的尷尬。」

秦甄無力地瞄向她老公。

幹嘛？「性教育應該從小做起，而且不使用模稜兩可的句子。」她老公提醒。

他小時候眞是一點都不可愛耶！秦甄嘆息。「瑟琳娜，我爲我丈夫幼年時爲妳帶來的尷尬艱難，深深致歉。」

「我接受。」瑟琳娜莊重地頷首。「我們別耗在這裡，客廳有人在等妳。」

「我？」秦甄一怔。

瑟琳娜轉向兩個小朋友。

「來，我們帶媽咪和爹地去見很重要的客人。」她一手牽起一個小朋友。「你們想蹦蹦跳嗎？我們一起蹦蹦跳。」

於是，名震天下的奎恩工業CEO，牽著她的寶貝孫子，三人一起在她的億萬豪宅裡蹦蹦跳跳，跑進客廳。

秦甄雙眸閃亮地轉向她老公，奎恩做好準備。

「里昂，你媽咪好酷！」

✷

秦甄不曉得自己該期待什麼。

踏入客廳的門，一位風度翩翩的白髮紳士站在整面牆的書櫃前，對她和煦微笑，這位先生她並不認識，但是另外兩位，卻讓她的淚水瞬間潰堤。

「媽！爸！」

她爆淚衝過去，一家三口相擁而泣。

「我很想念你們……里昂說你們很安全，可是我不敢去找你們，怕給你們惹麻煩……我很抱歉，一切都是我的錯……」她泣不成聲。

「怎麼會是妳的錯？妳只是很認真地過生活而已。」秦媽媽抹掉女兒的淚。

她只能抱著母親痛哭。

秦爸爸拍拍女兒的頭頂，一如成長過程，每一次她向他尋求撫慰之時。

「我們在法國過得很好，瑟琳娜提議了一份慷慨的退休生活，不過妳媽和我想自食其力，我們依然開洗衣店，跟以前的日子沒有兩樣。瑟琳娜讓人幫我們處置掉新洛杉磯的產業，錢匯到法國來，我們的生活過得很安穩。」

「妳爸爸的法文現在溜得不得了，妳應該聽聽他昨天跟一個沒禮貌的奧客吵架，那小夥子被他說得啞口無言。」

「夫人，我不知道該如何感謝妳。」她轉向瑟琳娜。

「叫我瑟琳娜，妳是里昂的妻子，就是我的女兒。」

兩人今天的第二度擁抱。這一次所有生分盡去，兩個女人誠心相擁。

小鬼頭緊緊攀在父親身旁，瞧著爆哭的媽咪。

「你好，很高興終於見到我的女婿和外孫，我是秦有福。」秦爸爸和他高大昂藏的女婿握手。

「秦先生。」奎恩禮貌地點頭。

「我糾結過，第一次見面應該先揍你一拳，還是向你道謝。」秦有福承認。

「哦？」

「你娶走我的女兒，從頭到尾沒有先和我們打個招呼，沒徵求我們的允許和祝福。如今你自己也是個父親，將來若有個小子突然把你女兒拐走，難道你不會想揍他一拳？」

奎恩低頭看看寶貝女兒，紫菀也抬頭凝視他，眼中滿滿的信任與愛。倘若哪個小子莫名其妙把她拐走，他會做的恐怕不只是揍一拳而已。

「……我大概罪有應得。」

「可是，你救了我女兒，還替我們夫婦安排了法國的後路。這樣一想，我又欠你一個道謝。」

「你們不欠我什麼，甄的家人就是我的家人。」

「那麼，歡迎加入我們的家庭。」秦有福微笑。

他們一個是銳利如刀的白種人，一個是中庸溫和的亞洲人，外表截然對比。在正常世界裡，奎恩總衛官和一個平凡的洗衣店老闆永遠不會產生交集，但一位東方精靈讓他們的命運相交。

對同一個女人的愛，讓他們的生命出現共通點。

「嗨，甄，我是約瑟夫·艾德森。」那儒雅紳士走過來自我介紹。「里昂，我們終於見面了。」

「艾德森先生。」奎恩簡單點個頭。

「請叫我約瑟夫。」

約瑟夫·艾德森是那種一眼就讓人想親近的男人，溫文儒雅，一頭近乎全白的金髮散發光澤，在他身上找不到商賈的油膩市儈，或富有人家的倨傲。

奎恩當然調查過約瑟夫·艾德森。

艾德森雄霸歐洲的手工製鞋業兩百多年，雖然不比奎恩家族的資產雄厚，也算是殷實富裕。他在第一段婚姻有兩個兒子，楊和艾克，妻子在二兒子年幼之時便癌症過世，瑟琳娜是他的第二任妻子。她嫁給約瑟夫之時，兩個孩子的年紀都不大。楊比奎恩小兩歲，當時十四歲，艾克十歲。對他們來說，瑟琳娜就是他們唯一知道的母親，某方面她把在兒子身上無法發揮的母愛，全傾注在這兩個繼子身上。

奎恩並不吃味。他的人生有自己想走的路，只要他母親找到自己的幸福就好。

「你們兩個一定是紫菀和道格。」約瑟夫對小朋友眉眼彎彎地笑。

「你怎麼知道我們的名字？」道格依然是搶先說話的那一個，紫菀只是謹慎地巴著爸爸的腿。

「因爲我有魔法。」約瑟夫神祕地指指太陽穴。「你們多待幾天，我說不定可以把魔法教給你們。」

「好，我要學魔法！」道格的小臉頓時發亮。

「好，大家都見過了。」瑟琳娜清脆地拍拍手。「楊和艾克住在倫敦，我叫他們不用急，周末再過來就好。你難得來一趟，這幾天帶著妻子小孩四處看看，當作度假吧！」

奎恩的銳利眼神射過去，他娘卻不爲所動。瑟琳娜打定了主意要跟兩個孫子多相處幾天，不會讓他敷衍兩下就回去的。

只要瑟琳娜下定決心的事，很少有人扳得動她，即使是自己的兒子也不例外。

奎恩放棄了。

✷

「媽咪，妳看。」

紫菀用吸管沾了媽咪調給她的肥皂水，慢慢吹出一個比腦袋還大的泡泡。

「哇，好厲害，這個泡泡是我們今晚吹得最大的。」

秦甄跟她一起「啵」把泡泡戳破，紫菀把鼻子浸入浴缸裡，然後如鯨魚出水跳起來。

秦甄坐在浴缸的邊緣陪女兒玩水。

「媽咪，這個浴缸好大，我好喜歡，我們家也換這種浴缸好不好？」對小小人兒來說，這浴缸已經是一個小泳池。

「我們家浴室擺不進這個浴缸。」她笑道。「好了，快起來穿衣服，你們答應今天晚上陪奶奶一起睡的。」

她把女兒牽出來，用浴巾把她全身擦乾。

財富眞是罪惡的淵藪，他們的套房竟然有兩間浴室，奎恩正在另一間盯著兒子洗澡。

五分鐘後，兩個小朋友洗得乾乾淨淨香噴噴。行李箱的衣物已被傭人掛進更衣室，兩個小朋友換上自己的睡衣，紫菀抱著她到哪裡都不能落下的小熊布偶，道格披著他的藍色小毯毯，兩人在豪華大床跳來跳去。

奎恩拿起手機查看一下訊息，對身周的混亂安如泰山。

「好了，不要再玩了，奶奶在等你們喔！」糾察隊長拍拍手呼喚。

兩個小孩停下來。

「媽咪，我們今天不喝蛋牛奶嗎？」紫菀問。

「晚餐不是吃很飽了，現在還喝得下蛋牛奶嗎？」她一怔。

爲了補充蛋白質，她每晚都幫他們準備一杯加了雞蛋的牛奶，兩小鬼喝完才上床睡覺，這是例行公事。

「可是我們昨天在飛機上，沒有喝。」紫菀有些失望地說。

「對啊。」道格嘴嘟嘟的。

她怎麼忘了？兩小鬼再怎麼興奮，這裡終究是陌生異地，熟悉的日常能帶給他們安全感。秦甄溫柔地笑了。

「你們說得對，我們應該喝蛋牛奶再睡覺。」她轉向老公，「你想，我們能借用一下令堂的廚房嗎？」

「當然，要不要我讓傭人送過來？」奎恩放下手機，走回她身畔。

她看兩姊弟一眼。「不，我們自己做吧！來，動作快，奶奶在等你們一起睡覺。」

奎恩彎腰抱起兒子，她牽著女兒，一家四口展開他們的夜間探險。

沈睡中的城堡永遠帶著一股陰森感。奎恩毫無困難地找到廚房，這男人根本自帶GPS，如果不是很肯定他跟她同樣第一次來，她會以爲她老公住在這裡。

「你是怎麼找到的？」看在她這路癡眼裡眞是惱怒啊！

「這只是一間房子，不是城市。」奎恩好笑道。

「這棟豪宅已經算一座小城市了。噢！他們有全套的P720全自動烹調系統，你知道多少專業餐廳都裝不起這種系統嗎？」她一踏進廚房瞬間融化。

「先生，需要我幫忙嗎？」

一位僕役不知從哪塊暗影分離出來，母子三人都被他嚇一跳。

「不用，讓我們獨處就好。」奎恩不動如山。

僕役微一躬身，又黏合回某片黑暗裡。

秦甄好笑地瞄他一眼。

「怎麼？」奎恩挑眉。

「沒事。」

她從冰箱找出材料，開始製作小寶貝的宵夜。

他可能沒意識到，自己有多習慣豪門生活。

里昂·奎恩絕對是個能吃苦的男人，即使日日以罐頭軍糧裹腹，直接喝井裡打上來的水，他也視之如常。

比起上流社會的浮華，他可能更習慣過斯巴達式的軍旅生活，不過這不改變他出身豪門的事實。巨型莊園、保全隨扈、二十四小時應侍的僕役，對他來說都平常到不能再平常。即使一個僕役莫名其妙冒出來，他也不覺得有什麼不對。

秦甄喜歡發掘她丈夫身上這些矛盾點。

她把牛奶和雞蛋拌勻，加一點點香草精調味，放到微波爐加熱。兩個小鬼陪爸爸坐在中島前等候，小手已經在揉眼睛了。

「今天一人喝半杯就好，免得夜裡一直跑廁所。」他們僅餘的電力大概撐不了多久，她最好動作快。

不期然間，門口暗處出現一抹金色身影，瑟琳娜雍容踏入溫暖的昏黃裡。

「抱歉，讓妳久等了，他們睡前一定要喝雞蛋牛奶。」秦甄歉然道。

「儘管來，別擔心我。」瑟琳娜擺擺手，坐進孫女身旁的高腳椅。

她取出煮熟的雞蛋牛奶，先試一下溫度，再調一點鮮奶下去以免太燙，然後平分兩杯，往兩個小鬼頭桌前一放。

道格一如以往，迫不及待喝一大口，然後期待地望著姊姊。

「吼！你每次都這樣。」小姊姊抱怨歸抱怨，依然從自己的杯子倒一點點過去，再把弟弟的杯口擦一擦，以免滑滑的他抓不穩。兩個小人兒一人一杯，心滿意足地喝了起來。

「紫菀是好姊姊。」瑟琳娜溫柔輕撫她的頭髮。

「那我呢？」小道格問。

「你是好弟弟。」瑟琳娜笑著捏捏他的小臉蛋。

「最喜歡欺負弟弟的人是她，絕不讓人欺負道格的也是她。」秦甄笑道。

「我才沒有欺負他。」紫菀抗議。

「妳老是說弟弟交不到朋友，雖然只是在開他玩笑，其他小朋友不會這麼想唷！」秦甄溫柔撫摸她的臉頰。「他們會想，他姊姊都可以這樣說他了，他們也可以。」

「他們才不敢笑我弟弟！」小丫頭楞了一下，好像沒有想過這件事。

道格的臉微露遲疑之色。

「什麼？他們笑你？」紫菀倒抽了口氣。

「比利跟艾倫說，他不跟我好之後，就沒有人要跟我交朋友了，然後艾倫就一直笑。」

「等我們回去，我們一起去找比利和艾倫，我要問他們是什麼意思！」小姊姊怒氣沖沖地宣佈。

「嗯。」道格用力點頭。

瑟琳娜在旁邊忍俊不禁。太可愛了！眞想把這兩個小鬼揉成一團，塞在口袋裡，永遠隨身帶著。

「我以前一直希望再生個女兒給里昂作伴，一個小孩太寂寞了。」她嘆息。

「里昂說過，以花朵命名的女兒，所以我們才以花朵爲紫菀命名。」秦甄微笑。

「是嗎？」

奎恩起身到冰箱拿礦泉水，瑟琳娜盯著他高大的背影，沒有說話。

「後來爲什麼沒有再生呢？」秦甄問。

「年輕時我們都以爲自己有全世界的時間，事實證明，我們的時間永遠不夠長。」瑟琳娜惆悵地一笑。

「我很遺憾。」秦甄輕柔地說。

瑟琳娜微微搖頭。

「妳很喜歡下廚嗎？」

她在廚房活動的身影很自在，不是臨時湊文章。

「從小就喜歡，對我來說，下廚是一段讓頭腦放空的時間，我們一家待在廚房的時間比在客廳長。妳也會下廚嗎？」秦甄只是隨口一問，沒想到瑟琳娜竟然點頭。

「是。」

「眞的？」奎恩正在喝礦泉水的手略略放低。

「爲什麼這麼驚訝？你小時候的每一餐都是我親手做的，直到你父親接下族長之職，我必須處理的社交事務增加，才不得不聘請廚師。」

那是他四歲那年。

秦甄看他的表情就知道，他不記得母親爲他做過飯。這對深愛著彼此的母子，爲何變得如此生疏？

奎恩突然閃身而來，兩個女人被他嚇了一大跳，他大手一伸及時撈住紫菀的腦袋，以免她敲中檯面。如果不是她老爸身手過人，她的額頭現在已經一個包，旁邊的小道格也抱著牛奶杯，歪著脖子睡著了。

不是兩秒鐘前還在喝牛奶嗎？瑟琳娜笑了起來。

「小孩子眞的很好玩，每次說斷電就斷電。」

奎恩溫柔地抱起女兒，讓她枕在自己肩頭。秦甄想繞過來抱兒子，被瑟琳娜阻止。

「我來就好。」她小心翼翼地把道格挪進懷中，秦甄拿起小熊布偶和藍毯毯，一人一個塞好。

「來吧！睡覺時間。」瑟琳娜輕吻孫子的頭頂，小孩子的奶香味令她滿足地深呼吸一下。

「你們兩個去吧，我把這裡收拾一下。」秦甄揮揮手。

「交給僕人就行了。」瑟琳娜說。

「沒關係，做這些小事讓我放鬆。」

奎恩點頭，和母親一起抱著孩子離開廚房。

母子兩人安靜地走在長廊裡。

上一次和里昂並肩而行是何時呢？她已經記不起來。

從他身上射出的生命力強猛卻收斂，猶如一隻馴養的龍。他隨時能讓那頭龍釋放，多數時候會將牠安靜地拘伏在體內。

道格也是如此。數不清多少個夜晚，她走在道格身畔，很清楚自己處在全世界最安全的地方，因爲身旁的男人不會讓任何人傷害她。

道格或許不夠愛她，卻是個合格的丈夫。

里昂不只是個合格的丈夫，更眞心愛她的妻子。瑟琳娜浮現一股近乎嫉妒的欣慰感，她兒子不會像他父親那樣，孤傲地離開人世。

身爲一個母親，她已別無所求。

「你知道她不是眞的想收拾廚房，只是想給我們一點時間獨處吧？」瑟琳娜唇角一挑。

「嗯。」身邊兩個熟睡的小孩，也不怕他們吵起來。

「原本我有點擔心她配你太軟弱，現在我逐漸改觀。」

秦甄像一塊軟棉花，讓人施不著力，卻絕對有存在感。她兒子這種剛硬的男人，或許就需要一塊軟棉花包裹他。

「甄擁有堅強的意志，倘若我和她意見相左，相信我，我很少是贏的那一個。」他的藍眸十分溫存。

「她值得你走這一遭嗎？」瑟琳娜輕聲問。

「是的。」他毫不遲疑。「即使沒有她，我也會走上同樣的路，但……是的，爲了她更值得。」

「我很爲你開心，你們是好父母。」瑟琳娜點點頭。

「妳和爸爸也是好父母。」奎恩看她一眼。

「我們是『合格』的父母。」她糾正。

在父母這一塊，只做到合格是不夠的。

「我沒有給妳機會一直陪在我身邊。」他靜靜說。

「你確實選擇年少就離家，但不表示我應該讓我們彼此變得疏遠。」瑟琳娜的藍眸略微迷濛。「我一直以爲，一個文明的家長就是給孩子他們想要的空間，但我忘了這空間必須塡進大量的愛。若說在撫養楊和艾克的過程中我學會什麼，那就是我應該多嘗試一點，而不是任由你飄遠。」她瞄兒子一眼。「我敢打賭，甄不是個會任由孩子飄遠的母親。」

確實。

甄會打電話、寫Email、嘮叨，把孩子們煩個半死，但他們會定時乖乖回家吃飯，讓媽咪知道他們最近在忙什麼；他們也知道，當他們在外面衝撞得頭破血流、傷痕累累，她永遠會伸手接住他們。

在他的世界裡，「距離」被定義爲上流社會的文明。大人有大人的世界，孩子屬於保母和傭人，起碼瑟琳娜沒有將他扔給保母帶大。

奎恩以前從未想過這點。爲什麼他從來沒想過這點？

「妳做得夠好了。」他終於說。「抱歉我一直沒聯絡，只是不想給妳帶來麻煩。」

「我知道。」這也是她惱怒的原因，她兒子竟然以爲她會怕麻煩。「你何不從我的角度來想想？我兒子將滿三十歲，聽說他結婚了，新娘是誰？我不知道，他不認爲有必要介紹我們認識。

「我打電話給他，多數時間是他祕書接的——順道一提，蘿拉是全世界最專業的祕書，你當初應該帶她一起走——少數他終於接電話的時候，我們三分鐘就講完。接著，我接到貝的電話，我兒子失蹤了，選擇成爲一個叛逃者。

「我心急如焚，用盡各種手段都找不到他，這時奧瑪和總統打電話給我，希望我說服我兒子投降。哈！如果我有管道說服我兒子的話。

「我透過任何人試圖聯繫，檯面上的，檯面下的，他們要不就跟我一樣消息全無，要不就是顧左右而言他：『我高貴美麗的瑟琳娜夫人，妳知道奎恩就是那副死樣子，別理他。妳想我可以優先拿到你們最新研發的蜂型無人機嗎？』」這話一聽就知道是誰說的。

「最後我終於明白，唯一見到我兒子的方法，不是一直追在他身後，而是讓他自己來找我。」

顯然這一招非常管用。

「我只是想保護——」

「我不需要你的保護！我是你母親，應該是由我來保護你！」

「我已經是個成年——』

「你就算到了六十歲依然是我兒子！」

奎恩只能乖乖聽訓。

瑟琳娜深吸了口氣。「里昂，你是我的血肉，失去你等於失去我的一部分，永遠不要再搞失蹤了。」

「我盡量。也請妳不要再玩這種法律遊戲，我不是每次都能丟下一切，跑來法國看妳。」

「這招有效，不是嗎？其他的等楊來了再說。」瑟琳娜打開房門走進去。

約瑟夫已換上睡袍，坐在窗邊的閱讀桌翻閱一本線裝書。看見兩人進來，他微笑站起來。

「看來我們的小客人已經棄械投降。」

奎恩和母親把兩個孩子放到床舖中央，兩個小傢伙全身軟綿綿，猶如斷了線的布偶，甚至連蠕動一下都沒有。

他立在床畔，突然想起這是兩個小孩第一次跟其他大人過夜，心裡竟然有點捨不得的感覺。

「通常道格會一覺到天亮，紫菀有時半夜會醒來上一次廁所，不過他們都累壞了，或許今夜會睡沈一些。」

「放心，我當家長的資歷比你長，回去抱你老婆吧！」

於是，他那有了孫子不要兒子的娘，很不客氣地把他踢出門。

✸

奎恩在其中一間套房的浴室找到她。

他倚著門框，饒有興味地觀賞著。他老婆曼妙的身軀光裸，把蓮蓬頭當作麥克風，正熱情地載歌載舞。

「寶貝，你就是煙火，讓他們瞧瞧你的厲害，讓他們大喊：『噢、噢、噢！』，看著你在天空大放異彩——啊！」

她旋過身，猛不其然被他嚇了一跳。

那雙藍眸變濃。

高大，強壯，英俊，黝黑，男性化得不可思議。他什麼都不必做，只是簡單地站在那裡，就能讓她體內一陣緊縮。

那雙藍眸傳達著愛和慾望，強烈的、任何人都不會錯認的慾望。

「我剛剛想起，妳從來沒有爲我表演過。」他慢條斯理地開口。「我應該值得一場私人演唱會。」

她假裝勇敢地挺起胸，豐潤的乳房往前一聳。

「你得趕快離開，我丈夫快回來了。」

「嗯……」他離開門邊，慢慢在她身旁繞了一圈，巨型貓科動物圍著獵物遊走的姿態。

「我是說眞的，我丈夫非常強壯，而且很愛吃醋。」她的末梢神經全部著火。

「或許我該給他一點原因吃醋。」

他停在她身後，很近很近，可是沒有碰到她。她感覺他的體熱和氣息完全包裹住她，從背後的角度可以清楚看見胸前的兩朵櫻紅硬挺。

浴室瞬間變成叢林，大貓盯著牠的獵物，好整以暇地盤算該從何下口。

這隻獵物，完全不打算反抗。

她的皮膚刺痛，汗毛豎直，雙頰嫣紅，她的呼吸不斷加快，腿間的暖澤開始沁流。

太瘋狂了，這男人甚至不必碰到她。他們已經結婚九年，他依然對她有如此巨大的影響。

背後的熱源稍微退開一些，她來不及失望，不多久熱源又貼了回來。

不必回頭看就知道，他已經和她一樣全裸，興奮的顫慄流竄全身。

今天晚上，他們不必顧忌睡在附近的小孩。

他不是丈夫和爸爸，她不是妻子和媽媽。

他們是男人和女人。

粗糙大掌貼住她的小腹，摩擦引起刺激的觸感，她克制不住細微的震顫，幾乎爲這碰觸呻吟。

嬌挺的臀部往後一貼，一個灼熱的器官頂住她，她耳畔的咕噥更似野獸的咆哮。

貼住她小腹的手往下，探索她的熱源，她已經完全準備好。

目前爲止，他們觸碰的只有他的手和她的皮膚，但她整個人彷彿已被他圈緊。

「妳丈夫會這麼做嗎？」他的長指探入她。

「會……」她低吟，雙腿幾乎撐不住自己。

「會這麼做嗎？」另一隻大掌從後面圈住她的左乳，施點力揉捏。

「會……」爲什麼她還能站著，連她都不明白。

「會這麼做嗎？」他咬住她的嫩頸，吸出一個又痛又癢的紅印。

「會……」

今天的他特別興奮，他們已經很久沒能如此放肆。

他不打算收斂自己的慾望，她最好做好準備，今晚會被弄得很慘。他的長指突然用力探入她，她不爭氣地在這一刻軟倒。

他接住她，強壯的手臂撈起她的一隻大腿，從後面狠狠頂入。

「啊！」她無助地掛在他懷中，連呻吟都無力。

他將她抱到洗手台前，讓她雙手撐住邊緣，從後面兇狠地進襲。

面前就是一整面鏡子，他們清楚看著交合的每一絲細節。他如何進入她，衝撞她，她粉嫩的皮膚被他抓出紅印，大掌用力揉捏之後留下一片指痕。

她羞臊地閉上眼，不敢直視。

「看著，看我如何佔有妳。」他在她耳後低吼。

「里昂……我不能……啊……里昂！」

強烈的視覺、觸覺、嗅覺，各種感官同時接受刺激，她受不了地奔上頂峰。背後的男人粗嗄低吼，被她緊緊的絞弄而棄械投降。

今晚的第一次快速而兇猛，兩人都無法久持。

她全身的力量癱在他身上，撐不住自己。身後的男人略略調整呼息，大掌重新在她身上彈奏美麗的樂章。

啊，今夜眞的會美妙而漫長……

他們回到床上，又慵懶地做了兩次。

這兩次不像在浴室那麼刺激，但強度不變，她老公體內的野獸被喚醒，沒做到不成人形大概收不了場。

終於高潮了數次，野獸也有饜足的時候，她滿足到不想動。

她愛這樣貼著他，感覺他堅硬灼熱的身體，長指在她肌膚懶散滑動。有時兩人說說話，有時就自然飄入夢鄉。

這樣的時刻讓她感覺自己眞正活著，眞正被愛著。

「你們有沒有吵架？」

「她數落了我一頓，我沒說什麼。」

「你活該，你知道吧？」她的耳朵貼在他胸膛，聽著他低沈的嗓音滾成一片震動聲。

「我？」他低頭看著她。

「我也有責任。」共犯先承認。「只是，沒有哪個媽咪喜歡兒子躲著她，想想將來紫菀和道格如果也這麼對我們……」

「我早該知道妳會站她那邊。」他呻吟一聲。「妳第一眼見到她的表情就說明一切。」

「才不是。」她好笑地輕捶他。「她是你媽，難道你希望我們痛恨對方？」

「不。」他光想到那一幕就發抖。

她笑了起來，沒有哪個男人想夾在兩個女人之間，無論他是神威凜凜的將軍或呼風喚雨的大老闆。

「你想，我們會在法國待多久？」她問。「媽媽約我們明天到他們家一起用午餐，下午帶小孩出門逛逛。這幾天如果有空，我想多陪陪他們。」

「不急，慢慢來。」他唇角一挑。「妳知道他們爲何堅持繼續開洗衣店吧？」

「嗯哼。」她在他胸懷枕得更安穩一些。

秦氏夫婦在新洛杉磯已經是半退休狀態，資金轉來法國之後，即使不算富裕，也能安然過一個晚年。

他們只是不想太依賴奎恩家族和瑟琳娜。將來若是他和甄的婚姻出問題，他們想讓女兒明白，她還是有娘家可以靠的。

「他們是一對好父母。」他說。

「瑟琳娜也是一個好母親，她非常愛你。」她微微從他胸前抬起頭。

「嗯。」他凝視天花板。

楊和艾克在兩天後抵達法國。

那天早上，甄和秦氏夫婦帶著兩個小孩去看巴黎鐵塔，給他們空間討論要事。

「爹地，你不跟我們一起去嗎？」紫菀從車窗探出頭。

「你們先去，爹地隨後就來。」

「爹地，我會買尖尖的帽子給你。」小道格從姊姊旁邊擠出來。

「你少煩了，爹地才不會戴尖帽子。」

「妳才煩！」

「你煩！」

「妳煩！」

「你更煩！」

「媽咪，我煩嗎？」他回頭尋求仲裁。

「我是媽咪，我當然不覺得你煩。」

「看吧！媽咪說我不煩。」道格得意地告訴姊姊，紫菀翻個大白眼。

秦甄用嘴型跟他說：救命。奎恩暗自好笑。

「好了，小朋友快坐好，要出發了，我們還要去接外公外婆。」她拍拍手，車子終於出發。

奎恩看著豪華房車將他的家人載走，一輛隨扈車緊跟在後。

他從未對任何人說過，即使是甄；每次他們離開他的視線，哪怕只是早上出門工作上課，他心裡總有一份恐懼：如果這是他最後一次見到他們怎麼辦？

這份恐懼太蠢，理智隨即把它掐熄，但每一次都會冒出來。

另一個他還是總衛官之時不明瞭的情緒：愛得太強烈，連看不見他們都會感到不安。

時間還沒到，他回房利用大宅的加密系統和德克薩斯聯繫。

在他們出門的隔天，田中洛也出去營救一群平民，順利的話今晚會回到卡斯丘。

岡納加入他們的營訓，現在每個人的最大目標就是在校場上打敗他。奎恩不禁莞薾，似曾相識啊！

岡納借了一輛車想到拉巴克，羅瑞．艾森明確地讓他知道，他並不受歡迎，岡納則讓羅瑞明白，他們的意見對他有多重要。

奎恩想了想，給岡納的手機傳了一則簡訊：「乖一點。」

那端立刻傳來回應：「秦甄，不要再偷用妳老公的手機，還給他！」

好吧！他被諷刺娘娘腔了。

幸運的話，等他回到德克薩斯，每個人都還在呼吸。

看一下時間差不多，他起身走向母親的書房。

兩個繼兄弟的資料浮現在他腦中。

三十五歲的楊．艾德森已經結婚，有一名十八個月大的女兒。牛津法學院畢業，專精國際法和歐洲邦聯法，從他如此年輕便能成爲歐洲幾個知名政客的律師，即可得知這人並不好惹。

他老媽擺他的這一道，應該就是楊處理的。

三十一歲的艾克．艾德森依然是個黃金單身漢，名字偶爾會和某些女明星一起上花邊新聞。他和哥哥同爲牛津法學院的校友，兄弟倆合開了「艾德森兄弟法律事務所」。艾克掛名的成分居多，法學院畢業之後他只執業二年，便進入奎恩工業，目前是瑟琳娜的總裁特助。

奎恩很瞭解自己的母親。她愛她的孩子們，在公事上卻是個不容情的老闆。倘若艾德森家的兩個兒子沒有能力，她一樣會愛他們，確保他們今生衣食無虞，但她不會讓他們跟在她身邊做事。楊和艾克既然有辦法成爲瑟琳娜的御用律師和特助，奎恩不會小看這兩個人的能力。

他舉手敲了敲門。

「請進。」瑟琳娜回應。

他舉步而入，屋內的交談立刻停止。

艾德森家的三個男人都在，還有他母親。

瑟琳娜坐在大辦公桌後，約瑟夫悠閒地坐在旁邊的閱讀椅，膝上一本書。楊和艾克坐在沙發區，和父母閒聊。

棕髮棕眸的艾克長得比較像父親，楊的金髮藍眼和瑟琳娜十分相似，若不說，很多人會以爲他們是親母子，任何人都不會懷疑這四個人是一家人。

身形修長的楊帶著一副金絲邊眼鏡，散發和父親相似的書卷氣，艾克卻相反，寬肩闊膀，虎背熊腰；比起父兄的斯文，他更像一名職業運動員。

「日安。」奎恩禮貌地問候。

艾德森兄弟的神情微微一斂。

他們當然聽過奎恩總衛官的威名，紀律公署在西方世界聲名遠播；許多動亂地區必須執行維和任務時，國際邦聯若有要求，美加不乏派出紀律公署的衛士支援。

然而，這個男人和電視上的奎恩總衛官完全不同。

這個男人更冷靜致命。

奎恩總衛官有一股冷靜自持的氛圍，在他們面前的男人剝掉了那層體制中的表象。他的表情在說：他不再跟隨別人的規則起舞，他有自己的遊戲規則，倘若別人不喜歡，那就太糟了。

以前的奎恩總衛官是一隻被圈住的獅子，現在的里昂．奎恩馳騁在草原上。

「讓我確保這次的會議明確而短暫。」奎恩沒有踩進來，只是站在門口。「我們都知道那紙宣告失蹤的禁制令有多薄弱，我只需帶著一名律師走進國際邦聯的總部，立刻可以讓禁制令失效。不過我不想花太多時間在無意義的法庭攻防上，你們明天立刻撤銷申請，恢復我被凍結的資產，短期之內我們都可以不必再看到對方。」

艾克是第一個跳起來的。

「哦？眞的嗎？如果你這麼厲害，幹嘛不自己去撤銷申請？我倒想看看全世界報導你人在法國，還活跳跳的新聞。」

「艾克……」

「不，老媽，他太過分了。」艾克指著他鼻子。「他自己一走了之，所有苦工都是我們在做。現在還大大方方走進來，一副每個人都欠他的表情。里昂．奎恩，你給我聽清楚，在這間屋子裡的每個人都不欠你什麼。」

「不，你們並不欠我什麼。」他依然面無表情。「只要中止你們無聊的法律程序就好。」

「哈！恐怕這個虧欠是單向的，你欠我們！」

「艾克……」

「不，老媽，我今天一定要跟他說清楚。」艾克挑釁地往前走了幾步，「你失蹤之後，老媽有多擔心你知道嗎？她四處找你，你不是不知道，卻連花工夫回她一通電話都不肯。紀律公署的質問是我們在扛，政治壓力是我們在扛，美加政府運用他們的影響力，試圖逼迫我們的客戶不再合作，讓我們不得不交出你的下落，也是我們在扛。我們面對這些問題時你人在哪裡？你窩在德克薩斯的荒野當一名逃兵。」

「艾克！」瑟琳娜皺了皺眉。

「不，媽，我非得把他惹的爛攤子都攤開來不可。」艾克繼續和他對峙。「七年前，老媽決定將『奎恩工業』的總部從美加和倫敦移轉到法國，你以爲爲的是誰？轉移一個市值幾兆的企業總部是一件很簡單的事嗎？我甚至不想細訴我們在全球各地的分部多麼兵荒馬亂，一度市場謠傳我們遇到財務危機，股市跌了七個百分點。

「爲了讓公司高層順利跟著遷移到法國，我們付出多少成本？所有系統短期內重新規畫、重新上線，聯繫世界各地的客戶、安撫人心，全球十幾萬個員工家庭受到影響。

「這一切只因爲七年前的某一天，老媽終於確定你眞的叛逃。爲了你，把我們的事業撤到一個跟美加交惡的國家，以防有一天她必須保護你，不必擔心受到政治干預。你現在竟然站在這裡，跟我們說你不欠我們什麼。奎恩，你欠我們的可多了！」

奎恩負著手，沒有出聲。

約瑟夫放下書本，靜靜關注著。瑟琳娜似乎開口想說什麼，他的手輕輕按在妻子手上，溫柔搖搖頭，瑟琳娜把話壓回去。

奎恩終於開口，低沈冷靜的語氣和艾克的激動截然相反。

「過去七年，我住在一個叫『卡斯丘』的地方，位處於德克薩斯中南部，離輻射污染的廢境三十哩之隔。鎮上有一個墨族人聚居之地，叫『希塞社區』，一開始我們有五千人。我在那裡訓練墨族人如何戰鬥，我們周圍被幾個窮兇極惡的犯罪集團包圍，北方有歐洲幫虎視眈眈。在這七年裡，我們歷經過四場戰爭和大小不一的戰役。

「五年前我的妻小差點被綁走，聖安東尼奧幾乎被屠城——這一仗只屬於『戰役』的一場，甚至排不上戰爭。七年來，我總共被暗殺過二十四次，有七次比較驚險，一次對方差點得手，更不用說在戰場上殺了多少人，死了多少同伴，受了什麼樣的傷，接下來又將面臨多少次殺戮和攻擊。」

他的藍眸直直落在那雙和他一模一樣的藍眸上。

「這是我不和妳聯絡的原因，這是我唯一知道如何保護妳的方法——無論妳認爲自己能扛住多少壓力，只要妳完全沒有我的消息，沒有人能拿妳怎麼辦。」

他的視線轉回楊，然後是艾克身上。

「我很感謝你們陪在我母親身旁；和我比起來，你們是更好的兒子。」他的藍眸一冷。「不過，不要以爲這件事對我是個恩惠。你們愛瑟琳娜，因爲她是個好母親，即使沒有我，你們也依然愛她。所有你們爲她做的事，都是一個兒子心甘情願爲母親做的，不是爲了別人。

「你們有你們的戰場，我也有我的。你們的戰場是數字的得失，我的戰場是一條條人命。」他舉起食指，阻止楊發言。「我無意比較兩者孰高孰低，數字的損失有時會直接導致人命的喪失，所以我們的戰場同樣重要。

「無論奎恩工業轉移總部的陣痛期多長，終究過去了，你們在這裡的每一天都能工作，不過我離開的每一天，都可能有一場武裝衝突在德州的某處發生，我的手下正在面臨生死關卡，而我不在那裡。這些人命，是我不願意付出的成本。」

他直直望進艾克眼底。「相信我，這也是你不願意付出的成本。」

艾克動了動嘴，但無話可說。

「如果在我失聯的那段期間，你們遇到的問題已經夠多，想想我若一直保持聯繫，奎恩工業被歸類爲『墨族叛軍的幕後支持者』，你們又要面臨多少政治衝擊？」

所有人沈默。

全球跨國集團都明智地把持一個原則：不沾染政治色彩。當然主事者一定會有個人政治傾向，不表示企業體會公然表態。

倘若有一天奎恩工業與被美加歸類爲「恐怖組織」的墨族綁在一起，情況確實會變複雜。

「我說過，歐倫多和奧瑪嚇不倒我。」瑟琳娜娥眉一蹙。

「但不表示我願意讓妳陷入這種局面。」他們母子倆都用自己的方式在保護對方。

「你是我兒子，你是在要求我對你棄之不顧嗎？」瑟琳娜的藍眸一硬。

「我是一個三十八歲的成年男人……」

「你就算到六十歲都是我兒子！」

「我深深感謝你們爲我做的一切，眞的，但我有自己必須走的路，也不能保證回去之後會繼續保持聯繫。我只能承諾，盡量不讓麻煩牽扯到你們身上。」

艾克回頭看看哥哥，楊和他互視片刻。

「我告訴過你，絕對沒有辦法扳倒他的，你就不信。」楊慢條斯理將眼鏡摘下來，掏出拭鏡布擦一擦再戴回去。

突然間，艾克笑了起來，憤怒高大的攻擊球員消失，陰沈的臉瞬間發亮。

「我總得試試看啊，不然你每次都笑我不會扮黑臉。嘿，老兄！」艾克舉高手過來跟奎恩擊掌。

「很高興終於見到老媽的兒子。必須承認，第一眼見到本人的時候，我有點震撼。」

「他是你的粉絲。」楊冷靜地說。

「才不是粉絲，我都三十……好啦！多少有點粉絲心情。」艾克興高采烈地告訴他。「你有沒有看過你在紀律公署的廣告？哇靠，超酷的！老媽說，你娶了一個墨族女人，決心帶領整個墨族反抗，我心想：『哇，如果有人生來就是爲當了英雄，那非里昂．奎恩莫屬！』對了，老媽他們要逼你出面的方法，我可是反對的那一個，我完全站在你這邊。」再度給他一個碰肩招呼。

「……」能讓奎恩意外的事不多，今天算見識到了。

瑟琳娜挑了挑修長的眉。「我正想著，艾克怎麼這麼反常？別被他們兩人的外型騙了，攻擊型的人是楊，艾克是和平主義者。」

「楊笑我不會扮黑臉，是人都忍不下這口氣。」艾克挺直雙肩。

「……」被扮黑臉的人表示。

瑟琳娜正式替他們介紹。

「楊，艾克，你的繼兄弟。里昂．奎恩，我兒子。」

「很高興認識你。」艾克興奮地過來跟他撞一下肩膀，再熱情地熊抱。

奎恩渾身僵硬地站在原地。通常他看到一個高壯的男人朝自己衝過來，第一個反應是將對方摺倒。

「我看過所有紀律公署的形象廣告，還有一些案件調查紀實，雖然你幾乎不接受任何採訪，還是有很多紀錄片介紹你。我得說，我滿驕傲老媽的兒子是個人民英雄。」

「現在不是了。」奎恩冷靜地跨開兩步，閃離他熊抱的範圍。

「噯，眞相遲早會大白，只要經過適當的公關操作。」艾克擺擺手，坐回原位。

奎恩慢慢走到單人沙發坐下，母親的辦公桌在他右邊，約瑟夫在他右邊，兩兄弟在他前方，門口在兩兄弟身後，一切都在他的視線範圍內。

即使在安檢規格最頂尖之處，他依然處在備戰狀態，瑟琳娜心裡同時融合著驕傲和心疼。

精明幹練的楊不浪費時間。「我們把你抓來法國不是沒原因的，我猜你從未想過如何有效地運用資金？」

「把我的錢還我，就是最有效的方法。」

「他沒有想過這個問題。」楊告訴另外三個艾德森。

「里昂的精明不是用在理財上。」瑟琳娜嘆息。

「我明白。妳是他的財務經理人，替他做所有投資理財，他八成連自己總資產是多少都不知道。」楊在手中的平板電腦滑動幾下，叫出一堆資料。

「有沒有人要告訴我，我們坐在這裡幹嘛？」奎恩冷冷地問。

「好，在談正題之前，讓我先把最基本的事解決掉。」楊把平板電腦放回桌面。「剛才艾克說的都是眞的，包括我們這段期間遇到的困難，也包括我們對你的支持，尤其在我自己當了丈夫和父親之後。任何人若想動西西莉亞和妮琪一根汗毛，我會毫不猶豫殺了他們。」

「這甚至和家庭無關，我們經營一個龐大的軍火集團，不表示我們支持種族屠殺。」艾克插口。

奎恩緩緩點頭。

「媽，他好難聊，任何人這時候起碼表現一點感動的樣子吧？」艾克抱怨。

瑟琳娜不禁輕笑。

「艾克是個愛說話的孩子，從小讓他不說話就是最好的處罰。」約瑟夫幽默地解釋。

「和道格一樣。」奎恩的藍眸淡淡掃過一絲笑意。

「是的，和小道格一樣。」約瑟夫笑了起來。

「談正事。」楊提醒弟弟。

「好吧，談到錢是我的長項。」艾克精神百倍地把平板滑到自己面前。

「你們何不把那紙愚蠢的禁制令撤除，其他的交給我自己處理？」

「因爲你的方法很沒效率，」艾克不管吐誰的槽都面不改色。「你是一個犯罪金融專家，開始逃亡之後很自然地遵循你的專業而走。然而，犯罪金融和投資理財是完全不同的領域，甚至背道而馳。在黑市，你辦任何事都必須付出高額的手續費，可是並非所有的資產都必須這麼處理。我可否假定，你現在是墨族的主要經濟來源？」

奎恩不置可否。在情況未明之時，敵不動我不動就是最好的哲學。

艾克銳利地看他一眼。「過去七年，你花錢如流水，主力放在當年匯往離岸銀行的現金，其他資產幾乎都沒動，我猜你起碼燒掉三分之一了吧？這是一條只出不入的路，可以燒多久？你明白其他海外資產現在的價值嗎？」

奎恩的藍眸直直對住母親。

「別被他粗枝大葉的外表迷惑，艾克確實對理財有一套。」瑟琳娜告訴他。

「嘿！人家我這叫粗獷有型，怎麼會變成粗枝大葉？」

奎恩慢慢張嘴。

「還有甄和小孩，你就沒想過保障他們的未來嗎？」艾克一句話馬上讓他閉嘴。「瞧，我抓住你的注意力了。」

「甄和小孩又如何？」奎恩藍眸一瞇。

「如果有一天你死了，他們怎麼辦？——抱歉，老媽。」

「繼續。」瑟琳娜把心頭被刺一槍的感覺壓下去。

「甄和孩子會繼承我全部的遺產。」他冷冷道。

「這是理想狀況，但很多時候往往不是這麼理想。既然你人來了，我們何不先幫你溫習一下自己的總資產？這是我們手中擁有的海外資產總額。」

奎恩接過來一看。嗯……他最值錢的財產是族長的股份。他騙孟羅已經把股份解除信託，當然是假的。那部分是動不得的，只是帳面上好看的數字，不過股份的紅利直屬於他。

過去七年，除了他匯走的現金，主要收入來源是奎恩工業的股息，每年大約有九千萬。

九千萬對任何人都是夢寐以求的數字，不過他不是任何人。希塞營區光進一批軍火就是兩、三千萬，他們一年需要三到四次的補給，九千萬就沒了。更別提這麼多張嘴要餵，僱員必須付薪水，設施必須建置。

隨著他們在德克薩斯的勢力範圍擴大，田中洛處理的事務變多，沒什麼機會出門募款，過去七年他很大程度都在吃老本。

那個老本的底子極豐厚，不過戰爭向來是燒錢的事業。他當初帶走的五十億現金，現在還剩下三十幾億，估計還能撐個十年左右。

他交給母親處分的資產約是二十億，現在螢幕上的數字……他再抬頭看母親一眼。

艾克謙虛地道：「好了好了，你千萬別這麼熱情感謝我，我都快承受不起。」

「……」

他略過一堆價格飆漲的房地產總值、轉投資，一堆股票基金債券的結餘等等，指了指一個獨立的帳戶。

「這個帳戶是什麼？」

「這是所有投資的分紅、股利、租金盈餘等等，我全部將它集中在這個帳戶。」身為一個理財專家，艾克實在不能說自己很高興看到一堆死錢放在那裡不動。「這十億一直放在那裡，一直在增值，而我們無法告訴你，你還有這個帳戶能用。」

看吧？有沒有讓人很火？

「這是你的海外投資，美加政府碰不到。」楊負責處理所有法律層面的問題。「為了以防萬一，媽要求我做一些預防。我們一直見不到你，只能先以秦氏夫婦的名義成立一個信託基金，確保美加當局動不了這些錢。現在你來了，我們可以做更妥善的安排。」

倘若他真的戰死或被抓走，資產被凍結，甄和孩子依然能透過秦氏夫婦得到這筆錢。這就是他們在說的，保障甄和孩子的未來。

為什麼他以前沒想過？

「因為你知道我不會讓這種事發生。」瑟琳娜彷彿看出兒子的心聲。

她不會讓他戰死，也不會讓他的妻小流落街頭。里昂在金錢的處理上確實很任性，但這份任性來自於對她的信任。

「爲什麼你可以得到我的資產資料？」奎恩冷冷注視艾克。

「別擔心，老媽依然是你的主要經理人。不過她是奎恩工業的CEO，你總不能叫她天天幫你注意哪間屋子漏水吧？所以她聘請我擔任她的『二廚』。」

「你們又爲什麼在乎？」奎恩慢慢把平板放回桌上。

好問題。

楊嘆了口氣。「我大概可以給你二十個理由……」

約瑟夫忽然放下書走過來，拍拍兒子的肩膀，坐在奎恩對面。他泛白的金髮散發一輪光圈，儒雅的氣息流轉。倘若文學能凝粹成一個實體，應該就是約瑟夫・艾德森的樣貌。

「瑟琳娜深愛著道格——別擔心，我娶她之時就明瞭的——這份愛讓她變成一個更好的女人，而我是這個成果的收穫者。

「身爲一個英國文學教授，我對商業從不感興趣，我的家人早就放棄我了，可是楊和艾克都表現出艾德森家在這方面的天賦。楊選擇他更愛的法律，艾克曾經搖擺過，後來決定追尋自己的夢想。倘若沒有瑟琳娜，我完全不知道該如何指引他們。遇到你母親，是上天賜給我最好的禮物。

「他們有一個好母親，里昂。」約瑟夫溫柔地注視他。「你的母親。」

艾克傾身握住母親的手。

「他們兩位母親都愛，不過恐怕對伊蓮的印象不深了。瑟琳娜是他們唯一的母親，在他們差點踏上岔路時把他們拎回來。她分享他們的人生，爲他們開啓許多扇門，確定他們靠著自己的能力走下去。

「或許你無法理解，在楊和艾克心裡，你是瑟琳娜的孩子，所以你也是他們的兄弟。」約瑟夫微微一笑。「里昂，回答你的問題，我們在乎，是因爲我們都希望你最後能活著走出來，你也是我們的家人。」

奎恩突然有一種回到中學的感覺，聽著老學究對他諄諄開導。他可以應付各種情境，然而面對這溫柔如風的長者，他突然不曉得該說什麼。

「你知道去年的巴黎嘉年華槍擊案嗎？」楊彷彿看出他的困境，打破過度溫馨的氛圍。

「知道。」奎恩鬆了口氣。

「那個混蛋開著卡車衝撞人群，再持槍掃射，總共造成二十七個人死亡，上百個人輕重傷，這是法國史上單一兇手的最高死亡紀錄。」

「卡佐圖幹的。」奎恩靜靜道。

「是的。」楊繼續道：「事後警方查扣卡車上的武器，裡面不乏軍事等級的槍械，甚至有一台高精密的反監聽儀和干擾裝置，阻隔了受害者報警的機會。一般人無法取得這種武器，世界各國也只有特種兵能配發。每一種武器上，都印著『奎恩工業』的標記。」

在卡佐圖扭曲的思維裡，奎恩弄得他眾叛親離，在德克薩斯無容身之地，這是他對奎恩的報復。

「整個歐洲群情激憤，最後，無可避免地，奎恩工業成爲被檢討的一環。他們說，像奎恩工業這樣的軍火商才是眞正的劊子手，於是我們在歐洲的重要分部都聚集了示威群眾，丟雞蛋、翻車、鬧事。」楊笑笑。「他們似乎忘了，軍人和警察手中的槍，也是我們的。」

「你不會想跟那些人討論這個。」奎恩挑了下眉。

「你懂。」楊點點頭。「我們頂多被打成『兩邊的錢都想賺的混蛋』，所以最後我們交給公關公司處理。」

有足夠的錢和一間厲害的公關公司，沒有什麼化解不了的，這是另一個現實。

「卡佐圖這樣的人不應該繼續存在。」楊凝視他。「倘若我父親說的理由太溫情，不合你的胃口，我這裡有個現實版的：答應我，你會殺了卡佐圖。我不要他被抓起來，接受公平審判，只要他死，你能做到嗎？」

「能。」藍眸浮現冰風暴。

「很好，讓我們來談談如何將你的資產最大化，同時保障你的家人。幸運的話，下一個上班日，我們把所有手續辦一辦，你兩天之內就能回去了。」

「瞧，我們把你逼來法國是有原因的。」艾克和哥哥一起笑得亮閃閃。

不知怎地，這笑容讓人拳頭很癢……

✷

「終於！一家老小決定找個地方休息，我們在拉法葉百貨，你想加入嗎？」

奎恩掏出手機，看見妻子傳來的簡訊。

光是這則簡訊就能看見她的盈盈笑顏。

他突然強烈想見到她。沒有她和孩子，他不可能走到現在。

他們是他的一切。

約瑟夫說，他母親是最好的禮物，他完全理解這種心情。

「現在出發。」

「好，我們在頂樓等你。」

拉法葉百貨是巴黎最大的購物中心，一度因經營不善而沒落，後來新買主募集了足夠的資金重整，讓它走回昔日的輝煌。從剛才看見的報表，他也是股東之一。

奎恩在風景迷人的頂樓找到他的妻子。

小圓桌擺了幾罐打開的礦泉水，小孩和秦氏夫婦卻不見蹤影。她一個人坐在那裡，閒散地滑手機。

彷彿感應到他的存在，她抬起頭，未語先笑。

他可以一直看著她的笑臉。

奎恩直直走向她，罔顧周圍的人自動為他分開的路徑。

「嗨。」她揚了揚手機。「你能相信嗎？若絲琳說她從我們家搬走了。我問她為什麼，她說我一定會跟老母雞一樣，對她管頭管腳的，所以她包袱款款，直接把岡納的屋子佔地為王。她告訴岡納，他可以選擇住下來，也可以自己另外找間屋子，她要那一間。」

不愧是若絲琳，走到哪裡都是女王。

「岡納會活下來的。」他坐下來，低沈回應。

「他們兩個竟然真的在一起，我完全想不到。」她搖搖頭。

「他們兩個並沒有『在一起』。」若說這兩人有什麼共識，就是他們對彼此的關係。他們只是炮友。

「我真搞不懂他們兩個在做什麼，算了。你呢？會談還順利嗎？」

奎恩只是盯著她。

噢哦！情況不妙，她的笑容變小。「發生了什麼事？」

「爲什麼妳會覺得有事？」他拿起她的水瓶灌了一口。

「你突然盯著我看，一定不會有好事。」

原來他妻子挺多疑的。「沒事。孩子們呢？」

「他們的『好累好累、一定要立刻坐下來』，在聽到五樓有玩具展之後就破功了。」她又好氣又好笑。「我爸媽帶他們下去逛逛，我留在這裡等你。你那兩個繼兄弟的表現如何？」

「還行。」他聳聳肩。

「你喜歡他們。」秦甄觀察他半晌，突然發現新大陸。

「並沒有。」

「你喜歡他們！」她更肯定。「你只有面對不那麼討厭的人，才會有這種表情。」

這種表情是什麼表情？

「哇，這下子我更是非見見他們不可。」秦甄點點頭。

「甄，我把幾筆產業轉到妳的名下。」擇日不如撞日，趁她現在心情好。

「爲什麼？」她正要拿水瓶的手停在半空中。

「只是一些避稅的考量。」他輕鬆地說。

「你轉了哪些東西到我名下？」她太瞭解她老公，他的表情越輕鬆就越是蹊蹺。

「只是海外資產。」

「哪些海外資產？」她的狐疑越濃。

「就是『海外資產』。」

「……全部？」

他點點頭。

秦甄震在當場。好一會兒她無法出聲，奎恩決定給她充足的時間消化這條新聞。

幾分鐘後，她突然跳起來，走到圍牆旁，整片巴黎的景色就在眼前。

有時，擁有一個太瞭解你的配偶也是很麻煩的。奎恩走到她身後，將她裹在自己胸前。

「你轉回去，我不要！」她沒有轉頭。

「甄……」

「我說，我不要。」

「只是一些紙上數字，對妳並沒有影響。」

「既然如此，你就把那些東西轉回去。」

奎恩的下巴頂在她的頭頂，已經聽見她吸鼻子的聲音。

「你覺得自己可能會死，對不對？所以才做這些安排。」她終於轉過來，清麗的臉龐埋進他強壯的胸膛。「我不要這些錢，我只要你活著！」

「我不會死的。」他親吻她的髮心保證。

「那就不要做這些傻事，錢放在你自己那裡就好了。」她的鼻音已經濃得藏不住。

奎恩掏出手帕給她，她接過來，毫不客氣地擤鼻子。她老公可能是全世界少數還用手帕的男人。

他把資產轉給她，就預示了有一天會離開她的可能性，她受不了，連擦過這個念頭都無法忍受。

「姑且這麼想，我可能被捕，妳在外面若沒有足夠的資源，如何救我出來？」他輕哄。

「……」

「眞的只是保險起見，好嗎？」奎恩抬起她的下巴，凝視她潮濕的雙眼。「妳可能是全世界唯一一個不開心丈夫給她錢的女人。」

她鑽回他的懷裡。這副強壯的身體每天晚上伴著她入睡，以各種方式佔有過她的身體和心靈。他們的世界從互不相交的兩條線，變成緊緊糾纏的結，她如何能忍受有一天他們又變成不再相交的線？

這個世界，不能是一個沒有里昂・奎恩的世界，她無法在那樣的世界生活。

「等這一切結束之後，你就轉回去。」她的聲音悶悶地飄出來。

「好。如果妳到時候捨得還我。」

秦甄破涕爲笑，輕輕捶他一記。

奎恩抬起她的下顎，吻住她。

他每一天都問自己，爲什麼以前會以爲婚姻只是多一個室友而已？

「里昂，不要離開我……」秦甄深深凝視進那雙全世界最澄藍的眼眸。

她眼底甜蜜至極的酸楚令他心頭一揪。

紫菀兩歲時突然變得很怕黑，常常半夜醒來驚叫，他便衝進她房裡，幫她檢查衣櫃、床下，用手電筒一一照亮，確定黑暗裡沒有怪物。

每次他檢查過後，紫菀確定房間安全了，總會圈著他脖子，軟軟細細地說：「爹地，不要離開我。」就像她媽咪現在一樣。

「我不會離開妳。」他承諾她。

噢……

旁邊有煞風景的遊客，看著一對俊男美女在秋意中深情互擁，竟然拿手機偷拍。

「我們去找孩子們吧！」他不想繼續當模特兒。

她又依戀了一會兒才退開。

「五樓除了玩具展，也賣一些文具，我們可不可以逛一逛？我想挑幾樣給小朋友們當禮物。」

爲什麼他不意外呢？她第一個想的永遠是學生。

五樓的遊樂區全是小孩，他們一踏出手扶梯就看到秦氏夫婦帶著兩個小鬼在跳跳球的區域玩。

她遙遙和母親打個招呼，拉著他往旁邊相對較安靜的文具區走過去。

哇，這個自動鉛筆太可愛了吧！還有燈光和音效。

這個筆記本竟然是電子紙，做得跟眞實紙張的觸感一樣。她曾經是同事裡對新上市的文具最瞭解的人，現在都變成山頂洞人了。

「啊……」秦甄突然倒抽一口氣，緊緊揪住他的手臂。

奎恩看她在看什麼。

她如夢似幻地飄到一座展示架前，奎恩曾見過一名回教徒，歷經萬難終於徒步走到聖地麥加，臉上的表情就和他的妻子一模一樣。

「里昂……」

展示架擺了一套教材。一台類似她剛才翻的數位筆記本，花花綠綠的小冊子，以及一台平板電腦，螢幕上是小學生的數學遊戲題。

奎恩看不出有什麼特別的。

「你知道這是什麼嗎？」她飄投給他的眼神依然如夢似幻。「這是最新版的博頓基礎教材，支援十年的內容更新，全球通用，是所有國小教材的聖杯。我以前在湖濱國小一直想申請幾套，可是太貴了，只有羅徹斯特小學那種貴族學校才用得起。」

她愛不釋手地把玩各種配件，拿起價格標籤一看，然後火速放回去，好像那張紙會燙手。

「走，回家。」

「想買就買。」他把她拉住。

「你在開玩笑嗎？」她把價格往他眼前一揚。「一套兩萬美加幣，兩萬！」

「折合下來，一年平均兩千塊。」

「可是我不可能只買一套，一個班級二十個學生，那就是四十萬。」四十萬已經可以在許多都會區買房子，難怪只有貴族學校用得起。

她氣虛體弱地飄走，又被她老公拉回來。

「我剛給了妳五十億。」

「四十萬還是太貴……喝！你、你說多少？」她的心臟停了一拍。

「妳要幾套？」奎恩直接招來虎視眈眈的銷售員。

「五十……」她的胃開始扭絞。

「五十套？」

「不不，二十套就好，二十套！」四十萬已經不得了了，還一百萬？「可是一套就是一大箱，我們要怎麼把二十箱行李運回去？」

「這是孟羅的問題，我會讓它們跟最近的貨一起運回去。」他掏出一張黑卡交給銷售員。「將商品送到這個地址。」

「你用你媽的黑卡？」她咬耳朵。

「她把我的錢扣住，我要買禮物送老婆，當然只能花她的錢。」這個媽寶他當得心安理得。

銷售員看見收件者的名字，心頭一喜。「艾德森女士是商場的主要股東，我們可以再給您一些折扣。」

「OK，我們來談談折扣和贈品的事。」秦甄的雙眸立馬發亮。

很抱歉，她只是個窮鄉僻壤小教員，沒本錢裝大方，即使被認爲是奧客大嬸也認了。

銷售員被她拉到一旁討價還價，表情從心花怒放，到冷汗涔涔，到欲哭無淚，最後硬是被她多拗了一套當贈品，保固期多延長兩年。

她心滿意足地回頭找老公。

奎恩不在原先的位子上。她四處搜尋一下，在角落找到他。奎恩握著手機不知跟誰通話，臉色並不好看。

她走過去，滿腹的成就感頓時化爲警覺。

「……我還要兩天……盡最大的努力……仔細找……」

「找什麼？」她正好趕上他對話的尾端。

「沒事，他們能處理。」他掛斷手機。「走吧！我們帶小傢伙去吃東西。」

✷

回家的那天清晨，兩個小鬼緊緊巴著艾克叔叔不放。過去兩天，他輕易成爲他們最喜歡的叔叔，回去之後萊斯利又要吃好久的醋了。

「艾克叔叔，你一定要來卡斯丘看我們，我帶你去看那棵大怪樹。」

「我啦，我帶你去。」道格搶著說。

「我帶！」

「我帶！」

「好好好，我們一起去看那棵大怪樹，我保證艾克叔叔一有機會一定會去看你們。」艾克各親了兩個小寶貝一下。

楊抱著一歲半的女兒，和妻子在一旁微笑。

秦氏夫婦也有一堆話要交代。

「里昂，你看看她，生了兩個孩子，又沒好好坐月子，整個人瘦巴巴的，回去要好好替她補一補。」

「媽，他們外國人又沒有這個規矩，妳說這些他也不懂。」

爲什麼他變成「外國人」？

秦有福走過來，緊緊抱著女兒，這一放開，又不知下次相逢是何年何月。

所有人道別完畢，一個一個上了車，奎恩是最後一個。

瑟琳娜站在車門旁，他忽然回頭。

「他愛妳。」

「誰？」瑟琳娜一怔。

「爸爸。」奎恩靜靜地說。「他知道妳爲他等門，有幾個夜裡，我看見妳在沙發上等到睡著了，爸就坐在妳旁邊的地上，癡癡望著妳。在天亮之前他漱洗好，在妳醒來前就出門，沒讓妳知道。」

瑟琳娜捂著嘴。

「當時我太小，不瞭解他看妳的眼神，直到我自己也用同樣的眼神看一個女人——他是愛妳的。」

瑟琳娜努力抑下奔竄的情緒。

「謝謝你告訴我。」她沙啞地說。

奎恩點點頭，鑽進車內。

約瑟夫上前一步，溫柔搭住妻子的肩膀，瑟琳娜震了一下，終於倒在丈夫的肩頭。

「他們會沒事的。」她溫柔地說，柔軟的手貼住他的大掌。

手機又震動起來，他掏出來一看，肅煞的眉擰得死緊。這兩天他的手機動不動就有訊息或來電，他都躲到旁邊談，不讓她知道。

「到底是什麼事？」一定出事了。

奎恩讀完手中的簡訊，將手機收回去。

「田中洛和華仔被多斯科技的人綁走了。」

「你竟然瞞了我這麼多天！」秦甄在田中洛的辦公室走來走去。

「甄。」

「不，以後我朋友出事，你一定要立刻告訴我，不是稍後，不是你覺得方便的時候，不是等其他人找到線索的時候，第一時間、立刻、馬上！」

「好，我們可以討論正事了嗎？」他耐心地問。

秦甄在窗前停住。

小朋友們已經發現華仔不見了，他總是在他們身邊，突然消失，絕對不會無人察覺。

紫菀和幾個孩子圍成一圈，比手畫腳地討論，連平常對華仔最兇的克倫都在裡面。紫菀突然一臉堅決地往他們的方向走過來，被海娜溫柔地攔住。

海娜勸說片刻，一群小朋友終於心不甘情不願地回到教室。

她微微轉過身，憂慮地看秦甄一眼，轉身跟在孩子們身後進去。

海娜一家就是多斯科技的受害者。她父親柏格森先生逃出魔掌之後，性格大變，幾乎將她們母女凌虐致死，最後柏格森死於傑登和奎恩的槍下。

事後母女兩人在希塞營區住了下來，田中洛幫了她們很多。海娜半工半讀，高中畢業之後繼續到聖安吉洛學院讀書，將來的志願是當一個幼教老師。

田中洛提議要負擔她的學費，被她拒絕了。二十四歲的她如今是大學四年級的學生，最後一年課業較少，她每周五都會回來幫忙。

這些年來，並不是沒有營區的年輕人對她感興趣，但海娜總是淡淡的，對誰都溫柔有禮，卻沒有眞正接受過。

甄感覺得出來，她對田中洛有一股暗湧的情愫。她猜想田中洛是明白的，這男人和她老公一樣，某方面都很擅長隱藏自己的情緒。

或許是年齡差距，田中洛從未表現出自己知情，海娜畢竟和莎洛美同年；也可能他並沒有那樣的情感，總之這些年來他對海娜母女只是以禮相待。

目前沒有多少人知道田中洛落入多斯科技手中，不過他很久沒離開這麼長的時間，連華仔都一起消失，議論已經在暗中湧動。

海娜若知道田中洛被多斯科技帶走，會有什麼反應呢？

她生命中第二個深愛的男人落入多斯科技手中，甄無法想像這種絕望。

秦甄回過身，看著屋子裡的每個人，突然明白——

不只海娜，每個人都感受到了。

洛一直在照顧每個人。倘若奎恩是個嚴父，洛就是充滿耐心的慈母。即使奎恩都不得不承認，他有事第一個找的人也是田中洛。

這個穩定的存在感突然消失，每個人措手不及。

他們來得及嗎？救得回洛嗎？

最重要的是，當他們救回洛，他還會是他嗎？

華仔第二次被帶走，又會變成什麼樣呢？

她強壓下浮躁，拉開布魯茲身旁的椅子坐下。莎洛美並不出聲，傑登只是沈默地陪在她身旁。

「告訴我完整的經過。」奎恩森涼的藍眸投向其他人。

瑪卡碰地捶一下桌面。「兩天前，洛到尤瓦爾迪找愛斯達拉，華仔看他一回來又要出門，吵著跟他一起去。我們的治理區治安一向不差，洛就讓他跟去了。

「我們想派尼克的手下保護，洛覺得沒必要，最後是布魯茲的人想去尤瓦爾迪買東西，於是讓他們護送。」

「他爲什麼在這裡？」奎恩沒有直接問布魯茲，他看起來不想說話的樣子。

「他來領軍火補給。」荷黑沈沈地說。

布魯茲開始前後搖晃身體。

「當天晚上洛沒回來，到了隔天還是沒看見他。我們打電話給愛斯達拉，他說洛昨晚就離開了，我們吃了一驚，趕快派車子出去找，結果在半路上找到兩台燒毀的車子。洛和華仔人不見了，後面那台被射成蜂窩，山喬和伍德死在裡面。」

布魯茲突然跳起來，在室內走來走去。

「他們不能殺我朋友、他們不能殺我朋友、他們不能殺我朋友……」

「嘿！嘿！」秦甄擋在他前面，順著他的步伐倒退著走。「看著我，布魯茲。」

「他們不能殺我朋友、他們不能殺我朋友……」他的速度放慢一點。

「布魯茲，看著我。」秦甄比比自己的眼睛。

布魯茲掙扎了一下，終於慢慢抬起眼睛。

「你是對的，他們不可以殺你朋友。」她緩慢清晰地開口。「那些人也帶走洛和華仔，我們一起把好朋友找回來，好嗎？」

布魯茲又走了兩趟，終於坐回位子上。奎恩等他穩定一點再繼續。

「你們怎麼知道是多斯科技的人綁走的？」

萊斯利今天反常地沒有嘻皮笑臉。

他的親阿姨瑪卡原本跟著田中洛的母親，後來因爲某些原因，她帶著萊斯利轉爲投靠田中洛。萊斯利尚在青春期，田中洛於他就像一個代理父親。

當年萊斯利被捕，田中洛寧可冒著大險，也要進行從未有人成功的劫囚行動，兩人感情之親由此可見一斑。結果，那一次成功劫囚的人是奎恩。

如今田中洛成爲被抓走的人，萊斯利的焦慮可想而知。

「洛失蹤之後，我立刻調出所有監視影像。」萊斯利把畫面投影到半空中。「我們的監視系統只佈在城市裡，受襲的那一段沒有影像。我想到，水電公司可能有維修用的無人機在附近，於是駭進中央伺服器。」

他挑釁地看奎恩一眼。「我才不管你同不同意，那是我們唯一的線索。」

「不，你做得很對，繼續。」

萊斯利咕噥兩聲。「有一部無人機可能掃到邊緣的一點畫面。」

低空飛行的畫面掃過去，草原，乾礫，濃綠的林木，在第八十四秒處，左下角有一片光影一閃，持續大約三秒。

「你們看到了嗎？」萊斯利按暫停，重播，暫停，重播。

奎恩指著八十四秒處。「這陣閃光是他們開槍的火光，這個細長的影子是震撼來福槍的槍管，八十七秒處這片紅影是什麼？」

「洛的車子是白色的，山喬他們開深藍色的車子，我懷疑這個紅影是對方開來的車子。」

萊斯利把紅影放大，影像經過處理，隱約可以看出一部分擋風玻璃。後面的人影實在無法再清晰化，不過擋風玻璃上好像貼了東西。

「有辦法看出這塊東西是什麼嗎？」奎恩指指那一小塊白白的。

萊斯利把畫面處理一下，最後的粒質還是很粗，不過隱約看出是一個類似貼紙的東西，白底藍色邊框。

「接下來我想找出這輛紅車在哪裡。不幸的是，這一幕是紅車最後的影像，他們應該是直接轉進荒野，沒有再回到城市，於是我往前找。」他把畫面切換到尤瓦爾迪的街景，一步一步往前追溯。

這一句「長話短說」，應該是他花了幾天不眠不休盯著螢幕的結果。

「長話短說，我過濾掉大量的街頭影像，最有可能是這一部。」

萊斯利把目標紅車放大：加油站，街角，路邊商店的監視鏡頭。

紅色馬自達，五年前的車款，奧克拉荷馬州的車牌。

有了，擋風玻璃的貼紙是派瑞頓一間商場的臨時停車證。派瑞頓是德州北邊的中立城，從鄰州進入德克薩斯第一站一定會停的地方。

「這不是隨機綁架，他們一直在跟監田中洛。」奎恩沈聲道。

「沒錯。」萊斯利面色一緊。

紅車所在之處，田中洛和華仔的車都在附近，有幾幕甚至在相鄰的車道。這些人敢開一輛紅車跟蹤別人，膽子眞的大。

「這部黑車是誰？」有幾個畫面是紅、黑兩車輪流出現。

「應該是同夥，重點是這個。」萊斯利把紅車左側的車身放大，油門下方有一條白色刮痕。

奎恩皺著眉，把那條刮痕放大。

「這不是刮痕，是車漆脫落。」萊斯利說。「這種臨時烤漆叫『速立噴』，是近幾年在賽車場很流行的塗料，只需要幾分鐘就能改變全車顏色，密集參加不同賽事的車手隨時可以改變車身圖騰。『速立噴』只要經過高溫水蒸氣沖洗，就能輕易去除，這也是它如此受歡迎的原因。我查過，在兩條街外正好有一個高溫水箱破裂，他們應該是經過時被水蒸氣噴到。」

紅漆是事後噴上去的，真正的車是一輛白車。奎恩研究那條白影一會兒，「紅漆底下是不是有某種圖案？」

「答對了！」萊斯利精神一振。跟觀察敏銳的人說話眞輕鬆。「我把殘餘影像處理過後，與德克薩斯已知的商標比對，這是結果。」

這輕描淡寫的幾句話，一定又是幾天不眠不休工作的結果。

萊斯利從他們過去幾年在廢境的跟監影片，叫出一台白色連結貨車的影像：多斯科技的實驗室卡車，卡車尾端的標誌和紅車隱約的線條比對——一把火焰，這是多斯科技的標誌。

「爲什麼多斯科技要跟蹤田中洛？」秦甄大惑不解。

即使背後有政府高層撐腰，多斯科技一直以來都十分低調。目前爲止，他們鎖定的對象通常是流浪漢或失蹤了也不會引人關注的流鶯，田中洛絕對是一個會引起巨大關注的人。

「或許他們和紀律公署合作？」荷黑看向他們。

奎恩皺了皺眉，「這不符合紀律公署的準則。」

「紀律公署有什麼做不出來的？」瑪卡嗆聲。

奎恩搖搖頭。「多斯科技的行事不夠透明，光這點就很難取得紀律公署的信任。比較有可能是多斯科技爲了不明原因綁走田中洛，倘若他們發現田中洛的身分有價值，或許會想做個人情給紀律公署。」

「我應該跟他一起去的。」莎洛美臉色蒼白。

「然後跟他一起被綁走嗎？別傻了。」傑登握住她的手。「只要活著，就有機會，我們會把洛找回來的。」

「哈囉，打擾了。」

若絲琳神色自若地走進來，岡納魁梧的身影尾隨在後，一套寬鬆的襯衫和農夫褲隱藏她傷口的美容膠帶。

她和岡納來德克薩斯不到一個月，已經發生了這麼多事。

「我和洛有彼此的銀行密碼，在他被綁架期間，有人登入他的帳戶。」若絲琳直接把手機滑向奎恩。

「妳怎麼不早說？對方的ＩＰ可以讓我更快找到他，妳知不知道？」萊斯利一把搶過來。

「抱歉，我哥哥被綁架，我的第一個反應不是先去查他的銀行存款還剩多少。」若絲琳自己找了個位子坐下來。

「洛不會自願提供這些資料。」布魯茲平板開口。

空氣瞬間凝結。

所有人都明白，只是不想說出來。田中洛是不是被嚴刑逼供？

傑登攬緊莎洛美的肩膀。

「你可以追查到ＩＰ的來源嗎？」奎恩打破凝結狀態。

登入的ＩＰ瀏覽了田中洛所有的往來紀錄，可是沒有進一步動作就退出了。

「這個跳板ＩＰ已經下線，除非他們重新上線才有可能追查。」萊斯利露出失望之色。

「多斯科技沒必要查看他的銀行帳戶。」岡納在桌邊坐下。唯一有這個需求的是紀律公署。

「這表示政府已經跟多斯科技合作？洛會不會已經被帶回首都？」荷黑心頭一驚。

「不，如果田中洛落入紀律公署手中，線報早已傳回來。」奎恩沈定的嗓音讓所有人心頭略安。

可是，被一群做人體實驗的狂魔抓走並沒有更好。

「事前？事後？」岡納對老搭檔挑眉。

「不符合他們的原則。」奎恩的濃眉鎖得更緊。

「多斯科技在德州多年，比他們更有辦法。」岡納指出。

「弊大於利，還有其他更好的方法。」

他們兩個在打什麼啞謎？

「喂，你們可不可以講一點大家都懂的話？」萊斯利表達不滿。

奎恩的藍眸轉向其他人。

「人體實驗踩到太多國家的底限，紀律公署不可能去摘這種果子，這排除了一開始他們就和多斯科技合作的可能性。」

「紀律公署的固定手段之一，是藉由當地犯罪集團或叛軍之手，對付在全球各地的敵人。事實上，你們正面臨同樣的處境。」岡納龐大的身軀往椅背一靠。「多斯科技在德州熟門熟路，比他們更知道如何混進來。如果紀律公署想暗中綁走一個人，和多斯科技合作是個好方法。」

「叛軍和犯罪集團還有道德的灰色地帶，人體實驗完全沒有，紀律公署不必非走這一條路，除非他們完全不知道多斯科技的勾當，但你認為有可能嗎？」奎恩指出。

「我們在紀律公署很多年，我們就不曉得。」

「因為我們是反恐作戰部，國內部應該多少有些情報。」軍事及國內兩大部門互不干涉，某方面是情報流通的一大漏洞。

所有人一來一回聽他們說話，萊斯利聽得楞楞的。

「所以，這代表什麼？」

「代表我們不曉得田中洛被帶走的原因是什麼。」奎恩面無表情。

「無論如何，你和洛的往來已經被人看得一清二楚，你最好有心理準備。」若絲琳的眉一皺。

廢話，這不是白說嗎？

「無所謂，我已經做好防範了。」

或許他該感謝他母親突然玩這一手，所有離岸銀行的錢已經轉移到其他地方，海外資產也重新配置，頂多就是一些零頭被查封，於大局無損。

「我依然押多斯科技和紀律公署已經合作。無論多斯科技抓走田中洛的原因是什麼，有機會賣紀律公署這個人情，他們不會不用。」岡納聳了聳肩。

「他們知道我們離開了。」秦甄突然開口。

「嗯？」奎恩看向妻子。

「你們說得有道理，紀律公署應該知情。想想看，多斯科技幹嘛登入洛的銀行？唯一對這些資訊有興趣的人是紀律公署，所以我們必須假定，他們已經來到德州總部。」秦甄看著每個人。「那我就問自己啦！他們還來不及把洛帶回境內，就迫不及待登入帳號，原因是什麼？

「因爲他們知道我和里昂去法國見瑟琳娜，他們想確定瑟琳娜是不是挹注我們更多資金，所以一有機會，就趕快確定洛的帳號有沒有大額轉帳。」

「啊，你們的家用小奸細又做出貢獻。」他微笑。

所有人對他怒目而視。

「既然如此，我們還等什麼？趕快把洛救回來啊！」瑪卡迫不及待地跳起來。

「等他被帶回境內就更難救，然後他就死了，然後我又要殺了那些殺他的人。」布魯茲死板地說。

奎恩沈默著，岡納超想拿根棍子戳他一下。「怎樣？」

「這件事依然令我困擾：多斯科技爲什麼要綁架田中洛？」必然有某種原因。

「想不通的事，一直鑽牛角尖也沒用。」

奎恩只能搖搖頭。「算了，繼續。」

「我也要跟你們一起去。」莎洛美昂起下巴。她一身功夫是奎恩親自教的，有幾次傑登出任務，她也跟著去，對出勤並非沒有經驗。

「莎洛美，妳必須先做好心理準備，無論他們想對田中洛做什麼，現在應該已經都做了。」奎恩淡漠無情的藍眸轉柔。

「我明白，可是我必須親眼看見。即使……即使他變成像柏格森那樣，我也得親眼看到才行。」莎洛美咬了咬牙。

「我同意。」若絲琳突然開口，「別擔心，我不會吵著一起去。我知道自己的狀況還未恢復，莎洛美可以擔任我們家的代表。」

莎洛美感激地看她一眼。

奎恩看向每個人。

「各位，我們打算從多斯科技的祕密總部救回一個人，紀律公署的火力極有可能在場。我不認爲他們會派出太多人來接田中洛，可是，雙方動手的那一刻，恐怖平衡就算破局。即使一開始不關他們的事，我們直接攻擊有衛士鎮守的目標，表示正式宣戰。」

所有人心頭一緊。

「該打還是要打，被帶走的人是洛，不能不救。」荷黑沈聲道。

「該死的對極了！」瑪卡大聲說。

「一旦多斯科技發現受到攻擊，第一時間必然是銷毀證據，我們不能給他們這個機會。如果要攻，我們得一網打盡，奧斯汀、達拉斯和韋科這三個地方，必須同時發動攻擊。」

「你們的家用小奸細怎麼辦？」岡納開口。

「我大概知道可能是誰，這人不是我們的第一要務，不急。」

「荷黑・帕布羅・奧提茲！」

窗外響起的大喝讓奎恩霎時閉嘴。

所有人頓住一秒，然後每個人突然變得異常忙碌。

奎恩叫出地形圖研究，萊斯利假裝破解某個天知道是什麼的東西，其他人滑手機的滑手機，想人生大道理的想人生大道理。荷黑的臉孔發綠，只有若絲琳和岡納不知所以。

「外星人對地球發動攻擊了嗎？」她問秦甄。

「更糟！」秦甄要她小聲一點。

「荷黑，你給我出來！」

岡納走到窗邊，不禁吹了聲口哨。「哇，眞是一顆驚人的肚子。」

蒂莎雙手插腰，八個月又十四天大的肚皮往前一挺，一個鼓鼓的軍用帆布包堆在她腳邊。

在這一瞬間，整個希塞社區凝結了。

風停止吹，空氣停止流動，工程停止進行，連球場上的孩子們都停止跑跳。

對面正在幼兒園玩的道格快步跑過來，巴在窗戶上看著岡納。

「岡納，別怕，如果蒂莎和你打起來，我會保護你，因爲我們是最好的朋友。」

「……我不需要你的保護。」

「你需要。」道格對他諄諄教誨。

「我打得贏她。」岡納齜牙咧嘴。

小道格回頭看看蒂莎，再回頭看看他，很肯定地搖頭。

「你打不過她。」

「……」

「放心，有狀況只要喊一聲，我會來救你。」小道格咚咚咚跑回幼兒園。

看蒂莎的態勢，面前停了一輛裝甲車，她也能一掌打穿。

牙買加裔的她一身咖啡色的油滑深膚，配上大爆炸黑鬈髮，六呎的壯碩身高。經過五年的追趕跑跳碰，她和荷黑終於在一起。

於是，看著荷黑被她壓得死死的，就成了希塞營區的日常娛樂。

四十歲的蒂莎是第一次懷孕，不過完全沒有讓她慢下來。她依然是卡斯丘——不，全德州最厲害的武器改造專家，每天活力充沛地四處跑。

卡斯丘倘若少了蒂莎的大嗓門，就不是卡斯丘了。

「荷黑・奧提茲，你出不出來？」

緊閉的辦公室終於有了動靜。布魯茲打開窗戶，語氣和表情一樣平板。

「他不想見妳，請妳走開。」

「喝——」清清楚楚的一陣抽氣聲，來自室內室外、八荒六合。

「布魯茲，有些事我們最好置身事外。」秦甄趕快把他拉走，走開前不忘對看熱鬧的人叮嚀：「好了，人潮和平散去，大家該做什麼就去做什麼。」

街上的人咕噥兩聲，希塞營區再度恢復運作。

「你幹嘛亂說？我又沒有說我不想見她！」荷黑嘶布魯茲。

「大家冷靜一點。荷黑，你最好露個面，躲在這裡不是辦法，對不對，里昂？」她爭取老公的背書。

奎恩直接雙臂一盤，閉目養神。

哇靠，眞是高招！其他人又妒又羨，果然結了婚的男人都明瞭何時該背棄朋友。

荷黑臉孔一吋一吋發綠。

咚、咚、咚、咚。

蒂莎的步伐踩上門廊，身後跟著她十七歲的——姪女？外甥女？繼女？說眞的，這麼多年來，沒人搞得清楚她們的關係，只知道安娜稱呼她「阿姨」。

安娜愉快地跟屋子裡的人揮揮手。

「妳是來阻止慘事發生，還是看他們夫妻打架的？」若絲琳走到窗邊問。

「都有。」

「同好。」若絲琳愉快地站在旁邊看熱鬧。

秦甄踱到窗戶旁。自己擋下亞馬遜女戰士的勝算有多高？

答案：零。她直接站到若絲琳旁邊。

「袋子提過來！」蒂莎命令。

「好。」安娜把帆布袋提過來，咚！往地上一放，一看就沈沈的。

呯、呯、呯，蒂莎缽大的拳頭捶了鐵門三下。

現場沒有一個人願意救他，荷黑只好認命地開門。

「我們在開會，妳要做什麼啦？」他清清喉嚨。

「我問你，你兒子隨時會出生，你想上哪兒去？」蒂莎雙手用力往肚子一拍。

「妳不要打這麼大力，小孩都給妳打出來了。」荷黑看得膽顫心驚。

「呿，我兒子會是這種軟腳蝦嗎？我問你，你到底要去哪裡？」

「我們只是正常輪調，我去個幾天就回來了，妳少大驚小怪。」荷黑灰頭土臉。

蒂莎深黑的眸子一瞇。

「好吧！我跟你一起去。」

「別鬧了！妳這樣怎麼能到處跑？」荷黑差點被口水嗆死。

他無助地回頭看奎恩一眼，奎恩終於睜開眼，不過那表情就是在問：你期望我做什麼？

荷黑突然被人擠開，又是布魯茲。

「請妳離開，妳太吵了。」

「布魯茲，我們讓他們好好解決事情，不要插手。」秦甄趕快將他拉過來。

「我不喜歡太吵的聲音。」他堅持。

「我明白，但蒂莎是我們的朋友，記得嗎？你的改良式火焰槍就是她特別爲你做的生日禮物。」

布魯茲掙扎了一下，火焰槍和荷黑，火焰槍和荷黑……火焰槍比較重要，他回位子坐好。

「我不傻，我知道你們……」蒂莎回頭看看四周，確定沒有人聽見。「我知道你們想幹條大筆的。讓我把話說清楚，我可不想兒子一出生就沒老爸，所以我一定要跟著去。」

「難道妳想讓兒子一出生就沒老媽？」荷黑終於硬起來。

「客觀來說，如果她死了，你們的兒子甚至不會出生，所以沒有這個問題。」布魯茲平鋪直述。

「布魯茲……」秦甄擋到無力。

「我想趕快殺掉那些殺我朋友的人，她在拖延我們的時間！」布魯茲煩躁地捶桌面一拳。

「每個人都給我安靜！」奎恩沈聲一喝。

所有人住口。

奎恩盯著蒂莎龐大的肚子。「荷黑，她是對的……」

「住口！」荷黑黝黑的臉孔凝成一片嚴霜。「別告訴我孩子快出世，我應該留下來。甄差點死於難產，你也沒停下來，依然衝在最前面。」

平時雖然蒂莎的嗓門大，可是荷黑一硬起來，任何人都知道他說的話算數。

「其實我很樂意留下來。」岡納舉手，沒人理他。

「我去。」安娜忽然出聲。

所有人的視線落在她身上，在蒂莎能反對之前，她下顎一揚，固執的神情跟蒂莎一模一樣。

「我不蠢，田中先生突然不見了，奎恩夫婦趕回來，每個人關在一間小房間裡，除了討論救人還能有什麼？阿姨說得對，你們的行動需要一個武器專家，我就是最好的人選。阿姨的一身本事都教給了我，她會的我都會。」

「這一點她倒是說得沒錯。」蒂莎露出驕傲之色。

安娜雖然有些意外，仍得意地對阿姨一笑。

「她多大了？」若絲琳對好友咬耳朵。

「不夠大。」

她的膚色比蒂莎淡了一號，接近柔滑的奶茶色，戲劇性的爆炸鬈倒是如出一轍，活脫脫一個俏麗的南美姑娘。

「我今年十七，正好是莎洛美開始接受訓練的年紀。」五呎二吋的身高讓她看起來比實際年齡又小了兩歲。

「好。」奎恩決定。

就這樣？荷黑死瞪著他。「我們是不是該討論一下帶未成年少女上戰場的合理性？」

「不必。岡納，你也一起來吧！」

「不了，我最近沒睡好，在家補眠，你們好好玩。」岡納伸個懶腰。

「你以為我會把你跟我的老婆小孩單獨留下來？」奎恩的笑容跟他一樣輕鬆。

「爲什麼不?我們是『老朋友』,我會保護他們的。」

「正好。我們可以在路上敘敘舊,老朋友。」

他們兩個一定要用這種充滿鯊魚感的笑容,互相笑來笑去嗎?萊斯利打個寒顫。

蒂莎來回看著每個人的表情,突然明白他們想去哪裡,臉色微微一白。

「我會很平安的,奎恩一定會派十個保母跟在我身邊。」安娜向阿姨保證。

尼克從街角大步而來,匆匆衝進屋子裡。

「你們得看看這個。」

他英俊的臉龐籠上一層冰,抓起遙控器打開電視,螢幕滑到空中,一則LIVE新聞佔據畫面。

地點在舊加拿大的維多利亞港,拍攝小組被隔在一段距離之外,鏡頭拉近依然十分清晰。

一間很常見的咖啡小館被軍警團團包圍,兩名黑衣衛士站在門口,後面有十幾名軍人,再後面圍了一圈警車和警察。

店門口已經俯臥著一具屍體,深色暗澤從他的身下往外渲染。

電視台不斷切換直升機和地面的各種角度,讓觀眾切身感受現場的氣氛。對峙已經持續一段時間,在媒體五分鐘就能趕到的現代,又發生在光天化日之下,難怪新聞封鎖不住。

「裡面的人,放棄抵抗,你們沒有任何逃生的機會!」

黑衣衛士啓動環刃,收音設備讓他的聲音清清楚楚傳到全球各地。幾千哩之外的會議室裡,每個人緊緊盯著新聞畫面。

「別開槍,我們沒有武器。」一個男人終於舉高雙手走出來。

「海爾!」莎洛美全身一震。

海爾就是當年在喬爾小館帶著一干孩子逃走的人，這些年來，田中洛留在卡斯丘的時間增加，外頭的救援行動由海爾接手了大半。

奎恩和他曾經在卡斯丘見過一次面，只是匆匆交會，沒什麼機會深談。海爾只是笑著說：「命運的轉變眞有意思。」

螢幕上的海爾十分鎮定，「聽著，你們從玻璃窗都能看得見，裡面只有小孩，你嚇壞他們了。」

「你們是墨族叛軍，最好停止反抗，你們沒有勝算的！」

「我向你保證，屋裡的孩子最小只有十二歲，最大的不超過十六歲；我們都是平民，絕對不是武裝叛軍。」海爾指了指地上的屍體。「我和亞瑟是唯一的成人，只是來接這群孩子到安全的地方，你們已經殺了亞瑟，難道連一群小孩都不放過？」

「全部出來，我不會再說一次。」衛士的環刃擴展了一呎。

「媒體的鏡頭正在拍，全世界都看得見，你們眞的想在眾目睽睽之下，對一群小孩施暴？」海爾執著地擋住門口。

衛士身形一閃，直接揪住海爾將他摜在地上，一腳用力踏住他的背。

接下來發生的事，不超過五分鐘，卻震撼了全世界。

海爾被壓制在地，一道黑影突然從店裡衝出來。

「住手，你們別想傷害海爾，我和你們拚了！」那黑影大聲尖叫，手中揮舞著某種物事。

衛士直覺揮出環刃。

白光閃過，一顆人頭落地，直挺挺的身體站了好一會兒才倒下去。

尖銳的驚呼從四面八方響起，棚內主播不斷呼喊：「歐賣尬、歐賣尬！」

秦甄緊捂著嘴巴，每個人只能震驚地盯著螢幕。

那顆腦袋喀隆喀隆滾到店門外，終於停住。

衛士死死盯著人頭。

畫面迅速補上馬賽克，但第一時間所有人已經都看見了——

孩子。

一個不超過十五歲的男孩，他手上揮舞的是一瓶蕃茄醬的瓶子。

海爾的視線，正好和人頭平視。

「你們殺了菲利，他只是個孩子，你們爲什麼要殺了他？」他悲憤大喊，伸手想撫摸那失去生命力的臉孔。

「不准動、不准動！」衛士迅速回神，加重踩在他背上的力道。

「你們殺了菲利，他才十四歲！」腎上腺素讓海爾力大無窮，他突然掙脫衛士的鉗制跪坐起來。

黑衣衛士步伐不穩，退了一步。店裡的孩子盯著無頭屍體，放聲大哭：「他們殺了菲利！」

「站住，不許動。」衛士臉色鐵青。

海爾倏然轉過身，砰！某人開了一槍。

鮮血噴濺成紅霧，從他的胸口四散而出，海爾微微低頭，再抬頭看著衛士，臉上充滿不可置信之色。

他仰天倒在地上，手臂正好攬住菲利的頭顱，到死都想保護他。

「他們殺了菲利！他們殺了海爾！」

「跟他們拚了！」

店內七、八條人影悲憤地衝了出來。

「別開——」無論黑衣衛士想說什麼都太遲了。

所有的事發生得太快，沒有人來得及思考。後面的軍人、警察、另一名衛士，對著朝自己衝過來的「暴徒」，同時開槍。

砰砰砰砰！

咻——咻——

第一個衝到門口的人，身上多了幾十個血洞。

後面的人來不及停下，身體在中彈之時激烈彈動，然後無力地倒下。

店面玻璃碎了一地，完全沒有任何遮蔽力，裡面的「暴徒」瞬間變成一堆活羊，直接被掃平在地。

「停火！停火！」黑衣衛士大叫。

「停火，別開槍！」另一名衛士也加入呼喊。

和發生時一樣突兀，所有武器中止發射，現場靜得連一根針掉地都聽得見。

咖啡館內躺滿小孩的屍體，全世界在這一刻驚默。

秦甄再也忍不住，號啕大哭著撲進丈夫懷裡。

「他們只是孩子……他們只是孩子……」

奎恩堅硬的手臂環住她，岡納只是瞪著螢幕，無法開口。

「海爾死了……他們殺了海爾……」莎洛美癱在椅子上。

這一幕太過熟悉，幾乎是五年前她遇到的翻版，只是這一次沒有古騰，只有滿地的孩童屍體。

紀律公署屠殺了一群孩子。

傑登想把電視關掉，莎洛美突然抓住他的手。

「等一下！」

螢幕上，一輛車飛快停下來，一個怒氣勃發的女人衝過封鎖線，莎洛美的熱淚立刻迸出。古騰的遺孀，喬瑟芬。

「你們這群殺人兇手！」喬瑟芬大聲尖叫。「他們只是一群孩子，你們這群殺人魔！你們晚上怎麼睡得著覺？」

喬瑟芬來了，依然在爲孩子們奮戰，即使是墨族的孩子。她不恨他們的吧？她不恨她，對吧？莎洛美淚流滿面。傑登緊緊抱著她，將電視關掉。

蒂莎臉色慘白，下意識護住腹部，只想保護未出生的孩子。

這些人太過分了。

「好吧，你們去做你們該做的事。」她抬起下巴。「等你們回來之後，我們想辦法踢爆這群不像話的傢伙。」

她轉身離去。

奎恩掃視屋子裡的每個人。

「取消休假，全員待命。尼克，我要你和巴樂頓、拉斐爾兄弟四個組團同行，所有人十分鐘後在軍情室集合。荷黑，通知列提——」

「我和愛斯達拉在線上。」列提的聲音從揚聲器傳出來。

他在辦公室也看到新聞轉播。

剛才的畫面，讓人從憤怒直接躍入最深沈的悲愴，甚至連一點怒吼的力量都找不到。

「列提，達拉斯交給你。布魯茲，奧斯汀你負責，我負責韋科。愛斯達拉，你負責後援，通知羅瑞提高警覺。」

奎恩的藍眸迎上每雙視線。

「多斯科技的人體實驗必須停止，無意義的殺戮不能再繼續下去，無論在維多利亞港或德州。這一戰，我們挑掉多斯科技，以及所有敢幫助他們的人。」

6

「一群孩童被屠殺的畫面震驚全球，國際邦聯人權組織要求美加組成獨立調查團。」

「殘忍的畫面點燃全球怒火，在美加境內也不例外，我們來聽聽示威民眾怎麼說。」

「『他們只是一群小孩，或許裡面有非法血源者，可是終究是小孩！』」

「『太殘忍了，我對著電視螢幕哭了出來，沒有人能決定自己體內流的是什麼血。』」

「『不用多說，立刻廢除反恐清除法！』」

「『停止以法律之名，行種族滅絕之實。』」

「人權專家史達發表了一封極端憤怒的聲明，所有參與屠殺的人應該接受司法調查，他將組織一場全國性的抗議遊行……」

✷

奎恩和一群人藏在一棟五樓公寓的頂層。

夜裡的廢境令人聯想到月球表面，只是多了建築物的線條。曠野承受銀月的洗禮，帶出一股枯燥蕭條的慘白，在死氣沈沈的棄鎮，建築物不過是另一種形式的岩石。這片死寂貧瘠，萊斯利有一個很傳神的形容：「如果有個外星人迫降在廢境，他走了三天三夜之後應該會判定，地球是一個廢棄星球。」

韋科是德克薩斯的眾多鬼鎮之一。

「鬼鎮」並不只是形容它的荒廢，回頭看看韋科的歷史，確實是一個名符其實的「鬼」鎮。文明大戰最慘烈的屠殺便發生在韋科，全鎮幾乎一夜滅亡，只有不到十分之一的人逃離。據說，無人收屍的結果，韋科籠罩在濃濃的屍臭味裡，幾哩外都聞得到，後來這裡就成了鬼故事傳說最多的地方。

表面上的荒廢，在夜視系統裡完全藏不住。

岡納的木馬程式果然沒被移除乾淨，萊斯利從多斯科技的伺服器找到所有實驗設施的藍圖。韋科的實驗室藏在一間速食店的地底，總共三層，格局都差不多，每層約五百坪。

奎恩的腦子自動叫出藍圖：兩部電梯分別在左右兩端，面對不同的街道。地下一、二層都一樣，出了電梯面對一條橫向的長廊，一面是實牆，另一面隔成十個小空間作爲辦公室或實驗室。

第三層比較有趣，電梯下去是一間大廳，後方隔成兩排更小的房間，總共二十間，這種擺置只會讓人聯想到「牢房」。

所有被綁架回來的人，平時應該囚禁在第三層，然後帶上一、二層做實驗。

除了兩座電梯，沒有對外樓梯，讓結構易守難攻，多斯科技的人只要守住這兩座電梯，外人很難攻進去，不過代表他們自己也不容易逃出來。

爲了安全起見，奎恩把行動總部設在五條街之外，無法直接看到速食店，不過各小組早已無聲無息佈在自己應該站的位置，偵測裝置一一就定位，數據和影像不斷回傳到萊斯利的電腦。

死寂的夜裡其實有各種動靜，不開燈的巡邏車每四小時巡一次，搭配人力巡邏，各種高科技的監控設備更是從鎮外一哩便高密度配置。掃描鏡頭在筆電螢幕上形成一個小光點，越靠近速食店，光點越密集。

那個墜毀在地球的外星人絕對想不到，夜裡的廢境竟然如此繁忙。

奎恩和岡納盤腿坐在地上，密切監視傳回來的影像，萊斯利坐在旁邊攻擊他帶來的另一台筆電。

奎恩曾問他爲什麼喜歡用傳統鍵盤，科技宅之神——是的，兩年前萊斯利已經自封爲神人——傲岸地回答：「指尖敲擊鍵盤的回饋感，不是你們凡夫俗子能懂的。」奎恩就決定隨他去了。

一個狙擊小組已在頂樓佈署完成，另一個小組跟尼克一起待在旁邊待命，這次他帶出來的兩支小組，專長是夜間狙擊。

這間廢棄的破公寓沒有家具，他們把所有裝備擺在地上，摸黑工作。窗戶上雖然噴了隔離漆，大家仍不敢大意。

每個人都一身黑色勁裝，網狀背心掛滿通訊器材和武器，臉孔塗上防反光的黑色油彩。

「兩條街內起碼有三層防護。」岡納盯著螢幕的光點。

每片紅光代表一個人的體熱，小紅點代表一個監視鏡頭，綠點代表行動偵測器，黃點代表無人機。

無人機也是四個小時巡邏一次，與巡邏車錯開兩小時的間隔，目前暫時停在加油站改裝成的起降坪。

螢幕右上角有一格分離畫面，接收拉斐爾的即時影像。

岡納觀看了片刻，突然開口：「他們表現得很好。」

奎恩瞄他一眼。廢話。

每個人行動完全無聲，徹底融入背景，幾次巡邏員從他們身前幾十呎走過去，也沒發現。

這些人只跟了奎恩七年，就有這樣的水準。

七年聽起來不算短，足以把一個普通人變成士兵，不過岡納看到的不只是士兵，每一支小隊都有單兵作戰的能力，這已經是特種部隊的等級。

全美加有一百五十萬名軍人，其中特種部隊佔四萬名，倘若加上紀律公署的衛士，共十一萬名，佔軍人比例是百分之七。

他估計墨族叛軍大約在五萬到十萬名之間，大概五成來德克薩斯接受過奎恩的特訓，像拉斐爾、尼克這種等級的兵力，起碼八千人，在他沒看見的地方應該更多，保守抓個一萬人的話，比例是百分之十。

七趴與十趴看在一般人眼中或許沒差，岡納自己是海豹出身，很清楚特種兵和普通兵的差別。每個特種兵都是精英中的精英，一個人就是一支單人軍隊。有太多次戰事膠著之時，丟一支七人的特種部隊下去就足以改變情勢，岡納就被派出去執行過無數次這樣的任務。

墨族並非人人都是天生的軍人，然而奎恩激出他們的潛能，成就了一批驚人的特種武裝部隊。倘若換成自己，他不確定他能做到。岡納第一次從實際數據去感受奎恩的軍事能力。

難怪奧瑪想要他死。

這男人活著，能製造的殺傷力遠比自身的戰力值高太多倍。

「好，各位遊客，請看看你們的左手邊。」安娜歡快的語氣從耳機傳過來。「把夜視鏡調到『貝塔模式』，那排螢光綠的光點是最新款的B301加特林機槍，這傢伙又兇又壞，一分鐘能射出七千發子彈，三十秒就能把一個人射成肉泥。倘若調成能量模式，二十秒能讓一具人體碳化。」

「妳能干擾這些感應器嗎？」奎恩低沈的嗓音傳過去。

「別問這麼侮辱人的問題，不過我得更靠近一點。」

「多近？」拉斐爾的聲音問。

「一百碼以內。」

拉斐爾開始調派人力，護送安娜到干擾範圍內。

「我們去。」莎洛美自願道。

「我的小組可以。」傑登呼應她。

拉斐爾不浪費時間，指派傑登的小組負責。

奎恩靜靜讓每個人做他們該做的事。帶兵行動是一支和諧的舞曲，最忌諱一個什麼都想插手的老大，他訓練出來的人有充分能力應付各種情況，不需要他事必躬親。

「所以，接下來你有什麼打算？」他突然開始閒聊。

「你是指？」岡納看他一眼。

即時影像已切換成傑登的視角，莎洛美俐落地翻過一道圍籬，傑登將安娜拱上牆頭，莎洛美在另一邊接住，整支小組迅速往目標前進。

「紀律公署沒有動靜，表示在等你回去。」

「你現在緊張了？之前那番冠冕堂皇的『我選擇暫時相信他』呢？」岡納辛辣反問。

「我沒說不相信你，不過你顯然不打算走我這條路，我當然好奇下一步你想做什麼。」

「不久前我們剛見到一群小孩被屠殺，難道你認爲我對他們還有信心？」

「是，我認爲你對他們還有信心。」

這兩人眞聊起來了，萊斯利咕噥。「我順利切進他們A區的監視系統，安娜發射干擾器之後，總部會收到警告訊息。傑登，你們就定位跟我說一聲，我會切掉。」

「收到。」傑登回答。

岡納繼續對話。「讓我想想看，我公然劫走一名叛賊、公然抗命、公然打傷衛士、公然曠職。即使奧瑪現在火燒屁股，沒空理我，最好的下場就是我自己辭職，所以我沒有你那麼樂觀。」

「好吧！辭職的人生是很無聊的，你有什麼打算？」奎恩繼續閒聊。

「環遊世界吧。」他聳了聳肩。「我已經很久沒休假了。」

「德州你已經環遊得差不多。」

「你想把我踢出去？據我最近一次調查，德克薩斯似乎不是你的領土。」

「它當然是。」

這兩個人到底知不知道，他們白牙森森地互笑，實在讓人毛骨悚然？萊斯利腹誹。

畫面上的安娜就定位，將第一只干擾器埋進苗圃，再往下一個定點邁進。

「你爲什麼覺得我不想走這條路？」岡納終於開口。

「因爲你就是你。岡納，紀律公署是你這一生的目標，一個人不是那麼容易改變終生的目標。」

奎恩嘆息。

「你改變了。」

「不，」奎恩的藍眸在暗夜中清明無比。「我依然走在我的目標上。」

他的人生目標是保衛國家和人民，現在依然在做相同的事，只是立場不同。

岡納冷笑一聲。「好吧，談夠我了，何不來談談你？令尊一手打造反恐作戰部，將他手下的精英聚集起來，成爲全球最強的一支反恐部隊。然後，他殉職，紀律公署提議以最高榮譽爲他下葬，瑟琳娜·奎恩卻拒絕了。

「她堅持道格只是個軍人，只需『平凡軍人的葬禮』即可，一點都不想和紀律公署扯上關係。容我指出，這是道格・奎恩的榮譽，不是她的榮譽，她沒有權利回絕，但我們姑且說：好，她傷心過度，怨怪紀律公署讓她失去丈夫——」

「咳，兩位，在一座廢棄的城鎮上，一點點聲音就傳得很遠。」

沒人理萊斯利的插嘴。

「你想提我父親？」奎恩冷笑。「我父親從不贊成種族清除政策，他數次在國會公聽會聲明：反恐作戰部只針對恐怖份子，以及任何危害國家安全的武裝叛軍，紀律公署對付平民是一個巨大的錯誤。」

「我們確實沒有，反恐作戰部從未偏離他設定的道路。」岡納反駁。

「你我都是這個國家機器的一部分，你不會天眞以爲，只要反恐作戰部不抓平民，其他單位殺的人就跟我們無關吧？」

「我說眞的，你們要不要換個時間吵……」

「我還沒說完。」岡納的語氣強硬。「你來了之後，把反恐作戰部帶入另一個高峰，然後你娶的女人變成墨族人，你就頭也不回地走了，回頭對付你們父子一手打造的組織。

「你有沒有看出一個模式？你們奎恩家的人，只要事情不如自己的意，第一時間總是責怪紀律公署。你們試過改變嗎？沒有，你們只是把它一腳踢開。當紀律公署提供你高薪、資源和社會地位時，我可沒聽見你們抱怨。」

「喂喂喂，那個……」萊斯利舉起一隻手。

「你眞的在責怪我不肯替一個種族滅絕的組織效命？」奎恩覺得不可思議。

「紀律公署確實需要改革，沒有人說不是，但是當你轉身走開，就失去了改變它的立場！」

「相信我，我站在一個能充分改變它的立場。」

兩個高頭大馬的男人淩厲相對。

「奎恩！」萊斯利大吼：「你們小倆口要吵回家吵，進城六點鐘方向，大麻煩！」

兩個男人迅速轉回螢幕，右上角的分隔畫面拉到中間放大。

「該死！」奎恩低咒一聲。

「怎麼回事？」岡納看一下即時影像的來源：北邊公路的監視器。

畫面中的四片紅光，來自四輛大貨車的引擎，正往韋科駛來。今晚偶爾有車輛進進出出，又有什麼特別的？

「這是靈車隊，多斯科技打算『大掃除』。」奎恩的神色冷峻。

「大掃除？」

「過去七年，廢境出現過兩次『掃除』，多斯科技把所有實驗體銷毀，屍體以貨車運走。我們不確定掃除的原因是什麼，可能是實驗出錯或湮滅證據，也可能他們想換一批實驗體，總之，靈車隊出現不是好事。」

「洛還在他們手中！」萊斯利微微驚慌。

「奎恩，靈車隊出現，預計抵達時間：十分鐘。我們該怎麼做？」荷黑的雷鳴嗓子從耳機傳來，他是負責把守北面出入口的人。

「田中洛是個情報寶窟，他們不會殺了他。」岡納指出。

「難說，我們不確定多斯科技抓他的原因是什麼，說不定他們只是看中他的某種生理特徵。尼克！」

「收到。」尼克二話不說，和五名手下揹起自己的裝備，迅速離開。

「荷黑，聯絡列提和布魯茲，聽我的號令，同時行動。」

韋科、達拉斯、奧斯汀，這三處的突襲必須一致，否則任何一方通知其他兩方，消息便走漏了。

畫面出現一條黑色的人影——荷黑——走到旁邊打手機。

靈車抵達到實驗體銷毀，大約一小時內會完成，他們的時間不多。

「各小組，靈車出現，我們不能再等了，開始行動！」

靜默的夜炸開來。

✷

「蒂莎！妳爲什麼不告訴我們，下午就在陣痛了？」

「告訴妳們就……呼、呼、呼、呼……不會痛了嗎？」

「若絲琳，打電話給楚門！」

「已經在打了，他的手機直接切語音。」

「繼續打，楚門說，蒂莎可能需要剖腹。」

「媽啊，生孩子眞痛！呼、呼、呼、呼……」

「不不不，蒂莎，妳的節奏亂掉了，跟著我做。吸二三四、吐二三四、吸二三、吐二三……」

「甄，妳如果繼續管我怎麼呼吸，我發誓我會揍妳！」

「這個呼吸法很重要，可以減緩分娩痛楚。」

「對妳有用嗎？」

「我……對我捏斷奎恩的手很有用，如果不是那些臭男人，我們怎麼會懷孕？」

「那就不得了？呼、呼、呼、呼——」

「聯絡到了。楚門正在回卡斯丘的途中，再十分鐘。」若絲琳大喊。

「我們根本不該讓荷黑和安娜出門的，應該有家人在旁邊陪妳生小孩。」

「閉嘴，妳們就是我的家人。啊——」

「蒂莎？我在門外就聽見妳的尖叫。」凱倫衝進來。

「凱倫，她快生了！」

「喔，蒂莎，妳怎麼一句話都沒說？妳這人就是倔強。」

「現在、不是、數落我的時候，呼呼呼呼——」

「每個人都閉嘴，我本來不緊張的，被妳們搞得我都緊張起來。」若絲琳抓狂。

「若絲琳，在場妳最沒有資格叫別人閉嘴，妳是唯一沒生過小孩的人！」

「感謝妳們，現在我確定這輩子絕對不生小孩。」

✷

第一波突襲是無聲的。

制高點處，幾條人影浮出來，扣下扳機。

啪、啪，街上的巡邏員直接倒地，甚至不知道是什麼打中自己。

被月華染銀的夜幕突然分離出十條黑影，乍看彷彿泡得太濃的墨水從縫隙流出來。黑影一人抓頭一人抓腳，無聲無息將地上的人拖進店裡，收回他們身上的麻醉標。

「多斯科技僱用最好的軍事承包商，由退役特種兵組成，別低估他們的戰鬥力。我們不製造非必要的傷亡，然而情況若危及你的自身安全，以保全自己爲第一要務。」

標槍與黑影配合得完美無缺。一陣啪啪聲過，一群黑影流出來把人拖走。

岡納盯著即時影像，爲他們節奏的順暢度感到驚異，在體徵偵測螢幕上，看似空無人跡的鬼鎮熱鬧得跟夜市一樣。

然後，第一聲槍響。

一名到街角小便的傭兵躲過突擊，正好看見同伴倒下。

「嘿！」他舉起手槍。

拉斐爾的後腦杓被瞄準，克里斯來不及提醒哥哥，能量槍直接發射。

兄弟倆的默契在此時盡皆展現，那聲「嘿」一出來，拉斐爾直接撲倒，能量波從他的髮尾削過去。

傭兵哼了一聲，倒地之前扣下扳機，拉斐爾翻身，瞄準，只看見弟弟的白牙在黑暗中一閃。

「你欠我一次。」克里斯愉快地說。

拉斐爾翻身跳起來。

不過這一響揭開了戰局。

萊斯利成功駭入實驗室的主系統，螢幕上，地底實驗室的人被驚動了。

「防護網被滲透，啓動警報器！」

「沒反應。」

「用機槍掃射他們。」

「一樣沒反應！」

穿著實驗袍的科學家亂成一團，傭兵團迅速行動。

「巴樂頓，動手。」奎恩盯著螢幕下令。

「收到。」另一端，巴樂頓穩當地回應。

啪啪啪啪——

噠噠噠噠——

砰砰砰砰——

街上已經傳來各種交火聲。

巴樂頓從東邊一哩處打開下水道的蓋子，鑽鑿之聲迅速響起。

他們事前探勘過，這些下水道只是長年落葉淤積，並未封死，一下子就挖通了。巴樂頓的人迅速湧進去。

武器及搏擊只是基本功，每個團都有自己的功能。尼克是狙擊團，拉斐爾及克里斯是地面偵搜部隊，巴樂頓是工兵團。

岡納驚異地盯著每一格即時畫面。這是一首完美的交響曲，所有樂器同時奏響，卻不搶拍，彼此搭配得天衣無縫。

七年前墨族叛軍無法企及的境界，七年後他們氣候已成。

奎恩盤著手，神色淡漠，不憂不喜。

✷

「這些人在痛宰我們，想想辦法！」一個白袍人衝進監控室。

「你們在地底下很安全。」領頭的黑衣傭兵將他推開，「格里斯，我們上去。布朗，帶著兄弟守住兩個電梯，任何人下來，格殺勿論。」

「收到。」

「地下設施全面封鎖、全面封鎖，所有人員回到自己的空間，勿擅自移動——」

✷

系統顯示兩部電梯降到最底層，安全機制卡死。

奎恩終於露出一絲微笑。

「人類遇到危險的本能，就是把自己關起來，這不是一件很有趣的事嗎？」

「容我提醒，你們的進路也被封死了。」

「有點信心，我的朋友，有點信心。」奎恩站起來活動一下筋骨。「我們走吧！」

萊斯利隨便揮揮手，連頭都不抬，完全不在意一個人留下來。幸好他不怕鬼。

兩個男人下樓，只走了一條街便捲入戰局。

一輛攻擊型無人機從他們上方飛過來，突然掉在地面。

啊，萊斯利。

「我改變主意了，你們之中最危險的人，應該是那個玩電腦的傢伙。」岡納揪過一名傭兵，一拳攢進他鼻子裡。

「還不夠危險。」正常情況，這些無人機根本不該起飛，回去他得跟萊斯利好好聊聊。

安娜的嗓音唱歌似地在耳機裡響起：

「大家準備。三、二、一——」

轟隆隆隆隆——

南北兩端出城的公路同時被炸毀。

「再來一次，三、二、一——」

砰隆、砰隆、砰隆、砰隆——

每座加特林機槍逐一爆炸，精準得像在推骨牌。

「好吧，或許再加安娜一票。」岡納能量槍在手，咻、咻、咻、咻撂倒四個人。

這一個，奎恩沒異議。

兩名昔日戰友在槍林彈雨中穿梭，環刃的白色圓光翻飛。

多年默契一瞬間回籠，他躍起時他竄低，他攻左時他擊右。兩個男人，兩道白光，骨骼斷裂，齒血迸飛。尖叫與呻吟築成一道無形的牆，在他們身周如影隨形。

他們已共戰太多次，遠超過奎恩與墨族人並肩作戰的經歷。兩人隨時能補足對方的空隙，共舞一首美得不寒而慄的戰曲。

昂——昂——昂——

警報器突然從一根木杜的頂端響起來。岡納距離最近，趕快塞住耳朵。

「萊斯利！」奎恩低吼。

「呃，這不是多斯科技的警報，是韋科的空襲警報，應該是爆炸震動產生的短路。沒想到這麼多年過去，它們還能用耶！」萊斯利的回應佐以瘋狂攻擊鍵盤的聲音。

刺耳的警報聲依然在響。

「把警報關掉！」

繼續一陣飛快的嘀嗒聲。「抱歉，幫不上忙，那年代又沒有網路，你們得自己毀了它才行，只有街上那兩個警報器會響，你——」

一左一右兩道環刃射出，警報器攔腰斬斷，恢復安寧。

啪、啪、啪、啪——

麻醉標槍射出，這次不是從頂樓，是從三樓左右的高度，尼克率領的行動狙擊手見功。最後一批巡邏傭兵被撂倒，奎恩打了個感謝的手勢，啪啪兩記標槍從他頭上飛過回禮。

更多濃黑從黑暗中分離出來，呈扇形散開，拉長防線，在街上做最後的巡視。

拉斐爾和克里斯帶著二十名手下過來，負責今晚的攻堅行動。

「有興趣嗎？」奎恩往速食店走過去。

「裡面有什麼？」岡納跟在他身旁。

「地底三層的實驗室，一群呆頭科學家，很多很多把等著殺我們的槍。」

「好玩，我喜歡。」

藍眸對上棕眸，兩抹笑容充滿野蠻的意味。

電梯已經降回地底，拉斐爾向兩名手下做個手勢，拿工具硬撬開電梯鋼門。克里斯帶人繞到下條上！

街的電梯口，進行相同的行動。

門一打開，電梯鋼纜裸露，奎恩示意其他人讓開，環刀直接一揮，鋼纜斷裂，整組電梯砰地重重一響，摔在電梯井底端。

「我猜你有其他方法下去？」岡納探頭看了一下。

奎恩濃眉一抬，將細鋼絲射進電梯井的頂端，這種鋼絲只有零點五厘米粗，足以承重七百磅。

「最古老的方法：垂降。」

井內突然響起隆隆的機括聲，地下第二層的電梯門打開。

轟——熊熊火焰往上噴發，所有人緊急逃出店外，跑在後面的人髮尾都燒焦了。

「那也得你不被烤成熟雞才行！」岡納用力揮開那股焦味。

「巴樂頓？」奎恩按著耳麥。

「已經就定位。」

「行動。」

✷

「好，蒂莎，我們再試一次。這次若還是無法把小孩推出來，必須進行緊急剖腹，不然小孩會缺氧。」楚門說。

「我可以的，醫生……呃啊……我一定可以的。」

「蒂莎，加油、加油、加油！」

「我們一起呼吸，呼、呼、呼、呼——」秦甄和凱倫輪番鼓舞。

「我應該去買氣笛和彩帶嗎？」

「若絲琳！」

「幹嘛？我只是想幫忙啊。」

✸

多斯科技做了萬全的準備。簡單地說，倘若一顆導彈在地面爆炸，也炸不開他們的地底設施。這裡擁有獨立的能源，不怕電力中斷，空調會迅速將濃煙和有毒氣體排出，在與外界隔絕的情況下，能持續運作四年以上。他們敢在危急時將人員封在地底下，就是因爲他們不怕被封在地底下。問題在於，當你需要通風設備，你就需要通風管，而談起鑽地道、爬管線，沒有人比墨族在行。通風管出口埋在廢境極爲隱密之處，乍看像一堆碎岩石，若不是萊斯利挖出藍圖，還眞不容易找到。

他們站在速食店門口，等底下的動靜停止。

「你一定會有嚴重的中年發福問題。」岡納在旁邊閒聊。「所有事都有人幫你做好了。」

「謝謝你的提醒，我會記得保持健美體態。」

一輛全黑的廂型車飛快駛來，車子一停妥，安娜心情愉快地跳出來，莎洛美從前座下車。

「大功告成。」安娜高舉雙手。

「妳做得很好，再這樣下去，蒂莎就要失業了。」奎恩和她擊一下掌。

「我才不擔心，荷黑會養她。」安娜左右看了看。「荷黑還沒回來嗎？」

「他負責守住聯外道路，沒那麼快。」

擔憂的神情一瞬即逝，安娜點點頭。「好吧！接下來沒我的事，交給你們了。」

奎恩打個手勢，兩名手下護送安娜到萊斯利的藏身之處。

「我也要一起下去。」莎洛美迫不及待地說。

奎恩點了點頭，「克里斯的隊伍在下條街口，你們併進去。」

傑登迅速帶著隊員行動。

地底的動靜略停，巴樂頓的任務是牽制敵軍，讓他們找到空隙攻進去。

奎恩戴上露指手套，率先垂降下去，岡納緊接在後，其他人等他們開路。

垂到第一層的電梯口，奎恩摸摸鋼板，這不是普通的電梯門，是四吋厚的純鋼板。

兩個老搭擋互視一眼，環刃啓動。

三、二、一！

一上一左，一下一右，四道白光切開鋼板。奎恩身體擺盪，重重踢開鋼板，扔一顆震撼彈進去，迅速拉升到半空中。

砰磅！

電梯口若有人，這下子也被清空了。

一樓的人迅速垂降下去。

傭兵公司萬萬想不到萬無一失的封道會被人突進，巴樂頓的人莫名其妙冒出來，把他們的武裝警衛都引開。傭兵一聽見動靜，火速從右側尾端衝出來。

奎恩將這一層樓交給岡納和拉斐爾，自己走到另一座電梯口，同樣四道白光把鋼板切開，克里斯的人已經等在電梯井裡。

他抓住其中一名弟兄讓出來的鋼絲，垂降到地下二樓，重複相同的步驟，克里斯的人馬攻入第二層。

留在實驗室的傭兵每一層都剩下不到十個人，墨族叛軍無論人數或武技都佔了絕對優勢。奎恩和克里斯負責第二層，兩方人馬展開交鋒。

整片灰色的空間充滿無機質之感，在這種地方待久了，不得憂鬱症都難。

「趴下、趴下、趴下！」傑登踢開左邊第一扇門，非武裝人員無助地躲在辦公桌底下，瑟瑟發抖。

他和同伴逐一清過每間辦公室，反抗的人被擊暈，投降的人趴在地面，整層只花了十分鐘就清理乾淨。

三名叛軍將人質集中到雜物間囚禁。莎洛美整層樓都巡過了，就是沒看到她父親和華仔。

「我爸在哪裡？」

一樓也順利清理完畢，只留下看守人質的兩名叛軍，其他人垂降到二樓。

「你們有沒有見到我爸？」莎洛美迫不及待問。

岡納搖搖頭。

「犯人應該是關在第三層。」傑登要她稍安勿躁。

奎恩走進主控室，盯著螢幕牆。「萊斯利，給我第三層的監視畫面。」

畫面立刻跳到螢幕中央。

賓果！

兩名黑袍衛士立在大廳裡。

紀律公署的人會出現只有一個原因：田中洛和華仔都在那裡。

「樓上這麼多騷動，也虧他們忍得住。」岡納走到奎恩身旁。

「我們無法從通風管下到三樓，那層是間接排風，必須從內部進去。」巴樂頓探頭進來。

這有點麻煩，他們失去了攻其不意的優勢，底下的人只要守住兩個電梯口，就守住整層。

或許這就是那兩個衛士不出手的原因，他們想把握機會從田中洛口中挖出情報。只要問出來，他的死活並不重要。

「紀律公署以爲我們還在尤瓦爾迪瞎找，沒想到我們今晚會攻進多斯科技，這是我們的利基點。」奎恩神色冷靜。

「現在他們知道我們來了，也知道我們會下去。」岡納說。

「怕嗎？」奎恩對他挑眉。

「你在開玩笑？」岡納放大畫面。「二階衛士，太侮辱人了，起碼來個衛官。」

「衛士的武力排名不是以位階來算的，你在二階衛士之時，已經進入武力名人榜。」奎恩微笑。

「我是第二個達成這項目標的人。」第一個是他身旁這傢伙。

「我說眞的，你們兩個不要再互相吹捧，很噁心。」萊斯利沈重的嗓音傳過來。

「……」

「……」

噗。咳咳。旁邊一堆奇怪的聲音壓下去。

「給我囚房區的畫面。」奎恩命令道。

「馬上來。」萊斯利的聲音轉爲輕快。

二十格小畫面佔滿整片螢幕，奎恩快速略過空房，把其中一格看似有人的拉到正中央。監視器是從門口天花板往下拍，畫質普普通通，一個穿著病人袍的男人躺在地上，久久不動一下。

每一格畫面都差不多，只要是有人的囚房，或倒在地上，或躺在床上，完全沒動靜。奎恩把其中一格畫面放大，穿著病人袍的女人雙眼暴睜，白沫從嘴角流出來，已氣絕身亡。

「……他們殺了每個人？」岡納臉色鐵青。

「這就是大掃除的目的。」

莎洛美瞪著螢幕，絕望地尋找她父親的影像。

奎恩繼續掃描，突然拉出左下角的一格。這是唯一有動靜的囚室，所有人精神一振。兩個人，其中一個抱著膝蓋，躲在角落發抖，另一人躺在床上，抱著頭痛苦地翻滾。蹲在地上的人微微起身，好像想過去幫助他，床上的男人突然坐起來，大聲咆哮什麼，地上的男人驚恐地縮回牆角。

「那是華仔！還有我爸爸，他們還活著！」莎洛美緊握著傑登的手。

「萊斯利，給我音訊。」

「我找不到音頻訊號。」萊斯利挫敗地回報。

無所謂，起碼他們知道人在哪裡。1A，右邊第一間囚室。

「我們下去。克里斯，你帶五個人跟著我，傑登和莎洛美一起。岡納，你帶著拉斐爾的人負責第二座電梯。巴樂頓？」

「在。」門口的巴樂頓擠進來。

「你負責留在監控室。當我們在電梯井裡，你就是我們的眼睛，倘若第三層的人有任何動靜，隨時回報給我們。」

「收到。」

奎恩大步走向電梯口。

第三層有四名傭兵和兩名衛士，六名非武裝人員。那兩名衛士各守著一座電梯，正面衝突是不可避免的。

兩路人馬走到自己負責的電梯口，拉住鋼絲，準備垂降。

「嘿，看看我找到什麼？各位別心急，給我一分鐘。」萊斯利的嗓音伴隨著一陣快速的敲擊聲。「好，巴樂頓，你看一下控制面板，左上角是不是有一個黃燈在閃？」

「有。」

「多斯科技有一道防止受試者暴動的安全機制，一啓動就會噴出麻醉煙霧。瞧，你們連打都不用打，我們直接把那群王八蛋迷昏。」

「別迷倒我們。」奎恩眉一挑。

「拜託，科技宅之神是我還是你？」光聽聲音就能讓人看見萊斯利翻白眼的樣子。「麻醉煙可以區域性施放，不過必須從內部操作。巴樂頓，黃燈下面有兩個按鈕，你先按左邊那個，等黃燈閃動的速度變快，再按右邊那個。」

所有人站在電梯口，四吋鋼板完全封住氣體的外洩。爲了以防萬一，每個人後退兩步。

幾分鐘後，巴樂頓和萊斯利的聲音同時響起——

「OK，他們倒了。」

「只有樓下大廳有煙霧，牢房那一區是正常的。」萊斯利補充。

「把煙霧抽出去。」奎恩下令。

抽風機的聲音突然變大，兩分鐘後，萊斯利回報。「差不多抽光了，不過你們最好還是戴上防毒面具。」

原本以爲最難攻克的一層，卻是最容易入手的。

所有人取出防毒面具戴上，垂降下去。

大廳裡倒了九個人，除了四名傭兵和兩名衛士，還有三個科學家，最後三個在另一間辦公室裡。

克里斯和拉斐爾先檢查那兩名衛士，然後抽出強力束帶綁住他們的手腳。

「不夠。」岡納說。

再加一條。

「不夠。」

「你在開除笑？」克里斯才不信。

岡納伸出雙腕，自己纏了兩條束帶，讓他們拉緊。在眾目睽睽之下，他纏緊的手腕開始扭轉，利用束帶彼此的摩擦力，也不知道怎麼弄的，突然俐落的一個後空翻，藉由翻轉的衝勢，落地時兩條束帶已經迸斷。

……

拉斐爾和克里斯決定換成金屬手銬。

奎恩搖搖頭，無奈而笑。

「打開囚房的門。」他對著耳麥說。

問題出在這一刻。

奎恩沒有叫名字，萊斯利認爲他在跟自己說，巴樂頓也認爲他在跟自己說。萊斯利打開了華仔和田中洛那間囚房，巴樂頓卻按下螢幕的「門鎖解除」，打開所有牢門。

「不！不！我沒對你怎樣，洛，你不要打我，不要打我！」華仔看見門鎖打開，立刻衝出來。

「你他媽的廢物，你殺了每個人，還想殺我！你想殺光我們墨族人，以爲我不知道嗎？我不會放過你的！」

所有人聽見他的厲喝，心頭一涼。

這不是田中洛的聲音，雖然人還是他的人，但聲音裡濃稠的憤怒怨恨，完全不似他們認識的那個田中洛。

「不、不，洛，你認識我的，我是華仔，我沒有殺墨族人。」華仔嗚咽。

「田中洛！」奎恩大喝，迅速衝過去。

「爹地，是我，莎洛美！」莎洛美衝在他前面。

田中洛發紅的眼睛無視任何人，只有眼前的華仔。

「你想殺我！我一直在幫助所有人，我是好人，你想殺我！」淒厲的聲線在尖叫的邊緣。

拉斐爾兄弟過來抓他，田中洛突然力大無窮，竟然甩開他們。

「我不是想殺你，洛，你腦袋長蟲子，你、你瘋掉了，我想幫你……」華仔嗚咽著，衝向大廳左邊的一個房間。

田中洛發狂地跟上去。

「爹地！」

所有人都衝過去，華仔的動作從來沒有這麼快過，田中洛一進門的那刻，華仔反手把門關上，門重新落鎖。

「誰他媽的打開那道門的？」奎恩大聲咒罵。

「呃，不是你叫我開門的嗎？」巴樂頓囁嚅道。

門上有一小扇玻璃窗，田中洛背貼著門，擋住視線，所有人都看不見房內的情景。

滋、滋……頭頂的燈閃了兩下。

電流音，不妙。

「萊斯利，打開門鎖！」奎恩用力震動門把。

「門沒鎖，裡面被東西頂住了。」

奎恩強壯的身體撞在門上，那道門只是晃了一晃。該死，強化門！

「你想殺了我，你想殺了我！我不原諒你，我要先殺了你！」田中洛狂喊。

「不，洛，你腦子長蟲，我們腦子都長蟲，我們都瘋了，你讓我把蟲子殺死，我們就好了！」華仔的嗓音與田中洛一樣淒厲。

田中洛恐懼地退到牆邊，他們終於看見裡面的情況。

這間房類似手術室，中央一張手術檯，旁邊一堆機器。華仔不知怎麼做到的，將高壓電擊器的電纜硬生生扯下來，抓在手上。

「華仔，開門！」奎恩怒吼。

通常華仔最怕他怒吼，此刻卻只是狂亂地盯著田中洛。

「你們都走開！他們亂搞洛的腦袋，我們的身體都是蟲子，滿滿的蟲子，可怕的蟲子，我把蟲子殺死就沒事了。」

「你要是殺了蟲子，也會殺死你自己。華仔，開門，我們一起來想辦法。」奎恩放緩語氣，想說服他。

「不，不，你們不懂！我一定要把蟲子殺死，蟲子好癢好癢，我一定要殺死！」

他們已經搞不懂到底哪個瘋得比較徹底，華仔或田中洛。

「爹地，是我，莎洛美，我是你的女兒，你一定認得我，開門，求求你。」莎洛美巴在門上肯求。

「你們想殺我，你們通通想殺我，我不會讓你們得逞的……」田中洛不斷呢喃，嘴角都是唾沫。

裡面的空間不大，田中洛又太靠近門口，奎恩不敢冒險用環刃切開門片。

「萊斯利，把電源關掉。」岡納低吼。

「不行，那間房間接的是主電源，只要一關掉，整棟樓都會停電，換氣系統停止運作，你們不到幾分鐘就缺氧昏倒了，樓上的俘虜也會被放出來。」

他們在每層樓只留下兩名人力看守。

「放麻醉煙！」奎恩大吼。

一陣飛快敲擊鍵盤的聲音。「該死……給我幾分鐘，這一區的系統很複雜……」

「我們沒有幾分鐘的時間，可惡！」岡納捶一下門。

「華仔，放下電纜。」奎恩安撫他。

「不！」

「你想殺了我，我先殺了你再說！」

「不，洛，我們會沒事的，我們一定會沒事的。」

華仔抓著電纜衝過去。

「不——」

這聲「不」來自許多人。

莎洛美，傑登，奎恩，岡納、拉斐爾兄弟……甚至在遠端的萊斯利和安娜。

滋——滋——

田中洛的身體承受強烈的電流，亂顫的手抓住華仔，華仔的身體跟著一起劇烈抖動。

電纜落地，兩個人隨之倒下。

奎恩啟動環刃，切開門的上半段，把堵門物推開，岡納和莎洛美擠進去。

「他沒有呼吸了，他沒有呼吸了。」莎洛美的手抖得無法做CPR。

奎恩、岡納一人拖一個，拖到大廳上。

「醫務兵！」

克里斯的醫務兵衝過來，開始進行急救。

「媽的！媽的！」奎恩在旁邊踱步低咒。

他們千方百計想營救田中洛和華仔，結果竟然是死在自己手中。

醫務兵衝進手術室，拖出一台完好的電擊器。

「他們被電得還不夠？」岡納咆哮。

「閉嘴，讓開。」安瑪莉一把推開這高自己一顆頭的男人，投回救援任務。

經過十分鐘的搶救，兩人終於回復呼吸心跳，依然昏迷不醒。

「我們得立刻把他們送回楚門醫生那裡。」安瑪莉略鬆了口氣，往後坐在自己的腳上。

奎恩點點頭，所有人迅速行動。這場突襲本來就走精短策略，拖得越久對他們越不利。另外兩個城市的消息傳來，列提及布魯茲已經竟功。尤其是布魯茲，他在幾個建築結構點安裝炸藥，把多斯科技整座產業都炸了。

這男人眞的非常、非常生氣。

列提那裡比較麻煩，遇到非預期的武裝部隊，愛斯達拉的備援上陣，一番熱戰後依然完成任務。這兩人只要不吵架，其實是默契極佳的戰友。

「你們找到洛和那呆子了嗎？」列提傳來訊息。

「是的。」

奎恩不準備解釋太多。

兩個昏迷的人被綁在擔架送回地面，人質走第二批。這些人經過偵訊之後，會被送回境內。其實最重要的是資料庫，巴樂頓的手下把每台硬碟和記憶晶片都拆下來，奎恩和岡納是最後一波撤離的人。

傑登和拉斐爾兄弟最後巡邏一圈，確定所有人都離開之後，準備上去。大廳中央的螢幕突然無聲無息降下來。

「奎恩。」

奎恩身形一僵，緩緩回身。

奧瑪。

「他媽的。」萊斯利在另一端忙碌地說：「紀律公署想突破我的封鎖，我還能擋幾分鐘，你們最好快退。」

奎恩走到螢幕前。幾年不見，他們都多了幾絲風霜。

「奧瑪，你想要什麼？」

奧瑪想起，七年前他們試圖聯繫瑟琳娜，這也是她的第一個問題。當奎恩家的人用這種冷靜的語氣問你想要什麼，很大程度是他們不打算給你想要的。

「我並不希望事情往這個方向演變，無論你相信與否。」奧瑪露出疲憊的神情。「我的提議依然有效：放下武器投降，我們願意特赦你的家人，讓你以原勳階退役，保有全部福利。接下來你可以帶著妻小搬到任何一個地方，以自由之身過活。」

「你現在可以把福利金匯進來了，我退役之後依然打算住在德州。」

克里斯低頭竊笑。

「奧瑪和奎恩家族或許稱不上朋友，但我一直敬重你的父親，不要欺人太甚。」奧瑪的語氣變硬。「如果道格還活著，對你叛國的行爲會怎麼想？」

「我父親已經死了，討論這個沒有意義。」

「對，他死在你身旁這些墨族人的手中，你卻選擇加入他們，你算是什麼兒子？」奧瑪一捶桌子。

「一個忠於父親遺志的兒子。」奎恩的嗓音比他強硬。「你想談條件？讓我告訴你我的條件：即刻廢止『反恐清除法』，釋放所有墨族平民，我們向國際邦聯申請國際仲裁，大家坐下來談清楚。」

「奎恩，如果你執迷不悟，我會即刻公佈你叛國的事實。屆時所有在公家任職的奎恩都會被停職調查，我們已經做好應變措施。」

「媽的，他們的導彈式無人機正在接近，還有四分鐘，你們快退！」萊斯利的語氣轉為急促。

奎恩指了指別在頸間的即時鏡頭。

「我們今晚的行動全程在網路直播，只是設成私密影片。只要你一轟炸，墨族總部會將權限公開，屆時全世界都會看到今晚發生的事，包括我們現在的對話。

「全球會知道多斯科技假借環境偵測之名，綁架平民，在廢境從事人體實驗。政府明明知情，卻放任他們為所欲為。全球也會知道你們今晚又轟炸了一群平民——我指的是多斯科技的員工和軍事承包商，是的，他們都還活著。

「所有我們取得的機密資料都會在網路上公開，你確定歐倫多總統和紀律公署準備好面臨這樣的結果？」

咻——

咻——

咻——

他們在地底三層都能聽見頭上傳來的強烈風切聲。

導彈式無人機俯衝之後急速升空，轉頭折回境內。

炸彈沒落下來。

奧瑪的臉色轉為鐵青。

「不意外，他不是一個會拿自己名聲來賭的人。」岡納涼涼評論。

「分局長，顯然你也做出了你的決定。」奧瑪刺耳地說。

分局長？奎恩瞄向他。

對，我的官階現在比你高了。岡納微微聳肩。

奎恩負著手，上前一步。

「德州是我們的，滾出去。」

7

孟羅直接推開他們家大門，氣勢洶洶地走進廚房。

「你們有這麼好玩的事，竟然沒有人找我？」他在餐桌旁坐下，拿起一只餐盤夾了一堆培根和煎餅，不滿地吃了起來。

「從何時起，你覺得可以把我家當成你家？」奎恩停下喝咖啡的動作。

「嗨，孟羅叔叔。」紫菀綁著兩根粉紅蝴蝶的瓣子跑進來，在他頰上一親。

「嗨，孟羅叔叔。」小道格衝在後面，同樣在他頰上親了一下，兩人坐進自己的位子。

「這不是你家，這是我朋友的家。」他的叉子比比紫菀和道格。「我在我朋友家永遠受歡迎。」

「你這男人怎麼永遠不會老？」秦甄靠著流理檯，從花茶的杯緣打量他。

七年前見他到現在，蛇王一點都沒變。

皮背心皮長褲，被太陽曬白的長棕髮，金銅色眼眸，金色皮膚，這名性感海盜滿足所有女人的性幻想，雖然每個女人喜歡的型不同，在見到蛇王孟羅的那一刻也一定會改觀。

他的風流事蹟，也確實將自己的「天命」發揮到淋漓盡致。

「親愛的，上帝不允許我變老。」孟羅拍拍自己堅硬的六塊肌。「對了，妳那美到出水的好友呢？」

六塊肌當然要有懂得欣賞又未婚的美女在場。

「啊啊啊！不要問我，我什麼都不想知道！」秦甄捂著耳朵，回頭翻動煎餅。

蛇王莫名其妙地看向她老公。

「她今天早上撞見一幕……非常刺激的場面。」奎恩悠閒地喝咖啡。

「你們又在談『性』了嗎？」紫菀一臉天真。

「大人老是在談性。」小道格抱怨。

「……」

幾名大人決定假裝沒聽見他們的評論。

秦甄完全明白為什麼若絲琳要搬出去，因為比較「方便」。

無論岡納的體格多好——當然沒她老公好——她都不想看他一絲不掛地站在若絲琳身後，若絲琳也一絲不掛地趴在……

啊啊啊！刪掉刪掉！她果斷把這個畫面從記憶體徹底刪除。

孟羅重拾怨氣。「你們挑了多斯科技，竟然沒找我，不夠意思。我甚至願意不收錢，義務贊助——不，我願意付你錢搶前排座位。」

「你的婚禮也沒邀請我。」奎恩拿出平板電腦看新聞。

啪唧！秦甄的鑷子嚇掉了。

「什麼？孟羅，你你、你結婚了？」

「我才沒結婚，妳不要聽別人造謠。」孟羅陰陰瞪著她老公。

「他女兒生日也沒邀請我們，很明顯我們不是朋友。」奎恩滑過兩則政治新聞。

總衛官不愧是總衛官，做事果然乾淨俐落，連拆敵人的底牌都拆得這麼徹底。

「孟羅，你有一個女兒？」秦甄咻地站起來。

「一切純屬意外。」孟羅立馬採取防衛姿態。

「你結婚有小孩，竟然從頭到尾沒告訴我。」秦甄憤恨地收拾空盤，堆進洗碗機。「我以爲我們是朋友，你傷了我的心。」

「不是，其實……」

「別說了，你不信任我對不對？你覺得我會把這些祕密告訴別人，對不對？」秦甄給他憤怒的一瞥。

「也不是……」蛇王孟羅很少這麼招架無力。

「三歲了。」她老公再補一刀。

「三歲！」秦甄美眸裡已不再是憤怒，而是滿滿的傷痛。「這一千多個日子以來，你沒想過跟我說一聲？我把你當朋友，告訴你每件事！我們家小朋友何時換牙、小綠的病去看哪個醫生，我甚至容許你替小綠澆水，你知道若非很親近的朋友，我是不會讓他們替小綠澆水的。」

「我不需要替小綠澆水，也不需要知道妳的小孩何時換牙……」

「眞的？」紫菀抬起頭，上唇畫了一撇牛奶鬍子。

她那小狗狗被踢了一腳的眼神，即使冷酷無情如蛇王孟羅都無法不投降。

「小可愛，我當然關心你們的口腔健康。」孟羅的叉子指向她爹。「你何時知道的？」

「對啊，你何時知道的？」秦甄逼問。如果他知道三年都沒告訴她，他們夫妻需要好好改善一下溝通的技巧。

「最近才發現的，他把她們母女藏得很好。」奎恩替自己再倒一杯咖啡，鑽進律政改革的專題報導。

「好吧，你！」秦甄指了指海盜王。「你現在醜一，我會重新好好審視我們的友情。」

「拜託不要。」孟羅從沒想過自己會這樣求人，直到他嘗到秦甄的手藝。「起碼同意讓我來卡斯丘的時候繼續搭伙。」

吃人嘴軟就是這麼回事，難怪那個叫卡爾・岡納的傢伙盡量不讓自己習慣她的便當。他蛇王孟羅就沒有這種堅持，向來是有便宜就佔到底。

大門輕輕一敲，又有人推門進來，這次是莎洛美。

奎恩問自己，何時起他家變成菜市場一樣，而且他還很習慣？

一定是小學老師的關係，她們有降妖伏魔的能力，任何人都會被吸引過來。

「噢，親愛的。」秦甄過去擁抱她。

莎洛美枕在她肩頭吸取力量。一看就知道她在爸爸的病床旁坐了一夜。

「洛還沒醒？」孟羅又起一口煎餅。

她搖搖頭，被秦甄領到桌旁，一盤堆高的食物立刻擺在她眼前。

「楚門說，正常的人這時候早該醒了，不曉得多斯科技對他們做了什麼事。」

已經三天過去，電腦斷層和核磁共振都看不出問題，他們兩人只能靠點滴維生。再昏迷下去，楚門眞的得把他們送到國外做精密檢查，看看腦部是否出現永久性損傷。

孟羅抽出一張餐巾拭拭嘴，把外甥女抓過來，給她一個擁抱。

莎洛美在他肩頭靠得長了一點。從她不再是少女之後，就很少對他如此依戀，孟羅英俊的外表藏住心底的翻湧。無論是誰讓他的寶貝如此傷心，那些人一定會付出代價。

莎洛美坐回位子上。本來以爲吃不下，沒想到咬了一口三明治，她才發現自己眞的餓了。

「海娜早上過來跟我換班。」莎洛美滿口食物，納悶地抬起頭。「她人眞的很好，特地向學校請假，只爲了留在卡斯丘照顧我爸。你們說她是不是還記著我爸照顧她們的恩情？可是那已經好幾年了，我都覺得不好意思呢！」

「噢。」秦甄的表情怪怪的。

「怎麼了？」莎洛美問。

秦甄掙扎了一下，決定還是說了。

「妳都沒發現嗎？」這女孩平時很精明的，怎麼換到她父親的事就這麼鈍？

「發現什麼？」

「海娜……不全然是在報恩。」秦甄很小心地用字遣詞。

「難道是因爲我？我跟她還算熟，不過好像不到可以交託彼此父母的程度。」莎洛美益發不解。

「呃，應該是爲了其他原因。」秦甄更小心一點。

奎恩濃眉一挑，聽出了一點意味。

該死，這男人都快四十歲，爲什麼隨便挑個眉的動作都這麼帥？

「甄，妳到底想說什麼？」莎洛美索性直接問。

好吧！「莎洛美，海娜應該是愛上妳爸爸了。」

咳咳咳！孟羅被一口咖啡嗆住，他旁邊那男人嫌棄地移開椅子。

「這個海娜是莎洛美的朋友那個海娜嗎？她今年才幾歲？」孟羅不可思議地大叫。

「二十四歲……跟我同年……」莎洛美的心理震撼不比他低。

「年紀不是問題，愛上就是愛上了。」甄老師對他們點點手指。

「田中洛竟然能把到這麼年輕的美眉了?」這世界是怎麼了?孟羅極度震驚。

「你吃過的二十三歲女孩沒比較少吧?」秦甄雙眸一睇。

「但我是我,他是滄桑中年大叔啊!」

這樣說也沒錯。

「妳說眞的?我爸爸和海娜?」莎洛美又掙扎了好一會兒。

「妳爸爸沒有行動,目前是海娜單方面的。莎洛美,假設洛眞的喜歡她,妳會反對嗎?」秦甄溫柔地問。

莎洛美慢慢咀嚼她的問題,終於嘆了口氣。「海娜不是個壞女孩,倘若他眞心喜歡她,我願意給他們祝福,現在我只希望爸爸能醒來就好。」

每個人都避談一項事實:田中洛醒來之後,很可能不再是以前的田中洛。

呼呼,大門敲了兩下就被推開,奎恩認眞考慮在門上加裝密碼鎖。

傑登英俊的臉孔探進來,神色緊繃。

「莎洛美,妳爸爸醒了!」

✷

田中洛的頭痛得快爆炸。

他小時候爬院子裡的一棵老銀杏,不小心跌成腦震盪,都沒有現在痛得這麼厲害。

他呻吟著想坐起來,身上牽牽纏纏的,很不俐落。點滴管?他爲什麼連著點滴管?再看看身上的衣服,爲什麼他穿著醫院的病人服?

一些零碎的畫面快速從腦中晃過去，他頭疼得更厲害，只好先不去想。

終於辛苦地坐起來，他發現另一個行動不便的原因：他的右腕竟然被銬在病床扶手上。

搞什麼鬼？

「當心，你還不適合下床。」這把冷靜低沈的嗓音只屬於一個男人。

「奎恩，我爲什麼會被銬住？」他掙了掙右腕。

「安全起見。」

「好吧！我醒了，我很安全，把我解開。」田中洛用力一扯。

啊，只要稍微施點力，他的腦袋就痛得要死。

他確實在醫院沒錯，病房的布簾拉上一半。門上的玻璃窗人影晃動，外面應該有人，不過只有奎恩坐在病房裡。

田中洛還注意到一件事，奎恩的腿上擺了一把槍。他多看那把槍一眼，決定先不討論。

「爲什麼我在醫院裡，我們出車禍嗎？」他突然憶起一事。「華仔！他也在車上，他還好吧？」

「你最後一件記得的事是什麼？」

該死，他都快忘了和奎恩打交道有多困難。當這男人打定主意當問問題的那一個，要從他口中挖出問號以外的東西幾乎不可能。

「奎恩，解開手銬。若你不解開，我一個問題都不回答。」他堅定地晃晃右腕。

奎恩觀察他片刻，終於掏出鑰匙，替他打開手銬。「你最後一件記得的事是什麼？」

田中洛揉了揉右腕。「我記得我們從尤瓦爾迪正要回來，華仔吵著要吃一間很有名的蛋糕，所以我們繞過去……」

光影晃動、爆破、火光、劇烈的聲響。

他們出車禍了嗎？

不對，火光不是整片燒起來，而是不斷閃動，還有一陣刺耳的噪音……該死！所有畫面都好零碎，爲什麼他有印象自己躺著，一格一格的天花板從他眼前晃過去，好像有人推著他走？是他被送到醫院的影像嗎？

他抬頭一看，病房並不是那種天花板。

窗外傳來青少年的笑鬧聲，建築工事的聲響，這個背景音太熟悉了；事實上，這間病房也非常熟悉。

「我們回到卡斯丘了嗎？」爲什麼他一點都不記得？「奎恩，告訴我發生了什麼事，我們是不是出車禍？」

奎恩的藍眸掠過一抹奇怪的神采。

「你和華仔被綁架了。」

「什麼？」他身子一挺，隨即後悔得要命。「啊！」

「多斯科技跟蹤你們到無人的公路上，把你們劫走。」

多斯科技爲什麼要綁架他？

「山喬和伍德呢？」

「死了。」

「可惡……我很抱歉。」山喬是布魯茲的好兄弟，布魯茲一定無法接受。「我們是怎麼回到卡斯丘的？」

「我們帶兵攻下多斯科技，把你救回來。」

「每個實驗室？」奎恩不是只做半套的男人，倘若他對多斯科技出手，絕不會只攻一個地方。

「嗯。」

「我們到底被帶走多久？」他悚然一驚。

「四天。」

「這些都是四天前的事？」田中洛難以置信。

「不，七天前。你和華仔回來又昏迷了三天。」

他每得到一個答案，就會有下一波衝擊出現。「爲什麼？爲什麼多斯科技要綁架我？」

「好問題。」這也是奎恩想弄明白的。

「紀律公署和他們合作？」

「不，他們綁走你之後才與紀律公署聯絡。」奎恩的藍眸異常清冷。

田中洛想不通。

他沒有什麼值得多斯科技綁架的地方。倘若他們不是和政府合作，幹嘛綁走他，再把他送給紀律公署？

該死，頭好痛，好想拿個電鑽把他腦袋鑽開，把一直在裡面打鼓的傢伙拎出來。

慢著！他火速抬起頭，不理會這動作帶給他的暈痛。

「他們沒對我做什麼吧？」

「你爲什麼會這麼問？」奎恩偏了偏頭。

他又來了，用問題回答問題。

「我記得一些很晃動的畫面，沒有連貫性，這些記憶不是我去尤瓦爾迪之前有的。」田中洛揉著太陽穴。「奎恩，他們對我做了什麼？」

奎恩注視著他，又是那種奇特的眼神。

「楚門醫生在你的頭蓋骨找到顯微手術的痕跡。」

「那我爲什麼沒有像柏格森那樣狂性大發？」

「你有。」

這兩個字彷彿一把鑰匙，打開了他腦子裡的鎖。痛苦，絕望，憤怒，強烈的憤怒，更多的憤怒，無止無盡的憤怒——湧上來的與其說是記憶，不如說是當時的感受。他只記得自己好像被扔進一只熱鍋裡，在痛苦強烈的憤怒中掙扎。

奎恩依然維持原來的姿勢，右手食指卻微微收緊。

這就是那把槍的目的，他們不確定醒過來的他，是不是原來的他。

田中洛盯著自己的手，微微發抖。

「我不懂……我只記得整個人好像被五輛馬車拖住，從各種不同的方向拉扯。我無法形容這種感覺，好像……完全對自己失去控制力的感覺，好像所有情緒思路都不再屬於自己。」他緊抱著自己的頭。「我永遠都不想再體驗一次。奎恩，答應我，如果這種事再發生一次，你一定要殺了我。」

「不！」莎洛美殺氣騰騰地衝進來。「你沒有權利做這種決定！」

「這是我的生命，我當然有權利。我寧可死，也不願意變成一具行屍走肉。」田中洛看見女兒心頭一喜，臉卻板起來。

「我們的生命屬於彼此。如果有一天我昏迷不醒，醫生會請你做醫療決定；同樣的，你若喪失神智，我才是做決定的人。」

「莎洛美……」

「我絕對不放棄你，就是這樣。」莎洛美揚高下巴。

「海娜和她母親就是做出相同的決定，結果呢？」田中洛靜靜說。

莎洛美中了一刀，悶著頭殺出病房。

「給她一點時間。」站在門口的秦甄嘆息。「你在實驗室狂性大發的樣子，她看見了，我們都不曉得你還會不會是你，對莎洛美來說尤其艱難。」

他們事後看過突襲的即時影像，一切經過都很清楚。

「我很抱歉。」他疲憊地嘆了口氣。

海娜一直守在門外，臉色比莎洛美更蒼白，一雙漂亮的榛眸微微紅腫。

田中洛猛然抬頭。「對不起，我不是有意提到妳——」

「不，你說得沒錯，不過我還是很高興你活著。」淚珠從海娜的眼眶掉出來。

田中洛的目光在她身上多停留了一會兒才移開。

「我和里昂討論過這個問題，如果我們的腦袋被人搞成瘋子，另一個人該怎麼辦。」秦甄退出病房，和若絲琳咬耳朵。

「結果是什麼？」若絲琳很感興趣。

「我會一槍爆掉他的頭，他會把我送到精神病院。」

「噢，你們這兩隻愛情鳥。」若絲琳取笑她。

秦甄笑得萬分甜蜜。

旁邊一干人的表情，好像她們兩個多長出一顆腦袋。

「你們在幹什麼？」楚門醫生大步走過來。「我已經明確交代，病人醒來的第一時間必須通知我，爲什麼你們通通擠在這裡？」

「我同意，這裡到底有沒有『偵訊不公開』的概念？」岡納不敢苟同。難怪那個家用小奸細消息靈通。

「你何時忌諱被人家看來著？」若絲琳笑得曖昧不明。

「哇啦哇啦，不要逼我回想，我不願意回想那個畫面！」秦甄兩根食指堵住耳朵。

布魯茲莫名其妙地盯著她們。

「啊，布魯茲，你需要一個女人，改天我們一起來解決這個問題。」若絲琳嘆息。

「妳在『某人』面前說這樣的話，好嗎？」秦甄頂頂她。

「有什麼不好？他在阿拉斯加又不是當和尚，我也一直有其他情人，妳期待我們守身如玉嗎？」

若絲琳莫名其妙。

啊，頭好痛，她不要再管這兩個人的事，她永遠弄不懂他們到底在幹嘛。

「布魯茲・桑德諾這輩子沒交過女人，妳們說這些也沒用。」岡納補充。

秦甄一怔。

「我不是同性戀，如果這是你的意思。而且我不喜歡別人一直討論我，你再說，我會殺了你。」

布魯茲面無表情。

「你不是第一個想嘗試的人。」岡納豺狼笑。「無論你是不是對我都沒差，我對於任何宗教信仰、政治立場、性傾向都沒意見。」

「你只對血源有意見。」若絲琳甜蜜蜜地戳他刀。

「……妳選他們那邊站？」

「不然我應該選你這邊站？抱歉，你救我的時候應該先問清楚的。」若絲琳聳聳肩。

「總之那間屋子是我先來的，妳別想把我踢出去。」

「兩位。」秦甄翻個白眼。

「放心，你還有用處，我暫時找不到老二更大、在床上更合拍的男人，甄又不願意讓我借用她老公。」

慢著。「奎恩並沒有比較大！」

「兩位！」秦甄快瘋掉了。

楚門醫生顯然也有同樣的感覺。

「好了，所有人出去！」

「不。」奎恩的語氣一貫平穩。

楚門不滿地看他一眼，開始檢查田中洛的瞳孔。

「你不應該這麼早起來，你的腦部剛受過創傷，生、心理都需要時間休息調養。你現在感覺如何？」

「很累，非常累。」田中洛疲憊地躺回床上。「醫生，我眞的被他們動過腦部手術？」

「我在你的後腦找到一個顯微手術的傷口。」

「那我爲什麼沒有發瘋？」

「話別說得太快。」孟羅在門外說風涼話，一堆女人怒視他。「嘿！我只是想替他爭取一點合理懷疑的空間。」

「在你狂性大發時發生了一件事。」奎恩的語氣十分保留。

「什麼事？」

一道嗓音從簾子的另一端飄過來：「我救了你。」

奎恩火速拉開簾子。

華仔虛弱地躺在床上，雙眸緊閉，嗓音雖然微弱，卻十分穩定。

「你還好嗎？」奎恩問。

「是的。」華仔臉色蒼白地張開眼睛。「順便回答你的疑惑：多斯科技想抓的人不是田中洛，是我。」

✷

華仔「醒了」。

這個消息迅速傳了開來，一堆人擠在田中洛辦公室那小小的門廊上。

岡納發現，這間辦公室的戰略位置相當良好，門口對著學校，左邊是校場，右邊是社區大門，後面是醫院，站在不同的角度就能把整個社區的重要設施盡入眼中。

楚門醫生堅持替兩人再做一次檢查，於是所有人被踢出醫院。很自然地，每個人集中在這裡。

目前只有家屬可以留在病房裡，在這裡指莎洛美和若絲琳，華仔的家屬代表則是秦甄。

「搞什麼鬼？被電一電腦子就會變靈光，那我是不是應該也去電一電？說不定就會從天才變成絕世天才了。」萊斯利咕噥。

「有些事連上帝都做不到。」岡納坐在一張風吹雨打過的藤椅上，巍峨的體型快把那張藤椅壓垮。

「你說這話什麼是意思？別忘了你是在跟科技宅之神講話。」萊斯利不爽。

「他已經自封爲神了？」風流倜儻海盜王踏上台階，加入圍觀群眾的行列。

「已經封很久了。」奎恩坐在另一張藤椅，同樣盯著醫院大門。

傑登、尼克那些年輕人已經被他喝令回去操練，荷黑專心在家陪剛生完小孩的蒂莎，不然現場的人會更多。

「該死。」奎恩回頭瞥了一眼，立時低咒。

所有人回頭看他在低咒什麼。

軍用吉普車捲著沙煙駛進大門，羅瑞．艾森跳下車，他美若天仙——這個形容詞不是誇飾，完全陳述事實——的妻子從副座下來，後座跳出正在讀大學的加爾多。

羅瑞殺氣騰騰而來，凱倫在旁邊拚命理論，彷彿想把道理塞進他腦子裡，成效明顯不彰。

加爾多抱著一顆籃球逕自往球場而去，樂得置身事外。

「奎恩！」歐洲區的霸主一步跳上三級台階。「你把一堆莫名其妙的犯人丟到我那裡，不能殺，不能關，不能刑，不能訊，只能把他們送回州界，這是什麼意思？」

「這些人不重要。」奎恩無動於衷。

「爲什麼不重要？」

「奎恩說他們只是傭兵和科學家，我想殺他們，因爲他們殺了山喬；奎恩說他們是受聘的員工，不能殺，所以我只好讓他們走。」布魯茲的語氣毫無抑揚頓挫。

「那重要的人在哪裡？」羅瑞質問。

「一個都沒有。」病房窗影動了一下，奎恩也跟著動了一下。

岡納杜爛地瞄他一眼。他不是那麼想偵訊華仔，只是怕田中洛突然暴走，傷了他親親老婆。

「幹嘛？」奎恩注意到他的眼光。

「沒事。」他討厭多情種子，尤其討厭里昂・奎恩變成多情種子，完全毀了他前半生的完美印象。

「嘿，我在跟你說話，聽見沒有？」羅瑞腳一勾，一張椅子凌空飛來。

奎恩頭也不回，一道圓弧白光將藤椅剖成兩半。

「你再做一次，我就殺了你。」

「羅瑞！」凱倫嘆到都沒力氣。「很抱歉，他這人就是一點禮貌都沒有。」

「他把我那裡當成免費的孤兒院，妳跟他道歉幹嘛？」

「羅瑞，這裡是我住的小鎮，你要是再不收斂一點……」凱倫磨牙。

「妳可以不必住在卡斯丘，我每個周末來看妳也很麻煩。」

「我又沒叫你過來。」凱倫雙手一拋。

只有一個人可以把卡斯丘的仙女氣成這樣，科技宅之神在旁邊很小心眼地想，誰教她挑錯男人。

「你說，一個重要的人都沒有是什麼意思？」羅瑞繼續質問奎恩。

「綁架田中洛的命令直接來自總公司，這些人並不知道原因。大掃除的工作只需要低階科學家，高階主管都被召回境內，參加年度員工旅遊。」

「員工旅遊？」羅瑞以為自己聽錯了。

「別懷疑，我查證過，總公司真的在辦員工旅遊。」奎恩面無表情。

「你是說，他們趁員工旅遊期間，殺掉幾十條人命，等回到德州再重新開張？」

「嗯。」

羅瑞沈默了一陣子。

「這是真的，對吧？」他終於說。「他們不把德州人當人看，對他們而言，我們可有可無，隨時可以當成螻蟻捏死？」

「嗯。」

羅瑞沙棕色的眼眸燃出火氣。「好吧，以前我對墨族打政府、政府殺墨族的事不感興趣，這次的事真讓我火大了。」

「艾森，你只需把那些人送回州界，我們不濫殺無辜。倘若你傷了任何一人，我傷你十人抵數。」奎恩警告。

「放心，我對他們沒興趣。」

他羅瑞．艾森是何等人？不殺不關不刑不訊，照樣能把那群蠢蛋嚇得屁滾尿流，接下來看十年的心理醫生。

「我問你，為什麼你們去攻打多斯科技不找我？」他又有問題。

「瞧！」孟羅心有戚戚焉。

「為什麼全世界的人都想跟我們去打多斯科技？」奎恩不可思議地回頭。

「好玩啊！我們這輩子都在打壞人和罪犯，沒打過一群書呆子科學家。」羅瑞辯道。

「你明白他們也是僱用軍事承包商，不會自己下去跟你打吧？」岡納好心爲他分析。

「奎恩，如果你送來拉巴克的人也有這傢伙，我會非常開心。」

「想現在試試運氣嗎？」岡納又露出標準的豺狼笑。

「這些男人到底是怎麼回事？」凱倫越來越絕望。「甄呢？」

奎恩忽然站了起來，所有人跟著站起來。

醫院門口有了動靜，秦甄扶著華仔慢慢走出來，後面沒有其他人。田中洛和家人依然留在醫院裡。

「那不是那個白癡嗎？」羅瑞問。

「華仔不是白癡。」萊斯利給他一個大白眼。

「好吧，智障。」

「你這個人懂不懂『政治不正確』的概念？」萊斯利瞪他。

「政治從來沒正確過。」羅瑞寬肩聳了一聳。

……可惡，不能說他錯。

兩人慢慢走過馬路，停在台階前，華仔仰頭看著他們。

奎恩雙手負在背後，英俊的臉孔漠然。眼前的人既是華仔，也不是華仔。華仔的眼睛底不會有如此清明的神智。

「你是誰？」奎恩冷冷問。

華仔看秦甄一眼，她給他一個鼓勵的微笑。「沒關係的。」

他深呼吸一口氣，穩住自己。

「端木慶。」

端木慶？

野火計畫的發始者，一切罪惡的起源？所有人震住。

「進來。」奎恩轉身走進屋內。

沒有人發出一絲聲音，奎恩和華仔隔著一條長長的會議桌，一人坐著一端。

即使已經恢復神智，華仔的神情依然帶著怔忡之色，好像剛走出迷宮的人，還不確定自己是眞的走出來，或是踏入另一個迷宮。

他是端木慶。

全球最有名的基因工程博士，製造過多少奇蹟，甚至被小眾的科學邪教團奉爲「上帝的替代者」。

「我很抱歉。」華仔沒說自己在抱歉什麼，其他人也不明白。他腦子有太多事，不知從何說起。

「你爲什麼電擊田中洛？」奎恩沈聲問。

有人幫他起個頭，華仔鬆了口氣。「只有強烈的電流才能阻止他腦子裡的東西，我也曾經電擊過自己，只是電流量掌握得不正確，最後沒把自己拉回來。」

「他腦子裡的東西是什麼？」

這些問題都是他熟悉的領域，華仔慢慢找回穩定感。

「上個世紀中期，歐洲曾經流行過的狂牛症，你們還記得吧？」他環視坐在周圍的人。「狂牛病是一種由牛隻傳給人類的疾病，起因是一種變異性蛋白質，在大腦中侵蝕周圍的組織，造成腦部海綿體出現許多空洞。發病初期，這人會性格大變，變得狂躁或暴力；隨著腦組織缺損越來越多，患者開始出現肢體障礙，最終導致死亡。

「狂牛症有很多變種，幾年前在野生鹿群中蔓延的『僵屍病毒』，又叫作『狂鹿症』，也是另一種變種的腦部病變。」

「但是你和洛的腦袋並沒有被侵蝕的跡象。」萊斯利小心翼翼地提問。

「很多人不知道在十二年前，剛非邦聯出現過另一種變種，直接對人腦作用，只是剛非邦聯常年在打仗，這些人被歸類到戰爭的受難者，並未受到重視。我對這種腦部病變產生了興趣，於是開始研究變異性蛋白質。」

說到這裡，他臉上出現掙扎的表情。

「怎麼？太多見不得人的祕密？」岡納濃眉一挑。

「不是的，我只是在想，要用什麼樣的語言你們才聽得懂。」華仔解釋。

岡納爲之氣結。

「沒關係，華仔……抱歉，我還是習慣叫你『華仔』，你只要直接告訴我們結論就好。」秦甄溫柔地說。

「我也喜歡你們叫我『華仔』。」華仔充滿感情地看著她。「總之，我在剛非邦聯有了驚人的發現。我們姑且叫它『狂人症』吧！被這種變異蛋白侵蝕的腦部組織，不會產生空洞，反而會複製出類似的組織塡補那些空洞，只是這些增生的腦組織沒有功能，所以患者依然會死亡。

「於是我開始想，倘若我能改變它的基因序，讓這些新生的腦組織『有功能』，這會是一個多大的醫學成就？」華仔的嗓音微微興奮。「許多人一生下來就有智力障礙，或是腦部功能缺損，如果我們能讓『狂人症』的變異蛋白變成一種載體，讓新生的腦組織取代原有的缺陷，這些新生組織可以變成像……像電腦的記憶體，我們等於擁有一顆新的大腦，取代有缺陷的大腦，我們可以眞正的『治癒』智能障礙和各種腦部病變！」

華仔雙眸發亮地注視他們。

每個人看他的表情像看見鬼一樣。

「你不能替人類製造一顆新的大腦，這太……太……」凱倫說不出「太」什麼，太不應該、太野心、太過度……就是「太」！

「那是因爲妳沒有智能障礙的小孩，倘若是有這個問題的父母，他們會迫切希望有人能救他們的孩子。」華仔的笑容消失。

「你不能扮演上帝，自然界讓某些缺陷存在，或許有其原因。」連向來很衝的羅瑞，嗓音都有些沈重。

「布魯茲，你一定明白我的用意吧？」華仔直接尋求現場唯一有切身經驗的人。

布魯茲木無表情地盯著他半晌，緩緩搖頭。

「不，我覺得這樣很好，不覺得有什麼問題。」他平平板板地回答。

「甄？」

「我很抱歉……」

華仔挫敗地耙了下頭髮。爲什麼他們不能理解？

「我瞭解。」

所有人震驚地看向奎恩。

「你是認眞的？」岡納質問。

華仔沒想到唯一能理解的人竟然是他。

「你從小就是個天才，對吧？」奎恩平靜地注視他。

「是的。」華仔的黑眼略略一黯。

「你十一歲大學畢業，十四歲拿第一個博士，十六歲擁有基因工程、醫學及生物的三種博士學位。」

「這個跟我們在討論的主題有什麼關係？」羅瑞覺得莫名其妙。

「告訴我們你的童年。」奎恩平靜地說。

「這算什麼?集體心理治療嗎？」羅瑞表達不滿。

「羅瑞，你要是再不收斂一點，我們立刻離開。」凱倫威脅道。

華仔臉上又出現那種掙扎的表情。

「我從小到大就是念書，一直不斷地念書。東方人的家庭，對於孩子的唯一要求，就是念好書。」他苦笑一下。

「你寂寞嗎？」秦甄輕聲問。

羅瑞看起來又想發作，凱倫的指甲尖從他腹側釘下去，他一抖，終於安分不搗亂。

「非常。」華仔盯著自己交疊的手。「同年級都是青少年，沒有人想跟一個十一歲的同學交朋友。我從來沒有被約出去逛街、喝啤酒，參加派對。在他們眼中，我是一個怪胎，十歲就出現在大學校園的怪胎。有一次我去上課，警衛還以為我是哪個家長帶來的小孩，不小心走失了。」

他完全沒有跟同齡孩子社交的經驗，因為在他的環境裡沒有同齡的孩子。

他覺得孤獨寂寞，格格不入，甚至被霸凌過。

其實他的家人已經盡力保護他，端木慶並不是活在鎂光燈下的天才，直到他開始發表論文才被發現。即使如此，他也十分低調，幾乎不在世人面前曝光。

他的家人在能力範圍內盡量讓他活得像個普通人，但一個十六歲就得到三種博士學位的孩子，不可能當個普通人。

「你的實驗目的，不是在解決智能障礙，而是讓每個人都變成天才。」奎恩沈聲說。

華仔驚訝地望著他。他懂，他竟然懂！

「我只是想，如果每個人都是天才，我就不是怪胎了。」他懇求地望著秦甄。「你們必須瞭解，我不是怪物。我眞的只是想讓大家都變得一樣，沒有誰高誰低，誰強誰弱。」

這個邏輯或許太直觀，卻是端木慶的邏輯。

他的社交年齡一直停留在六、七歲，或許這就是他只跟小朋友處得來的原因，他們才是他同年齡的朋友。

等到他成年之後，周圍開始出現同齡的人，但是他已經失去培養社交能力的機會，於是在同儕眼中，他依然是那個「怪怪的」、「舉止尷尬」的天才。同事或許敬仰他，卻不會想跟他深交。

在這方面，他從來沒有成長過。

「無惡意不表示無過失，你爲多斯科技工作了二十年，不可能不知道人體實驗的後果，那些人命怎麼辦？」岡納冷冷說道。

華仔沈默一下。「多斯科技告訴我，這些人都是自願的，若非身患惡疾，就是家境貧困，簽了高額的實驗同意書。」

「二十年，多少條人命流過你們的實驗室，你相信這種話？」岡納質問。

「他沒有理由不相信。」秦甄輕聲道。

他的人生幾乎活在實驗室裡，眞實世界的運作，之於他是一片空白。

「你說得對，我沒有任何藉口，也不想爲自己的行爲辯解。」華仔頹喪地開口。

「告訴我們野火實驗的內容。」奎恩其實對這些道德爭論不感興趣。

華仔重新開始。「剛非邦聯的新變種讓我找到一個突破點。我把實驗分成兩個階段：第一階段，將變異蛋白加以改良，讓它對腦組織的侵蝕性變低，傳散能力提高，並且能和異種物質結合，不會讓大腦產生排斥。

「第二階段，讓異種物質具有承載資訊的能力，進一步和大腦連結，逐步接管大腦損毀的功能。」

在人腦之外再做一個腦，在場的人只覺得恐怖。

誰來決定承載的資訊是什麼？如果有一天你發現，你的腦出現另一個聲音，你該聽誰的？哪一個才是眞正的你？

「我的第一階段幾乎完成了，改良的變異蛋白成功和大腦結合，沒有產生排斥，四個接受手術的人都活下來。

「就在這個時候，多斯科技下了最後通牒。野火計畫已經二十年，投資上百億資金，卻還收不到成果。如果我在三個月內拿不出一個有效樣本，他們要中止實驗。」

孟羅搖搖頭。

「我很生氣！」華仔的眼中迸出怒意。「無論你們評價如何，這是我一生的心血。我在黑暗中摸索了二十年，終於開始有所突破，他們卻要中止？

「我爭論、說道理、討價還價，他們都不接受。我甚至把一個初階段完成的實驗體帶到首都給他們看，他們只說：『這個人依然是個白癡。』我說：『因爲第二階段資訊串連的部分還未開始。』第二階段已經研發到一半，只要再給我幾年就好，他們不接受，最後我決定——」

他深吸一口氣。「我決定拿我自己當實驗體，在我的腦中植入『蟲子』，讓他們看看我的實驗成果有多麼驚人。」

「蟲子？」奎恩問。

「這是我給『改良式異質結合朊毒體蛋白』取的名字，它長得像一條黑黑細細的——」

「毛髮？」

「呃，我是要說『線蟲』，不過差不多。」他害羞的眼神投向秦甄。「我喜歡蟲子。」

「我記得。」她微微一笑。

「我明白只是植入第一階段的成果是不夠的，必須有新的進展讓他們驚豔，於是我將第二段階段的實驗成果也加入，擷取到某個我認爲安全的程度。」華仔吐氣。「我告訴我的助理科學家，倘若實驗結果異常，務必將我殺了，直接銷毀所有實驗數據，我不想讓多斯科技拿來亂搞，他們同意了。」

「顯然他們的同意沒有作用。」岡納風涼地說。

「我不曉得實驗出了什麼問題，我對術後的記憶有限，隱約記得，我試圖電擊過自己，只是當時電流不夠強，『蟲子』沒有完全死亡。最後，我變成你們認識的華仔。」

秦甄沈默片刻。「我喜歡這個華仔。」

「……我也是。甄，我只想繼續當華仔，這四年是我最快樂的時光。」華仔的眼眸流露悲傷。

「你還記得這四年的事？」羅瑞覺得他們好像在聽一個科幻故事。

「當然，蟲子干擾了某些功能，造成我暫時性失能，只要它死亡，我的大腦就恢復正常了。」

「這跟電流有什麼關係？」奎恩問。

「用『死亡』形容蟲子或許不太恰當，它不是一種生命，而是一種蛋白質。不過蟲子的運作仰賴生物電，你們可以說，人腦是它的能量來源，無論缺乏生物電或電流太強，都能讓它中止運作，某方面也算是一種死亡。」

「像是線圈短路一樣。」萊斯利評論道。

「是的。」華仔精神一振。「人體能承受的電流比蟲子更高，只要抓對強度，可以把蟲子殺死，人體經過急救則有機會活下來。」

在他電擊田中洛時，田中洛反手抓住他，兩人都承受了高壓電流，最後把彼此大腦裡的「蟲子」消滅。

田中洛變回田中洛，華仔變回……端木慶。

「你真的很好騙，我該叫你端木慶或是華仔？」孟羅嘆息。

「你可以繼續叫我華仔，我喜歡當華仔。我什麼地方好騙？」

「一樁投資了幾百億的生意，絕對不會說撤就撤，尤其是在即將收成的時刻。多斯科技只是想用這個方法逼你加快進程，沒想到適得其反，毀了他們的金雞母。」蛇王孟羅絕對是最精明的生意人，沒有人能否認這點。

「你是說，我被騙了？」華仔瞠目結舌。

「這些年來，多斯科技持續在德州進行實驗。華仔失蹤之後，他們只能自己摸索，結果製造出一堆越來越瘋狂的人。」奎恩看著每個人。

「上個星期，他們無意間在尤瓦爾迪見到華仔，可能連自己都不敢相信自己的運好。」岡納慢慢點頭。「他們殺了布魯茲的人，劫走華仔。田中洛應該是試圖保護華仔，於是他們兩個一起被抓回去。等他們發現田中洛的身分，決定賣紀律公署一個人情，將田中洛交給他們。」

華仔眼中晃過一片陰影。

「他們用化學催眠的手段，替衛士問出一些機密訊息。其實他們根本不必幫洛動手術，可是那份執念讓他們放不下，非得試試不可。」

華仔想想，他也沒資格說別人，他自己就是執念最深的人。

「多斯科技幕後的首腦是誰？你主持野火計畫這麼多年，不可能不知道。」奎恩語氣轉為嚴峻。

「我真的不知道，這些行政問題我從來不管。」華仔露出迷惘之色。「我只知道，野火計畫的細節都存在CEO辦公室的主機裡，如果你們能駭進他們的系統……」

「噯，終於來到我的領域了。」萊斯利摩拳擦掌，吹吹指甲尖裝模作樣一下。

「你七年都在忍受這些猴戲？」岡納問他的老搭檔。

奎恩聳聳肩。

「有點耐心，我的同伴，即使是科技宅之神，展現神蹟也是需要時間的。」萊斯利搬出他的筆電。

「咦？你筆電是從哪裡冒出來的？」秦甄好奇問。前一刻他兩手空空，下一刻筆電就出現了。

「我只要虛空一抓，想要什麼就有什麼。」萊斯利一副世外高人貌。

「桌面下有暗格，他的筆電都放在裡面。」奎恩叫穿他的底牌。

萊斯利對他齜牙咧嘴。

「感謝我們忠實的夥伴岡納先生安裝的木馬，讓我抓出一座山的資料。」

「透過芳娜・羅蘭的協助。」岡納硬要加上這一句。

所有人刷地彈回面無表情，包括奎恩，左右兩側的女人全瞪著他。

秦甄抽出幾張A4紙，捲成一捲傳給凱倫，凱倫傳給若絲琳；若絲琳接過來，啪！往他後腦敲下去，傳回去給凱倫，再傳給秦甄。

「我們可以繼續了。」秦甄莊嚴地攤開，撫平。

萊斯利乖乖不敢亂說話。

「挖出來的資料實在太多，後來又發生一連串事故，我還沒有時間細看，不過有資料總比沒資料好，這算好消息。」

「有好消息就有壞消息。」羅瑞告訴老婆。

凱倫輕拍他一下，被他反手握住。

「壞消息是：核心資料經過加密，所以我們又回到原點，必須找到『私鑰』。」

「什麼是私鑰？」華仔問。

「一種加密鑰匙，他們把一組很複雜的密碼做成數位鑰匙，沒有那把鑰匙我們無法解開加密。」

「所以你們需要找的，其實是一組密碼？」華仔蹙眉。

「對，密碼被做成數位鑰匙。」他要重複幾次？

「有密碼就行了嗎？」華仔問。

「華仔，那組密碼十分複雜，可能有上千萬個位元，多斯科技把它做成一把數位鑰匙，所以我們要先找到那把數位鑰匙！」到底是要他講幾次啦？

呼呼呼。

隨便在希塞營區的路上抓一個人，問：「田中洛的辦公室何時不能進去？」答案一定是：「窗簾拉下來的時候。」

這種時候代表裡面正在開重要會議，除非你有生死存亡的大事，或哪個愚蠢的新兵在練習拆彈時又把火藥庫炸了——對，這種事發生過——不然你最好是提著腦袋去敲門。

呼呼呼。

又敲？這下子有趣了。

所有人看向奎恩，他沒有要回應的意思。

呼呼呼。

奎恩吸了口氣，站起來，走到門口，開門。

眼睛平望出去，沒有人。

下移四十五度，一群小孩軍團。

「瞧，我跟你們說，我看見華仔和我媽咪一起走進田中叔叔的辦公室，你們就不信。」為首的是他寶貝女兒。

「華仔，你出來！」一個身材特別高壯的男孩大喝。

若沒記錯，這小子好像叫克倫。

華仔遲疑地走到門口，奎恩緩緩盯著他們。

「華仔，你跑到哪裡去了？」克倫大聲問。「你知道我們跟艾頓街的足球賽是上個星期嗎？我們輸了，因為你不在，我們沒有守門員，都是你的錯！」

「對不起……」

「對不起也沒有用，你最好解釋清楚，你跑到哪裡去了？」

「或許華仔跑走就是因爲你太兇了。」一個漂亮的金髮小女娃挺身而出。

「什麼？」克倫對那小女孩怒問。

「你總是對華仔那麼兇，根本就是在欺負他。克倫，你是個惡霸。」勇敢的夏莉決定不再忍讓。

「對嘛……」

「對啊！」

「他眞的很兇。」細微的附和在小孩軍團傳開。

「我、我才不是惡霸！」克倫漲紅了臉。

「你就是。」紫菀不甘示弱。「從現在開始，你要是再對華仔這麼兇，我就再也不跟你玩了。」

「我也是。」夏莉站在她身旁。

「我也是。」另一名小男生附和。

克倫沒料到自己突然變成被檢討的人。

「華仔，沒關係。」又是一名粉嫩到令人融化的小女生走上前，拍拍華仔的腿。華仔慢慢蹲下來，和她同高。「我們昨天勞作課學剪紙，你不在，我幫你把卡片做好了，這是你的。」

小女生從自己的小包包抽出一張卡片，他接了過來，下唇開始顫抖。

「我很抱歉，眞的很抱歉。」華仔抹抹眼睛。

小孩軍團馬上圍過來。

「沒關係，不要哭。」

「你回來就好。」

「我們和艾頓街還有最後一場球賽，這次我們一定會贏。」

小朋友們緊緊擁抱華仔。

一隻柔軟的手塞進他掌心，奎恩迎上妻子的微笑。

華仔體內的小孩沒有機會長大，這是他成長過程的痛，或許也會是他的救贖。

「克倫！」小道格突然從幼兒園衝過來，手上拎著一根比他還高的掃把。「爲什麼每個人都在哭，你又欺負人了嗎？」

嘩，虎父無犬子！孟羅攀著窗戶看戲。

「我、我才沒有欺負人，你們幹嘛每個人都說我欺負人？」他只是天生嗓門比較大，長得比較高而已，這樣也錯了嗎？

「我警告你喔！華仔和岡納都是我的好朋友，你要是敢欺負他們或我姊姊，我就跟你打架。」

小道格掃把用力一頓，頗有乃父之風。

「我不是他的好朋友。」岡納在裡面咕噥。

「恭喜，除了奎恩，你終於交到新朋友，慢著，你的新朋友也是個奎恩。」若絲琳爲他拍拍手。

「……」

「你爲什麼這麼討厭華仔？」紫菀不悅地質問克倫。

「我又沒說我討厭他，華仔很會守門，我很高興啊……」克倫扭來扭來。

「那以後就對人家好一點。」紫菀諄諄教誨，頗有乃母之風。

「小朋友，我們有一些事還在討論。」秦甄對小孩子軍團微笑。

「咳，走吧，我們去練球。華仔，你想來就來，不想來就算了。」克倫彆扭地跑開。

「華仔，你等一下要來喔。」

一群小朋友熱情相邀，紛紛跑回小操場。

華仔收拾一下心情，果斷地站起來，回頭從桌上隨便抓起一支手機。

他打開錄音模式，開始背出一串隨機、聽不出任何規則、大小寫都有、包含特殊符號的英數字串。

「A3Gi9eaebEbkeqaD0Bdp2#E(0‧……」

這一唸就唸了將近十分鐘。

「好了，給你。」

「給我幹嘛？」萊斯利楞楞地接過手機。

「這是多斯科技的密碼。」

所有人瞪著他。

「野火計畫的密碼是我設的，沒有我的授權，他們無法變更，所以現在應該還是同一組密碼。」

「……你把整組密碼背下來了？」

「才三萬多個字而已。」

華仔衝出去加入希塞國小低年級足球復仇營的行列。

三萬、三萬個字「而已」？

「幹，這傢伙眞的是天才。」萊斯利喃喃道。

「這有什麼難的？」布魯茲莫名其妙地看著他。

「你講得這麼好聽，不然你背一次來聽聽啊！」

「A3Gi9eaebEbkeqaD0Bdp2#E(0……」

「啊幹幹幹，我不想聽！我才是絕世天才，我才是！」

科技宅之神埋回他的電腦世界，逃避現實。

8

秦甄把孩子喝完的牛奶杯放進水槽，奎恩把最後一口晚餐送進口中，空盤子交給她一起洗。

今天他回醫院和田中洛多談了一會兒，回到家已經八點，孩子們已經吃完飯，洗完澡。

她幫他熱了飯菜，陪兩個小孩喝蛋牛奶，一家人窩在廚房裡。

這已經變成一種日常，他再晚回到家，她都不會讓他一個人吃飯。若不是像現在這樣全家都聚在一起，就是孩子先睡了，她喝著花茶陪他。

「需要幫忙嗎？」

「需要。」她挑了下眉。「我收拾廚房，你負責監督兩個小鬼刷牙和上床睡覺。」

「Roger（收到）。走吧，孩子們。」他起身。

公平。他也需要盥洗一番。

道格跳下椅子，一馬當先。「你爲什麼叫媽咪『羅傑』？」

「噢，在這裡不是名字的意思，是一個通訊用語，表示我收到了。」他和兩個小鬼頭一起走出廚房。

「爲什麼是『羅傑』？爲什麼不是彼德或珊曼莎？」紫菀纏著爸爸不放。

「因爲羅傑的R，代表『收到』（Receive）的第一個字母。」奎恩慵懶的嗓音伴著兩個小鬼嘰哩咕嚕的問題，一路飄往二樓。

她把廚房收拾一下，回到樓上，看看他們三個人在做什麼。

這三隻根本在聊天，沒人在睡覺啊！她又好氣又好笑。

紫菀坐在自己的床上，替朵莉絲梳頭髮，這個布娃娃是凱倫做給她的生日禮物。

「我今天發現一個祕密，地球是平的。」道格在自己的小床上跳來跳去。

蹦、蹦、蹦。

「地球是圓的。」紫菀把朵莉絲的毛線髮小心地解開。

「是平的。」道格堅持。

「誰告訴你地球是平的？」奎恩坐在床邊，悠閒地和兩小鬼聊天。

看著一個如此致命危險的男人，露出放鬆的神情陪兩個小鬼頭瞎扯，任何女人都會融化。

「我自己發現的，你看。」小道格兩隻手平舉。「我現在站得穩穩的，可是如果地球是圓的，我就會像站在足球上，歪、歪、歪、歪——」

小小的身體逐漸傾斜，奎恩沒動，只有腳尖微微朝前。秦甄很清楚，倘若道格倒下來，他老爸會閃電飛過去接住他。

「——我就會跌倒，可是我都沒跌倒，所以地球是平的。」道格繼續蹦、蹦、蹦。

「道格，我們家長什麼樣子？」處變不驚的爸爸問。

「就是長尖尖屋頂的樣子啊。」道格比給他看。

「你怎麼知道？你在這裡又看不到屋頂。」

「爸爸你好好笑，我們每天出門就會看見了。」小道格嘰嘰咯咯笑了起來。

「那就對了。屋子比我們大很多，我們在屋子裡就看不見它的樣子，走出屋子外才看得見。地球也是，地球比屋子大很多倍，我們踩在地球上也看不見它的樣子，可是太空人到了外太空，就看得見地球了。他們把地球的照片拍回來，地球是圓的。」他老爸解釋。

嗯，不錯喔！甄老師刮目相看。

「是喔？」小道格想了想，突然露出陰險的表情。「那個照片是眞、的、嗎——」

噗。秦甄笑出來。

「媽咪妳偷聽！」兩個小鬼蹦蹦跳跳過來。

奎恩早就知道她在門外，藍眸裡蘊著溫軟的笑意。

「好了好了，你們兩個該上床睡覺，這麼亢奮怎麼睡得著？」最後還是媽媽負責趕人。

「對，都九點了，當心明天早上爬不起來。」失職的爸爸做做樣子。

「等一下。」小道格跑到窗戶旁。「岡納？岡納？」

稚嫩的嗓音撥開夜的深靜。

半晌——

「幹嘛？」隔壁的窗戶低吼。

「晚安。」

「……晚安。」

「明天早餐我跟你講爲什麼地球是圓的。」

「快去睡覺！」

奎恩掩著嘴，努力不笑。

「好了，兩個人都上床躺好，不准說話。」媽媽一插腰，兩小鬼乖乖聽令。

這個房間睡兩個小孩還可以，再過不久就眞的太小了。

一樓其實還有一間房，只比儲藏室大一點，平時作爲兩小鬼的遊戲室。若絲琳剛來的時候，兩小鬼很有義氣地讓出自己的房間，睡到樓下。可是秦甄很不喜歡讓小孩睡另一層，半夜做惡夢叫人都聽不見，

「我們需要大一點的房子，道格不久就會需要自己的房間。」她轉頭告訴老公。

「我會再找找看。」

「沒關係，他可以先睡在這裡。」紫菀的聲音帶了點睏意。

「吼，妳講話了。」

「你也講話了。」紫菀用被單蓋住嘴巴。

「兩個都不要講話，晚安。」

她親親兩小鬼的額頭，奎恩在後面重複相同的動作，帶上門出去。

「照顧完兩個小孩的需要，妳該照顧妳老公的需要了。」奎恩將她壓在牆面。

「可是我和老公結婚九年，已經失去新鮮感——噢！」

奎恩往她嫩呼呼的脖子齧下去。啃齧變成吮吻，他的鼻息呼在她的脖頸間，癢得她格格直笑。

兩人回到房間，呼吸都已微亂。他的大掌鑽到她白色T恤下，流連品味那如絲的觸感。

兩人互相脫除對方的衣物，

她往後倒回床上，看著他陽剛的裸軀往她走來，呼吸被奪去一半。

他的比例太完美，彷佛上帝在創造他的那天，直接照著「維特魯威人」的手稿捏塑。

肌肉、關節、皮膚、四肢，沒有一處不好看，走路的方式彷佛液體流動，滑順自如。許多人說，女人是水做的，認識了里昂之後，她才知道男人也是水做的，瞬間能驚濤駭浪，也能波瀾不興。

一個男人英俊到這個程度是罪惡的。

他身上的傷痕增加了，她數得出哪些疤痕是認識她之前就有，哪些是之後才出現。

他的男性全然亢奮。她盯著他的腿間，依然驚異自己如何承納得下。

奎恩站在床尾，欣賞著眼前的美景，她細緻得不像生過兩個孩子的女人。

秦甄害羞地想拉過被單，被他阻止。他溫柔地覆在她身上，愛撫挑弄。

每一次做愛，他一定要確保她已準備好，才不會傷了她。

他兩手撐住自己，溫柔地進入她，身體律動著，藍眸一瞬不瞬地凝視。

「你在看什麼？」秦甄被他看得害羞起來。

「妳好美。」

藍眸中是最眞誠的讚賞，她的害羞轉爲嘆息。

「甄，妳睡了嗎？」

她身上的男人一僵。

「我想到明天早上要吃什麼。以前妳常常做的牛奶饅頭，好好吃喔，明天早上來得及做嗎？」

奎恩不可思議地轉向窗戶。秦甄張開嘴，被他掩住。

不要說話，不然她會一直講下去。他無聲警告。

才不會。她的唇形回答。

「還有肉鬆，我想吃饅頭夾肉鬆，就這樣。」

「OK。」她還是回答了。

「妳還醒著？」若絲琳趴到窗檯上，裸露的香肩顯示底下未著寸縷。

夠了！

奎恩果斷地跳下床，打開窗戶。

「岡納，你有這麼不能滿足自己的女人嗎？」

「嗨，奎恩。」

「你管好自己老婆小孩就好。」兩個男人互咆哮。

砰！

砰！

窗戶關上半晌——

「奎恩絕對沒有比你小。」

✷

叩叩。

奎恩站在教職員辦公室的門口，門通常不關，他依然輕敲兩下。布魯納微微一笑，倘若所有學生都像他這麼有家教，他們的工作就太輕鬆了。

「你來找甄嗎？她不在，莉莉安說甄有事找我，我也在等她。」

走進來之前，奎恩在腳踏墊跺跺腳，把軍靴的塵土跺掉。他整個人薄薄覆著一層灰，一看就是從校場直接過來，短髮稍微一撥，還能看到淡黃色的煙塵飄進空中。

奎恩打量這個舒適的環境。辦公室位於學校角落，兩面牆開了窗戶，採光極佳，下面就是球場，隨時可以盯著孩子們活動。

辦公室裡只有布魯納一個人，大部分的老師都習慣以教室為據點，只有行政職的人比較常上來。

「那一桌是怎麼回事？」他坐在秦甄的位子上，指了指拉德的辦公桌。

最亂的就是拉德的座位，學生作業到處亂堆。他多拉一張大板桌放在旁邊，上面擺了橫七豎八的雕刻工具，一尊做了一半的泥塑目前還看不出是什麼。

「拉德最近教到『雕塑藝術』，有個高年級學生挑戰他，『做不到的人才跑來教書』，他決定做一座雕像讓他們瞧瞧顏色。」布魯納笑道。

這位壞脾氣的黑市藝術品掮客，竟然成為最受歡迎的老師，大概連他自己都很意外。

甄的桌上永遠擺著一杯水，他拿起來喝了一口。

「學校的運作如何？一切順利吧？」奎恩隨口閒聊。

「當然。」布魯納受寵若驚。「偶爾難免遇到恐龍家長，不過我們聘用的老師都很有經驗，知道怎麼處理。」

「你自己呢？工作量會不會太重？」

「不會，我喜歡教書。」布魯納露齒一笑。

「在卡斯丘住了這些年，還習慣嗎？」

「當然。」他的關切開始讓布魯納微微彆扭。「你呢？聽說你們在廢境打了一仗，想必非常激烈。」

「我們贏了，你也明白，戰爭都是贏家說話。」奎恩微微一笑。那笑容有點冷，沒進到他的藍眸裡。「我們的情況還好，到韋科救完人就回來了。列提比較辛苦，政府派了一支伏兵躲在達拉斯，直接和他們衝上，幸好我安排了愛斯達拉守在附近。」

「我聽說了。華仔和洛被救回來，謝謝你，他們兩個是社區很重要的一環。」布魯納說。

「眞有趣，沒人知道我們是去救田中洛和華仔。」奎恩慢慢開口。「楚門醫生只說他們在尤瓦爾迪出車禍，轉送回卡斯丘的醫院，多數人以爲我們只是進廢境做例行操演。」

「抱歉，我是聽甄說的。」布魯納的笑微微不穩。

「甄從不對外人提及我的行動，你別想把這件事賴到她頭上。」奎恩的藍眸轉冷。

布魯納的笑容消失。

「你知道爲什麼伏兵佈在列提那一路？」他閒聊的口吻繼續。「克里斯提前十幾個小時告訴莉莉安，我們要到達拉斯進行演練。你認識莉莉安吧？你的祕書，克里斯的女朋友。」

布魯納已失去表情。

「是我叫克里斯這麼做的。」奎恩再喝一口水。「莉莉安說，只有一個人關心我們去哪裡。『嗨，莉莉安，我的白板筆用完了，可不可以幫我送一盒過來？對了，我剛剛看見克里斯準備出門，他不是和妳家人約好了共進晚餐嗎？』、『噢，他們到達拉斯進行例行操演，明天就回來了。』

「不是莉莉安的錯。對她來說，例行公事沒有什麼不能說的。」

布魯納看看自己的辦公桌，開始慢慢收拾桌子。

「達拉斯的實驗室最大，但韋科才是多斯科技的地下總部，我們需要充足的時間搬運資料，於是我將消息釋放爲達拉斯，爲韋科爭取一點時間。

「其實並不難猜，從聖安吉洛之役就出現端倪。只有當天一起出門的人知道我們晚上改到嬤嬤家住。你知道那天晚上會有攻擊，於是把所有學生帶到重演劇公園。布魯納，你事前已經得到保證，你和孩子們不會受到傷害，對吧？」

「我猜，今天不是甄想見我，是你想見我？」布魯納慢慢看著周遭的環境。眞是一間漂亮的辦公室，他在這裡度過愉快的時光，做著他最愛的工作，能走到這裡已經夠了。

「爲什麼，布魯納？」奎恩平靜地注視他。「你在這裡受人尊敬，每個人都喜歡你，爲什麼要背叛他們？」

布魯納終於看向他，眼中逐漸凝聚水光。

「我父親。我告訴每個人他死了，其實他沒有。那場車禍害他變成植物人，需要全時照護，我回美加探望他時被捕。除了這件事，我說的都是眞的，我眞心把這裡當成第二個家，每個學生都是我的孩子，甄是我最好的朋友。」

「你差點害死你的好友。」奎恩完全不領情。「你來卡斯丘多久，政府才和你聯絡的？」

「你爲什麼認定是政府，不是皮克他們？」

還想垂死掙扎？「皮克和高梅茲擁有的武器，不是一般管道拿得到，除非孟羅幫他們，而孟羅沒有。」唯一能拿到的管道只有軍方。

布魯納頹喪地低下頭。

「他們說願意提供我父親最好的照料，直到他過世。可是我若不同意合作，他們會把他丟到老鼠坑，看著他緩慢痛苦地死去，我相信他們做得到。」

奎恩也相信。「你應該告訴我的，我會派人把他接過來。」

「我很抱歉，眞的非常抱歉。」布魯納崩潰地埋進自己手中。「你說得對，甄從來不會在我們面前說什麼，我能接觸到的情報本來就不多，於是我就拿些微不足道的小事丟給那些人，何時操練，多久輪調一次等等。他們終於不再滿足，寄了張我父親的近照給我，坐在床邊的是他們的人……我眞的很努力把傷害降到最低……」

努力還不夠。

「諾亞死在聖安吉洛，還有許多在這個過程中犧牲的同伴。倘若中途你曾想過信任我，即使只有一次，情況就會不同。」謊言是一個漩渦，撒了第一個謊，後面越捲越深，終至找不到出口。

「你打算殺了我嗎？」布魯納絕望地抬起頭。

「你是甄和孩子的朋友，全校學生最喜愛的老師，殺了你會讓他們傷心欲絕，但不殺你對我們太危險，你對卡斯丘的環境瞭如指掌。」

奎恩站了起來，走向辦公室門口，門無聲拉開。傑登和克里斯站在門外，旁邊是臉色蒼白的秦甄。

「噢，布魯納。」秦甄嘆息。

「我很抱歉，甄……如果我能收回一切，我一定會這麼做。」布魯納對好友懇求。

奎恩走向妻子。

「他們會送你到布朗斯維爾的監獄，由布魯茲看管。等戰爭結束的那一天，你會被永久驅逐出境。」

他攬住妻子，讓傑登和克里斯執行任務。

✷

「長官，總統正在……」

奧瑪無視祕書的阻攔，推門走進去。

歐倫多總統不悅地橫他一眼，舉起一隻食指，先把電話說完。

「我明白，議長，這件事我會再徵詢國務卿意見，謝謝你的告知。」

奧瑪在他對面坐下。

「說吧，你有什麼事？」歐倫多切下結束鍵。

奧瑪坐在原位，定定注視他。歐倫多能坐上全世界最強國家的總統之位，自然不是被嚇大的。五大家族在他眼中，不過是另一堆他必須搬運的政治岩石。

「三十年前，我們都是能源及環境評議會的委員。我是總統顧問，你是參議員。」奧瑪緩緩開口。

「所以？」

「他開給你什麼條件？」

「誰開條件？」歐倫多抓不到頭緒。

奧瑪又定定注視他片刻。

「有一天，有個男人來找我，秦天，新亞邦聯投誠的高級將領，你一定也聽過他吧？」

歐倫多的神色微微一動，「那段時期是新亞邦聯最動亂的時期，許多高層投誠來美加。」

「秦天來找我，提出一個邀約：他手下有兩名跟他處境相同的醫學工程師，他們握有從新中國偷出來的實驗數據。倘若我願意加入，他保證在三十年內為美加製造一批無人能敵的超級士兵，那些專利足以讓我們三十代的子孫都吃用不盡。他唯一的條件是，我必須為他找一個不會被打擾的實驗環境，以及適當的政治斡旋。」

「所以？」

「我拒絕了。」奧瑪依然用那種深沈的眼光注視他。「你答應了，對吧？」

「爲什麼你會認爲我跟這個人有關係？」歐倫多不爲所動。

「我知道秦天總共接觸過三個人：你、我、道格。」奧瑪冷笑。「他找我是因爲我有奧瑪家族的背景，找你是因爲你是當紅的政治炸子雞，找道格是因爲他在軍界舉足輕重，我和道格都拒絕了。」雖然他不知道格的會面情況，但想也知道秦天會被罵個狗血淋頭。道格·奎恩不是一個尋求科學途徑製造士兵的男人，他崇尚傳統的軍事訓練，同甘共苦培養出來的革命情誼。

「我再問一次：你爲什麼會認爲我跟這個人有關係？」

奧瑪掏出手機，把資料傳到光桌。

「秦天成立『秦漢科技集團』，五年後買下『美加生化集團』，重組爲『多斯科技』；同一年，你促成新的『廢境檢驗條例』，德克薩斯的檢驗由多斯科技得標。」

「我在那年協助制定過許多環保政策，這只是其中一條。」

奧瑪把更多資料傳送到光桌。「自此之後，你每一次競選，主要的政治獻金都來自秦漢集團或其關係企業。每一年的檢驗報告，都是由你授權的實驗室進行複驗，一直持續到現在。」身爲總統的他，根本不需要再去關心這種小事，可是所有複驗依然是由總統指定，總統親自簽名核可。

「你想說什麼，奧瑪？」歐倫多不想再和他玩捉迷藏。

「多斯科技在德克薩斯搞什麼鬼？」

✷

羅瑞・艾森輕踩剎車，悍馬一記漂亮的甩尾，停在荒土中央。

十二輛吉普車在他們後面停住，兩台運囚巴士被圍在中間。

所有人紛紛下車，每人固定一把長槍一把短槍，至於不固定的，就看個人喜好。

州界鐵網就在前方。莽莽天地，枯黃乾礫，一條寂寞公路貫穿這片荒野，延伸到五哩外的州界管制站。

第一次來的人一定會以爲兩邊屬於不同的國家，其實，另一邊是奧克拉荷馬州，和德州同爲美加領土。

那些混蛋就這樣把德州割掉，像割一顆不要的毒瘤。

以前羅瑞並不在乎，美加並非他的母國，他們高興怎麼做就怎麼做，他甚至歡迎這樣的隔離，德州事讓德州人自己解決最好。

不過最近他對這種傲慢的姿態非常反感，一定是被奎恩那傢伙帶壞了。

「過了州界，還要走多遠才到下個城鎭？」紅毛小子哈利站在他身後觀望。

他年輕得不該屬於這群草莽，實際上也眞的非常年輕。哈利是約拿老婆的姪子，高中畢業就不想再升學，一天到晚想跟著他們「幹一番大事業」，約拿怕他自己亂闖反而出事，乾脆把他帶在身邊。

約拿是個身高六呎五的黑人大漢。

五呎七的哈利瘦不零丁，站在身高六呎五的約拿身旁，光是視覺就充滿喜感。不過他個性機靈，還算得羅瑞喜歡。

哈利令他想到奎恩帶在身邊的那小子。傑登現在已經能獨當一面，羅瑞最近也在想，是不是該培養一個門徒？加爾多對籃球和大學的興趣多過反抗事業，大概是沒指望了。

「十幾哩吧！」約拿的嗓音隆隆震動。

「管他們的，州警看到了，就會把他們撿回去。」肯尼上前一步，來福槍扛在肩頭。

說曹操，曹操到。

鐵網那端，一輛州警的公務車緩緩停下來。

「唷，凱文。」一個五十出頭的褐髮男人下了車。

「嗨，馬克，老婆小孩都好吧？」

大家來來去去久了，互相都變成熟面孔。

「不好不壞，老樣子。你們在幹嘛？」馬克帶點狐疑地問。

「沒事，送幾個人回境內。」

「咳，凱文，你知道我不能允許你們偷渡的。」

「不是偷渡，這些都是境內的人。等他們過去之後，你們自己查他們身分吧！」

「這些人爲什麼在你們手上？」馬克狐疑之色不減。

「這些廢物在德克薩斯進行人體實驗，你們想要就接回去，不要就放他們在路旁等死吧！」羅瑞不怎麼耐煩。

馬克看了他一眼，不自在地轉開視線。

若說蛇王孟羅那幫人走海盜路線，奎恩類似正規軍，羅瑞．艾森就是典型的游擊戰士。

任何人看著他，腦中第一個浮起的印象就是「硬漢」和「驃悍」。

他的硬和悍，不同於奎恩的冷峻嚴格，不同於孟羅的瀟灑陰狠。沙金色頭髮、黝棕色皮膚及一身迷彩服，讓他隨時能融入黃礫荒野之中，獵物永遠不會曉得他何時會竄出來，奪取性命。

羅瑞的人能適應各種戰場，無論被丟進什麼樣的環境，他們都能打帶跑，以最有效率的方式保全自己，重創敵人，這就是游擊戰的目的。

馬克在這片州界待久了，很清楚什麼樣的人可以惹，何時該識時務。

「放人。」羅瑞手一揮。

二十幾個人從運囚車吐了出來。

「等一下、等一下，我先呼叫總部支援。」馬克沒想到有這麼多人。

羅瑞不理他，哈利快手快腳取來一柄氣壓剪，約拿直接走到鐵網旁，喀嚓、喀嚓，剪出一個巨大的口字型。

「喂！」馬克取出車上的通訊裝置。「呼叫總部、呼吸總部，州界以西十六哩處，有一群人質正從德克薩斯釋放過來——」

所有人依然穿著被俘時的衣物，沾染著多日未洗的污漬。科學家又比傭兵更憔悴，這幾天的生死難料完全不是他們習慣的生活。

傭兵還是比較敬業的，先讓科學家鑽過鐵網，自己再過去。

「請救救我們！」

白袍人直接往巡邏車衝過來，風一吹，身上的惡臭飄過來，馬克禁不住掩鼻。

「你們對這些人做了什麼？」

「你在開玩笑？我們北愛爾蘭人是最好客的。」羅瑞輕鬆地雙手一盤，「他們作客期間，我們正好要處決兩名連續強暴犯和一名奸細，這種娛興節目當然要招待貴賓觀賞。」

「我們討厭強暴犯。」肯尼告訴他。

「也討厭奸細。」約拿附和。

「幸好我們沒那麼討厭科學家。」羅瑞寬肩一聳。

馬克頭皮發麻。他們當然聽過北愛爾蘭人的手段，那些被處決的人倘若能用鏟子鏟進棺材裡，都算得個全屍。

「你們站在那裡就好，我叫總部開巴士過來。」馬克掩著鼻子退後。

「嘿，我們供吃供住又不收費，已經夠好了，沒理由還得提供洗衣服務。」肯尼抗議。

「如果他們把自己嚇得屁滾尿流，也只能怪自己沒有準備換洗衣物。」哈利同意。

一群科學家終於確定自己站在安全的土地上，腳一軟坐了下去。

羅瑞對另一部囚車點點頭，最後的兩個人放了出來。

「那、那、那是……？」馬克的下巴掉下來。

兩名被銬住的衛士傲然下車，情況比其他人好一點，起碼不是一身臭味。

「這是你們的衛士。」羅瑞懶懶地說。「放心，他們沒有出席同樣的娛樂。我想，行刑場面對紀律公署應該不算太少見，所以我們省了工夫。」

「這不會是我們最後一次見面。」二階衛士榮納威脅他。

「你以爲我在乎？」羅瑞大笑。

「奎恩也只能用這種放迷煙的手段對付我們，這就是一個英雄淪爲狗熊的下場。」

啊，看來奎恩叛逃的消息在紀律公署內部已經不是新聞。

「我本來還在想，要不要把你們偷偷關到別的地方，現在我決定了——放你們走，讓你們一輩子記住，這條爛命是奎恩送你們的。」

「羅瑞・艾森的名頭很大，在我看來，不過是奎恩養的一條狗。」榮納往地上吐了口唾沫。

羅瑞不怒反笑。「看來你眞的很想跟我打一架是吧？」

「好可怕呀！老大，這兩隻小貓咪的爪子很硬喔。」肯尼打個寒顫。

「正好替他們修修指甲。」約拿冷笑。

羅瑞揮揮手，要他們讓出空間。

約拿將榮納的手銬解開，另一名衛士被押到旁邊。所有人圍成一大圈，興致勃勃地下注。論體型，他高了榮納兩吋；論年紀，榮納三十，他年近半百。兩人各佔利弊，但是論戰力及經歷，誰高誰低就難說了。

羅瑞扭扭脖子，動動肩膀，很輕鬆的樣子。

榮納閃電出手，他矯健地躍開，肩膀沒能全避過，被掃中一點。

「喔——」全場鼓譟。

「別擔心，我試試他拳腳多快。」羅瑞對同伴露齒而笑。

榮納趁他轉頭跟其他人說話，蹲身一隻長腿掃過來，羅瑞完全沒回頭，在長腿掃到之前躍至空中，彷彿腦後長了眼睛。

人未落地，他一記迴旋踢飛出，榮納順著地堂腿的餘勁趁勢旋開。然而羅瑞這一踢只是虛招，榮納剛避開他的左腿，他沈重的右拳直接摜進榮納的太陽穴。

榮納跌跌撞撞退開，沒站穩，再狼狽地坐倒在地上。

「喔——」另一陣鼓譟。

羅瑞倒是有點佩服。這一拳如果擊中普通人，通常已經暈頭轉向，榮納只在地上黏了一秒鐘便翻身躍起。

「開胃菜結束了，上吧！」羅瑞的笑容充滿狼性。

一輪快拳迅捷得讓榮納反應不過來，只能不斷退後，舉手格擋到一招都劇痛無比。

羅瑞學的不是傳統西方拳擊，而是融合了巴西柔術及東方武術的拳法，以及多年來在巷戰間學到的街頭搏擊。

他的攻勢沒有邏輯可循，明明前一拳出的是右拳，身體重心往左偏，理論上下一拳應該出左拳，讓重心平衡回來，可是他揮出去的右拳突然往後肘擊，依然繼續出右拳。榮納準備好的擋格完全無效，被一肘頂上臉頰，口中立刻嘗到鐵鏽味。

他的右腳迴旋踢，整個人已經側過去，也不轉回來，繼續同一側進攻。榮納擋得手忙腳亂，幾乎無暇回擊。

最重要的，也是許多人受過慘痛教訓才學到的：羅瑞天生神力。

他的外表走精實路線，更近似奎恩而不是約拿、岡納。多數人假定精實型的對手走靈動路線，體格魁梧的人才出重拳。

榮納錯了，羅瑞第四拳摜進他的小腹。榮納將近兩百磅，每吋都是硬實的肌肉，生平第一次被人一拳擊飛。

榮納捂著小腹，臉色慘白，別說站起來，連呼吸牽動的肌肉都痛徹心肺。

這一番快攻，從兩人交纏到榮納飛出去，歷時不過五分鐘。

羅瑞看著他，突然失去所有興趣。

「把這兩包屎丟過去。」他厭煩地走開。

「你……你……」榮納努力調整呼吸。

「還『你』個屁啊？你輸了你。」肯尼一招手，兩名黑衣衛士被趕到鐵網另一側。

「老大，你好厲害！」哈利衝過來，興奮得像隻小狗狗。

羅瑞向來厭惡逢迎拍馬的人，不過哈利的表情看得出來是眞心佩服。

「那又怎樣？」心裡還是有點爽的。

「老大，你和奎恩對打，誰會贏？」哈利起勁地問。

「不曉得，沒打過。」

以前他也好奇過，甚至想找個機會打打看，現在，他希望他們兩人沒有分出勝負的一天。有一天他們必須分出勝負時，代表情況很難看了。

羅瑞回頭看一眼追隨在他身後的手下。

這些人跟著他闖蕩天涯，遠離故鄉，眞正祈求的不過是一塊容身之處。

不，他不希望他和奎恩分出勝負，他希望他們一起走向勝利。

曾經他不是那麼確定，幫助奎恩對他們有什麼好處？下一步對付的會不會就是他們這些亡命之徒？墨族能不能容忍其他人分享這塊土地？

倘若答案都是負面的，羅瑞也不會意外。

奎恩不會是第一個、也不會是最後一個狡兔死走狗烹的人。而且，坦白說，不是沒有人提出更好的條件。

可是，這一刻，羅瑞明白，他會幫助奎恩改變這個國家。

因爲情況若反過來，他會選擇和奎恩走同樣的路。

無論其他人怎麼看，在德克薩斯，最瞭解奎恩心情的人，可能就是他這個由英雄變狗熊的北愛爾蘭棄兵。

解放墨族是唯一途徑。

唯有如此，他們才能跟著一起獲得自由。

9

萊斯利小心翼翼地敲一下門，楚門發出的喉音酷似一隻被激怒的浣熊，萊斯利嚇得趕快縮回去。

「楚門。」田中洛好笑的嗓音馬上響起。

既然有人救駕，萊斯利大著膽子踏進來。

海娜溫柔地站在他身後，替他把襯衫穿回去，洛的臉色比十天前好很多。

「他同時遭遇腦部手術和電擊，需要徹底的休息。」楚門給萊斯利惡狠狠的一眼，心不甘情不願地把聽診器收回來。

田中洛堅持下午出院已經讓他很不爽，連最後一個早上都有人找上門。

「醫生，我保證只待十……不，五分鐘，五分鐘就好。」萊斯利趕快改口。

「醫生，你還有其他病人，不用爲我擔心。等我回家，想躺多久就躺多久。」田中洛安撫他。

「每天回診，我是說眞的，每天！」

「是。」田中洛萬分無奈。

被激怒的浣熊氣撲撲地出去。

「你要不要吃點東西？早餐你吃得不多。」海娜輕聲問。

「沒關係，等一下就午餐了。」田中洛的目光一直沒有直接放在她臉上。

「好，我出去換熱水，有需要再叫我。」

嬌娜的身影消失在門外，萊斯利的眼睛一直跟到看不見她爲止。

「看夠了沒有？」田中洛沒好氣。

「洛，你應該約她出去。」萊斯利轉回來。

「什麼？」病人差點從床上跌下來。

「她喜歡你，你喜歡她，爲什麼不可以？」

「別再說這種蠢話，她是我女兒的朋友。」

「得了，我們又不是古板的人。只要你快樂，莎洛美才不會反對，我已經問過了。」

「什麼？」第二次衝擊。田中洛抹抹臉。「換話題，你有什麼事？」

萊斯利的笑容立刻消失。

田中洛認識他二十年，基本上萊斯利是他第二個孩子。這小子只有在兩種時候會板著臉，一種是他故意賣關子，第二種是他心頭眞的有事。

直覺告訴他，眼前的情況屬於第二種。

「萊斯利，發生了什麼事？」田中洛的嗓音放緩。

「洛，我知道你還在休養期間……」

「沒關係，告訴我。」

萊斯吐了口氣，把筆電翻開。「華仔給的密碼管用，我把所有檔案都解開了，得花一點時間才能整理出頭緒。不過他們總部的主機裡有幾個老檔案，我無聊打開來看，然後……你自己看吧！」

他把筆電放到田中洛膝上。

「這日期是二十六年前，對我們有什麼用……」田中洛的聲音戛然而止。

這份文件只有四頁，田中洛迅速把文件看完，再看第二次，這次更加仔細。

啪！他把螢幕蓋回去，直視著前方。

「我不曉得該怎麼做，我們應該告訴奎恩……對吧？」萊斯利又出現那種無助的表情。

田中洛閉上眼，在腦中整理一下思緒。

「當然必須告訴他。」如果換成他，他也會想知道。

「可是……我們要不要先跟甄說，也好有個人討論？」

「不行，他必須直接知道，不能再透過旁人。奎恩在哪裡？」田中洛睜開眼睛。

「紫菀的眼科醫生來德州義診，他們昨天就出門了，邊度假邊到派瑞頓做例行檢查，我不曉得何時會回來。」

「等他回來，立刻通知我。」田中洛再翻開螢幕。「我們一起告訴他。」

✷

派瑞頓的車潮從進城三哩處就開始塞車。

老實承認，他們以為經過聖安吉洛之役，義診團大概會從德克薩斯永遠絕跡。事件過後，聖安吉洛群龍無首，全仰賴奎恩和墨族軍隊引領鎮民災後重建，在警力復原之前維護治安。

行程緊湊的義診團排除萬難，硬是多停留了一個月，協助人手短缺的醫院治療傷患。直到非得趕到下一處據點，團長——眼科權威雷耶斯醫生跑來找他。

「奎恩總衛……呃，先生，我只是想確定一下，明年在聖安吉洛的義診不會改變吧？」

「你們依然想來？」

雷耶斯瞄見他的表情，笑了出來。「國際義診團的目的，就是去到最遙遠、最危險的地方，沒有什麼事嚇得了我們。」

奎恩肅然起敬，之後他的勢力範圍逐步擴張，少數與羅瑞毫無異議之處，就是義診團受到全面保護。任何人若傷害義診團的成員，將被德克薩斯最大的兩支勢力夾擊。

派瑞頓在德克薩斯的最北端，從卡斯丘開車過來，單程就要十小時，奎恩決定趁機帶全家出來散散心。

過去一周，甄的心情很低落，布魯納的背叛對她是一大打擊。

其實不只對她，過去這七年，他們所有教職員一起努力將學校成立起來，布魯納的背叛倘若披露出來，對所有人的士氣都是一記沈重的打擊，更別說孩子們會有多心碎。

最後，她選擇保護每個人，只告訴教職員，布魯納的家鄉突然傳來訊息，一位重要的親人病重，他必須先回巴西，至於歸期何時，暫時無法確定。

奎恩沒有意見。

布魯納對他家人的威脅已經消失，他不在乎對外要以什麼方式解釋。

其實這個說法並不難查證，不過大家都在德州住久了，很明白有些事不需要去挖掘。重點是，他們信任甄，於是這件事就這樣過去。

這一趟，他們在拉巴克停留兩夜，岡納和若絲琳也一起來了。

若絲琳最近乾眼症復發，岡納是看熱鬧兼隨行保鏢，一車人輕鬆同遊，甄的心情明顯恢復一點。

今天早上，他們六點出發往派瑞頓，大約開四個小時的車能抵達。

卡斯丘也有人過來看診，由克里斯和尼克的小組護送，昨天先到了。

「小綠說不定會死掉……」道格咬著下唇。

啊，另一個來派瑞頓的原因。「不會的，小寶貝，以前小綠生病也是被這個樹醫生看好的。」秦甄輕撫兒子的臉蛋。

「都是你的錯，誰教你拔小綠的刺。」紫菀咕噥。

以前一定會回嘴的道格，竟然淚汪汪的不還口，岡納第一次看他這麼沮喪。這兩天不管在外面玩得多開心，回到旅館，道格一見到小綠，便愁容滿面。

「甜心，小綠長斑的事跟被拔刺沒關係，弟弟已經很難過，妳不要再怪他了嘛。」秦甄溫柔說。紫菀撇開臉。小綠也是她的好朋友啊！如果小綠出事，她一定……一定也不能怎樣，但是她也會很難過啊！

「比利說他媽媽生病的時候，醫生幫她放血，後來他媽媽就好了。我就想也幫小綠放血，可是小綠又沒血管，所以我才幫它拔針針嘛。」道格嗚哇哭出來。

「寶貝，放血是專業醫生才能做的事，你答應媽咪，以後不能隨便幫人放血，知道嗎？」秦甄慎重交代。

道格抽抽噎噎地點頭，岡納看他那樣子怪難受的。奎恩從後照鏡看見，聳了聳肩，讓他自己哭完吧！

「咳，仙人掌死了，再買一棵就是了。」岡納安慰道。

「嗚哇——」

這下子兩個小孩都哭了，岡納手忙腳亂。

「你們幹嘛？」

兩個女人瞪他一眼，一人安慰一個。

「你每次都站在道格那邊，都不關心我，嗚！」紫菀在阿姨懷裡哭得抽抽噎噎。

岡納不能接受這種指控。

「嘿，小鬼，你們兩個在我心中都一樣，無論哪個人出事，我都會用生命保護你們，妳可以怪我不懂得怎麼和小朋友相處，就是不能說我只關心其中一個。」

紫菀吸吸鼻子。「……好吧。」

「不錯嘛，救援成功。」若絲琳涼涼地瞄他。

好險，岡納抹了滿手冷汗。

他們進到義診處，意外在現場看到一張老面孔。

「老布！」秦甄和這位老德州人親密地擁抱。「好久不見，你還好嗎？」

「還不是老樣子？你們也來看診？」老布操著一口濃重的德州腔。

「對啊，紫菀的視力需要複檢，道格也順便做個檢查。」秦甄溫柔看著他，「嬤嬤的事，很遺憾。」

「哎，年紀大了，幸好沒受什麼苦。」老布把帽子脫下來，順了順一頭亂髮。「這樣也好，我才能放心搬回卡斯丘。」

三年前，老布的嬤嬤健康逐漸走下坡，爲了陪伴在老人家身邊，老布選擇搬到聖安吉洛，偶爾周末時回卡斯丘走走。上星期老布打電話給她，嬤嬤在家中安詳地離世，享壽一百零四歲。

「布，你要回來了嗎？」紫菀舉高手，讓老布給她一個熱情的擁抱。

「哇噢，小甜心，妳起碼有一噸重。等我把一些事情處理完，就要搬回卡斯丘了。」

紫菀格格直笑。

「夥伴，你怎麼一臉要哭要哭的？」老布的注意力轉到小男孩身上。

道格抱著小綠，還是一副愁雲慘霧的樣子。

奎恩嘆了口氣，把兒子抱起來，秦甄將盆栽接過去，道格的小臉立刻埋進父親頸窩。

「小綠會沒事的。」他親了親兒子頭頂，聞著小孩身上特有的香味。

「你們要帶它到園藝店是嗎？」老布大概弄明白了。「我已經看完眼睛，不然我幫你們送過去。」

「不行，我要自己帶小綠去……」道格嗚咽地抬起頭。

「好吧，那我等你們弄好，陪你們一起去。」老布安慰地拍拍他頭頂。

妳以前不是也開花藝店？岡納在旁邊咬耳朵。

醫生都不替自己家人開刀的。她咬回去。

她才不要當「害死小綠的阿姨」！其實小綠的情況並不複雜，把病灶的部分挖除，再上點消毒液和營養液，應該會慢慢長回來。倘若沒人處理也就罷了，既然有專門的店家，她樂得繼續當好阿姨。

奎恩的手機響了起來，是羅瑞・艾森。

「奎恩。」他皺著眉到一旁接電話。

「你在哪裡？」羅瑞劈頭就問。

「派瑞頓。什麼事？」

「我也在州界附近，剛才我們的臥底得到一條線報，卡佐圖打算出手。」

「什麼時候？」奎恩的神經瞬間繃緊。

「現在。全國小學運動大會今年在奧克拉荷馬市舉辦，一個小時車程外的勞頓市承辦了嘉年華會的部分。我的臥底說，卡佐圖的人已經開車出發，預計在兩個小時後抵達，但是他無法確定是哪一個地點，卡佐圖保密到家，這次的名義是報復政府在維多利亞港屠殺墨族孩童。」

勞頓市距離他們兩個半小時車程，奧克拉荷馬市三個半小時，可是乘直升機十五分鐘內能趕到。

「他會親自去嗎？」

秦甄把兒子接過來，他的藍眸突然如此冰冷，絕對不是什麼好事。

「是的，這次的對象是小學生和老師，全球媒體一定會照過來，卡佐圖不會放棄這種出風頭的機會。」

卡佐圖就在他觸手可及之處！

「你等一下。」奎恩拿起秦甄的手機，撥給萊斯利。「卡佐圖兩個小時後將攻擊奧克拉荷馬市或勞頓市，當地正在舉辦小學運動會和嘉年華會。我要你立刻向兩地的警局密報，看看他們會怎麼做。」

「OK，我現在放出無人機偵察。」

他回到羅瑞這線。「你的直升機在哪裡？」

「州界附近有兩部。」羅瑞的視線銳利。「你打算進入境內？你知道這樣有多危險吧？」

「先待命，我們看看警察是否採取行動。」

羅瑞報出一個經緯度給他。「這是我們的邊界基地，二十分鐘後在那裡碰頭。」

甄睜著一雙大眼睛望著他。他知道她在想什麼，又要出事了，一切彷彿聖安吉洛事件重演。

「我會沒事的。」溫暖的大掌貼上她的臉頰。「妳和孩子待在這裡，我讓克里斯過來保護你們。」

幸好緊急中有人可用。

秦甄覺得難以呼吸。

記得她小學一年級時，父母帶她去一座小湖玩。湖畔的水很淺，可是她突然踩到一個窟隆，大人的眼光只移開一秒鐘，她就不見了。

在水中的她掙扎著想呼救，滿滿的湖水灌進口中，她只能透過波光粼粼的湖面望著天空，肺部痛得快爆炸；那一刻她相信自己死定了，幸好父親及時將她撈出水面，她才又能呼吸。

現在，她的肺又灌滿湖水，無法呼吸，只能陷在那個水窟窿裡望著她的丈夫。

他又要踏上戰場。好像每次安逸不久，就會有新的事故發生。

小學一年級的她可以嚇得哇哇大哭，但現在的她不可以。

她必須爲他堅強，爲了孩子們堅強。

「你放心去，孩子有我，不必擔心。」

✸

「他們現在走到哪裡？」

奎恩站在羅瑞的邊界基地，盯著整面巨大的螢幕牆。

這座基地外觀僞裝成廢棄的倉庫，各種跟蹤及反跟蹤裝置一應俱全。連同約拿在內的三名電腦高手俐落地操作機器，外貌高大粗野的他竟然是羅瑞的「萊斯利」。

其他手下持槍在外看守，尼克帶來的七個手下也分散在外，自己和奎恩待在機房裡。

兩方人馬互相合作，也互相牽制。他們都沒有傻到以爲同盟就能完全信任，這是德克薩斯的日常。

「大概一個小時到一個半小時的路程之外。」

「『大概』還不夠，你知道半個小時之別，就足夠他們屠戮一整條街嗎？」

羅瑞一拳捶在桌面。「你以爲我剛出來混？眞是抱歉，我的臥底正和一群瘋子坐同一台車，前往他們即將屠殺的現場，現在不是他能大大方方掏出手機和我聯絡的時刻。」

「把他的手機號碼給我。」

「你敢讓他的身分曝光——」

奎恩嫌惡地瞄他一眼。

「萊斯利？」

「在！」萊斯利的聲音從揚聲器傳出來，背景是他瘋狂敲擊鍵盤的聲音。

「衛星定位這支手機的訊號，他和卡佐圖的人在同一台車上。」

「收到。」喀啦喀啦，頓，喀啦喀啦。「他們五分鐘前剛經過阿德摩的一座訊號塔。」

阿德摩距離兩個目的地都在一個半小時的車程，兩邊都有可能，目前還是難以斷定他們最後的目的是哪一邊。

「你知道我這裡不是沒有設備的吧？」羅瑞盯著一整面巨大的螢幕牆。

「我的更好。」

約拿對他怒目而視，他只是實話實說。

羅瑞比較老派，不怎麼相信這些科技產品。相形之下，他投資了近千萬在提升硬體設備上，理當表現出應有的價值。

「既然我們已經知道他們要攻擊這兩個城市，爲什麼不乾脆兩邊都派一組人過去守著？」哈利舉手發問。

奎恩多打量他一下，回答的口氣比較溫和。

「這兩個城市都不小，尤其奧克拉荷馬市更是北邊最主要的大城，我們不可能丟一組人在這麼大的城市乾等，想在街上碰到人的機率太低。」

「太多荷槍實彈的人從德克薩斯越境，會製造不必要的麻煩，我們必須集中對付一個目標。」羅瑞也說。

哈利喔了一聲，點點頭。兩個男人互看一眼，彼此都想到當年跟在他身旁的傑登。

「兩地警局對我們的線報有什麼反應？」奎恩問。

「他們說會加強巡邏。」負責監控警方行動的柔依回答。

「……加強巡邏？」兩個男人同時出聲。

「如你所說，兩座城市都很熱鬧，又有全國性的活動在進行，警方不可能因爲一通匿名線報就撤離全城的人。我們無法提供更明確的資訊，他們也只能加強巡邏。」萊斯利的聲音響起。

「媽的！」羅瑞低咒。

他們必須更確定卡佐圖的目的地才行。

「新動靜。」幾分鐘後，柔依突然叫道：「奧克拉荷馬市的聯邦調查局也接獲密報，恐攻防制隊的小隊長正在調派手下，查證密報的眞實性。」

在美加，只要犯罪沒有越過州界，就由發生地管轄。倘若越過州界，聯邦調查局擁有管轄權。紀律公署則是最高執法機構，隨時能接手任何案件，無論管轄權屬於誰。

「總算有人有動作了。」奎恩冷冷地說。

「我通知她的。」岡納揚了下手機，從外面走進來。「賽芙小隊長的哥哥和我在海豹部隊服過役，一家都是嫉惡如仇的個性，信得過。」

「她知道你現在是在逃之身嗎？」奎恩挑眉。

「她需要知道嗎？」

奎恩聳了下肩，轉回追蹤螢幕。

「那我們要等到什麼時候才出發，如果來不及怎麼辦？」哈利又有問題。

「那我們就趕在來得及之前出發。」奎恩盯著那顆移動的紅點。

這個紅點只是依照信號塔來判讀，並不是百分之百精確，不過誤差值應該在一哩以內。

他們最晚在卡佐圖抵達的前十五分鐘必須出門，那還得是州界防護網沒把他們打下來的情況。德克薩斯實質上被視爲「境外領土」，任何未經許可的飛行器一旦跨境，就會立刻觸動空中攔截網。

他們等。一直等。視線不斷在計時器與紅點之間游移。

ＦＢＩ派了人在奧克拉荷馬市提防，勞頓是戰後興起的小城，當地只有警察局。

警察什麼都查不到，不再有動靜。

你要去哪裡？卡佐圖，你究竟要去哪裡？

「中了！」萊斯利大喊，「車子往左轉，他們要去勞頓市！」

再二十五分鐘卡佐圖就會抵達目的地，他們必須降速低飛才能躲過雷達，時間並沒有充裕多少。

「走！」

除了兩個人留下來監控，所有人往門外衝，直升機已經等在僞裝成車棚的停機坪。兩台直升機，每台可以載七個人，三個大男人互相對望。

「你們去吧！我留守。」岡納點點頭。

兩名老大二話不說，一人一台，立刻行動。

✷

螺旋槳巨大的噪音裹著機艙內的乘客，奎恩坐在駕駛座旁邊，羅瑞的直升機在他們前方。州界處只有一片寬廣無際的平原，視野毫無阻礙。秋天的德克薩斯並不寒冷，出太陽的日子裡，輻射效應甚至會讓人覺得熱。

藍天白雲，黃沙綠野，倘若不去想他們正要阻止一場屠殺，景致其實令人心曠神怡。

不對。

奎恩無法忽視在腦中尖響的警訊。

「還有多久？」他透過頭盔的通訊器詢問駕駛。

「七分鐘。」

卡佐圖的人是從三十五號公路，由北方入境，這是從廢境過來的路。卡佐圖這陣子一直藏在廢境裡？

說不過去，卡佐圖不是那種過苦日子的人。通常都是他的走狗做完所有苦工，他再風風光光出來搶風頭，絕對不可能跟著其他人一起躲在廢境。

倘若只有手下在德州，他依照慣例藏在某間舒適的旅館，等手下入境再會合即可，爲什麼要回到廢境，跟那群可有可無的人一起出發？

「艾森，你的臥底可信度多高？」通訊器將他的疑問送往前面那台直升機。

「夠高了。」羅瑞回答。

「他確定卡佐圖也在？」

「情報是這麼說的。無論有沒有卡佐圖，你打算讓這群瘋子在勞頓市槍殺平民？」

追蹤器上的紅點稍微耽擱了一下，距離目的地還有十七分鐘，他們有充足的時間趕到現場，甚且在三十五號公路上攔截。

不對。非常不對。

「我們返航。」他告訴駕駛。

「什麼？」駕駛很錯愕。「如果我們返航再重新出發，時間會來不及，別忘了我們在當地沒有交通工具。」

「折回頭，我不會再說一次。」奎恩掏出手槍對準他的太陽穴。

駕駛大驚嚇，趕緊拉低高度。

「奎恩，你他媽的在幹什麼？」羅瑞發現他們突然調頭，一串精彩的五言絕句從通訊器爆開。

「老大？」尼克不是很確定發生了什麼事。

「羅瑞，無論你用什麼方法，和你的臥底聯絡上，讓他確認卡佐圖人到底在哪裡。」

「奎恩，你對卡佐圖的執迷令人厭惡！」

「相信我，照做就是。」

奎恩很少有這麼反常的時候，羅瑞只好掏出手機。

「眞的會被你搞死……」過了片刻，羅瑞有回音，嗓音裡藏了一絲緊繃。「出事了。」

「什麼事？」

「我們設了暗語，他的回覆不對。」

他剛拿一支沒用過的手機，傳簡訊給臥底：「寶貝，奶油和手銬都準備好了，趕快來找我吧！你想要老樣子或 3P ？」

「寶貝」表示「緊急」，「奶油和手銬」指的是卡佐圖，第三句是時間性，最後一個問題是需不需要支援。

對方會依照情況回答，可是他收到的回覆只有：「現在在忙，晚點再說，寶貝。」

這不是他的臥底回傳的。

「情況不對，羅瑞，你繼續到勞頓市，以防萬一，我們回派瑞頓看看。」

✷

秦甄瞄了開車的女人幾次，欲言又止。

「妳想說什麼就說吧！」最後若絲琳實在太同情她了，送她一張通行證。

秦甄偷瞄一下後座，兩個小孩只顧著纏老布，沒時間聽她們說話。

「昨天我看到妳從索利的房間走出來，妳……沒有跟他上床吧？」她壓低嗓音。

「爲什麼問？他有老婆嗎？」

「不，索利單身，不過妳有岡納。我搞不懂你們，你們兩個到底是什麼關係？」

往常若絲琳都會笑出來，或許附帶幾個曖昧的調侃，今天她只是皺了皺眉，沒有說話。

休旅車忽然開到路旁停住，前後座之間的擋板升起來。兩個小鬼跟老布正在後座聊他們的寶貝小綠，看到隔音板升起來，不禁好奇地趴在板子上，看媽咪和阿姨在幹嘛。

克里斯的隨扈車見她們停下來，跟著一起停到路邊。

「甄，妳有一段美滿幸福的婚姻，兩個可愛的小惡魔，我很爲妳感到開心，但——」

「對不起，若絲琳，妳不用再說了，是我的錯，我不應該一直追問的。」她滿心歉意。

「不，聽我說完。」若絲琳嚴肅地看著她。「我很爲妳開心，這是妳想要的人生，可是那樣的人生不適合我。我這輩子沒有結婚的打算，也不想跟任何人定下來。至於岡納，我和他最合的地方大概就是這一點，我們都不會是彼此唯一的情人，也不會是最後一個，更不會有所謂的『結果』，因爲我們永遠不曾『在一起』。」

「若絲琳，我很抱歉。」即使是親手足也需要界限，她踰界了。

「不過這些都不重要，我要說的是——」若絲琳舉起一隻食指。「即使我眞的想跟任何人定下來，岡納不會是最好的對象。我甚至不確定自己信不信任他。」

「什麼？」

「甄，」若絲琳嘆息。「有一個奎恩這樣的丈夫，又經歷過這麼多驚濤駭浪，妳還是這麼天眞。」

「嘿！」

「這樣很好啊，說眞的，我喜歡這樣的妳。」某方面她希望這樣的甄永遠不會變。

「爲什麼妳不信任他呢？岡納救了妳不只一次，甚至連自己的事業都擱下。我感覺得到他有些搖擺，還未抓到未來的方向，可是他不會讓我覺得恐懼。」秦甄猶豫地說。

「或許吧！」若絲琳嘆息。「我希望妳那著名的『小學老師直覺』是正確的。」

她把擋板降回去，發動引擎重新上路。

「媽咪，妳們在說什麼？」紫苑立馬趴上來。

「阿姨在教媽咪怎麼欺負你們爸爸，不可以給你們偷聽，不然一定會打小報告。」若絲琳反手拍拍她的腦袋。

兩個小朋友嘰嘰咯咯笑了起來。

若絲琳看了看後照鏡，突然沒有打方向燈就切到最內側車道，克里斯眼也不眨地跟上，一堆憤怒的喇叭聲在他們後方噴發。

「小姐，妳開車很猛耶！」老布趕快拉緊車門的扶手，另一手穩住兩個小鬼。

「有人跟蹤我們，抓緊。」若絲琳突然闖過一個紅燈。

叭！叭叭——

這串喇叭聲不全然是送給她們這台，緊跟不放的克里斯也有貢獻。

車內通訊器的紅燈閃了兩下，克里斯冷靜的聲音傳過來：「若絲琳，我們有同伴。」

「我知道，綠色那台，已經跟了我們四條街。」

「跟著我的車。」克里斯繞到他們前面。

就在兩車錯身而過的瞬間，那輛綠車突然加速衝到他們的另一側，車頭直接撇過來，若絲琳一個急剎，堪堪避開和克里斯撞在一起的窘境。克里斯的車子緊急剎車，綠車卡在克里斯後面想繼續撞，若絲琳唯一的選擇是方向盤一打，駛進對向車道。

車上的人全東倒西歪，秦甄和老布緊抓著把手，道格突然痛叫一聲。

「寶貝，怎麼了？」

道格全程抱著小綠，剛才一晃，小綠的刺戳進他的皮膚。

「交給我……哎唷。」老布被急彎摔回位子上。

「抱歉，各位。」若絲琳穩穩操著方向盤。

紫菀立刻脫下自己的外套，把小綠包起來，外套很薄，但不無小補。

「來，放這裡。」她想把小綠放地上，可是手太短了，不解開安全帶就搆不到地。

「不行，絕對不能解開安全帶。」秦甄努力伸長手，想接過包著仙人掌的外套。

「媽咪沒關係，我可以。」道格抓著外套的袖子，像吊籃一般把小綠垂在椅座下。

「你還好嗎？」小姊姊迅速檢查他的小肚子。

「嗯！沒流血。」道格很勇敢地點頭。

「你很棒，等一下我的冰淇淋分你一口。」紫菀安慰地拍拍他腦袋。

儘管情況緊急，秦甄還是忍不住微笑。

笑容很快消失。

「若絲琳——」

一部大卡車迎面而來，若絲琳及時在兩車相撞之前彎進一條小路。

克里斯來不及跟上，只能低咒著，繼續維持在大路上。

「若絲琳，妳有辦法繞出來嗎？」他的聲音從通訊器傳出。

「沒辦法，兩邊都只有人能走的小巷子。」

「這條巷子的出口左轉是通往德州轉運站，大約三哩遠，我們在門口碰面。」

他們只開出幾百碼就得停住，前方一輛悍馬堵進來，若絲琳急踩剎車，倒退，一直跟著他們的綠車出現在後面。

克里斯的車子也出現在綠車後，可是並沒有改變他們被堵在中間的事實，悍馬和綠車兩相進逼，他們成了一窩籠中鳥。

「媽的，他們別想再給老子『聖安吉洛』一次！」老布狂怒地掏出手機，不知打給誰。

若絲琳評估一下情勢。派瑞頓是德克薩斯的入境轉運站，美加實質上將德克薩斯視爲境外，所有貨都會先在轉運站集中，類似「海關」的功能，讓派瑞頓成爲另一個戰後興起的重要城市。

他們在轉運站的外圍，附近都是各家貨運公司的鐵皮倉庫，再前面一點就是海關管制區，外人不得進入。他們走的這條小巷是一般倉庫後門，寬度只有單輛車能通行，此刻路邊一間貨倉的後門正好打開，一部升降台車正要把廢棄紙箱運出來。

「下車。」

若絲琳指揮所有人躲進倉庫裡。

「嘿！嘿！這是私人產業，你們不能進去！」沒有人理那個拚命呼叫的司機。

克里斯絆住綠車的人，悍馬這一端沒人阻擋。更多車子在悍馬後方聚集，他們的幫手到了。

「媽的！」秦甄匆匆一瞥。

「媽媽妳說粗話。」小道格嫩嫩地說。

「對不起，甜心，快點跟上阿姨！」她將兒子抱起，老布抓起紫菀，三名大人往內衝。

「妳看到什麼？」若絲琳百忙中問。

她深呼吸一下。「卡佐圖。」

雖然他們只見過一次，從悍馬下來的人半張臉又蒙著，可她永遠不會忘記「凱文」的眼睛。

「走！」

倉庫內部寬敞無比，木條箱和大貨櫃整齊地呈棋盤式擺放。麻煩的是，這種倉庫只有前後兩個出口，今天是周末，正門是關閉的，只剩下後門，他們等於被堵在裡面。

現在只能祈禱他們能拖到援兵趕到。

倉庫分成三層，中央全部挑高，左右兩側以方格鐵板隔出樓層，堆放一些比較小的包裹。鐵格地板的遮蔽功能有限，底下走過去的人一抬頭就能看見他們。

若絲琳試拉了幾個貨櫃門，都上了鎖，沒辦法躲進去。

「媽咪……」

「別怕，沒事的。」秦甄親親兩個小孩。

「我要爹地。」紫菀吸吸鼻子。

「爹地馬上就來。」她安慰道。

他們躲到最內側一座大貨櫃的後面，細碎的腳步聲從門口奔進來。

卡佐圖的人來了。

她的心臟幾乎從胸口跳出來，兩個小孩緊緊依偎著她，母女三人縮在一個貨架和鐵牆的縫隙之間。

若絲琳從腰後抽出一把槍，對老布揚了揚。

拜託！老布翻個白眼，從外套下抽出一把比她更大的槍。老子是德州人好嗎？沒有哪個德州人出門不帶槍。

嘰——重機車輪胎磨在地板的聲音。

不只一聲。

砰砰砰砰砰——

突兀的槍聲就這樣爆出來，在寬闊的空間裡不斷迴盪。

「哈！援兵來了。」老布冒險探頭一看。「這幫傻蛋如果以爲他們還能在德州玩一次『聖安吉洛』，他們就搞錯了。」

五年前聖安吉洛差點被屠城，讓所有中立城痛定思痛，靠官方不如靠自己。他們可是德州人，歷史上曾經自己建國的德州人，任何人如果以爲可以到他們的地盤上撒野，最好再想想！

秦甄眞想抱住老布。他剛才的電話一定是聯絡在派瑞頓的朋友，或者來看診的聖安吉洛居民。只要德州人手上有槍，誰都動不了他們。

轟——一輛重機從門口衝進來。

「想念我嗎？」這聲低沈的嗓音讓甄差點跳出來。

「岡納。」她輕語。

轟轟轟——震耳欲聾的重機引擎，夾雜著呻吟和低叫。岡納穿梭在暴徒之間，開始修理他們。兩個小朋友受不了那個音量，捂住耳朵。

「在這裡待著。」若絲琳說。

「妳要去哪裡？」秦甄連忙拉住她。

「製造干擾。」

若絲琳持著槍離開。

「這個給妳，在這裡待著。」老布從靴筒抽出一把掌心雷，遞進她手中。

「你要去哪裡？」

「製造干擾。」

他也走了。

她緊摟著兩個小孩，只能聽見一堆打鬥、碰撞、翻倒、交火聲……偶爾有幾個亮起的噪音是熟悉的，大部分都很陌生。

「他們在這裡！」突然有人叫一聲。

秦甄的心頭一涼。他們「躲在內側」，其實就是正門旁邊。壞人撬開正門的窗戶鑽進來，不用太多時間便找到他們。

「寶貝，來！」她揪起兩個小孩往另一個方向跑。

整間貨庫猶如一個小型城鎮，貨櫃和木條箱就是房子，中間的走道是棋盤式道路。

她拉著紫菀，紫菀拉著道格，母子三人拚命在「房子」中間鑽來鑽去，到最後她已經失去方向感。

「別跑！」突然有人衝出來，一把抓住道格的手。

道格抱著小綠，不暇細想，直接把小綠甩到那個人臉上。

「啊！」那個人捂著臉大叫，小綠摔在地上，泥土散了一地。

「不，道格！」秦甄尖叫著抱起兒子，不讓他回頭撿小綠，另一手揪著女兒就是衝。

「小綠，嗚……」

「沒關係，我們晚點再去接小綠。」紫菀蒼白著小臉，跟著媽咪拚命跑。

猛一晃眼，她從重重疊疊的縫隙間看見岡納跟一群人正在纏鬥，那些人不是他的對手，但人數足以將他絆住，克里斯和老布召來的人情況應該差不多。

她抱著兒子的手越來越沈重，紫菀的步伐也明顯慢下來。不行，他們會被抓住。

忽地，右前方的鐵皮牆好像有一個開口，後面的腳步聲緊追而來，她沒有選擇，只能拉著小孩從開口跑過去。

完了。

這裡是雜物間，死路一條，他們被堵住了。

她心頭一涼，把兩個小孩塞在自己和掃具架之間，用自己的身體擋住他們。

「哈、哈、哈，看妳還能往哪裡跑。」追來的男人笑出一口黃板牙。「老大，他們在這裡。」

卡佐圖停在入口的小空地，游離黨徒慢慢聚集到他的身旁。

事隔多年，她再度與卡佐圖面對面。

這次不是在一個擁擠的地鐵車廂，他也不是大學生凱文。

他又走回浪漫革命軍的路線，一身破舊的迷彩服，飽經風霜的軍靴，只是這次多了一條覆面巾掩住他半張臉。

身後殺伐震天，他一定清楚自己帶來的手下不是岡納、克里斯等人的對手，眼中卻沒有恐懼，爲什麼？

「哇、哇，看看我們找到什麼。」面巾讓人看不出他的表情，眼中透出一股陰冷的笑意。

這個卡佐圖和她記憶中的不一樣，以前他的殘暴屬於一種幼稚的人格，只想爭取大人注意，現在的他卻多了一絲陰狠，彷彿體內的惡已完全成長。

「凱文」讓她覺得厭惡，眼前的男人卻令她恐懼。

他瘋了。

任何人迎上這樣的一雙眼，都無法忽視那完全失去清明的狂態。

經過七年，奎恩步步緊逼，數度差點抓住他。他無處可躲，無錢可用，無族人相挺，終於被逼瘋了嗎？

「別過來！」她舉起手中的掌心雷。

一堆人看見那支「小蟋蟀」，哄然大笑。這種小口徑的槍，除非敵人距離很近，幾乎無殺傷力可言，這卻是她唯一的武器。

「妳以為那把槍嚇得了我？」卡佐圖一雙眼亮得超乎異常。「這樣如何？妳把槍放下，乖乖跟我走。我對奎恩的雜種不感興趣，只想嘗嘗他女人的味道。妳的命，換那兩隻小雜種的命。」

媽的！某個地方傳來若絲琳的咒罵。

兩方的人陷入纏鬥狀態。卡佐圖也清楚，自己沒有太多時間，但那雙亮到詭異的眼神根本什麼都不在乎。

她怎能跟一個已經瘋狂的人講理？

卡佐圖慢慢把覆面巾除掉，秦甄倒抽了口氣。

卡佐圖的下半張臉全毀了，彷彿有人把他的臉浸在強酸裡。他的鼻頭消失了，只剩下兩個洞；上下唇化掉，露出兩排可怖的白牙，唾液失去阻攔，從他的嘴角往下滴，兩邊頰肉也不見蹤影。

這張血肉模糊的骷髏臉是每個小孩最大的夢魘。兩個小孩的臉埋進她背後，簌簌發抖。

她終於明白卡佐圖爲什麼瘋狂，自戀虛華如他，怎麼能忍受自己從浪漫鬥士變成恐怖電影的主角？

無論他遭遇了什麼事，都將這一切怪罪在奎恩身上。是奎恩害他有家歸不得，是奎恩讓自己人對他翻臉相向。他不會放過她和孩子的，他會用最痛苦的方式凌遲他們，然後拍成影片寄給奎恩，甚至直播給全世界看。

她必須保護孩子，至死方休。

秦甄舉起掌心雷射擊，最靠近門口的兩個黨羽倒地。

老布的這把掌心雷是改良款，槍膛可以裝五發迷你能量彈，射程只有三十呎，最多到門邊的距離。儘管如此，已足以讓那些黨羽退遠一些。

「甄！」若絲琳聽到槍聲，卻被纏住，只能乾著急。「誰過去幫她！」

岡納、克里斯等人固然厲害，卡佐圖這次傾巢而出，幾頭猛虎也不得不被猴猻纏住。

「你們在等什麼？她的槍只有五發子彈，現在剩三發，你們有二十幾個人。」口水從卡佐圖血紅的口中噴出來。「把她給我抓過來，不然我通通殺了你們！」

那些黨羽面面相望，評估一下情勢，卡佐圖讓他們覺得更恐怖。

「衝啊！」

不知是誰發了一聲喊，所有人衝過來。秦甄不斷退後，把兩個小孩擠到牆邊。

牽制他們，等援手過來，這是唯一目標。即使救不了她自己，孩子們還有一絲機會。

一道黑影從天而降。

矯健如龍，肅殺如虎，猶如騰雲而來的天兵天將。

里昂。

他來了。

「爹地！」

秦甄幾乎虛脫。

奎恩慢慢直起身，昂藏之軀撐起整片天地，

卡佐圖的眼轉為腥紅，強烈的恨意幾乎將他剩下的半張臉也融掉。

「你，毀了，一切！」

「不，你這個瘋子，你毀了你自己。」

奎恩穩穩擋在妻小與一群暴徒之間。

這些人臉上的恐懼再眞實不過，直到這一刻才天眞地領悟，今天不會以他們活著走出去作收。沒有慷慨激昂的談話和自我欺騙的使命，他們今天都會死在這裡，一群默默無聞的蟲子。

兩個小鬼從來沒有見過戰鬥中的父親。

對他們來說，爸爸就是每天從校場髒兮兮回到家，洗完澡之後陪他們說話，晚上送他們上床，替他們唸故事書的男人，全世界最好的爸爸。

他們第一次見到世人眼中的里昂．奎恩。

卡佐圖的人動了。

他也動了。

二十多柄槍朝他們擊發，環刃一閃，形成圓形光盾。他在光盾後快速移動，強勁到令人屏息的臂力將一座鐵架拉過來，無人能從他身旁擠進去。妻子兒女安全地待在小天地裡，他可以放心施展身手。

奎恩捨棄環刃不用，實打實一個一個收拾。他眞的很厭煩老是有人想趁他們出遠門時，抓他老婆孩子。

「尼克！」克里斯見到老同伴，邊打架不忘打招呼。

五年前尼克是被挾持的人質，這口氣始終沒得出，這次終於得以圓滿。

剛動手不久，克里斯就發現麻煩不小。這群雜毛不難對付，只是後面源源不絕，轉眼間湧上超過兩百人，卡佐圖絕對把他能叫人的人都叫來了，門外還有些人擠不進來。

幸運的是，老布召來的德州人發揮作用。

聖安吉洛的事在中立城傳了開來，此後所有德州人謹記在心，不會讓自己的家變成另一個聖安吉洛。

派瑞頓的人到了，聖安吉洛的人到了，卡斯丘的人到了，連警察都在趕來的途中——警察總是到得最晚的。

外面的人交由德州人對付，倉庫內有近百名黨羽，他們一開始只有七個人。雖然無所畏懼，卻也分不開身。

說眞的，這群人不全然是蹩腳三，起碼有四個是拳擊高手，三個槍法精絕。爲什麼這些人要浪費時間跟著一個瘋子，克里斯永遠不會明白，不過既然做了選擇，就面對自己的命運吧。

奎恩的身影在人群中飛梭，二十幾個黨羽逐一減少，兩個小鬼躲在鐵架後，看得心醉神馳，既敬又畏。

卡佐圖定定站在原地，完全沒有逃的意思。

這不像他。

奎恩是他的煞神，「卡佐圖」和「奎恩」這兩個名詞光是出現在同一個句子都不可能，遑論同一個空間。

他爲什麼還沒逃？

「我們今天就把一切結束吧。」卡佐圖突然大笑一聲，扯開自己的迷彩外套。

終於有一次，炸彈背心不是穿在某個傻蛋身上，而是他自己。

眞正令奎恩血液發冷的是卡佐圖手中的東西——「震波裝置」的遙控器。

震波器能損壞建築物結構，通常用來作爲建築物拆除的輔助。他們所在的倉庫只是鐵皮鋼板搭建，無法承受如此強烈的震波。卡佐圖一按下遙控器，所有人都會被壓在幾十噸的鐵板底下。

可惡！奎恩環刃揮出，卡佐圖隨便抓身旁的一個人當盾牌，那人哼都來不及哼一聲，就被切成兩段，卡佐圖鑽到某個貨櫃後。

「震波器，所有人撤離！」奎恩大吼。

隆——

隆隆——

隆隆隆隆——

一開始聲音很小，後面越響越大，直到整棟建築的鐵板、鋼樑都開始震動。

隆隆隆隆、隆隆隆隆——

每只貨櫃都在原地跳動，猶如扔進鐵鍋的豆子。

那個瘋子，他按下發射器了！

距離樓塌不到兩分鐘。

「甄！」他衝回來，用力扳開剛才堵上的鐵架。

「發生了什麼事？」岡納衝過來。

「卡佐圖，他發射震波裝置。」

「那個瘋子！震波器，所有人迅速撤離！」岡納從他扳出來的縫隙鑽進去，撈起第一個碰到的小鬼就往外衝。

秦甄抱起紫菀，奎恩護著她們母女飛快撤退。

「發生了什麼事？」若絲琳趕了上來。

「倉庫快塌了！」她喊。

隆隆之聲震耳欲聾，所有人必須大吼才能蓋過噪音。

「尼克、克里斯、老布，快走！」若絲琳大叫。

她們母女腳程太慢，奎恩直接撈起她和女兒，以驚人的速度往外衝。

轟隆嘩塌——

「救命啊！」

「我好怕……」卡佐圖黨羽亂成一團。

他們衝向後門，經過的路段一一垮塌。一個隱形的巨人步步進逼，毀掉他們跑過的每吋途徑。

秦甄被晃得頭暈，只能緊抱著紫菀。

尼克、老布……她看到熟悉的人都出了大門，鬆了口氣。

他們奔出巷弄，繼續往前逃。

轟——

只跑出幾百呎，整座巨大的倉庫坍成一片廢鐵。所有人站在原地，不敢相信自己與死亡的距離如此之近。

卡佐圖死了。

不是死在奎恩手中，而是由他自己決定。

即使死，也要轟轟烈烈，完全符合他充滿戲劇化的性格。這就是他一直在追求的，到死都吸引眾人目光。

警車在這一刻抵達，大馬路上的人衝過來看是怎麼回事，現場一片凌亂，還沒被壓死的黨羽呆在原地，群龍無首。

「有人受傷嗎？」

「你們還好嗎？」

各種警鈴、警車、消防車、救護車好像突然同時出現，趕來的警察一一逮捕肇事共犯。

秦甄緩緩從丈夫懷中滑下地，看著那片差點讓她葬身的廢墟，奎恩接過發怔的紫菀。

「小綠！」紫菀突然大叫。「小綠還在裡面！」

「寶貝……」

「不，我們得進去找小綠。」紫菀大哭。「它小小的一個，說不定沒被壓到，我們不可以把小綠丟在那裡。」

「爹地會跟消防員說，如果他們找到小綠，一定會送還我們。」適才的殺神又變回溫柔的父親。

「道格呢？道格在哪裡？」秦甄突然回過神。

認識的人大部分都在，克里斯、若絲琳等人四處觀望，只不見兩張熟悉的面孔——岡納和道格失蹤了。

10

岡納帶著奎恩的兒子，馳向奧克拉荷馬州界。

一組人已經在奧克拉荷馬市等著他，幾個小時內，他們會乘上飛往首都的祕密班機，小道格・奎恩將踏入他父親和祖父奉獻過半生的紀律公署。

他成功了。

五年的漫長醞釀，他終於成功了。

從奎恩的腳踏上德克薩斯開始，就變成一場長期抗戰，他始終相信這句話，於是他花了五年的時間策畫、執行。

最難的是說服奧瑪合作。

「你是說，你要放棄現有的一切，就爲了追捕奎恩？」

「奎恩是我最大的失敗，我不會容忍自己一直失敗下去。」

「你要想清楚，岡納。」奧瑪深深注視他。「無論我們兩人有多少意見不同之處，你是最適合接掌反恐作戰部的人，這是你終生追求的目標。你的計畫，第一步讓你聲名受損，第二步讓你失勢，第三步讓你停職，第四步將你冷凍一年，最後丟到阿拉斯加那個天不吐的鬼地方。一切只爲了抓回奎恩，值得嗎？」

「我們花過更長的時間追捕恐怖份子。奎恩太精明了，不經過這番波折，他不會輕易相信的。我們不能倚賴墨族人交出奎恩，只能靠自己。」

「你對這群人的忠誠這麼有信心？」

「不，他們已經沒有什麼可以失去，你無法從一無所有的人手中奪走更多，只剩下一個人有許多害怕失去的東西。」岡納穩穩注視他。

「誰？」

「奎恩。」

奎恩錯在明目張膽劫走秦甄。從他親自劫囚的那一刻，岡納就明白他願意爲她付出一切，現在又多了孩子。

這個世界上，只有一個人能抓回奎恩，就是奎恩自己。

他們只需要掌握到足以讓他交出自己的籌碼。

手機震動起來，岡納按下通話鍵。

「你成功了嗎？」奧瑪劈頭就問。

「是的，小道格・奎恩在我的手中。」

奧瑪舒了口氣。五年，眞不容易。

「你做得很好，岡納，這五年的付出終於有收穫。回來吧！我們談談接下來該怎麼安排。如我允諾的，紀律公署軍事部門的總指揮官會交給你。」

中斷通訊。

他的時間不多，奎恩發現他和道格一起失蹤後，隨時可能派兵攔截，德州邊界隨時會進入警戒，他最多只能爭取到兩個小時的時間。

岡納選擇駛向荒野，由廢境回到境內。

很有趣，他選擇的路線很可能跟卡佐圖一樣。

老實說，一開始他不確定自己是否能說服奧瑪同意，直到兩天後奧瑪帶著里維來到他的辦公室。奧瑪上車了。

於是，計畫開始運轉，毫不知情的里維認眞調查他，他被留職停薪，和若絲琳的關係益發曖昧，地位受人非議，被調到阿拉斯加，救了重傷的若絲琳，然後一路來到德克薩斯……

說眞的，他唯一的意外是若絲琳。

岡納眞心讚賞這個女人。

她是他進入奎恩核心的重要關鍵，他並不愛她，可能永遠無法像奎恩愛秦甄那樣愛一個女人。倘若有一天他能，若絲琳是最接近讓他愛上的女人。

若絲琳可能感覺到一些什麼，於是他們之間始終存在著隱而不宣的猜疑。五年。

他本來預計更長的時間，但他五年就辦到了。只要他帶這個小男孩回去，一切就結束了。

他毫不懷疑奎恩會以自己的生命換取兒子的安全。只要移除「奎恩」這個因素，叛軍註定走向敗局。

他們已非昔日的烏合之眾，那又如何？奎恩是一切的關鍵。

少了他，墨族的經濟命脈被切斷，田中洛再怎麼奔走也無法補足這個缺口。

無論多強的軍隊，少了糧草都無法持續多久。墨族人很快會化爲一團散沙，甚至比以前更脆弱。

以前的他們不知道自己能走多遠，現在他們知道了。把機會從曾經擁有的人手中奪走，比從一無所有的人手中奪走更殘酷。

他們會軍心渙散，不知道政府從奎恩口中掌握多少機密，自己的處境是否依然安全。羅瑞・艾森和蛇王孟羅會退回觀望的視角，評估是否值得繼續合作。

軍隊再強勢進攻，墨族幾乎沒有機會再翻身。

不是他的錯，是這群愚蠢的人把所有希望放在一個男人身上，永遠不要把雞蛋放在同一個籃子裡。

「岡納，我們要去哪裡？」道格好奇地趴在椅背上。

「我帶你到一個安全的地方，壞人才不會把你抓走。」他注視著前方。

「我們不回家嗎？」

「爸爸會去那裡接你。」

「好。」道格信任地坐回後座。

不是他的錯，岡納告訴自己，不是他的錯。

道格的父親是里昂・奎恩，這是他們必須付出的代價。

他告訴奎恩的每句話都是真心的：制度需要改變，紀律公署需要重組，不能從外面來做，必須從內部開始。

奎恩原本有這個機會，只要他依照原先的路走下去，軍事分部的總指揮官遲早會變成他，這是一個足以與署長分庭抗禮的位置，他有能力改革。

他可以逐步削弱清除部，停止平民的清除，在國會發出足夠響亮的聲音，讓反恐清除法成爲一部空殼，終致廢除，如同他父親道格．奎恩想做的事。

老道格在達成夢想之前就死了，他兒子不正是接手的最好人選？但是奎恩放棄了，他選擇跨到界限的另一邊。

岡納不會讓這些爛攤子把紀律公署擊垮。奎恩說得對，紀律公署是他的畢生夢想，他必須站出來成爲改革的人。

「岡納，你覺得小綠還活著嗎？」道格憂慮地趴回他旁邊。「我拿它丟那個壞人，現在小綠不見了……」

「小綠沒事。」

「ＯＫ。」他點點頭。「爸爸說小綠沒事，你也說小綠沒事，所以小綠一定沒事。」

「回去坐好，趴在這裡很危險！」

「噢。」小男孩坐回去。

他不讓自己看後照鏡中的臉孔。

他怕看見小男孩傷心的表情，他更怕看到小男孩信任的表情。

自己不是他能信任的人，這小鬼爲什麼一點奎恩家的戒心都沒有？

他們已經跨越州界，後面還沒有任何追兵，看來目前是安全的。

「我餓了，我想尿尿。」小男孩宣佈。

這就是跟小孩一起旅行的麻煩。岡納深吸一口氣，冷靜。

「再往前十哩有一個加油站，我們在那裡停一下，你忍得住嗎？」

「可以。」小男孩很勇敢地點頭。「岡納，你是全世界最好的朋友。若絲琳阿姨說，有一天你會救我的命，你真的救了我的命。」

岡納的指關節泛白。

這不是他的錯！

他只要把這個小男孩送到紀律公署，等奎恩交出自己，這小男孩會被送到社福機構，奎恩家族最終會領回他，一切就結束了。

多斯科技呢？

他沒有想到會牽扯出這一段。多斯科技的幕後必然有政府高層，但是高到多高？多斯科技是奎恩和墨族人破獲的，倘若奎恩被捕，整件事會不會被壓下去？

岡納必須問一個一直不想思考的問題：紀律公署是否牽涉其中？

他這生一直信仰的組織，有沒有可能腐化到這個程度，縱容一間公司以無辜平民做人體實驗？

他們在州界的第一個加油站停下來。

他從服務員手中領到廁所鑰匙。道格站在小便斗前面，仰頭看著他。

「太高了。」

岡納看看小便斗，再看看五歲的小男孩，牽他到有門的馬桶間。

道格看著那個馬桶座。「媽咪說，坐公用馬桶要先擦乾淨。」

「你媽媽都陪你在男廁尿尿？」岡納質問。

「不，媽咪會交代爸爸，爸爸帶我進去尿尿都會擦坐墊，不然就把我抱高尿尿。」

岡納看老天爺一眼。

好吧，這間沒有衛生紙。

「你自己把褲子拉開。」岡納抱他站在馬桶坐墊上。

「哇！」道格差點站不穩，他只好扶住小男孩。

總算尿完了，道格又提醒他，要洗手。他只好再抱高小男孩去洗手。

解決生理問題，他們進到超商，解決肚子餓的問題。

「我可以買這個嗎？可以買這個嗎？可以買這個嗎？」道格眼睛一亮，什麼都想吃。

包裝蛋糕，餅乾，麵包，洋芋片，可樂……

「你吃得下嗎？」岡納怒瞪他。

「吃得下。」他很肯定地點頭。

算了，岡納抱著一堆零食結帳，只想趕快再上路。

「岡納！」經過一條甜食走道，道格突然興匆匆地抓了一包東西跑出來。「我們可不可以買這個？這個草莓口味捲捲餅最好吃了，姊姊最喜歡，卡斯丘的雜貨店缺貨好久了。我們買這個回去給她吃好不好？她一定會很高興。」

「……」

該死！小鬼，你短時間內不會見到媽咪姊姊和爸爸！

岡納突然把一堆零食往櫃檯一丟，轉身走出去，店員被他嚇得一楞一楞的。

爲什麼？爲什麼會這麼困難？

他明白這是應該做的事，到底爲什麼這麼困難？

「你眞的在責怪我沒有繼續替一個種族滅絕的組織效命？」

他不是個優柔寡斷的男人，他不會讓親情友情愛情這種虛無飄渺的東西阻礙他。

「岡納？」

一個輕微的力道扯扯他的衣角，岡納惱怒地轉過身。

道格招招手，示意他蹲下來，一張嚴肅的小臉凝視著他。

這一瞬間，岡納在他臉上看見他父親的影子。

「一切都會沒事的。」道格輕柔地拍拍他臉頰。「別擔心，我會陪著你。」

岡納被打敗了。

他該怎麼做？他該相信他的朋友——是的，奎恩確實算他的朋友——或是相信他效力了半生的組織？

「骨子裡，我和岡納永遠是執法人員。」

「緝捕不法、捍衛人民的信條在我們心裡根深蒂固。」

他就是在做這件事，只是，他該站在哪個立場？

「這套法律並不完美，然而在更好的制度出現之前，必須先遵循現有的。」這段話是他親口說的。只是，遵循現有的，又將犧牲多少無辜的人？

他親眼看見死在多斯科技的實驗體，這些生命又該怎麼辦？

「道格？」

「嗯？」

「如果我告訴你，短時間內我們不會見到你的家人，那該怎麼辦？」他抹抹臉，終於抬起頭。

小男孩回頭看著他們駛來的方向，再挪回他的面容，一張小臉超齡地成熟。

「我相信你，我們互相保護，等到爸爸來爲止。」堅定的小手拍拍他的肩膀。

他的手機又震動起來，岡納走開兩步，滑開接聽鍵。

「發生了什麼事？你們爲什麼停下來？你們在州界停留越久，被追上的機率就越大，快到會合點集合。」

「你知道多斯科技在德克薩斯做什麼嗎？」岡納注視著螢幕上的臉孔。

奧瑪頓了一下。

「這兩件事有什麼關係？」

「你知道嗎？」他堅持。

「他們二十多年前和我聯繫過，我沒有同意。聽著，這整件事非常複雜，牽涉到的人極多，等你回來我們再討論，先把人帶回來。」

這一刻岡納得到他想要的結論。

「奧瑪，這是一個錯誤的答案。」

他把手機往空中一拋，白芒灑出，手機裂成碎片。

反恐清除法或許該存在、或許不該存在，墨族人或許該死、或許不該死，但無論如何，一個政府不能迫害無辜人民。

多斯科技和他們接觸的第一時間，這些有權有勢的人就該扼殺它壯大的機會。這件事對奧瑪那些權貴或許不代表什麼，對他，卻代表他信任的制度已死。

岡納突然覺得胸口都鬆了，再度能飽飽滿滿地吸進一大口氣。

「來吧，小鬼，我帶你回家。」

「YES！」小道格跳起來，雀雀躍躍地衝向汽車。「我們可以先買草莓捲捲餅嗎？」

✷

他們回到卡斯丘已經晚上十點半。

中途岡納沒有做太多停留，只在必要時讓這小鬼下車吃飯尿尿，中間還撇了一次條。岡納發誓，任何自發性選擇當父母的人都應該被封聖。

他們的車子還未接近大門，就看見整片亮如白晝的營區。通常到了九點，除非路燈和必要人士，極少有人在街上行走。

今晚每盞投射燈大開，方圓一哩內連隻老鼠都會被照出來。

「他媽的！」守在大門口的傑登一看見他，火大地衝過來。

岡納停也不停直接開進門。

從後照鏡看，傑登英俊的臉孔繃成一塊鐵板，死命追在後面，完全沒有要放棄的意思。嗯，看來這小子真的很火。

經過坐在路邊沮喪的華仔，華仔下巴掉下來，跳起來也加入追車的行列。

然後是克里斯、拉斐爾，一堆圍在路邊不知在講什麼的年輕人，尼克。布魯茲？他還沒回去？

追在車子後面的人越來越多，每個人臉都繃得死緊，一副打算找誰討債的樣子。這些人是在搞遊行嗎？

「傑登跑得最快！」小道格興奮地宣佈。「嗨，莎洛美。嗨，凱倫。嗨，蒂莎。」

莎洛美和凱倫也就算了，蒂莎？

這些人黑天瞎地站在路邊做什麼？沒有人想睡覺或提高生育率嗎？

出於對剛生產完婦女的體諒，他的車速稍微放慢一些，讓蒂莎追上來。

「嘿！」蒂莎攀住他的車窗。

「蒂莎，妳的寶寶呢？」道格開心地招呼。

「妳想搭便車嗎？」岡納謹慎地問。

「你們跑到哪裡去了？全世界都在找你們知不知道？」蒂莎的黑眸在噴火。

那就是不用便車了，岡納繼續加速駛開。

「嘿！嘿！」蒂莎被拋在車後。

車子往前沒開多久就停住，這些人真該感謝奎恩的家在大門附近。

「岡納，可不可以幫我拿行李？」道格一個箭步跳下車。

岡納從後座撈出一個跟他一樣高的大塑膠袋，裡面滿滿都是他們在加油站買的零食，光是草莓捲捲餅就有七包。

道格像個迷你聖誕老人，揹著他的寶藏嘿咻、嘿咻爬上台階。岡納在後面幫他抓著袋子，不然這小子一定被壓垮。

啪，門廊的燈亮起來，小鬼頭還沒敲門，門自己拉開。

「道格！」秦甄整個腳軟，一把揪住兒子緊緊抱住。

「媽咪，我們跑去州界，還買了一堆東西。」這一天對他來說只是一趟有趣的冒險。

「你跑到哪裡去了？你知不知道所有人都很擔心很擔心很擔心？」紫菀兩手插腰氣撲撲。

「我們去買草莓捲捲餅……我買了五盒給妳唷。」道格怯怯的，怕菀菀會罵他把小綠弄丟了。

紫菀的氣沒能撐太久，衝過去抱緊弟弟。

「謝謝你。」秦甄緊緊擁抱岡納。「我知道你一定會安全地把他帶回來，從沒懷疑過。」

剛剛追在車後的人都停在人行道旁，若絲琳不知何時加入他們。

奎恩只是站在玄關，雙眸平靜如昔，雄壯的肌肉和寬肩彷彿塡滿整個空間。

「媽咪，我們買了洋芋片和捲捲餅和蛋糕。」道格抱起他的百寶袋。「我知道現在很晚了，可是我和菀菀可以先吃一點捲捲餅嗎？」

秦甄破涕爲笑，抱起兒子又摟又親。

「好，你們可以吃完捲捲餅再洗澡。」她轉身走進屋內。「你晚餐吃過了嗎？」

「有，岡納停下來買麥噹噹。」道格幸福地枕在媽咪肩頭。

「你晚上吃麥噹噹？」紫菀深深嫉妒。媽咪都不讓他們吃麥噹噹當正餐，她說對身體不好。

老搭擋，老朋友，或許算老敵人，靜靜相望。

他甚至沒派人出去追他們。

岡納突然深深不爽，一拳攢進他小腹。

奎恩吃了他這拳，走出來把門關上，在門廊回他小腹一拳。兩個男人糾纏在一起，跌跌撞撞摔到人行道。

「他們打起來了，奎恩和岡納打起來了！」消息迅速傳開。

兩人無視圍觀眾人，你打完一拳、換我一拳，沒有什麼精明厲害的招勢，純粹街頭流氓的打法。

「噢，那一拳一定會痛。」傑登縮了一下。

「這拳好樣的。」

「這角度不錯，學起來。」

一群追車的人不生氣了，在旁邊看得津津有味。

屋內兩個小鬼火速衝到客廳，趴在窗戶前。

「媽咪，爹地在跟人打架。」紫菀告狀。

秦甄在旁邊搖頭嘆息。男人哪！

「岡納加油！」

「你怎麼可以幫別人加油？」紫菀責備他，一邊從他手中的袋子拎出一塊捲捲餅塞進口中。

「爹地也加油！」道格亡羊補牢。

「好了好了，捲捲餅收起來，道格回樓上洗澡，紫菀妳先上床。已經十一點，你們明天早上一定都爬不起來。」

「噢！我們找到小綠了。」紫菀突然想起來。

「什麼？」道格尖叫一聲，衝進廚房。

當時小綠滾到角落，正好被一小片沒有坍塌的鐵板護住，救難人員巡完第一圈就發現它，交給淚汪汪的小女孩。

秦甄看著兩個嘰咕說話的小魔頭，再看著街上鼻青臉腫的大魔頭。算了！她搖搖頭，進廚房收拾。

這場街頭拳擊持續了好一會兒，兩個男人都受了一堆拳打腳踢。

他們按著小腹，鼻子流血，眼睛腫了，終於打到兩人都沒有力氣，軟軟坐倒在水泥磚上。

「你們看夠沒有？回去睡覺！」奎恩低吼。

一堆人哄然而散，轉到萊斯利那裡算帳——萊斯利中途開了賭局，有人押輸贏，有人押和局，結局是幾家歡樂幾家愁。

田中洛嘆了口氣。算了，這兩人這輩子大概很少有如此「莽夫」的時刻。他走到另一塊水泥磚，跟他們一起坐下來。

若絲琳轉回屋內，拿了兩罐啤酒出來——一罐給田中洛，一罐自己喝。

「蠢蛋沒份。」

岡納咕噥兩聲，認命地收回手。

「你什麼時候知道的？」他斜睨旁邊那個越看越礙眼的男人。

「你爲紀律公署臥底？我一直知道。」啊，該死，下顎好痛。奎恩的舌頭滑過牙齒，幸好沒有哪顆鬆動。「岡納，我比你以爲的更瞭解你。」

「你爲什麼不阻止我？」連派個人出來追回自己兒子都沒有！

奎恩靜靜凝望著夜色。

「我比你以爲的更瞭解你。」他重複。「你會回來的。我無法強迫你，必須等你自己想通。」

「你就這麼肯定我會『想通』？」岡納譏誚地問。

奎恩轉頭對他微笑。「在我們來到卡斯丘之初，田中洛爲了兩件事一直感謝我，一件是我救了萊斯利和莎洛美，第二件是我放走一處巢穴的平民。我一直不知道他指的是什麼，最後終於想了起來。

「在我離開公署的兩年前，柯克大道的巢穴被破獲。那天我留在前方牽制強森的人，你繞到後面查看。等你挾著托勒斯一起出現，我只覺得你的外表比平常凌亂，沒有多想。」奎恩深深凝視他。

「岡納，你當時下到污水道探查，對吧？你遇到墨族平民，放他們走。」

他永遠記得那一天，他要蘿拉訂第一次和甄約會的餐廳，岡納也是在那天聽說甄的存在。

早在他下定決心之前，岡納已經先做好決定。

是的，岡納會想通的，因爲這是他的信念。他無法將一個無辜的小男孩，交到一個處決平民、縱容私人企業進行人體實驗的政府。

倘若這個世界上沒有里昂·奎恩，岡納會是那個帶著大家一起逃到卡斯丘的男人。

岡納站起來，走向自己的屋子。沒有人阻止他。

該死，每個地方都痛。他走進客廳，沈重的身體幾乎壓垮沙發，若絲琳施施然走進來，超然地打量他。

「你利用我。」

「彼此彼此。」

兩人的語氣都非常平靜。這不是控訴，而是陳述事實。他利用她接近奎恩核心，她利用他在夾縫中求生存。

他們從未信任過對方。

從未。

岡納笑了。

他第一次感覺若絲琳對他的意義或許不一樣。他們享受和彼此對立，勝過當情人朋友。

他們永遠不會信任對方，但永遠會欣賞對方。

「妳知道嗎？這可能是我最接近愛上妳的時刻。」

「彼此彼此。」她微笑。

除了奎恩之外，世上可能再沒有另一個人類如此懂他。

「你是個很稱職的炮友，我還是會繼續睡你。」若絲琳告訴他。

「無任歡迎。」

✷

「遍佈全國各地的示威遊行越演越烈，紀律公署沒有任何回應，更讓示威者不滿，許多國會議員承認他們受到來自於選民的壓力。」

「對於撤除反恐清除法的聲浪，歐倫多總統表示改革需要時間，請人民信任政府，這個說法顯然不被人權團體接受……」

「二十四日在首都的示威遊行發生意外，兩間店面被衝撞的汽車波及，造成多人受傷。人權專家史達博士當場被捕，示威民眾聚集在分局外抗議。公民律師迅速採取司法行動，要求法官盡快讓史達博士交保……」

公共飯堂裡，每個灰頭土臉的士兵大口扒飯，佐以電視新聞作爲配料。

他們現在已經擁有很完善的餐廚設施，不像早期只能在露天的泥土地吃飯。這座食堂最高紀錄曾擠進五千名食客，平時吞吐量大約在兩千人左右。

自從所有人體能上軌道之後，午餐時間延長爲四十五分鐘，操演場地也拉到營區附近，時間更充裕，所有人自動分批用餐。

「他們又在乎什麼？」傑登對著新聞畫面評論。

「噓——」附近的人噓他。

「我不是說這些人出來抗爭不好，只是好奇。」一口炸雞咬進嘴裡，他的嗓音含含糊糊的。「反恐清除法已經執行五十年，死了多少墨族人，今年並沒有跟以前有多大不同，爲什麼這些人突然在乎起來？」

「人是會改變的，小鬼，這是好事。」奎恩拿起餐包沾了沾肉汁，潔白的牙齒陷入麵包裡。同桌的人不自覺跟著張開嘴巴，咬下空氣。

他吃的不是食堂供餐，而是他老婆的愛心便當。

平心而論，他們的廚師手藝相當不錯，不過秦甄的手藝出了名的好，大鍋飯再怎麼樣也比不上精心烹調的家用餐。

克里斯偷偷想伸過去舀一匙那綿密如奶油的薯泥，藍眸輕飄飄地斜了過來，湯匙若無其事伸回去，繼續舀大鍋飯。

岡納坐在他對面，吃的也不像食堂供餐。

「爲什麼他也有甄的愛心午餐？」拉斐爾指控。

「因爲我是她兒子的救命恩人。」岡納瞟他一眼。

「呿！」一堆人比他中指。

「因爲他是道格最好的朋友。」奎恩說。

「呿！」岡納比他中指。

「這算是良心補償嗎？如果他們早一點開始『補償』，墨族人的處境也不會變得這麼糟。」傑登盯著新聞。

「在文明大戰期間，歐洲發生屠殺猶太人的事件。」奎恩把最後一口食物吃掉，擦了擦嘴巴。

「許多軍官並不認同這樣的做法，偷偷幫助各國的猶太人潛逃。戰後，人權組織想表彰這些軍官，有人抗議。『如果他們這麼有心，幹嘛不出來阻止戰爭？幹嘛不暗殺元首？』

「小鬼，每項義舉都是冒著自己、甚至家人的生命去執行的，永遠不要理所當然要求別人做更多，只要心存感激就好。現在的時勢或許不像文明大戰那麼險峻，這些人願意站出來，就是一個好的開始。」

他拍拍傑登的頭，把餐盤交給傳令兵，走出食堂外。

「……我已經二十六歲了。」傑登在他身後咕噥。

✷

叩叩。

奎恩輕敲兩下，踏入田中洛的辦公室。

「你找我有什麼事？」

田中洛抬起頭，室內還有萊斯利和海娜。

看見萊斯利，奎恩並不意外。他抱著漢堡，眼睛盯著筆電螢幕，這人真的一天二十四小時都離不開電腦。

比較意外是看見海娜。她像個小妻子，替田中洛把每樣餐具放在適當的位置，每份食物按照順序擺好，田中洛的表情帶點困窘，卻沒有拒絕。

嗯，沒有拒絕這點十分令人玩味。

「你們倆在一起了？」奎恩問。

啪啷！海娜手中的餐具掉在地上，田中洛的眼神好像想咬他。

英雄！萊斯利偷偷豎拇指。

「你在說什麼？」她慌慌張張地把餐具撿起來。

「海娜只是在我康復之前暫時擔任我的助理。」田中洛嗆他。「她的年紀這麼小，你的評論非常不適當。」

「我的年紀沒那麼小。」海娜的動作停住。

「她的年紀沒那麼小。」奎恩聳肩。

「她才二十三歲。」

「二十四。」海娜說。

「妳比莎洛美還小。」

「我和莎洛美同一屆。」

「莎洛美兩個月前才滿二十四歲，妳比她小幾個月。」田中洛堅持。

「好吧，二十三歲十一個月，等於二十四歲。」海娜說。

「二十四歲等於我女兒的年紀。」

「我不是你女兒！」

奎恩和萊斯利一來一往看著他們兩個人對話。

田中洛頭又痛起來。

「你有什麼事？」遷怒。

「是你要我來找你，今天早上我分不開身，現在我來了。」

田中洛立刻想起自己要跟他說什麼。

該死！

「你們兩個慢慢談，我先離開。」萊斯利端起自己的漢堡和筆電往外走。

「你要去哪裡？」田中洛喝住他。

我不太擅長處理這種場面。萊斯利比手畫腳一番，慌張地逃走。

奎恩看著他離開，藍眸對回田中洛身上。

「海娜，麻煩妳讓我們獨處一下。」

「好的。」海娜把弄掉的餐具擦乾淨，放回他手邊。「記得吃青豆，這是飯後該吃的藥丸。」

奎恩再看著她離開，藍眸對回田中洛身上。

「從沒想過我會同意罔納，不過這間辦公室出現的人真的越來越奇怪。」

「該死，你讓我要說的話變得更困難！」

今天是奎恩聽過田中洛咒罵最多的一次。難道多斯科技的實驗真的留下後遺症？

「你還好吧？」

「我們說好早上的，你爲什麼不早上來？早上我醞釀好情緒，結果你沒出現。」

「你跟我說話需要醞釀情緒？」奎恩濃眉一軒。

田中洛嘆了口氣，沒有更婉轉的方式，只能速戰速決。

「萊斯利從多斯科技的總部找出一份二十六年的老文件，我認爲你應該看一看。」

他打開光桌，將那四頁的內容叫出來，末尾附上一頁萊斯利的查證紀錄。

如同田中洛，第一遍奎恩掃過去，第二遍看得更仔細。十幾分鐘，整間屋子沒有半點聲音。

田中洛密切觀察他的神情，奎恩的藍眸一片空白。

「我知道了。還有什麼事？」他冷靜地問。

就這樣？

「沒有，這是唯一一份與該事件有關的紀錄。」田中洛心頭升起不對勁的感覺。

「嗯，沒事我回校場了。」他關閉光桌，站了起來。

「奎恩，如果你想談談……」

「沒什麼好談的。」

高大的背影穿過門框，踏入轉涼的十一月天氣。

田中洛走到窗邊，望著那強悍不屈的身影邁回校練場。躲在旁邊的萊斯利看奎恩離開，迫不及待跑進來。

「他有什麼反應？」

「沒反應。」

「呃，沒反應就是好反應，對吧？」畢竟他是奎恩，他沒反應很正常，對吧？

不對，一點都不對。

田中洛眼中的憂色更濃，或許他眞的該找甄談談……

✷

「好了，所有人回校場。」

奎恩大手一拍，食堂裡的士兵跳起來，還沒吃完的三口併兩口塞進嘴裡，每個人魚貫排隊，把餐盤放回洗碗檯，然後匆匆跑向室內訓練場。

早期曾有兩名列提的新兵用完餐，嘻嘻哈哈將餐盤扔給洗碗工，蘋果核從工作人員頭上飛過去，丟進垃圾桶。很不幸的，奎恩看到了，接下來一個星期他們只能窩在廚營洗碗、倒垃圾。

兩名新兵很不爽，打電話向列提投訴他們在卡斯丘受到歧視。列提詢問了其他成員，確定兩名手下眞的都在洗盤子，氣沖沖地向奎恩表達抗議，結果被奎恩反訓回去。

道理很簡單，如果你連每天照顧你飲食的人都不懂得尊重，就更不會尊重需要你幫助的人。列提被說得乖乖的，此後所有人都知道，行爲不檢就等著自己找死。

奎恩現在比較少親自教授基礎搏擊，大部分是由拉斐爾、克里斯、尼克等段數高的人當教練，他在旁邊指點。今天很罕見地，他親自走入場內。

「我來我來，今天輪到我。」

「你會被打假的，下去，讓專業的來。」

「既然要找專業，那我就勉爲其難了。」

一群久未和他過招的老成員爭先恐後，最後拉斐爾搶到頭香。

奎恩沒有戴護具，拉斐爾想想，只帶了拳擊手套。

倘若在五年前，他們在奎恩手下過不了幾招。現在每個人和以前不可同日而言，拉斐爾自忖，即使無法平手，打個十幾個回合應該是沒問題的。

今天的奎恩很奇怪，兩人才交手片刻拉斐爾就感覺到了。並不是說以前訓練都打假招，只是在打中要害之時會點到即止，今天的奎恩沒有。

幾招過去，奎恩的鐵拳直接攢進他的右腹，拉斐爾倒抽了口氣，跌跌撞撞退到角落。

「我說過，每一次過招都是生死交關，不要以爲訓練課就能輕忽。」奎恩的藍眸冰冷至極。

場外的岡納看他一眼，走近一些。

「沒事吧？」克里斯扶住哥哥。

「沒事，我太大意了。」拉斐爾順了順氣。

「再來。」奎恩冷冷招手。

拉斐爾點點頭。

第二回合，幾分鐘，磅！一模一樣的部位，拉斐爾再度跌出去。

如果第一次是痛，第二次就是痛死人。

這一次他甚至說不出話，冷汗立刻迸出來，一張臉慘白。

「拉斐爾！」克里斯穩住哥哥。

拉斐爾拚命深呼吸，周圍的人變得非常安靜。岡納眉心一皺，這次走到邊線站定。

「再來。」奎恩繼續招手。

拉斐爾腳有點軟，但不服輸的性子讓他走回場中。所有人都看得出來，他的身體歪向連中兩記重擊的傷處，行動只會比前兩次更不靈活。

第三回答，幾招過後，磅！龐大的身影一閃。

在他以一模一樣的角度擊中拉斐爾之前，岡納飛躍入場，擋開他的拳頭，同時將拉斐爾推出場邊。

拉斐爾臉色微微發白。倘若不是岡納出手，這次一定會有骨頭或內臟傷到。

「你在搞什麼？」岡納眼中的冰冷不亞於他。

「我在訓練我的手下，讓開。」

奎恩的臉孔化爲一張空白的面具，身旁這些人跟了他五年，已經很習慣從一些肢體語言感受他的情緒。突然間，他們又回到奎恩初來之時的感覺。

「你在謀殺你的手下，出去！」

拉斐爾並非那麼不濟事，第一次是事出突然，第二、第三次則是不曉得自己做錯什麼，心理先怯戰了。

這份心情起源於對奎恩的忠誠和尊敬，岡納不允許任何人濫用這份情感。

「你想把我從自己的校場趕出去？」奎恩上前一步，和他鼻尖對著鼻尖，冰冷的笑意讓所有人毛骨悚然。

「出去，在你恢復正常之前，不要出現在我的視線裡。」岡納棕眸一瞇。

「你何不自己下場，我們過幾招爲所有人示範一下？」

岡納慢慢盤起雙手，驚人的雙頭肌幾乎繃裂衣袖。

「讓我告訴你我打算怎麼做，如果你不走，我走。你可以把你精心訓練出來的人通通打死，我不在乎。如何？你走或我走，選一個。」

奎恩和他對峙片刻，看一眼周圍的人。全場安靜無聲，彷如看著爸爸媽媽吵架的小孩，不敢動一根頭髮。

最後，他轉頭離開校場。

✷

秦甄輕輕推開家門，他們早上出門都會把窗簾拉下，整間屋子隱在簾影飄動的昏暗中。客廳一道龐然身影靜靜而坐，入了定似的盯著前方。

「嗨，好難得你比我早進家門。」她盤腿坐在他身旁。

奎恩慢慢轉頭，神情凝滯。秦甄的指尖撫過他稜角分明的臉，憂慮隱藏在輕淺的笑顏後。

「你還好嗎？」

「他們叫妳回來查看我。」奎恩平平陳述。

她的手冰冰的。

甄的手腳向來冰冷，他岳母說，女人元氣沒補足，手腳就會冰冷，要他回來之後好好幫她「補一補」。奎恩不曉得「補」是什麼意思，也不曉得自己為什麼會在這個時候想起這件不相干的事，可是這些想法引起了一股極微細的暖潮，慢慢將他從化不開的冰層裡拖出來。

甄在他身邊，這個世界稍微變得比較能忍受一些。

「里昂，發生了什麼事？」她輕觸他臉頰，眸底強烈的愛意讓那層冰川終於融化。

「他們殺了他。」

他彷彿站在一個很遙遠的地方，聆聽自己的聲音。

「誰？」

「秦天，多斯科技，他們殺了我父親。」

「多斯科技在德克薩斯搞什麼鬼？」

「你又何必矯情？會問這個問題，表示你已經知道答案。」歐倫多冷笑。

「歐倫多，你瘋了嗎？那些人體實驗能爲我們帶來什麼利益？二十幾年過去了，我們唯一的超級士兵是紀律公署的衛士，他們天生血肉，不需要哪個實驗室製造就是最強的軍隊。」

「得了，奥瑪，你是最沒有資格批評的人。」歐倫多厭煩地看著他。「超級士兵只是最終目標，卻不是唯一的貢獻，紀律公署是受益最多的單位。精神偵訊、環刃、各種直覺式的武器，你以爲這些科技是如何和戰士的腦波連結的？

「多斯科技多年來的實驗，把如何『意隨心轉』實質地製造成武器，讓我們國家的軍隊成爲全球強權，更爲我國獲得多項專利，有些技術甚至連奎恩工業都做不出來。你以爲不靠人體實驗，這些科技有可能在短短二十年間就發展到這麼成熟？」

「我並不知道……」奥瑪震驚地坐在位子上。

「所有的人都不知道。每個人都想享受便利的成果，從來沒有人想知道中間那些醜陋的過程。猜猜怎地？這些醜陋的事必須有人做，我就是負責處理這些陰暗小祕密的人。」

「但，道格・奎恩，他跟這些事一點關係都沒有。」

「就是這樣才麻煩。」歐倫多嗤之以鼻。「身爲軍事領域的人，他怎麼會這麼天眞？你以爲我們國家是靠和平才壯大起來的？不，我們靠戰爭！戰爭是全世界最賺錢的行業，你知道光是輸出武器，每年爲我國增加多少收入？

「戰爭需要敵人，沒有敵人就沒有戰爭。無論全球政治人物多大聲地叫囂『世界和平』，我們都很清楚，和平不會帶來收益。美加在國外一直有敵人，這樣很好，但是國內呢？一個國家長久安逸的結果，就是開始忽視軍事的重要，接下來就是削減軍事預算、減少國防支出。那些平民老百姓不懂，難道你我這樣的人會不懂嗎？我們的高所得、高生活水準是怎麼來的？國家蓋水壩、建機場、發展太空計畫的錢是怎麼來的？這些錢不會自己冒出來。

「不只國外，我們在國內也需要敵人。」歐倫多冷笑。「這群墨族笨蛋動不動搞一次恐攻，隨時把自己推到浪尖上，正是我們最需要的假想敵。但道格．奎恩，身爲一個終生奉獻軍旅的男人，他的天眞令我驚異。

「你知道他們有多接近成功嗎？以道格爲首的軍系及政經勢力已說服足夠的國會議員，啓動撤銷『反恐清除法』的機制。如果他們成功，我們的國家就完了，遲早會失去全球優勢。」

「你和秦天殺了道格！」奧瑪瞪著他。

「少裝了。」歐倫多譏誚地看著他。「有一次你問我，『要怎麼樣才能當上紀律公署的署長？』我說：『只要有道格在，其他人永遠沒機會。』

「在動手的前一天，我突然跟你說：『如果有一天我能讓你當上紀律公署的署長呢？』你說：『我們會是永遠的政治夥伴。』你現在眞心想告訴我，你沒想過這代表道格會被幹掉？」

「我……」

「道格．奎恩必須從檯面上消失，他絕不可能自願退休，那只剩下一個方法。」歐倫多臉色陰沈。「秦天買通了一個不久人世的人僞裝成墨族人，承諾在他死後厚待他的家屬。我們堂堂的國家英雄，道格．奎恩，就這樣死在墨族恐怖份子的手中，全國群情激憤，消除墨族恐怖份子的民意再度高漲，果然那些國會議員再沒人敢提撤銷反恐清除法的事。呵呵，『每個戰場上都流有一名奎恩的鮮血』，這句話眞是說得沒錯。」

「我從來沒有動過除掉他的念頭，如果你問我，我一定會反對。」奧瑪虛弱地辯駁。

「你只是默許事情的發生，這樣有比較高明？」歐倫多不留情面。「即使三十歲的你沒想過，四十歲沒想過，難道五十歲、六十歲、七十歲，你還敢眞心地說，這個世界上少了道格・奎恩對你沒有比較方便？」

奧瑪無語。

「結果道格・奎恩放掉的線頭，他那該死的兒子拾了起來。我們國家好不容易走上正軌，我不會容許任何人破壞。現在我們大家都在同一條船上，我的利益就是你的利益，你最好自己想一想。」

秦甄震驚地僵在原地，

「秦天是誰？」她終於問。

「他是秦爲漢的哥哥，在中國擔任高階將領，後來投誠到美加，一直過得十分低調，所有人都以爲他靠弟弟供養，沒有人知道他在做什麼。」他突然覺得好疲倦，閉上眼睛。

秦爲漢是秦漢科技集團的創辦人，她只是不知道秦爲漢還有個投誠的哥哥。

「你是怎麼發現的？」她輕聲問。

「萊斯利從他們現任總裁的電腦找到一份祕密文件，『獵鷹計畫』，這是他們爲殺死我父親的行動取的名字。」他一聲乾笑。「秦天一直想發展軍事人體實驗，我父親擋住他們的路。他們僱了一個重病之人，僞裝成墨族人，開著那台後來炸死我父親的卡車。

「我父親死去的隔年，秦漢科技集團收購了多斯科技，幾年後，他們找上端木慶，野火計畫開始進行。秦天是幕後的主事者，直到十五年前他死於癌症。」

秦甄慢慢消化體內的震驚。

「歐倫多那一系的人馬都受到秦天的資助，表面上是合法的政治獻金，不過萊斯利查出不少神祕的資金。」奎恩坐了起來，臉上依然是過度疲憊後的空白。「秦漢集團並不像表面，只是一個中型企業，秦天當年投誠時，應該帶出一筆龐大的資金，跟他們相關的金融網絡相當龐大。」

秦天有錢，有人，有弟弟的事業作爲基地，他缺的只是一個隱密的環境，和支援他的政府。

他和歐倫多政權一拍即和，幫助歐倫多坐上總統之位，歐倫多一路以來爲他遮掩德州的祕密。

還有多少人涉入？奧瑪也是其中之一？

「我父親爲這個國家奉獻一生，這個國家最後殺了他。」

「里昂，我很遺憾。」她抱住他的腦袋，奎恩枕在她肩頭，讓這嬌小的肩膀暫時承載他的悲傷。

他想流淚，眼淚卻完全乾涸。原來失落到極處，可以把一個人的精氣神都抽離。現在他什麼感覺都沒有，甚至沒有稍早體驗到的憤怒悲傷。

整個好像化成一個空殼，輕到隨時會飄走。

要求老道格爲國家犧牲生命，他一定眼也不眨地同意。二十六年前，他跳上那輛裝滿炸彈的卡車，秉持的就是這份信念。

但不是像這樣的死亡。

不是因爲幾個人的利益。

這種死法，完全屈辱了道格·奎恩。想到這裡，奎恩的軀殼裡又開始注入情緒。

那些人必須付出代價。

必須！

「妳知道最讓我無法忍受的是什麼嗎？」奎恩抬頭注視她。「這個備忘錄是堆在一個雜項裡，他們甚至忘了有這個檔案的存在。」

道格・奎恩之死，於全國人民是多麼沈重的一件事，在這些人眼中，只是一件「雜項」。

他的藍眸重新出現力量，她幾不可見地鬆了口氣。

「他們忘了，我們記得。我們會讓他們記住自己做過什麼事。」她堅定地說。

是的。

他在德州潛居七年，硬生生殺出一條血路，就是爲了對付那些人，目的並沒有變。

他必須做些什麼。

奎恩反手捧住她的臉。多麼美麗的一張臉孔，即使她缺牙破相或滿臉坑疤，在他眼中也永遠都是最美麗的女人。

他怎麼捨得她和孩子永遠過著見不得光的生活？

時候到了，他們必須有所行動。

「孩子呢？」他俯首吻住她。

「我請伊絲幫忙照顧幾個小時，萊斯利帶他們去鎮上吃麥噹噹。」她的唇瓣輕輕一挑。

小道格回來之後，紫菀一直很介意他吃過麥噹噹當正餐，這是她娘絕對不同意的事，她鬧脾氣也沒用。

「我們還有兩個小時。」他翻身將她壓進沙發裡。

他需要感受她，比任何時候都需要。

唯有擁有她，也被她擁有，他才感覺自己是活著。

情濃處，她突然抱緊他，不讓他動。

他的男性在她體內膨脹，汗水留在她身上，她的體內體外充滿了這個男人的存在感。

「嗯？」他分開她的腳架在肩膀上，勁瘦的臀用力一衝。

「啊……」她微微蠕動臀部，適應他的存在。

這個細微的蠕動差點讓他在這一刻失控。強硬的大掌扣住她的腰，她知道接下來就是一陣排山倒海。

「里昂？」

「嗯？」

「答應我，你絕對不會離開我們。我和孩子都不能失去你。」

有一瞬間，他眼中慵懶滿足的神情消失，只剩下噬人的專注，彷彿想將這一刻永遠雋刻在心底。

「無論發生什麼事，我永遠會回到妳的身邊。」

他鬆開她的腰，俯身深深吻住她。

11

各位好，歡迎來到「無名珍的德州日常」。

如果你是第一次看我的頻道，這是一個住在德克薩斯的小學老師，聊聊對基礎兒童教育的想法，以及分享自己的拿手菜。

我的頻道成立到現在已經一年，不知不覺也累積了三萬個訂閱。比起動輒一、兩百萬訂閱數的網紅，三萬實在不算什麼，不過對一個低調的小學老師，已經是一件大事。

原本開這個頻道是爲了和住在遠方的親朋好友交流，顯然有許多人對德州的生活很好奇呢！

通常我的影片不開放留言，可是今天一打開網頁，突然跳出一千多則通知，嚇了我一跳，看來上一支影片我忘了關閉留言功能。

各位熱情的朋友把這半年來的問題都丟在那則影片底下，既然如此，我們今天就來一個Q&A好了，原訂的豆漿饅頭下周再分享。

第一個問題：「珍，妳爲什麼住在德克薩斯？看妳都不露臉，妳是罪犯嗎？」

哈哈，不是的，德州不是只有罪犯啊！更多是像我這樣的平凡老百姓，尤其土生土長的德州人可是全世界最強悍的生物，你們不會想惹他們的。

至於不露臉，只是想保留一點隱私，這裡畢竟是「無名珍」（Jane Doe）的頻道，我應該不是唯一不習慣露臉的頻道主吧？

「珍，謝謝妳和我們分享這麼多德州日常。透過妳，我們才感受到德州也有普通人，並不像新聞描述的犯罪天堂。請問，妳建議我們到德州旅遊嗎？」

德州在近幾年有非常大的轉變，比起十年前的治安不可同日而語，大約百分之九十的地區都受到保護，儘管如此，還是有些區域相當危險。

我會建議，把德州視爲第三世界國家，比較適合旅遊經驗豐富的人自由行。如果你自助旅行的經驗不多，我並不建議你第一次就來德州。

我們在這裡住久了，許多眉眉角角都懂，當然比較安全。如果是外人前來，請你們盡量選擇三個中立城。如果你想在城鎮之間移動，請務必找當地有保障的計程車公司，不要自己開車出城，各地鄉鎮市辦公室都有相關資訊。

總體來說，城鎮的部分都相對安全，比較擔心的只是在荒野中開車，不曉得會不會遇到狀況。總之，一切以安全爲優先考量。

「因爲妳的勸告，我察覺孩子有可能在學校受到霸凌，我們已經和老師一起解決了這個問題，謝謝妳。」

「好羨慕妳可以這麼輕易接觸到這麼多異國香料，在國內超市貴死人。」

「那招爲魚去腥的技巧眞是太棒了。」

艾莉絲，我很高興妳兒子的問題獲得解決。

德州是南美洲的出入口，我們這裡有很多中南美移民，相形之下比較容易取得異國香料，算是附加好處之一吧！

也謝謝所有人的支持和讚美，給我很大的動力，我會繼續努力的。

「什麼鬼頻道？說是德州日常，結果只有一個不露臉女人在廚房做菜和講話，連個外景都沒有。

誰知道，說不定她是在阿拉斯加的破茅屋拍的，浪費我十分鐘的時間。」

這位藍迪，你是先生吧？很抱歉讓你覺得浪費時間，我是一個很容易害羞的人，所以堅持繼續當個不露臉的女人，廚房則是我覺得很舒適的地方。如果你不喜歡，網路上一定有更多更好的選擇。

「K仙女眞的很美嗎？好想看看她的長相，希望以後妳可以找更多當地人一起拍攝。」

是的，K仙女是我們當地有名的大美女，美到會讓你翻掉，不過她跟我一樣害羞。以後有機會，我會再邀請K女士上來，教大家做更多漂亮的首飾和編織品。

好，今天先回答到這裡。老實說，我還沒把所有留言看完，留言量眞的太多了，或許我們該久久開放一次這樣的閒聊。

下周見囉，掰掰。

秦甄做個手勢，掌鏡的莎洛美關掉相機，愉快結束今天的工作。

「妳竟然在當網紅！」

蒂莎抱著兩周大的兒子走進來，豐滿的身材裹在一件豔黃洋裝下，馬上將屋子捲進熱情的南美風暴。

「而妳竟然在幫她拍，完全沒人跟我說。」蒂莎指控。

「我只是今天客串一下攝影師，平時都是甄自己在弄的。」莎洛美幫忙把影片寄到萊斯利的信箱。

「喔……給我給我給我。」秦甄馬上去搶她兒子。

好可愛。她鼻尖貼著他的頭皮，深吸一口小嬰兒皮膚的氣味，她好懷念這種味道。

「妳可以抱上一整天，我不會抗議。不，請容我修正，妳可以抱到他十八歲再還我。」蒂莎一坐進高腳椅就趴下去裝死。

兩人一看她睡眠不足的表情，都笑了出來。

「完全理解。」

「奎恩知道妳正在開發網紅事業嗎？」蒂莎好奇地抬起頭。

「『網紅』太誇張了，只有三萬個訂閱而已。」她舉起三隻手指。「他當然知道。我架攝影機的角度不會拍到窗外，也從不提具體人名。拍完後我會寄給萊斯利，他幫我影片的背景音濾掉，再套上其他城市的背景音，所以不會有卡斯丘的聲音出現，奎恩信任我對安全尺度的拿捏。」

「還眞是麻煩。」蒂莎喃喃道：「爲什麼『K仙女』上過鏡，卻不找我？」

「我也上過。」莎洛美舉手。「那一次談青少年在求學過程遇到的煩惱，雖然我已經不是青少女，不過校園霸凌、同學遇到家暴等等，都能談。」

「所以妳只對我個人有意見嗎？」蒂莎指控。

「蒂莎，凱倫能教大家做首飾，我能找妳教什麼？槍枝改造基礎班？」

「誰說我不能做別的？我可以……做……」蒂莎想了半天，終於放棄。「好吧，我除了武器什麼都不會，謝謝妳給我今天的第二個打擊。」

莎洛美大笑。「吃點東西吧！會讓妳心情好一點。」

秦甄從冷凍庫拿出著名的豆漿饅頭，丟進微波爐。莎洛美把小寶寶接過來。對於自己換了好幾手，小傢伙完全無動於衷，只顧著睡。

「小嬰兒眞的好可愛，紫菀和道格不久前才這麼大，現在已經不需要我這個姊姊了。」莎洛美爲自己掬兩滴淚。

秦甄把加熱後的饅頭和自製果醬推到蒂莎面前，蒂莎瞬間從死亡狀態復活，冬眠醒來的熊第一眼見到蜂蜜，差不多就是她這個樣子。

「你們想好寶寶的名字了嗎？」秦甄繼續把食物搬出來：自製肉乾、培根、水果、昨晚沒吃完的通心麵。

「我想取『安德烈』，荷黑想取『塞巴斯丁』，我們無法達成共識。」蒂莎來者不拒。

「何不兩個一起用？名字叫安德烈，中間名叫塞巴斯丁？」莎洛美替自己倒了杯茶，輕快地坐上高腳椅。

蒂莎正要送進口中的通心麵停住。「該死！這眞是個好主意，妳爲什麼不早點講？」

秦甄大笑。

若絲琳捧著一大盆鮮豔欲滴的草莓走進來，雪白的煉乳滿滿淋在豔紅之上。

「妳們有沒有發現，希塞社區最近被小孩病毒攻佔了？」

「什麼小孩病毒，眞難聽！卡斯丘街頭盃足球賽即將開打，每個小朋友都卯足勁在練習。」秦甄對她皺眉。「現在是十一月，妳哪裡來的草莓？」

「孟羅的車子停在路邊，我在裡面的保溫箱找到的，來一顆？」

「妳偷孟羅的草莓？」秦甄倒抽一口冷氣。

「嘿！這裡是德克薩斯，如果你不想讓珍貴物品被偷走，就不要放在車上。」若絲琳將草莓盆推往莎洛美，有些事一定要多拖點共犯下水。

莎洛美沒差，挑了兩顆吃。蒂莎老實不客氣撿了五大顆，放進盤子裡。

「這不是理所當然拿人家東西的理由！」小學老師的道德觀受到考驗。

「哎呀，誰計較這種小事？我也有貢獻啊，煉乳是我從洛的冰箱偷來的。」結果還不是偷的。

「吃不吃？」

吃都吃了，也救不回來，那裹著乳白的豔紅實在引人食指大動，秦甄猶猶豫豫地拿起一顆。

大門再度打開，卡斯丘的仙女飄進來，今天他們家實在非常熱鬧。

「最近運動場好熱門，加爾多說，小小孩加一個華仔全面佔據球場，他們打籃球的人都只能到旁邊。」凱倫把莎洛美懷中的小寶貝接過來。「現在是十一月，妳們哪裡找來的草莓？」

「她從孟羅車上偷的。」秦甄立刻撇清。

「每個人都得吃一顆，我們通通都是共犯。」若絲琳斷然下令。

「他是我的孟羅叔叔，不會對我怎樣。」莎洛美有保命符在身，沒在怕的。

「這個時節竟然找得到新鮮草莓，不愧是蛇王孟羅。」凱倫新奇地拎一顆。嘜，酸酸甜甜，眞好吃。

「我有罪惡感。」秦甄遲疑地看著咬了一口的草莓。

「世人皆有罪。」若絲琳莊嚴地說。

最後，幾個女人決定把點心茶飲搬到門廊，來一場女人的午茶時光。

他們家的門廊可以看見田中洛的辦公室和一小部分的操場，紫菀姊弟倆、華仔和幾個小朋友正在練球。克倫雖然是出名的小霸王，在運動場上也是出名的足球王，其他小朋友還是很佩服他的。

「那些男人看起來很忙。」凱倫盯著對面的辦公室，拉上的窗簾表示裡面正在開會。

秦甄的視線望過去。某些事正在醞釀，她可以從里昂身上感覺得到，奎恩異乎尋常的平靜只是讓她的焦慮更高。她痛恨這種無力感，卻又無能爲力。

手臂上有人輕輕一觸，她偏眸，若絲琳詢問地挑了挑眉。

她們從小就能感應彼此的情緒，雙胞胎也不過如此了吧？秦甄搖搖頭，蒂莎和凱倫也在，她不想驚動她們。況且，她也真的說不出個所以然來。

若絲琳轉移話題。

「卡斯丘有嚴重的性別歧視，爲什麼男人談正事，女人只能在外面？」自立自強的花店女老闆非常不滿。

「我可以在裡面，不過他們要談如何處理多斯科技的機密，我不感興趣。」莎洛美聳聳肩。

「人口比例也有差。」凱倫解釋道。「大概三十年前，政府認爲，減少墨族人口的方法，就是降低他們的生育率，所以他們大規模的清除墨族女性，導致墨族男女比例嚴重不均，平均每四個男人才一個女人，墨族人非常保護他們的女性。」

「這是眞的。」莎洛美再扔一顆草莓進口中。「當年我媽帶著我改嫁，我爸才會同意，他認爲我藏在一般社會，比留在他或孟羅叔叔身邊安全。」

結果，最不安全的就是「一般社會」。

秦甄好一會兒說不出話來，最後只能嘆口氣。「我對墨族的歷史所知太少，每當我以爲不可能再聽見更恐怖的事，我總是錯了。」

另一幫小孩呼嘯而過，赫然是艾頓街的對手，兩方人馬互相怒視，倘若不是周圍一堆大人，恐怕就吵起來了。

「我不懂小孩，不過是街坊踢踢足球而已，他們也能搞成一場戰爭。」若絲琳評論道。

「這是榮譽問題。」秦甄充滿尊嚴地挺起雙肩。

「我多希望安德烈/塞巴斯丁明天就能出門踢足球。」蒂莎在椅子裡癱成一團。

在場兩位媽咪都笑了起來。

「奇怪，以前我照顧安娜時不覺得這麼辛苦啊。我們這把年紀再養小孩，眞的太老了。」蒂莎嘆息。

「値得的，紫菀出生的前幾年，我和奎恩完全沒有私人時間。每天晚上把她放進床裡，她半夜就溜過來。直到道格出生之後，她覺得自己已經是小姊姊，才跟道格睡在另一間。」

「重點應該是『沒有私人時間』，奎恩怎麼有機會把道格種到妳肚子裡？」若絲琳打量她。

「我們懂得爭取每一絲機會。」秦甄甜甜一笑。

「呃啊——我不想聽！」莎洛美掩住耳朵。

秦甄和奎恩形同她的第二對父母，沒有哪個小孩想聽父母的性生活。

若絲琳笨手笨腳地接過小嬰兒，把小娃娃的裹布弄開了。

「唷，他繼承父業喔！」

「若絲琳！」秦甄趕快把裹布纏好。

「我只是說，蒂莎是非常『性福』的女人。」

「那倒是眞的。」蒂莎瞬間活力百倍。「甄，凱倫，妳們兩個人生完孩子大概等多久？」

莎洛美拚命翻白眼。她爲什麼要聽這些歐巴桑的愛情生活？

「理論上是六到八周，不過得看妳家男人受創多深。」凱倫遙憶當年。「羅瑞陪我一起進產房，之後有三個月不敢碰我。等他終於敢碰我，又戴了一年多的保險套。他說他罪惡感太深，不能再讓我受這種苦，直到我向他保證，我們家的女人都不容易受孕，加爾多很可能是我們唯一的小孩，他才終於放心。」

「我還以爲剛生完小孩的女人性慾會降低，妳有這麼飢渴嗎？」若絲琳非常好奇。

「當然有，讓我告訴妳們，那男人天賦異稟，以前怎麼就沒遇到識貨的女人要他？」蒂莎思慕地嘆息。

對面辦公室的門打開，荷黑和孟羅正好走出來。

失主！

草莓！

若絲琳以光速將草莓往椅子後一塞，四個女人迅速調整座位，擋住犯罪證據。

孟羅被她們的動作吸引目光，三個女人假裝不看他，只有免死金牌在身的丫頭不受影響。

「嗨！」莎洛美燦爛揮手。

孟羅揮回來。

「無論她們在討論什麼，一定都跟性有關。」

「請你不要胡說八道。」荷黑已經夠黑的臉瞬間漲成紫紅色。

「我只是跟她們說，你全身除了身高之外其他都不短，我可沒說謊。」蒂莎提高嗓門。

荷黑當機立斷往外走。即使從背後，他們都能看見他的臉在蒸發熱氣。

她們坐成一排的樣子太詭異了，孟羅性感的黑眸一瞇。

「妳們後面那盆是什麼？」

「什麼什麼？」若絲琳裝傻的功力向來一流。不過她朋友沒她這等本事，知恥近乎勇的秦甄羞愧地低下頭。

門廊正好在他眼睛的高度，孟羅馬路才過到一半，就發現犯罪證據。

「那是我的草莓嗎？」他大吼。

「你腦子進水，現在是十一月，哪來的草莓？這是甄調的水果酒。」主謀完全撇清。

「妳們的水果酒不會正好是草莓口味吧？」海盜王殺過來。

若絲琳即使手伸進糖罐子被抓到，都能理直氣壯說是罐子不小心撞到她，偷吃草莓只是小事一碟。

對面的辦公室門打開，奎恩寬肩倚著門框，看他們在鬧什麼。

這男人眞是狗鼻子，他老婆遇到點小狀況，他馬上就能聞出來。若絲琳得意地笑。

「我們的馬鈴薯快吃完了。」田中洛跟出來看熱鬧。

「什麼？」耳邊突然撂了這一句，奎恩以爲自己聽錯了。

「我們的馬鈴薯快吃完了。」田中洛耐心地重複。

「……今年的馬鈴薯欠收嗎？」

「今年的馬鈴薯產量十分正常。不過光是希塞營區，一餐就要用掉超過一萬顆馬鈴薯，光靠自己種的並不夠，我們通常向墨西哥的小農場進口。」田中洛的視線終於放回他身上。「每一次布魯茲來領補給，就會把最近一批農產品送過來。這一趟他來，沒有農產品。我寫Email問中盤商怎麼回事？他們給了一堆漂亮的藉口，總結來說：他們不會再替我們供貨。」

「這個有點麻煩。」岡納走到門廊上，跟其他人一起看熱鬧。

他們是高強度的訓練營，蛋白質、熱量、碳水化合物都是基本需求，缺一不可。

奎恩沈默片刻。「孟羅呢？」

這次田中洛的臉全轉過來。「孟羅是負責運輸武器這一類高難度的貨物，倘若我們連馬鈴薯、高麗菜都仰賴他進口，每一口吃下去都會像在吃金子，再多錢也不夠花。通常農產品、生活用品這些細項，我們有便宜一點的中盤商。」

「你希望我怎麼做？」

「馬鈴薯的事不用擔心，我會搞定。」田中洛搖搖頭。「我只是讓你知道，政府不打算翻過去等死，對德州的鉗制只會越來越緊。一開始是中盤商和小農，接下來會是更大尾的掮客。孟羅這種等級的或許還扛得住，時間長短未可知，不過其他勢力沒那麼大的，會陸陸續續抽腿。我們反擊越強，政府就回彈越重，大家先做好心理準備。」

「謝謝你告訴我。」奎恩點點頭。

「奎——恩——有人欺負你老婆！」那邊廂，竊莓大盜直接上重武器。

「妳們竟然惡人先告狀？」孟羅嗆道。

奎恩踏下門廊，經過他身旁，踩上對街的人行道，拾級而上，進入門廊。秦甄抬起頭，承接他的吻。

奎恩微舔了下嘴唇，他們兩個人都知道他嘗到草莓的味道。

「她沒吃草莓。」他回頭對孟羅說。

嗯哼！

咳！

旁邊發出一堆奇怪的聲音。

「奎恩，你沈淪的速度令人髮指！」孟羅痛心疾首。

「只是幾顆草莓而已，你怎麼這麼小氣？」岡納完全走出來。

「那些草莓被注入鼠疫桿菌，剛從邊界偷渡進來，不能吃的。」

唔！幾個女人飛快捂住嘴巴。

「眞的？」奎恩藍眸一沈。

「假的。」孟羅闖上門廊，把草莓搶回來，退回街上，以免再被她們搶走。

「你這人很惡劣耶你！」秦甄氣結。

小道格跑出場外撿球，看見爸爸媽媽，活力充沛地衝過來。每個大人看著那張快樂的小臉蛋，心情無法不跟著變好。

「媽咪，爹地，你們要來看我們明天的足球賽嗎？」

可以嗎？她的眼神在問他。可以再多看一場球賽，多抓一點幸福，無論下一場風暴何時來襲？

奎恩看出她眼底的渴求，溫柔頷首。

「那是草莓嗎？」道格的小臉瞬間發亮。

「是。」海盜王無動於衷。

「我最喜歡草莓。」小臉繼續發亮。

「我也是。」海盜王繼續無動於衷。

「你這人到底有什麼問題？」岡納夾手搶過整盆草莓。

蛇王的身手並非那麼不濟事，只是他沒料到一個成年男人竟然會這麼無恥地搶走一盆主人明顯無意分享的草莓。

「嘿！」孟羅大吼。

岡納彎腰，讓小道格自己拿。

「謝謝你，岡納。」道格開心地拿了兩顆。「他和我是最好的朋友。」

「干我什麼事？」孟羅低咆。

岡納把草莓還給孟羅，另一道小影子慢慢走過來，停在弟弟幾呎外，戴著眼鏡的圓眼斜睨著他。

……

岡納夾手再搶回草莓，往她面前一遞。

「嘿！」孟羅抓狂。

「我沒偏心。」他低吼。

紫菀讚許地點點頭，然後把整盆草莓端走。

「各位，我這裡有一大盆草莓。」

「幹……他……搞什麼？」孟羅大罵。

所有小朋友爭先恐後地跑過來，一盆草莓瞬間分光光。

「你自己去跟他們要回來啊！」岡納不負責任地走開。

蛇王孟羅這輩子第一次被人洗劫，對象還是他不能打、不能罵、不能抓起來火烤活剝的，簡直萬念俱灰、了無生趣。現在他終於明白被他海削的客戶是什麼心情。

「孟羅叔叔，只是一盆草莓而已。」莎洛美安慰他。

「妳再繼續說這種話，我會把妳從我的遺囑除名。」

「喔，妳在他的遺囑上嗎？嗨，我是若絲琳，妳的姑姑，妳父親同母異父的妹妹，妳一定要永遠記住我。」若絲琳立馬和她握手。

秦甄翻個白眼。

田中洛那間小小的辦公室可比百寶箱，不斷吐出人，這次是萊斯利。

「嘿，華仔！」他打開門么喝。

華仔夾著一顆足球，從小孩軍團剝離出來。

「怎樣？」他練了一個早上的球，滿頭大汗。無論實際年齡多大，他眼中的明亮光彩和那群小鬼頭別無二致。

「我們需要你，一堆專有名詞我們根本有看沒有懂。」

「哪個專有名詞？」華仔開始在兩腳之間運球。

說眞的，他球技實在不太好。

「一堆！例如這個什麼……呃，生物體……不，生物變質……呃……」媽的，這個單字足足有十七個字母，是要怎麼唸？

「生物體變態及非變態性質量轉換？白話文就是『變形人』，這是我閒暇時研究好玩的邊緣科學，你從哪裡找到這些檔案的？」華仔奇道。「算了，不重要，總之這個概念證實只能是邊緣科學，不可能成眞，我最多也只能做到讓蝴蝶再退回蛹的型態，連變回毛毛蟲都做不到，這個資料夾可以不用理它。」

什麼？

等一下，什麼？

「你……你說的是『柯化龍蝴蝶』嗎？」秦甄食指比著他直抖。

「噢，那個故事傳得太誇張了，蝴蝶變回蛹之後直接進入生命的最後一段歷程：死亡，根本沒有什麼再重新孵化成蝴蝶、延長生命的事。

「不過我的助理覺得能重返蛹的狀態，已經十分不容易，鼓吹我發表。可是多斯科技的聘僱合約載明，我不能未經公司同意發表任何論文，無論是否跟工作有關。最後助理把它拿去匿名投稿，還是投給比利時一個沒人看的科學小期刊，誰知最後竟然傳開來，變成一個都市傳說？

「助理要我取一個筆名。我想了想，最喜歡的動物是『無尾熊』（Koala），就開玩笑說：『叫無尾熊好了。』我也不曉得她最後怎麼會寫成『柯化龍』，大概是因爲發音相近，長得又像個名字吧！」

每個人瞪著他的表情，好像他突然變成一個變形人。

無尾熊，摳哇啦，柯化龍。

原來「柯化龍」的名字是這樣來的。

端木慶竟然就是「柯化龍」！

「柯化龍蝴蝶在戰後不久就出現，起碼有四、五十年歷史，你的年齡不符合啊！」秦甄堅持。

「不，這是七年前的事。」華仔揮揮手。

現在想想，雖然故事背景設定在五十年前，她小時候從沒聽過「柯化龍蝴蝶」，所以眞有可能是近代才出現的。

「我得坐下來才行。」她的心臟不夠大顆。

「聽著，足球賽就在明天，我眞的得回去練球，你們有事不能明天再說嗎？」華仔懇求。

他被叫過來的時間太長，小朋友等不到守門員，已經圍過來。

「墨族的正事難道不比街頭球賽重要？」萊斯利快翻臉了，他也不想一直耗在又臭又長的專有名詞裡好嗎？

奎恩做出裁決。「華仔，先幫萊斯利篩選一遍資料，看看哪些是比較重要的部分，你再回去練球。」

這樣應該只花他半小時而已。

「克倫……」一個粉嫩嫩的小女孩咬著下唇，好可憐好可憐的樣子。

「不不不！絕對不行，絕絕對對不行。」孩子頭克倫大搖其頭地走出來。「你們不可以搶走我們的守門員。」

事關克倫摯愛的足球，即使面對卡斯丘的軍事首腦，他也不退縮。

奎恩的一雙濃眉飛得老高。

「這個應該好看。」孟羅暫時拋開奪草莓之恨，站到岡納身旁看戲。

「即使你們是大人，也不能不顧我們的權益，華仔是我們唯一的守門員，你們把他搶走，我們全隊就練不成球。雖然我們還有備用守門員凱文……」

所有小朋友看向凱文，輕輕搖頭嘆息，那個叫凱文的小男孩羞慚地低下頭。

「凱文，你已經進步很多了。」克倫很有老大風範地拍拍他。「但凱文有個問題，他還未克服被球打到的恐懼，我們目前只有華仔能用，而希塞街的榮譽，就寄望在明天一戰。」

「華仔的年齡不會不符資格嗎？」岡納對孟羅咬耳朵。

「這得看你講的是生理年齡或心理年齡。」孟羅咬回去。

「他是我們的同學。」紫苑莊嚴宣佈。「只要是三年級以下的學生，不分年齡都符合街頭賽的資格。」

小道格咚咚咚跑過來，岡納彎下腰，道格湊在他耳邊：「華仔只是不怕球打，踢球的技巧其實很差，其他街的小朋友並不介意，等他技巧變好，他們可能就會反對了，不過我們也會想出反制的辦法。」

簡而言之就是華仔是豬隊友，不足爲懼的意思。岡納點點頭，小道格又咚咚咚跑回去。

「華仔或許很笨……」

「克倫！」

「好吧，華仔或許智障……」

「克倫，那是罵人的話。」紫菀很不開心。

「好吧，華仔或許不是很聰明，不過他終究是我們的一份子，今天是周末，我們要練球，你們不能因爲自己是大人，想怎麼做就怎麼做。」

所有大人看向十一歲大學畢業、十四歲拿到博士、十六歲擁有三個博士學位的端木慶博士。

或許很笨、智障又不是很聰明的華仔驕傲地站在孩子軍團裡。

「他是妳爹地，妳應該跟他說。」夏莉頂了頂紫菀。

「媽咪說過，爹地工作的時候我們不能打擾他。不過爹地，克倫說的是對的，你們不能因爲自己是大人就不管小朋友意願，這樣很不公平。」紫菀的表情不是很開心。

「你們在和我討價還價嗎？」奎恩盤起雙臂。

幾個膽小的孩子不由得退後一步。他鼓起的臂肌幾乎跟他們的腦袋一樣大，高壯身材形如通天塔，克倫很勇敢地挺住了。

「他不是第一個跟你討價還價的小孩。」莎洛美笑道。

「第一個是誰？」克倫問。

「我朋友瓊恩，她那時候才十四歲，比你只大一點點。」

一邊是鐵錚錚的大漢，一邊是不服氣的小孩軍團，勝負已分。

甄老師清脆地拍拍手。

「當年瓊恩談贏了，今天也一樣，認輸吧！大人們。」

✷

卡斯丘街頭盃足球賽在今天開打。

希塞街和艾頓街之爭，今天將做出結論。

他們約定好三戰兩勝，第一戰希塞街贏了，第二戰因爲華仔的缺席而輸掉，如今第三戰是終極之戰，兩邊的小孩都摩拳擦掌，等著一分勝負。

爲了配合小球員的體力，場地選在學校的操場，上下兩個半場各二十分鐘。小朋友們在場內熱身拉筋，戰意十足，場邊的大人根本是來野餐的。

卡斯丘的鎮民幾乎都來了，久圍的老布一家受到熱烈歡迎。

鎮民和家長席地而坐，有些人在場邊遊走聊天。各家自己帶來的野餐籃不說，趁機賺一筆的攤販直接在大門外擺攤，冰淇淋車更是一大熱門。

他們鎮上熱門活動不多，凡是跟學校相關的活動，全鎮的人幾乎都會參與，最後總是會變成一場大聚會。

秦甄搶到一個視野良好的位子，希塞隊球門區附近。她把野餐墊攤開，奎恩替她放下野餐籃，她哼著歌把食物一樣一樣取出來。

炸雞、薯條、炸魚片，一堆不健康的食物，不過野餐嘛，一定要尊重傳統。她很平衡地放進沙拉、烤蔬菜和水果。

奎恩一身黑衣黑長褲，盤腿坐在墊子上，黑色永遠是最適合他的顏色。難得今天這麼休閒的時光，他們周圍依然有一大圈沒人坐。

「嘿，奎恩。」

「今天眞是個好日子。」

許多人跟他打招呼。跟卡斯丘的軍事最高領導人說話，讓他們覺得自己也強悍起來。

奎恩微微頷首，不多話。

「炸雞。」秦甄拿餐巾紙包著一塊雞肉給他。

他接過來，大手順勢抓著她的手，湊到嘴邊微微一吻。

一個經過的鎮民嚇得熱狗掉下來。

「？」秦甄一臉納悶。

「咳，沒事。」那鎮民趕快跑走。

他在家就經常這麼做，夫妻兩人都很習慣。

撲通！萊斯利不請自來，撲倒之際直接抓起一把薯條塞進嘴裡。

「早安，啊，還有炸雞！」他猴急地抓起炸雞加入薯條的行列。

「你餓死鬼啊？」秦甄眞怕他梗到雞骨頭。

「嗨。」伊絲輕快地跟在他身後，盤腿坐下來。

他們兩人在一起總是令人想笑。萊斯利一頭亂髮整年都不梳的，「盛裝打扮」的定義只是換成另一件比較不皺的T恤。

伊絲相反。身為幼稚園老師，她一定保持外表整潔，以作為學生的榜樣。她長相並不出眾，卻擁有甜美的笑容，輕易成為孩子們最喜歡的老師。

「唔……這個……好吃……」他拿一塊給女朋友。

「謝謝。」伊絲對他們夫妻淘氣地眨眨眼。「萊斯利約我今天早上來看球賽，我想，他這人過的是吸血鬼時間，倘若沒被叫上工，白天一定在睡覺，怎麼會主動早起看球賽？接著我知道，他透過拉斐爾透過傑登透過田中洛透過岡納透過若絲琳，聽說妳今天打算做一大籃食物，謎底立刻揭曉。」

「你不會自己來問我嗎？」秦甄被他們逗笑。

萊斯利以光速幹掉一塊炸雞，迅速襲向第二塊，炸雞籃突然自己升空飛走。

「啊……」他眼巴巴跟著那籃炸雞移動，最後停在奎恩面前。

超級大哥大面無表情地注視他，他很識相地放棄。

「希罕，還有漢堡。」他咕噥道，襲向其他目標。

「早安，有食物。」若絲琳第二個加入他們，後面是岡納。

接著是克里斯和他女朋友莉莉安，拉斐爾夫婦，滿臉睡意的傑登被莎洛美拎著來，田中洛……

突然間，他們周圍空著的位子擠滿了人。

「我多做三倍食物是正確的決定。」三倍可能還不夠。

幸好還是有人知恥近乎勇，拉斐爾兄弟兩對都很識相地貢獻出食物。

咚咚咚，小道格運著他的足球來到場邊。

「媽咪，爹地，你們不可以在我面前吃炸雞，太過分了！」

岡納把自己的炸雞剁一大塊給他。

「謝謝。」小道格愉快地咬著一口雞肉，把球運回去。

背後靈紫菀陰陰地瞄岡納一眼。

岡納默默剁另一半雞肉給她，整塊炸雞沒了。

「我沒有偏心！」他低吼。

紫菀愉快地咬著雞肉跑掉。

沒有偏心的男人盯著手上的雞骨頭，只能很不甘心地把剩肉啃乾淨，眼一抬，旁邊一堆人用忍得很辛苦的表情盯著他。

「怎樣？」他低吼。

「你會是一個好爸爸，岡納。」秦甄感慨地拍拍他厚肩。

若絲琳一口果汁差點噴出來。「我先說，我對於幫人家帶小孩不感興趣，你要生小孩的話，先確定你那口子能接受你有炮友。」

「哇靠，這話擺得好明啊！」傑登讚嘆。

「偶像。」克里斯拱手。

「你很羨慕嗎？」莉莉安擰住他一隻耳朵。

「人家沒要跟你在一起耶，岡納。」萊斯利同情地搭上來。

岡納默默看著被搭住的肩頭，再默默看著他。

嘖！這兩搭擋怎麼光用眼睛盯人就會痛的？萊斯利的手趕快縮回去，這麼和平的球賽太沒感覺了，克里斯朝對面的老布嗆聲。

「唷！老布，我們希塞街會踢爆你們家小孩的屁股。」

「等你生出第二根『咳咳』，加碼多生幾個小孩，生到第十個或許有機會幫我們布雷迪撿球。」老布嗤之以鼻。

「他不用生第二根『咳咳』，現在這根就比你們全部加起來都長。」拉斐爾立馬相挺。

「是嗎？」另一名家長候利加入戰局。「何不等孩子們比完之後，大人也下來比一場？我們瞧瞧是誰的『咳咳』大。」

「千萬不要，候利！」傑登驚恐阻止。「我太喜歡你了，不想見你輸球之後，天天沈浸在酒鄉，無法自拔。」

「他現在就天天沈浸在酒鄉，無法自拔了。」候利的老婆評論。

一群大人哄堂大笑。

小朋友有樣學樣，夏洛特快步跑到中線。

「史都，你……你……」糟了，她不會罵人。「你踢屁屁！」

十歲的史都跑過來。「我才要踢妳的屁屁，還要踢他的屁屁、踢她的屁屁、踢他的屁屁……」

「好了好了，小朋友，球賽快開始了，大家快回去暖身。」甄老師趕快跳出來主持大局。「各位成人，你們眞是壞榜樣，小孩子會學去的！」

一堆壞榜樣燦爛而笑。

負責擔任裁判的體育老師走到場中央，吹了聲長哨。

「比賽五分鐘後開始，兩隊準備集合！」

希塞幫鬥志十足，在球門區圍成一圈，隊長克倫為自己的隊員加油打氣。

「上次他們只是運氣好，這次我們所有人都歸隊，一定能打敗他們。」

「對！」華仔第一個呼應。

「等一下，媽咪，我的眼鏡繫帶。」紫菀快速跑到場邊。

秦甄趕緊從袋子裡找出繫帶給她，這種繫帶可以防止眼鏡在奔跑中掉落。「加油！媽咪烤了妳最喜歡的馬卡龍，比賽完大家一起吃。」

紫菀將眼鏡固定好，跑回隊員之中。

「馬卡龍？我聽到馬卡龍。」正在中場運球的喬伊聽到了。

「那是我們的馬卡龍，不是你的馬卡龍。你是艾頓街那邊的。」小道格站出來抵擋八方。

喬伊停下來，哀傷地望著他的甄老師。

「現在你們明白不偏心有多難了吧？」岡納瞬間心情大好。

奎恩拎了根雞骨頭，朝他Ｋ過去。

甄老師受不了良心的譴責，場上的每個孩子曾經或正是她班上的小朋友啊！

「每個人都有小餅乾或馬卡龍，老師做了足夠的份量請大家吃。」

「嘿！甄老師說我們比完賽有餅乾吃。」喬伊眼睛一亮，跑回隊上宣佈。

「眞的？」每個小朋友歡聲鼓舞。

「好吧，你們也可以吃馬卡龍，不過我們還是會打敗你們。」小道格大方地說。

甄的野餐籃究竟多大？放得下這麼多餅乾嗎？若絲琳好奇地抓過來尋寶。

完蛋了。

「莎洛美?莎洛美!」秦甄趕快找救兵。「我的冰箱冰了一盆餅乾麵團，請妳現在趕快回去，烤箱預熱四百度，把麵團切成小塊，烤十五分鐘，然後拿出來放涼。我不能走，我一走目標太大，他們一定會發現。」

莎洛美笑出來，「沒問題。喂，來吧!」

她推推傑登，兩人一起走回他們家。

秦甄鬆了口氣，幸好她家永遠冰著一盆麵團，隨時能烤餅乾給小朋友吃。

「幹嘛?」一回頭，每個人都盯著她瞧。

「你們知道嗎?」拉斐爾終於開口。「我曾經認爲老大是全世界最厲害的人，現在我改變主意了——他完全比不上甄，她簡直是超級救場王。」

「小學老師。」奎恩一言以蔽之。

如果有一天小學老師決定統治全世界，沒有人是他們的對手。

哨聲一響，比賽正式開始。

兩隊集中在中線，準備爭球，突然停下來，場外的觀眾看他們在等什麼。

紫菀跑到場邊，「媽咪，以前都是布魯納老師幫我們開球，可是他不在怎麼辦?」

秦甄渾身一僵。

「奎恩可以幫我們開球。」對隊的隊員小聲說，一群小朋友點頭。

「可以嗎?」體育老師問他。

「當然。」奎恩不動聲色地站起來。

秦甄重新恢復呼吸的能力。

奎恩走下場，腳尖抄起一顆球運到華仔面前。

一想起布魯納，心痛的感覺依然鮮活，她吐了口氣。

「布魯納眞的是回鄉照顧生病的親人嗎？」拉德突然佔據奎恩空出來的位子。

秦甄遲疑一下，微微搖頭。

拉德的視線回到她臉上，從她的臉色明白了。

「那個老混蛋！」拉德低咒。「聖安吉洛之戰？」

「還有其他幾次。」她微微點頭。

「他在哪裡？死了嗎？」拉德粗魯地問。

「布朗斯維爾的監獄，等戰爭結束，他會被驅逐出境。」

「不准妳爲他掉淚，卡斯丘沒有對不起他的地方。」拉德兇狠地瞪著她。

「他是爲了父親……」她試圖解釋。

「我不在乎。」拉德站起來。「他背叛我們，這種事沒有任何理由。」

秦甄默默看著他走開。

場上，奎恩施了點巧勁，直射而出的球到了華仔面前突然轉彎，繞過他飛進球門。華仔沒撲到，氣惱地跳腳，全場大笑。

「YES，那是我爹地。」紫菀拉弓。

「高興什麼？你們球門被攻破了。」史都吐槽。

「……呃？」

奎恩對全場揮揮手，走出場外。她順了順情緒，迎接丈夫歸來。

比賽開始。

兩隊實力相當，一度陷入膠著。華仔球技還真的是爆爛，完全沒幫助，每一顆他傳的球都傳歪，唯一的功用就是站在球門前，負責被球打。

每個小朋友都享受每一分鐘。

比賽進入延長賽，依然不分勝負，最後進入PK時間。兩隊各派出六名球員，站在罰球線射門。

直球對決的結果，希塞幫六球全進，艾頓幫其中一顆球被華仔死命撲下來。六比五，希塞幫獲勝。

勝隊歡呼鼓舞，敗隊沮喪地走回場邊。大人圍過去安慰，勝隊小朋友也大方地跑過去打氣，莎洛美和傑登搬出來的小餅乾撫慰了每顆嫩稚的心靈。

秦甄望著這一切，莫名地熱淚盈眶。

這就是他們一直在追尋的生活。安全，安逸，孩子們可以無憂無慮在球場上奔跑。

這幾天一直綳在心裡的那個結解開。

無論他接下來打算怎麼走，最需要的不是別人的支持，而是她。她會陪著他一路走到底，這是他們對彼此的允諾。

「我愛你。」她突然抱住他的臂，在滿天歡呼的聲浪裡，在他耳畔低語。「我會一直站在你身旁。」

奎恩低頭凝視她，藍眸溫存如水。

✸

所有人擠在萊斯利家中，青壯兩代的重要人物都到了。

奎恩忽然想到，在卡斯丘住了七年，這是他第一次踏入萊斯利的住處。萊斯利竟然住在田中洛辦公室的地下室。

「你的地下室比你的辦公室大這麼多倍，我們之前在上面擠成魚罐頭是爲了什麼？」岡納難以置信。

「因爲底下已經給我住了？」萊斯利不爽地瞪著他。

這間地下室最原始是做成避難室，超過百坪的空間都未隔間，萊斯利以屏風大致隔成客廳、工作室及臥室，角落的浴室及小廚房應該是後來才拉的管線。

爲了製造戶外效果，四面牆都設了虛擬窗，模擬太陽光源。

整體的陳設乏善可陳，只滿足最基本的生活需求，不過客廳沙發上的薄毯和一些裝飾掛畫，看得出女性的手筆。

「嗨，你們需要什麼嗎？咖啡？茶？」伊絲從屏風後探頭進來。

「咖啡，謝謝。」荷黑疲倦地抹抹臉。

兩大壺現煮咖啡不久後送到，伊絲親吻一下萊斯利頭頂。「不打擾你們了，我得回學校，你弄好再來找我。」

傑登看著伊絲走上樓梯，實在忍不住。

「難得老天不長眼，竟然也讓你這萬年宅男拐到一個女朋友。」

「你給我閉嘴。」萊斯利的臉頰微微發紅。

奎恩不理會身邊的動靜，盯著空中的投影螢幕。

「左邊這個連結是所有資料的原始圖檔，右邊則是網頁版，中間是我抓著華仔終於搞定的一些專有名詞解釋。民眾可以直接看到原始檔，如果不利於閱讀，可以看右邊的網頁版；如果再看不懂，可以看中間的專家解釋。」萊斯利爲他解釋整個網站的配置。

「整個資料庫有多大？」奎恩看著他。

「很大很大非常大。不耐煩在迷宮裡亂轉的人，首頁有一個導引欄，他們隨著導引欄可以很輕鬆找到自己感興趣的內容。來，我們現場採樣。」萊斯利轉向傑登。「傑登，想像你是一個只有外表、沒有腦子，既沒知識又沒內涵的人……慢著，你不必想像，這是事實。」

克里斯幾個人憋笑，傑登給他一個陰險骯髒邪惡的眼神。

「傑登對科學的理解接近普羅大眾，想像你聽說一個邪惡組織的資料被公佈出來，你連上網站想看一看。」華仔建議。

「那我只會想看一些重口味的東西，有沒有什麼實驗照片或影片？」傑登接過虛擬滑鼠的控制權。

他試用了幾分鐘，所有資料迅速找到，螢幕上的照片讓他的臉僵住。除了奎恩、華仔等少數人，這是他們第一次見到多斯科技的實驗檔案。

華仔平靜地注視螢幕，投影的反光讓他的臉感覺起來十分陌生。

這一刻的他不是華仔，而是端木慶博士。

某方面，他永遠是那個和同輩格格不入的人，只有和其他小孩玩在一起才找到歸屬感。可是在極少數的時候，端木慶會跑出來，後方拖著一串長長的陰影。

「人腦是一部很神奇的機器。」端木慶緩緩開口。「只要將大腦與人工神經元連結，我們就能讓它相信輸入的資料是眞實發生，雖然實際上人體只是關在一間小房間裡。」

奎恩和岡納火速看向他。

「這話是什麼意思？」奎恩抑住心頭的震撼。

「精神偵訊是你發明的？」岡納見到鬼。

「所有以意識操控的機器和武器，都是野火計畫的實驗成果。」端木慶淺淺一笑，神情卻更像沈靜的流淚。

他製造了一處地獄，他們卻是地獄的受益者。

這之間究竟誰善誰惡，界限已經越來越模糊。

「其實只要經過適當的練習，要破解幻覺並不難，只看受試者願不願意察覺眞相。」端木慶嘆了口氣。「人類太小看自己的潛能，我研究了腦神經科學這麼多年，對它瞭解越多，越覺得自己所知不足。」

傑登看完實驗照片，繼續往旁邊的原始檔點進去，萊斯利把控制權搶回來。

「嘿！我還沒看完。」傑登抗議。

「故得證。」

新世紀的戰爭從不只是拳打腳踢，還包括宣傳行銷。

一開始湊熱鬧的人必然居多，可是只要他們願意看下去，就會有越來越多的人深入探究。

這是一個起始點，一顆劇烈的炸彈。炸彈引爆之後，所有人，包括政府，都只能往前走，再沒有退路。

「整個網站都建置好了，只要你一聲令下，我們就能上線。」萊斯利的旋轉椅轉向他。

「政府會用盡各種方法讓這個網站關閉。」奎恩盤起雙臂。

「哈！」眞是侮辱人。「我們的網址在歐德邦聯註冊，政府鞭長莫及；既然美加不是極權國家，他們沒有封鎖網路的權利，不然光是全國公民組織就讓他們搞不定。即使他們眞的封鎖網路，嘿嘿，別忘了你在跟科技宅之神說話，我有上千個浮動網址，都指向同一個網站，他們封不完的。」

「如果他們直接駭掉網站呢？」岡納問。資訊組那些鬼才一定有這個能力。

半空中突然響起艾克的聲音，影像隨即投影出來。

「那得他們能駭得進奎恩工業的伺服器才行。我們每年砸上千萬養一匹駭客級的資安專家，紀律公署大可來較量看看。」

「你把網站架在奎恩工業的伺服器上？」奎恩冰冷的視線落在萊斯利身上。「我說過，不要把其他人扯進來。」

「架在奎恩工業的伺服器是我提議的，我還以爲我們講得很清楚，這不是你一個人的事。」艾克抗議。

「他是爲他的好朋友道格所做，所以。」萊斯利聳肩。

岡納眉頭一皺。「道格才不是他的好朋友。」

「當然是，我是他最喜歡的叔叔兼最好的朋友。」

「我才是他最好的朋友。」

「不！」艾克很肯定地拿起桌上的一張卡片。「這是他離開之前送我的卡片，『給我最喜歡的叔叔和最好的朋友艾克，一定要來德州玩喔！』瞧。」

岡納被激怒了，轉向孩子的爸。

「這小鬼竟然一出國就偷吃？」

「什麼叫偷吃？我才是正宮。」艾克揚揚卡片。

「很抱歉我養了一個水性楊花的兒子，你們兩個要爲他打一架嗎？」孩子的爹冰刀的語氣戳在兩個男人身上。

哼。兩人各自轉開。

我才是正宮。艾克以嘴型說。

隨便你。岡納回回去。

萊斯利趁眾人在鬥嘴或查看網站，旋轉椅滑到他身旁。

「奎恩？」

「嗯？」

他遲疑一下。

「你爲什麼不把田中洛告訴你的那件事一起放上去？」

老道格的死是一顆最直接的震撼彈，可以炸開一切假象。他想的甚至不是墨族能否嘉惠於此，而是……總該有人爲老道格討公道。

「還不是時候。」沈默片刻，奎恩終於開口。

萊斯利點點頭。道格是他的父親，他們必須尊重他的決定。

「好了，現在只剩下最後一件事。」萊斯利拍拍手，要求眾人看過來。

他把旋轉椅當輪椅用，快速滑向屏風後，拉開簾幕。預備，開始。

12

全國人民：

我是里昂·奎恩，大家記得的「奎恩總衛官」。關於我的生死，過去幾年一直傳得沸沸湯湯。請放心，我還活著，在德克薩斯已經七年了。

這七年來，我和夥伴掃蕩了當地的犯罪集團，如今德州有百分之九十恢復秩序，歸入受保護的領土。

紀律公署告訴大家，我正在進行機密任務，這並不是事實。

我在七年前已經脫離紀律公署。這七年來和墨族人在一起，恢復德州秩序就是我們並肩奮戰的結果。

身為一個奎恩，三百多年來我們的家族使命就是報效國家，保護人民，不惜為國捐軀。然而，政府存在的目的，並不是為了照顧多數人，而是照顧每個人，包括少數民族與弱勢團體。

我的父親道格·奎恩和其他祖先一樣，為了這個國家而死。在我父親生前的最後一段時間，他已經取得軍方和多位國會議員的支持，即將提出廢除「反恐清除法」，這一切卻在他死後擱置下來。殺死道格·奎恩的是一個開著油罐車的瘋子，不是五十萬個墨族人，我們卻要求五十萬人為一個人的死負責。

這絕非我父親的本意，我也不容許任何人利用他的死，作為自己的政治籌碼。

「反恐作戰部」的目標是清除如卡佐圖之流的恐怖份子，這是一件完全正確的使命，即使現在的我依然如此認爲。

只是，在這個過程中，我們不斷查獲墨族平民，紀律公署一律將這些無辜平民送進清除設施。

我曾經說服自己，殺害平民的不是「反恐作戰部」，是「反恐清除部」和懲治設施的事，然而這個自我欺騙累積到最後，終究崩解。

無論作戰部有沒有親手將平民送進清除設施，他們都是因我們而死。

紀律公署會告訴你們，我背叛國家，是因爲我妻子是墨族人。這個說法對了一半，我的妻子確實是墨族人，但我沒有背叛國家。

我無法再坐視無辜平民因爲種族滅絕法案而死。正因我深愛這個國家，不能再漠視發生在這個國家的殘酷。

如果沒有人願意站出來，就讓我當這個人吧！奎恩家族的使命，自始至終都是站在保護人民的一方。

我萬萬沒有料到，在德克薩斯的期間，竟然發現更大的陰謀——

德克薩斯並沒有大規模的污染，我們已經請歐洲最權威的輻射污染實驗室親自檢驗，證實了這個事實。

二十餘年來，負責採樣的「多斯科技」一直在製造這假象，只爲了隱藏一件事：他們在德州進行人體實驗。

實驗者是從全國各地綁架而來，通常是流鶯、遊民或精神障礙者，目的是爲了替政府製造「超級士兵」。

這個計畫稱之爲「野火計畫」。我們已經攻陷多斯科技在德州的總部，取得野火計畫的機密檔案。

所有資料，我們完全對世界公開，請連上這個網址。

從今天開始，不再有任何祕密。

我們也取得受害者證詞、多斯科技員工的證詞，以及野火計畫的負責人，端木慶博士的證詞。所有證據，一併在網站上公開。

多斯科技無法單憑自己之力隱藏這麼多年，歐倫多總統完全知情！二十五年前，從他還是「能源及環境委員會」的成員開始，他協助多斯科技得標，複驗一直是由他指定的機構負責，直到現在當上總統，依然如此。

環保部長、總統幕僚、奧瑪署長，都程度不一地知道這件事，縱容多斯科技繼續從事地下人體實驗。

這個國家病了，毒瘤必須移除。

我誠懇呼籲國會對多斯科技人體實驗一案展開調查，彈劾歐倫多總統，廢除反恐清除法，並恢復墨族人的憲法權利。

在這個任務達成之前，我不會停止。

✷

「爆炸性的進展！奎恩總衛官還活著，並且加入墨族叛軍。」

「昨天在網路上公開的一段影片，讓美加政壇掀起一陣翻天巨浪，也引來全球的關切。」

「國際邦聯對於美加政府可能暗中主導人體實驗一事，表達強烈的關切，全球人權組織也迅速展開行動。」

「歐倫多總統否認一切指控。他在今晨的記者會指出，所有證據都是捏造的，目的是爲了轉移奎恩因爲墨族妻子而叛逃的事實。」

「記者向奎恩工業的CEO，瑟琳娜．艾德森女士提出採訪的要求，目前爲止尚未獲得回應。」

「奎恩家族暫時未對奎恩總衛官的指控做出任何回應，也不願回答是否撤除他的族長之位。」

「前任國防部長在自己的推特寫著：奎恩不是英雄，只是一個被美色迷惑的可憐蟲。」

「科學界、人權界、環保界一頭栽進奎恩公佈的『德州眞相網站』。諾貝爾獎得主史高瓦博士在社群媒體說：『我只看了不到百分之一，就已經腳底發冷。』」

「記者正在倫敦『艾德森兄弟法律事務所』的門外。楊．艾德森是瑟琳娜的個人律師，也是她的繼子……啊！他來了！艾德森先生，請問瑟琳娜對於奎恩總衛官的影片有什麼看法？」

「你們詢問我母親對於里昂．奎恩的看法？一邊是骯髒政客，一邊是愛國英雄，這個答案不是很明顯嗎？請離開，你們擋住事務所的出入了。」

「艾德森先生！」

「艾德森先生——」

＊

「……從此以後，王子和小女巫過著幸福快樂的生活，銀河戰士與神奇公主也翱遊在天空，維護宇宙和平。故事結束。」秦甄闔上故事書。

兩個小朋友快樂地嘆息。

她把故事書收好，親親兩個小朋友的臉頰。

「媽咪？」

「嗯？」她輕撫女兒臉蛋。

「爹地是『瘋狂的男人』嗎？」紫菀遲疑地問。

「當然不是，誰告訴妳的？」

「夏琳。」紫菀鬱鬱地說。「她說現在電視上都這樣講，爹地是『瘋狂的男人』，所以他是瘋子，我很生氣說：『妳爸爸才是瘋子。』就再也不跟她說話了。」

秦甄輕撫她的臉頰。

小道格把被子翻開，看來在學校也聽過同樣的說法。

這不是孩子們的錯，孩子們只是複述家長的話。

一個月前公開網站之後，美加陷入翻天覆地的震撼。身為一個全球強權，又是美洲最大的國家，美加的局勢影響到南美，再擴展到歐洲，最後形成全球的震撼。

國會嚴重關切此事，國際邦聯、全球人權組織等等虎視眈眈地在旁邊審視。

歐倫多和奧瑪當然不是躺下來裝死的人，紀律公署的反應相對微弱，這多少跟奎恩長年的威望有關，但歐倫多全力反擊。

要打擊一個人的可信度，最根本就是打擊他的名聲，於是許多神奇的「精神鑑定報告」冒出來。除了他任職期間的年度健檢，奎恩救走她之後回去工作三周，接受過內部調查，報告上「過度冷靜」、「漠然」、「對事件無明顯創傷反應」等等字眼，以往被衛士們視為能收斂情緒而自豪，現在全被拿出來做文章。

突然間，奎恩總衛官變成一個「反社會人格」、「缺乏同理心」、「無法感知他人痛苦」、「善於操弄人心」的男人。

當然，政府方面加碼轟擊，民間反對的力量就加碼反擊。

里昂．奎恩現在變成全球人權組織的燈塔，美加政府最痛恨的男人。

不過好事者只會去注意那些閒言閒語，孩子們就跟著有樣學樣。

「妳記不記得，有一次妳看見納特欺負小狗狗，跑過去罵他一頓，結果回教室之後，納特跟每個人說妳很愛說謊，偷吃別人的零食都不承認，害妳很生氣很生氣？」她坐回女兒床邊。

道格聽她要說故事，抱著自己的小毯毯跳到姊姊的床上，母子三人窩在一起。

「記得。」紫菀現在回想猶有餘憤。「我後來跑去問納特：『你爲什麼要亂說？』納特說不過我，還想打人，後來伊絲老師處罰他。老師說，再怎樣都不能動手打人。」

「對啊，納特知道妳沒有偷吃人家零食，可是他怕妳回來跟人家講他打小狗的事，別的小朋友會不喜歡他，所以他就故意說妳壞話，這樣妳要是再說他的不好，別的小朋友也不會相信。」秦甄親親兩個小寶貝的臉頰。「爹地的情況也是一樣，他想保護我們，可是外面有一些壞人不想要他保護我們，就故意說他壞話，這樣別人就不會相信爹地了。」

「我知道、我知道，就跟銀河戰士一樣。有一集他遇到死光星人，死光星人發射死光波害死T博士，然後還去跟別人說是銀河戰士害的，然後神奇公主就跟銀河戰士一起對抗死光星人，最後死光星人輸了，大家都知道銀河戰士是正義的一方。」

「差不多是這樣。」她捏捏兒子嫩呼呼的臉蛋。

「那些人爲什麼不要爹地保護我們？」紫菀眨著亮晶晶的黑眸。

秦甄嘆息。「因爲他們是壞人，爹地是好人。妳可以跟夏莉說，爹地保護了很多很多的人，並不是那些壞人說的那樣。」

「好。」紫菀堅定地點點頭。

「好了，睡覺吧！」她把兩小鬼安頓回各自的床上，離開房間。

進到廚房，奎恩正在吃遲到的晚餐，手邊筆電螢幕開著，頭上電視新聞播報著。

自影片曝光的半個月來，眞是累壞他了，所有壓力都扛在他肩上，他回到家的時間越來越晚，要回覆的訊息、要安撫的人、要開的會越來越多，幸好校場那頭有岡納和荷黑在。

儘管如此，他總是從容不迫，不露一絲窘急。這男人永遠讓她心折。

電視新聞正播到瑪莉安·奎恩的公開聲明，主播唸出來：

「半個月前，奎恩總衛官依然是英雄，一夕之間他卻變成人格異常的人？倘若這個國家一直在仰賴『人格異常者』來保護我們，這又說明了什麼？

「里昂·奎恩從未背棄這個國家，即使國家背棄了他。過去半個月我們未發佈聲明，不是因爲無話可說，而是不屑回答這些指控。奎恩家族深深以現任族長，里昂·奎恩爲榮，也誓言和他一起追求人人平等的目標。」

哇。秦甄吁了口氣。

倘若里昂卸下族長之位，他姑姑瑪莉安是下一順位的繼承人，她的立場格外重要。

「她瘦了。」奎恩說。

「我們都瘦了。」她輕柔地撫碰他的臉頰。

車燈從他們的窗戶閃過去，一輛車子在門口停下來。

已經晚上十點，希塞營區雖然沒有宵禁，不過九點一過，所有人出入都必須登記，因此很少有人晚上來訪。

「是孟羅的車。」她走到窗戶邊查看。

孟羅的手正要敲下去，秦甄已打開門。

他微微對她點了下頭，提著一個公事箱走進來。雷諾小隊長守在車子旁，傑登和尼克的車子停在他們後面，兩人守在街上。

從她認識孟羅開始，他一直都是風流倜儻的海盜王，講再正經的話都是一副吊兒郎當。

從她身旁經過的男人眼神冷定無情，不再是性感的海盜王，而是蛇王孟羅。

孟羅直接走到奎恩身旁，手提箱放到桌面，打開。

滿滿一箱紙鈔讓秦甄抽了口氣。

「這是一百萬現金，在外面的車子裡，還有二十四個一模一樣的箱子。我付你兩千五百萬，幫我做一件事。事成後，我會再付你兩千五百萬尾款，全部現金，不連號紙鈔。」

奎恩慢條斯理把最後一口食物吃完，筆電螢幕推開，電視新聞關掉，對他挑了下眉。

「我也開出兩千五百萬僱用羅瑞，他還在考量。讓我先說在前面，你們兩者不是競爭關係，是合作關係；更確切來說，是主從關係。你才是我的主力，羅瑞的協助增加你的成功機率，但他同不同意不是我最關心的事，我需要的是你。所以，我才會多付你一倍的錢。」

「讓我想想看，」奎恩深思道。「你花了七千五百萬的現金，就爲了一個工作。你激起了我的好奇心，什麼工作？」

「一個星期後，紀律公署將送一車人到清除設施，我要你劫下運囚車。」

「會讓你花七千五百萬救的人，必然很重要，這人是誰？」

孟羅的神情冷酷，沒有回答。奎恩把手提箱蓋上，往他面前一推，起身洗盤子。

「那一車幾乎都是墨族平民，你不是一直想解放墨族嗎？」孟羅眼中射出沈靜的怒火。

「這不是你找我的原因。」

「你是唯一一個曾經從紀律公署手上劫走囚犯的人。」

秦甄走到餐桌旁坐下，聽他們說話。

「我的對手是八名衛士，不是整個紀律公署。你的要求形同進攻紀律公署，我起碼要知道原因是什麼。」

孟羅又變成閉嘴蚌殼。

「時間很晚了，我明天還得早起，晚安。希望羅瑞・艾森能給你好消息。」奎恩關掉櫥檯燈。

孟羅無法掩藏眸底的挫敗。

「孟羅，請告訴我們，那個人是誰？」秦甄輕聲說。

他精實的胸膛起伏了一下，終於說：「費絲・摩根。」

「誰是費絲・摩根？」奎恩盯著他。

「她是我孩子的母親。」

「你妻子是墨族人？」秦甄吃了一驚。

「不，她曾經在人權組織工作。紐約有一處墨族人的『巢穴』，費絲在紐約定居後，固定到那裡幫忙。」孟羅的眼中湧上冰冷的殺機。「我們和政府簽訂的合約，他們不能涉足紐約事務，清除部領了一支小型軍隊，入侵紐約，將那個巢穴抄了，所有人都被帶走。」

「而你就讓他們在紐約撒野？」奎恩替自己倒了杯熱水，因爲他老婆不讓他睡前喝咖啡。

孟羅的表情既憤怒又挫折。「不！我們打回去了，不是每個踏上紐約的混蛋都活著回去，如果你想知道的話。」

「不過你們太大意。在紐約的安逸生活，讓你們以爲政府不敢來搗亂，所以你們放低防線，才讓紀律公署有機可乘。」奎恩毫不容情。

孟羅臉上的挫折更濃。情況確實是如此，他無法反駁。

「既然你們簽了合約，沒有什麼方法可以控告紀律公署，阻止他們執行清除嗎？」秦甄輪流看著兩人。

「我們可以到國際邦聯提出違約仲裁，不過整個官司走完，起碼需要半年到一年，即使是限制他們執行清除，也需要一個月的處理時間，到時人早就被他們殺光了。」美加政府就是衝著他們一定來不及，才敢蠻幹。

「他們爲什麼要這麼做？聽起來，衝進紐約的巢穴有害無益。」秦甄無法理解。

兩個男人互視一眼。

他們都知道爲什麼。奎恩的糧草彈藥來源是蛇王，雖然孟羅不提，過去七年必然不斷有人前來威脅利誘，要他中止和奎恩的交易。

其實，孟羅大可接受這些條件，不過他和奎恩在拉巴克旅館的那一夜已經談妥。沒有人能否認孟羅是個好族長，任何人提供再多的金錢，都不能改變他保障紐約權益的心念。

他把寶押在奎恩身上。

突襲紐約巢穴是個警告，他有七天的時間決定是否投誠。

孟羅的答案，是七千五百萬，直奔德克薩斯。

奎恩盯著杯中的熱水。

他設想過各種方法，似乎每一種選擇，都導向同一條路。

這條路是無可避免的，終點就在眼前，他必須走下去。

藍眸投向妻子。他是如此深愛著她和孩子，甚至超過他自己的生命，強烈到有時連他自己都會吃驚，前三十年的里昂・奎恩完全不可能理解這種情感。

她和孩子們必須自由，不能再活在不知何時會被抓走，不知外出會不會被無人機襲擊，不知何時會失去彼此。

他們必須自由！

他眼中的強烈情感讓她屏息。

里昂，你在想什麼？你打算怎麼做？

奎恩走到餐桌前，把手提箱推到孟羅前面。

「你不必付我一毛錢，把這些錢留著買我需要的裝備，你越快買齊裝備，我們越快能出發。」

「把清單給我。」孟羅連等都必不等。

「里昂，很危險……」聲音終於從她的喉嚨擠出來。

清除設施、懲治中心及紀律公署都在同一條路上，熱區中的熱區，不可能攻得進去。當初奎恩救她，也是想方設法拉到廢棄工業區才敢動手啊！

「放心。」溫暖的大掌貼住她的臉頰。「我們一直在等這一天，相信我，我知道自己在做什麼。」

物。

✷

ＣＷＷ的當家特派員珍娜．勞倫非常滿意他們選擇的地點。

這個Ｔ型路口，往前拍是清除設施，往左幾百碼是懲治中心，更後方能拍到紀律公署高聳的建築物。

全首都最繁忙的道路目前處於半癱瘓狀態，懲治中心和清除設施都以拒馬圍起來，示威群眾被隔在五十碼以外，索性佔據道路。

警局將這條街畫分爲示威遊行區，除了新聞採訪車，其他車輛不得進入。

這一區的示威遊行已經進行七天了，全國性的遊行則從三個月前就陸陸續續進行，半個月前奎恩總衛官公佈了「德州眞相網站」之後，全國更是進入高峰。

懲治中心及清除設施的入口都被大批群眾包圍，阻擋他們進行非人道的清除，兩條街外的紀律公署也有抗議民眾聚集，目前警方尚未有驅離的行動，不過兩方只會越來越失去耐性。珍娜猜想，衝突就在一觸及發的臨界點，全球媒體都集中在這一帶。

「我們還有七分鐘上線，史達博士呢？」珍娜看一下前後兩方的示威群眾。

他們所在之處是媒體休息站，義工設立的醫療營和茶水區都在這裡，同行們每天互相交換一點消息，也互相打探對方的情報。

「他正在走過來的途中，大約三分鐘會到。」實習助理看一下手機的訊息。

「很好，如果ＦＯＸ的艾瑞卡那婊子把他搶走的話，我發誓有人會付出代價。」珍娜突然警覺地看向攝影師。「現在沒有收音吧？麥克風開著嗎？」

「只有棚內收音而已。」攝影師忍笑。

「該死，把麥克風關掉。」她低吼。

「啊啊，他來了。」助理趕快跳出來。

史達博士穿過坐在地上的人潮，往他們走過來。

「還有兩分鐘上線。」攝影師趕快扛起機器。「妳希望鏡頭對著哪一邊，懲治中心或清除設施？」

珍娜左右看了一下，「懲治中心，後面可以帶到紀律公署的建築物。」

助理幫她整理一下金髮，她拿起平光眼鏡遮住綠眸，增加一絲專業的氣息。

攝影師擺好鏡頭，史達博士及時加入他們的行列。

「抱歉讓你們久等了，我們在另一邊和警察爭執路權的問題。」

「史達博士，我是珍娜．勞倫，只問幾個簡單的問題就好，不會佔用你太多時間。」珍娜和他握手。

「別這麼說，墨族的人權現況需要全球媒體的關注。」

官方規定百分之十八的墨族血統即屬於非法人口，史達擁有百分之十六的墨族血統，這一生都爲高墨族血源而受到歧視，甚至差點被抓進清除設施，致使他站出來，成爲人權鬥士。平時他則是哈佛大學的人類學教授。

攝影師開始數秒。「準備。五、四、三——」

珍娜對著鏡頭露出專業的笑容。

「各位觀眾，這是CWW駐首都特派員珍娜．羅倫，我們正站在懲治中心及清除設施的中間點。『軟性佔領』已經持續七天了，民眾或站或坐，利用許多障礙物，阻擋紀律公署進行定期的清除程序。在我身旁是人權專家史達博士，博士，您認爲這場示威遊行會持續多久？」

「需要持續多久就持續多久。」史達微微提高聲音。「政府一直在進行有系統的種族滅絕，已經五十年了，竟然沒有人站出來說話，我們忝爲一個高度開發國家。十年後、二十年後，我們要用什麼面目對下一代解釋自己的行爲？」

「博士，您的終極訴求是什麼？廢除反恐清除法嗎？」珍娜問。

「不只如此。奎恩總衛官公佈眞相網站之後，我們進一步明白，這些殘殺墨族人的高官們本身就是犯罪者。所有證據在眞相網站上都能找到，涉案者包括總統、內閣成員、紀律公署、環保官員，他們應該立刻被免職，接受司法審判。」史達直盯著鏡頭。「歐倫多總統，倘若你還有一點基本的人格，就應該自行請辭。我們怎麼能接受這種魚肉人民的政客繼續做下去？」

「但是這些證據的眞實性有待查證，總統辦公室指出，奎恩總衛官捏造這些證據是爲了掩飾自己叛國，你怎麼看？」

「叛國？」史達嗤之以鼻。「總統選舉的政治獻金都是有紀錄可查的，一切都導向證據的眞實性，歐倫多總統在上任之前就和多斯科技牽涉甚深。這些人連合法公民被抓去做人體實驗都置之不理，對少數民族還有什麼客氣的？美加已經成爲一個血腥的國度——」

咚！

一陣劇震讓每個人嚇了一跳。地震嗎？

咚！咚！

兩聲重震讓心臟跟著一起震盪，每個人開始查看響聲的來源是什麼。

「似乎是懲治中心的方向……」珍娜指著前方，攝影鏡頭轉過去。

重震聲連續發出。

砰隆!懲治中心東隅的牆炸開來。

「啊——」

「爆炸了!」

助理飛快將珍娜及博士撲倒，示威現場陷入混亂。

攝影師蹲低躲避，鏡頭卻敬業地高舉著，懲治中心及清除設施兩邊都響起警鈴，警車的鳴笛聲隨即加入。

「退後、退後、退後!」現場駐警大吼。

「發生了什麼事?」珍娜被助理拉著跑，不斷想回頭。

「先逃再說!」助理尖叫。

先逃就沒新聞了。

「是管線爆掉嗎?傑佛瑞，你有沒有拍到畫面?」珍娜冷靜依舊。

「有。」鏡頭跟著他們跑動而劇烈震盪。「看起來不像炸彈爆炸，比較像那個……敲碎建築物的那個叫什麼?鐵球?」

珍娜回頭一看，現場確實沒有炸彈的煙硝，垮下來的牆面更像是被一顆隱形的大錘子錘開來的。

「震波器!」她突兀地停下來，一樓東隅的牆是被震波器震裂的。

史達也停下來回頭看。

懲治中心突然響起駁火聲。

清楚。

「不可能，爆裂的角落有個外號叫『收發室』，最近一期將被清除的人犯集中於此。即使有人能藏武器，也絕不可能是槍枝，槍聲一定有其他來源。」珍娜跑這一條線已經很久，對於基本流程非常清楚。

「怎麼回事？囚犯叛變嗎？」攝影師嚇得棒球帽都掉了。

駁火聲繼續傳來。他們跑到稍微安全的距離之外，周圍的人紛紛停下來，回頭看著懲治中心。

咚、咚、咚。東隅二樓的牆也碎了。

「啊！」現場又響起一陣驚呼。

更多衣著單薄的囚犯從破洞奔逃而出，不少人直接從二樓往下跳。

史達博士和珍娜的視線對上。

「有人劫囚！」兩人異口同聲。

公路上，紀律公署和警車響著警鈴，飛快馳援。奇怪的是，他們一直隔在一段距離之外。

「請大家停下來，有人在釋放墨族平民，我們等他們逃出來再說！」史達大喊。

大部分的人搞不清楚狀況，直覺依他的話行事，其他人依然在四處無頭蒼蠅一般亂轉。

人群裡，突然有人拉住衣衫單薄的囚犯，迅速在他們身體披上外衣，往後方一推。

「嘿！嘿！」警察開始發現不對。犯人一換上普通衣物，他們就認不出來了。

隱藏在群眾中的人迅速行動，每抓住一個囚犯就套上外衣，推往下一個人，犯人和群眾融在一起的速度越來越快。

「住手，再不住手，我開槍了！」警察對著一個幫助囚犯的人舉槍。

那人有一頭紅髮和蒼白的皮膚，臉上長滿雀斑，立馬舉高手。

「警察要殺人了、警察要殺人了！」一開口是一把濃濃的愛爾蘭口音。「你給我閉嘴！」兩名警察揪住他往地下一摜，掏出DNA快篩驗了一下血。他是愛爾蘭後裔，血源合法，警察把快篩儀放回口袋裡。

「我可是合法公民，我有權利的。」他在地上掙扎，更多警察跑過來支援。

「你們不可以這樣，他什麼都沒做。」旁邊的示威群眾看不過去。

「釋放平民！」

「殺人沒有合法藉口！」

「媽的，給我讓開！」

不知哪個警察突然大吼一聲：「那邊有幾個逃出來的犯人，快開槍！」

「你們瘋了嗎？」史達衝過來擋住槍口。

「攝影機正對著你們，你們想讓盲目射殺平民的畫面送到全世界嗎？」珍娜大喊。警察的動作霎時頓住。

「那些囚犯可能有重罪犯或連續殺人狂。」其中一名警察辯駁。

「重罪犯通常安排在周末執行，今天是周間日，墨族平民的清除日。你們要當街射殺一群沒有武器的平民，像那些衛士在維多利亞港射殺兒童一樣嗎？」珍娜直接把鏡頭挪過來對準他的臉。警察面面相覷。史達投給她的目光簡直像看見英雄。

「來，穿上我的外套。」附近一名示威者脫下自己的外套，給一名看起來頂多二十出頭的囚服女性。

「謝、謝謝。」首都的十二月凍得她雙唇發紫。「我們不是罪犯，我們都是平民，請救救我們。」

史達迅速行動。「先送他們到保暖的地方。」

「你們不能帶走紀律公署的囚犯！」

警察火大，兩方開始拉扯。

珍娜對攝影師打個手勢，趁沒人注意他們，整個小組往懲治中心推進。

「我們要去哪裡？」助理跑得氣喘吁吁。

「懲治中心，靠得越近越好。」

整條街上亂成一團，示威者和警察吵了起來，有幾個人被警察制伏，理所當然會有一堆「警察打人」的呼喊。隱藏在人群中的幫手依然迅速接應每位逃出來的囚犯。

攝影小組推進到距離大門五百碼附近，駁火聲突然停住。

這個靜默實在太突兀了，一時間，所有人都跟著停下來。

珍娜盯著安靜的建築物。

懲治中心的門推開，一道頎長高大的身影走出來。

這道屹立不倒的身軀，曾經是人人熟悉的影像，七年之後終於重新出現在眾人眼前。

「奎恩總衛官，是奎恩總衛官！」助理緊緊抓住她的手臂。

他踩過地上的瓦礫，額角淌下鮮血，步伐微跛，一隻手按住右腹側，一步步走出來。

「他受傷了……」珍娜怔怔說。

奎恩停在一小段距離外，清澈如冰的藍眸直直盯著她。

「奎恩總衛官，這些人是你們釋放出來的嗎？有沒有誤放其他罪犯？」她突然大喊。

奎恩冷定的嗓音透過鏡頭傳遍全世界：「今天獲釋的每個人都是墨族平民，沒有罪犯。」

一群衛士衝過來，將他壓制在地上。

奎恩總衛官被逮捕了。

13

「闖入首都不像闖入多斯科技那麼簡單。」岡納指出。「污水道每五碼就有一個行動偵測器，每十碼有一個監視器。只要任何一丁點不對勁，麻醉噴霧直接射出，連隻老鼠都躲不掉。」

「讓警鈴延遲觸發三十秒有用嗎？」田中洛突然出聲。

每個人看向他。

「我的內線。他無法關閉懲治中心的警報系統，最多只能做到讓警鈴延遲觸發三十秒。」田中洛補充。

「監視器從一哩外的下水道就開始佈署，我們速度再快也不可能在三十秒內跑完一哩。」岡納搖頭。

奎恩從口袋掏出一個黑色的小東西，放在桌上。

傑登拿起來把玩。看起來像別在外套上的袖針，金屬材質，全黑，看不出是什麼。

「這是什麼？」

「如果你以爲總衛官的管制晶片還有用，你也未免太小看紀律公署。」岡納看著他。

「不是我的。」

岡納把那袖針奪過來，臉上漸漸出現異樣之色。「強森？」

奎恩點點頭。

岡納突然一捶桌子。「你這混蛋！這就是你在總部『消失』的原因，對吧？」

他劫走秦甄那天，紀律公署的管制系統完全看不到他。廢話，他當然消失了。他身上戴著強森的管制卡！

「不對，驗屍前法醫登記了死者身上的所有物，強森依然別著管制卡。」岡納瞪著他。

「我的在他身上。」

媽的，難怪！

奎恩把自己的管制卡和強森交換，法醫局依照官方流程登記驗收。待確認了死因，全國軍公教系統才會將強森的狀態更新為「殉職」。這時紀律公署的行政部領回遺物，解除管制卡的權限，行政流程才完成。

畢竟管制卡就躺在法醫局，有什麼好擔心的？

通常整個流程跑完需要二十五天至一個月，即使高效率如紀律公署，也無法迴避冗長的官僚程序。

「媽的，所以你才選擇在三周後發難。」

正好是紀律公署即將解除權限的臨界點。

現在想想，奎恩回來的第一時間就申請了新的管制卡，他聲稱在打鬥時弄掉了。這個理由很正常，沒有人多想。

十二小時以內他拿到新的總衛官管制卡，舊的就會失效，即使法醫局有人心血來潮，掃描強森身上的晶片，也只會得到「已解除」的狀態。他們只會以為是紀律公署撤銷權限，完全不會知道這根本不是強森的管制卡。

當然這中間有十二個小時的空窗期。奎恩大膽賭上兩個單位的銜接不會這麼完美，最後他成功了。

「該死，我只要查一下管制卡就抓到你！」岡納扼腕。

不得不承認他佩服奎恩，倘若是他自己策畫這場行動，一定無法照顧到如此細節的地方，但奎恩每個點都想到了。

「你們兩個在說什麼？」尼克問。

「他有紀律公署的管制卡，所有相關機構都能進出！」岡納的表情好像抓到第一名的同學作弊，很不服氣。

「你現在才拿出來？」拉斐爾難以置信。

「這東西難道不會失效？」萊斯利提出比較中肯的問題。

「在紀律公署一定失效。」奎恩接過來把玩。「不過懲治中心有自己的門禁系統。通行晶片報失之後上傳到中央系統，他們才會同步撤銷。這顆晶片是『鬼卡』，我賭還能用。」

東西遺失或東西被回收，這兩者都會登記在案。這個龐大的運作系統並未考慮東西沒遺失，也沒被回收，這些樣本就變成黑數。

日復一日的日常，於是人們習以為常。

再如何高度警戒的機構，都沒有那麼萬無一失。他很早就學到這點。

「我不想冒險，有沒有辦法確定這張管制卡還能用？」田中洛問。

「你可以請你的內線幫我們查查看。」奎恩悠然道。

田中洛遲疑一下。「你可以請蘿菈幫忙嗎？我的內線會擔心自己曝光。」

「蘿菈？」岡納望向奎恩。

「蘿菈是他在紀律公署的內線。」呃，等一下，或許他不該公開說出來。

「你告訴他，蘿菈是你的內線？」岡納噗嗤一聲，捧腹大笑。

「……我怎麼知道我說的每一句話他都信？」

「怎麼樣？」田中洛盯著他們。

「蘿菈的父親是警政署長，也就是強森的舅舅。雖然兩邊不見得多親，她絕不可能是奎恩的內線。」岡納勉強止住笑。

「你騙我？」田中洛不敢相信。

「這是七年前的事，我們剛到卡斯丘。我問你在懲治中心的內線是誰，你不信任我，為什麼我該信任你？」奎恩為自己辯解。

田中洛氣得七竅生煙。傑登等人不得不同情他，有時洛眞的滿天眞的……

「別擔心這個，我會解決。」奎恩把管制卡收回來。「我們需要人手在外面接應。羅瑞最適合，進首都會遇到重重篩檢，他的人沒有墨族血統，比較容易在人群中移動。」

田中洛勉強收住脾氣。「外部支援我會再和羅瑞、孟羅協調，現在最大的問題不是外部接應，而是裡面。你們要怎麼進入懲治中心？如果人救不出來，外面安排再多人都沒用。」

「你需要帶多少人進去？」荷黑沈聲問。

「十七個。」奎恩平靜地看著他們。

「十……？」田中洛啞然。「你確定？我們說的可是懲治中心，說是紀律公署的分身都不為過。」

「攻進去的人越多，越難控制，我只需要十七個。」奎恩的目光移向岡納。「這十七個人不包括你。」

「WTF？」

「你的體型太顯眼，我們需要外形和平常人一樣的人，不胖不瘦，不高不矮，不容易引起注意。」連他自己都太顯眼，但他非去不可。

「媽的。」

「我需要莎洛美。」奎恩進一步說。

「什麼？」父女倆同時出聲，情緒卻大不相同。莎洛美是開心自己竟然是第一個被點到名的，田中洛的憂色立現。

「自從多斯科技被攻陷，德克薩斯的供應商受到壓迫，有些人挺得住，有些人挺不住。這份壓力在眞相網站公佈之後達到頂點，對於像孟羅那一類硬項的掮客，政府甚至不惜違反國際邦聯的合約，直攻大本營。這一套戰略我們用過，你們很清楚。第一步，圍困目標。第二步，斷絕外援。第三步，調動武裝部隊，最後一步是不言而喻。」

「進攻。」克里斯冷冷地說。

「是的。」奎恩點點頭。「我們讓敵人如坐針氈，唯一的解決方法是把我們抹除，所有問題事後都能補救。」

「等他們拿到話語權，要如何編故事就看他們的想像力。」傑登的俊臉陰沈。

「所以，我們的援救行動雖然起始於孟羅，卻無關乎孟羅，這是一件該做的事，我們已經拖得太久。」奎恩望向面前的每個人，「該是時候讓他們明白，我們不會坐以待斃。」

✷

獄警湯姆轉進通往管制區的走廊，突然看見一個紮著馬尾的大女生在那裡晃來晃去。

「嘿！妳是誰？這裡是管制區，尋常人不能進來！」

那大女生轉過身，素妍清麗，身上穿著橘黃色的制服，手上端著兩個超大披薩盒。

「喂，你們到底是誰訂的披薩？我晃了半天都找不到人簽收。」那女生脾氣比他更大。「我先說喔！披薩既出，概不退換的，你們訂了就要付錢。」

湯姆一楞。「妳應該到大門的櫃檯登記，他們會幫妳詢問是哪個單位訂的披薩，這一區不是妳能來的。」

「我剛看見側門有人走進來，就跟著進來了啊！找了半天，連半個人都沒有，喂，你說我會不會是撞鬼了？」大女生打了個寒顫。「聽說懲治中心鬧鬼鬧得很兇，你們一天到晚在處決犯人，一定有很多孤魂野鬼死不瞑目，我越走越毛。」

「呸呸呸，妳家才鬧鬼。處決人犯都在清除設施，不是在這裡。」啊，這不是重點。「妳往那頭走，盡頭右轉就是大門櫃檯，不准亂晃聽見沒有？」

「希罕。」大女生經過他身旁，突然停下來，好奇地盯著他的胸徽。「哇，三條槓槓耶！是不是表示你職位很高？你一定管很多人對不對？」

「少管閒事，快給我——」

大女生出手。湯姆甚至不知道自己是如何中招的，直接軟倒。

莎洛美撐住湯姆，倘若監視器掃到，只會以為他們站得很近說話。她從他腰間抽出編號掃描器，迅速撥手機回總部。

「爹地？警報延遲可以啓動了。」不等另一端回話，她切斷手機，轉爲對講機模式。「掃描器到手，進來吧！」

七條人影從側門進入，每個都穿著獄警的制服，感謝孟羅的貢獻。所有人往管制區的門移動，最高大的那人掏出管制卡，在面板上感應。滴滴，門打開了。

後面的傑登鬆了口氣。他們就這樣侵入號稱銅牆鐵壁的懲治中心。克里斯持槍闖進管控室。「別動，手舉起來！」

四名盯著監視器的獄警嚇得舉高手，其中一人悄悄按下無聲警報器。

「萊斯利。」奎恩低喚。

萊斯利迅速擠開一名獄警，從筆電拉出一條奇形怪狀的線連接到主機，滴里嗒啦一陣亂敲，警報器解除。

「得！」二十七秒，他眞是越來越佩服自己了。

奎恩對克里斯一點頭，克里斯留在原地控制情況，其他人繼續往下一個關卡前進。

六分鐘之內，四個關卡完全被他們控制，東翼的清除區落入他們的掌控。

懲治中心分東西兩翼，西翼是他以前最常去的偵訊中心，東翼是關押所有犯人的地區。其中，東隅一樓又有「收發室」之稱，最新一批待清除的犯人都集中在此。

「收發室」的綽號其實相當殘酷，這些人就像即將被發配的郵件，進進出出，不留痕跡，不過他以前從沒想過這點。

比較麻煩的是，東翼的主機權限較低，他們無法從這裡控制整間懲治中心，不過目前暫時控制了「收發室」，已經足夠。

萊斯利將循環畫面餵進監視系統裡，其他區收到東翼的監視畫面，只會是他們預錄好的片段。

他們繼續闖進囚區，「收發室」是一個大通間，二十餘名囚犯驚跳起來，男女老少都有。每個人衣衫單薄，臉色慘白。

「所有人舉手。」莎洛美握著從獄警處搶來的掃描器，一個一個掃過去。

他們死期到了嗎？囚犯們無助地依言行事。

「他們都是墨族平民或合謀者，沒有其他罪犯，確認。」莎洛美回到奎恩身旁。

合謀者就是幫助墨族的人，反恐清除法把共犯列爲同罪。

奎恩點點頭，重新把門關上，走到事先量好的牆壁。幾個大膽一點的囚犯貼著門，想從門上的小窗戶看他們在幹嘛。

「尼克？」奎恩對著手機說。「動手。」

留在停車場的人迅速從藏身處走出來，量好距離，兩邊的人在牆的兩面貼好震波器。

這種震波器和卡佐圖用的不一樣，那瘋子用的是最大功率的型號，他們的震波貼片輕便短小，通常用來處理敲破牆面這類小工程。

咚！整棟建築物晃了一下。

「再來！」

壁面看似無損，不過開始發出嗶嗶剝剝的細聲。

咚！咚、咚！

嗶剝聲更響，牆面開始出現交叉式龜裂。

「讓開。」

環刃轉換爲擊破模式，啓動！

環刃的功能更似利刃而不是鐵鎚，倘若牆體結構未受破壞，環刃無法切開如此厚的水泥牆。可是震波器將結構力量削弱之後，這面牆就只是一面普通的厚門，環刃的超音波擊破功能得以發揮作用。

砰隆！

一樓牆面破出一個大洞。

「所有人出去！」莎洛美打開「收發室」的門大吼。

「他媽的，快逃，聽到沒有？」傑登對天花板發了一記震撼槍。

墨族平民不知道怎麼回事，楞在原地不敢跑。

「啊——」

終於有人回過神，爭先恐後逃出去。

一名金髮的年輕女人從奎恩身邊經過，他一把抓住她，那女人恐懼地盯著他。

「費絲．摩根？」

「是的……」費絲驚疑不定。

「到了街上，左轉，有人接應。」奎恩鬆手。

她記得出他是奎恩總衛官，難道……

「快走！」奎恩沈聲一喝。

「各位，往左轉，往左轉！」她的理智被吼回來，趕緊從破洞衝出去。

所有人迅速融入示威群眾之中。

警鈴終於響起來，他們被發現了。

震波器那麼響亮，西隅不可能沒聽到動靜，他們的時間不多。

「莎洛美，掃描器給我。」他搶過來，把莎洛美往傑登一推。「帶她往原路出去。」

「那你呢？」兩個年輕人不肯走。

「二樓也是墨族平民的關押區，我不能丟下他們。」二樓關押還在等待排程的平民。

「我們和你一起去。」莎洛美上前一步。

「聽令行事，不准爭辯。」奎恩怒吼。

傑登遲疑一下，遵照奎恩的命令已經成爲一種本能，他二話不說，拉著莎洛美往外衝。

「慢著，傑登……不……」莎洛美只能眼睜睜看著奎恩高大的身影消失在樓梯井。

「撤退！」傑登一路大吼，四個關卡留守的人一一跟著撤退，獄警們早已被注射鎮定劑，個個不醒人事。

「老大呢？」克里斯突然發現不對。

咚！咚、咚、咚！

震盪聲從他們的頭頂傳來。

「他去二樓放出其他平民。」傑登的神色繃得死緊。

「你們讓他一個人去？」拉斐爾大吼。

「他要我們聽令行事，我能怎麼辦？」傑登吼回去。

奎恩的軍令具有絕對權威。雖然將在外，君命有所不從，卻從來沒有人直接違抗過奎恩的命令。

克里斯和拉斐爾面面相覷。

樓上一定有其他獄警，甚至衛士，他一個人上去……

「傑登，拉斐爾，你們在等什麼？快出來！」尼克和負責接應的弟兄在外面大吼。

「你們走，我回去找老大。」傑登突然說。

「什麼？你不可以一個人回去。」莎洛美大喊。

「快走！」傑登回頭奔向奎恩消失的方向。

西隅的獄警從內外都攻過來，其他人無暇細想，回身迎戰。

✷

傑登衝上二樓，眼前是一條L型的廊道，中間交會處是門禁管制站，獄警已經身中麻醉槍，昏迷在地。

「嘿，別動！」四名獄警從西隅的廊道衝過來。

他迅速將管制門滑上，射壞感應器，讓他們從另一邊也無法打開。

背後的牢房區突然衝出一堆人犯。

「這裡、這裡。」

「右邊這間。」

所有犯人爭先恐後往其中一間有對外窗的牢房擠過去。

咚、咚、咚！

砰隆！

水泥壁破開，巨響從人群聚集處傳出來，奎恩在那裡。

他立刻循著聲音衝過去。

「傑登！」冷不防一名犯人抓住他。

「維卡。」他是菲力普的手下，原來被抓進懲治中心，難怪失蹤這麼久。「你有沒有看見奎恩？」

「剛剛跑過去那個真的是奎恩？」維卡無暇細想。「聽著，賈納德也在這裡，我在人群中沒看見他，可能還在自己牢房裡，跟我一起去找他。」

傑登焦躁地望著混亂的走道，所有犯人都往右邊第二間囚室擠過去，奎恩應該在那裡，他只想趕到奎恩身旁。

他掙扎地看一眼那間囚室，終於點點頭。

「走。」

維卡和他衝到底端的一間牢房。

床上果然俯臥著一個犯人，動也不動。維卡衝進去將他翻過來，賈納德雙眼翻白，嘴角留著嘔吐後的殘跡，床邊地上全是他的嘔吐物，室內一股令人欲嘔的酸臭。

「他們昨天把他帶去做精神偵訊，出來就變這樣了。」維卡悲憤地說。

「我們必須趕快離開，時間不多了。」

傑登撐起他一邊，維卡擋起他另一邊，三個人辛苦地在騷動的人犯中前進。

「喂！跑錯邊了，從R203室逃出去。」有幾個茫無頭緒的人想衝到管制站，他立刻大吼阻止。

那些人馬上折回來。傑登和維卡扛著賈納德，終於擠到R203門口。

奎恩。

他鬆了口氣。在一團混亂之中，那高大冷定的身影就是一道令人安心的牆。

「你回來做什麼？」奎恩犀利的藍眸對準他。

「我來幫你。」他勇敢地挺住。

「所有獄警讓開，不要擋路！」

背後響起切割管制門的聲音。

奎恩迅速到門口一看，衛士到了。

「老大，傑登，下來！」尼克在底下大喊。

一些獄警從後門攻出來，他們佈在外面的人手發揮作用。羅瑞的手下和尼克一干人先擋住。

「我們快走。」傑登將賈納德交給維卡，幾個人把他垂降下去，這一區關押的四十幾個人已經跑得差不多。

「不，裡面還有一區，關押更重要的墨族叛軍，我們不能落下他們。」奎恩繼續往外移動，「跟他們一起出去，不用等我。」

該死！

傑登看了尼克一眼，跺了跺腳，轉頭上來。

「他媽的，你不懂什麼叫聽令行事嗎？」奎恩邊跑邊咆哮。

「後面有十二個衛士，還有更多人會趕到，你一個人無法同時應付這麼多衛士，我們越快解決越能盡早離開。」他硬是跟過去。

奎恩低咒一聲。

二樓B區比較麻煩，專門關押有情報價值的囚犯，萊斯利就是被收容在這裡。好處是，戒備雖然森嚴，全靠自動化監禁系統，沒有人力，他們有管制卡不是問題；壞處是，中間好幾段門禁，讓距離拉得很遠，他們被迫更深入懲治中心的內部。

背後隱隱響起腳步聲的回音，衛士破門而入了。

他們沒有交談，只是不斷在狹長的廊道間奔跑，轉過彎角，一道人影突然擋住他們的去路，傑登火速舉高震撼槍。

典獄長。

威爾森典獄長從以前就一直與他八字不和，動不動在他偵訊重要人犯之前，藉故讓那些人被關禁閉，甚至下鎮定劑，導致他無法完成偵訊。

奎恩曾經好好回想，自己到底是哪裡和威爾森結下樑子？

答案是：沒有。在他進紀律公署前，根本和威爾森八竿子打不著關係。他勉強唯一能找到的解釋，威爾森和強森的關係比較好，故意絆他的腳丫子給清除部做面子。

「威爾森，讓開。」他可以不計前嫌，只要威爾森不擋他的路

威爾森的眼睛一直盯著傑登，傑登的視線轉開，奎恩的心頭突然升起一股異感。

「你們兩個認識？」

「不認識！」這個回答太激烈，傑登勉強改口：「或許。」

或許？

「跟我走，我們的時間不多了。」威爾森的眼中竟然帶著……懇求？

傑登只是看向奎恩，等待他的命令。

「拜託，孩子，我們該走了，西隅還有十四名衛士隨時會衝過來，即使奎恩總衛官也無法應付二十幾名衛士的圍攻。」威爾森的語氣越發匆促。

奎恩心頭突然雪亮，威爾森就是田中洛在懲治中心的內線！

好傢伙，竟然是典獄長。

難怪威爾森處處阻撓他，不是因爲跟清除部交好，而是爲了阻止他問出更多叛軍的情報。

誰能想得到？懲治中心的典獄長竟然是墨族內線，不過田中洛是如何和威爾森搭上線的？他和傑登又是什麼關係？

磅！衛士撞穿他們卡住的另一道鐵門。現在不是研究這個的時候。

奎恩把管制卡和震波器塞給傑登。

「我教過你怎麼用。」他褪下環刃，扣在傑登腕間。「我會擋住他們，爭取一點時間。你到B區釋放所有人犯，倘若時間不夠，你自己先逃，不用管我。」

「什麼？」傑登驚嚇地瞪大眼睛。

「快走。」

「快跟我來，快。」威爾森一直去拖他。

八名衛士衝進他們的視線。

「奎恩，你這個叛徒。」

威爾森不暇細想，直接將傑登的手臂繞在自己脖子上。「你們不要過來，他們會殺了我！」

八名衛士立時一頓。

「走！」奎恩低吼，猱身攻向八名衛士。

傑登腦中亂成一團，只能抓著威爾森往裡面跑。

「這一頭。」威爾森指著通向西隅的通道。

「不，我答應奎恩會放出所有人。」他兇猛地注視威爾森，然後轉往B區牢房。

威爾森低咒一聲，跟著他衝過去。

除了練習之外，這是他第一次使用環刃。威爾森到無人管制站將所有牢房門打開，傑登估量尼克的所在之處，以震波裝置和環刃打開一個大洞。

「所有人通通下去！」他回頭大吼。

逃出牢房外的囚犯爭先恐後跳下去。

媽的，後門也已經開戰。尼克和萊斯利在底下一一接應跳下來的人，事先埋伏好的北愛爾蘭幫將衝出來的獄警纏住，克里斯那些先出去的人也加入混戰。

警車鈴聲雖然響著，卻一直靠近不了，孟羅安排在路上的車流也發揮作用。

傑登逆著人流往外擠，威爾森火速追上來。

「你要去哪裡？」

「奎恩需要幫忙，我回去幫他。」

「不行，絕對不行！」威爾森死死抓住他不放。

「別碰我！你沒有權利碰我，你甚至沒有權利和我說話。」傑登用力甩開他的手。

「孩子，你……我……」威爾森的手無力地垂下來。「求求你，跟我來，我只關心你能不能安全逃出去。」

「我不需要你關心——」傑登突然重重一震。

威爾森驚駭地看著他的神情突然空白，然後慢慢軟倒。

一名黑袍衛士站在傑登身後，神情冷漠，震撼槍舉在手中。

「你殺了他……」威爾森喃喃道。

「典獄長，你有沒有受傷？」衛士慢慢走近。

「你殺了他……你殺了他……」

威爾森跪在傑登身旁。

對不起，孩子，對不起。我應該更勇敢的。

我應該像奎恩總衛官一樣，帶著你們母子一起逃走。

對不起，我當不了英雄，我辜負你們。

「典獄長，快過來，我們先送你到安全的地方。」衛士不斷觀察四周還有沒有共犯。

「你殺了我兒子。」威爾森抽出配槍，射殺那名衛士。

✷

秦甄將洗好的罐子放回架子上，再洗下一個碗，再放回架子上，再把洗好的罐子重洗一次，再放回架子上……

「妳再洗下去，鐵杵也能磨成鏽花針了。」若絲琳透過咖啡杯的熱氣，觀察著她的舉動。

秦甄停下來。她在做什麼？喔，她在洗碗。她低頭看著手中的洗碗布，現在已經下午兩點，爲什麼她還在洗碗？

她丟下洗碗布，頹然坐在若絲琳對面。

「妳可以打開電視，現場一定有新聞轉播。」若絲琳按住她的手。

「妳知道嗎？我和里昂從不對彼此說『再見』。」她抬眸望著好友。「我們只說『明天你想吃什麼』、『路上小心』、『晚上見』，總是在約定下一次見面的時間，好像只要我們約了，就一定會在說好的時間看見彼此。」

若絲琳握緊她的手。

「我最近學會一種蔥油餅的新做法，層次分明，外酥內軟，他很喜歡。這一趟出門，我問他回來想吃什麼，他說想吃蔥油餅。」她微弱一笑。「我相信他會吃到蔥油餅。我必須相信，因爲這是他每一趟出門我都秉持的信念。若絲琳，我不想看新聞，我只想看他，眞眞實實地站在我面前。」

「他們會平安回來的，不然我剝了孟羅的皮。」若絲琳輕聲說。

「岡納在幹嘛？」她轉個話題。

「鬧脾氣。」若絲琳受不了地搖搖頭。「他在不爽他們竟然不讓他跟，現在八成在拳擊場海K一堆欠訓練的學員。」

秦甄笑了起來。

遊戲室傳來兩個小鬼的爭執，爲了誰該先玩遊戲機鬥起嘴來，紫苑嘴巴雖然抱怨，最後總是會讓弟弟。

是的，她必須相信，他們的爸爸今晚會安全回來。

「若絲琳，我可以問妳一個問題嗎？」

「妳已經在問了。」

她遲疑了一下，終於啓口：「妳和保羅．肯特的死有關嗎？」

若絲琳鬆開她的手。

「我那時才十二歲，妳是在問一個十二歲的小孩有沒有殺了保羅．肯特？」若絲琳盯著她。「妳在問，這個小孩剛得知她的好姊妹被班導師猥褻，有沒有下課後跟蹤他，到了一處建築工地，跳出來和老師對質，那老師否認之後，她咄咄相逼，威脅要回家告訴大人，老師氣得想抓住她，她搶先一步將老師推進一個剛挖好的兩層樓高地基，看著他跌斷脖子，怕他沒死透，再把旁邊的水泥車推進洞裡，以免他還有機會活過來？」

若絲琳聳聳肩。「我當然殺了他。」

秦甄呆呆盯著她。

「那混蛋傷害了妳，別想再去找下一個小女孩。」若絲琳平靜地看著她。

「理智告訴我，這人應該活著接受法律制裁，可是我很高興他死了。」秦甄終於吁了口氣。

「我沒有妳的道德負擔，某些人類根本不值得活在世上。」若絲琳偏了偏頭。「我愛妳，甄，還有妳生的那兩個小鬼頭。只要我活著，沒有人可以傷害我的家人而不付出代價。」

「謝謝妳。」她嘆息。

「他會平安回來的。」若絲琳輕拍她的臉頰。

「但願如此。」

但願。

✱

他好累。

許久許久沒有這般深沈的累，好像過去九年的疲勞同時襲來。

他跛著右腳，按住右腹側的傷，一步一步走向那個巨大的方形光源。

再三十步、二十九步、二十八步、二十七步……

穿過方形光源就是門外。汗水併著鮮血從他的額角流下，鑽進他的眼睛，他眨了幾下才睜開。

十七步、十六步、十五步……

背後躺著一串人，有獄警，有衛士，他知道這只是暫時的，更多人即將衝過來。

下一步邁出去，某條肌肉牽動斷掉的肋骨，他痛得幾乎停下來。不行，繼續走。

十步，九步、八步……

甄？那是甄嗎？

他在光框中看見一道窈窕的剪影。

不，不是甄，他看錯了。

他用力搖搖頭，讓虛乏的大腦稍微清醒一些。

甄和孩子在一起，他們很安全。

這就是這一切的目的，確保他們安全地活下去。

三步、兩步、一步……

他跨出大門外，首都凍寒的十二月迎面撞來。以前在這裡生活了這麼多年，從不覺得嚴冬難捱，看來他在德克薩斯待太久，被乾熱的氣候慣壞了。

他艱辛地繼續往前走。往左邊一看，停車場的槍火依然在響，戰況被建築物遮住，他視野有限，不過聲音比剛才少很多，羅瑞他們一定依照原訂計畫撤退之中。

一、二樓破了兩個大洞。他及時看到最後一個昏迷不醒的人從二樓吊下來。

該死，那是傑登嗎？

他警告那小子他不要跟來的，為什麼不聽呢？

他繼續往前走。

拒馬外，混亂的人群擠成潮浪。很好，越亂越好。他們的人只有兩個指令：接人和趁機製造騷亂。

騷亂能轉移注意力，牽制警察。

該死，他的腹部很痛，恐怕內出血了，失血讓他的手腳在零下低溫越來越不聽使喚。

距離人群還有好幾百碼，他不可能走到；平時能輕鬆攀過的拒馬，此時看起來也如通天城牆。

繼續走，繼續走。只要繼續往前移動，那些人會來追他，羅瑞和尼克他們有更充裕的時間撤退。

後面的腳步聲追上來，追兵近了。

本來就是這樣的。

他從來沒有想過能全身而退，所以人力全佈在外面，只要了十七個人跟他一起攻主線，最後帶進去的也只有七個。

這裡終究是懲治中心，首都管制最嚴密的機構之一。他們能一擊得手，已是萬幸。帶進來的這七個人，他很明確告知他們，有可能出不去。

每個人毫不猶豫地點頭。

他該死地以這群人為傲，他們不是墨族人，他們是他的兄弟，長達九年出生入死、患難與共的兄弟。他早就下定決心，無論如何也要讓所有人全身而退。

除了他。

這就是原訂計畫。

他們不可能無限期地窩在德克薩斯，即使他們願意，歐倫多和奧瑪都容不下，更何況他們一步一步挖政府牆角，最後只會換來全面反擊。

他們也不可能揮軍進攻首都，美加有百萬雄兵，他們再如何精銳，也只有數萬人之眾。況且，在美加領土掀起內戰，是他最不樂見的事。

他很清楚，必須有人出來推倒第一張骨牌，後面就會一片一片倒過去。

他是一個「奎恩」，他是人民英雄，他擁有龐大的政軍實力，他有一整個墨族的支持，他擁有民意——起碼現在還有一部分。

人民是健忘的，拖久了就不會再有人記得。

他擁有蛇王孟羅的紐約、羅瑞・艾森的北愛爾蘭幫，連澳洲仔、幾個南美幫派都把賭注放在他身上。

他有奎恩工業和瑟琳娜・艾德森。

他的存在，讓所有八竿子打不著的人全網在一起，形成一股巨大的力量。

他必須當那個推倒骨牌的人。

一抹金髮閃進他眼中，尖銳的問題丟過來：

「奎恩總衛官，這些人是你們釋放出來的嗎？有沒有誤放其他罪犯？」

他聽見自己的聲音從一個很遙遠的地方響起：「今天獲釋的每個人都是墨族平民，沒有任何罪犯。」

背後的腳步聲越來越響。

今天是幾月幾號？

二十一？對，十二月二十一日，聖誕節連假的前一天。這也是他們選在今天動手的原因，佳節在即，令人放鬆警戒。

幾十條人影朝他撲過來。

今年不能陪甄和孩子們一起過節了。

14

他沒有回來。

秦甄跌坐在椅子上。

他怎麼可以不回來？她揉好的麵團還在醒著。

世界從她眼前消失，她又沈回那個水坑，旁邊急迫的交談全成了囈語。

這一次，沒有人把她拉出來。

我以爲老大跟你們在一起，你們怎麼會把他丟下？

我們不知道，我們以爲他從側門出來了！

傑登和他在一起。

傑登現在躺在醫院，昏迷不醒。

到底是誰在說話？這些人好吵、好吵，可不可以讓她靜一靜？她的頭痛得快爆炸。

「甄？」華仔——端木慶蹲在她身前。「妳還好嗎？」

「我不曉得……」這個說話的女人是誰？聲音好陌生，是她在說話嗎？爲什麼聽起來不像她的聲音？

「奎恩會沒事的。」端木慶溫柔地握住她的手。「我知道這句話聽起來很空泛，奎恩應付這些變故的經驗比我們豐富，他一定能夠撐到我們把他救回來。」

「他只是血肉之軀。」爲什麼這些人不懂？

紀律公署會如何對付他？刑求？精神偵訊？

她聽過太多精神偵訊的恐怖故事。你的大腦如此相信加諸在你身上的酷刑，許多人出來之後精神崩潰，或是肢體癱瘓，即使身上明明沒傷。

上帝，她沒法子想下去，她會瘋掉！

田中洛和若絲琳在門廊上瘋狂打電話，動用每一絲關係想問出情況。

「我們會把他救回來的。」田中洛推開門進來，在她肩上輕輕一按。

他的臉孔和其他人一樣寫滿疲憊。半夜四點，所有人已經超過二十四個小時沒合眼，不過無論如何疲憊，都沒有人睡得著。

尼克、拉斐爾這些參與行動的隊長僵坐在一旁，這一趟雖然救出懲治中心的墨族人，卻換來主將被俘、傑登生死未卜的結果，沒有人能慶祝這個結果。

列提和愛斯達拉不斷低聲爭論，布魯茲只是在旁邊當木頭人。

孟羅開門走進來，直接蹲跪在她身前。

「無論花多少精力，我都會窮盡一切力量把奎恩救出來。」他嚴肅允諾。

她的神情木然，甚至沒有力氣說一聲謝謝。

「這不合理。」岡納突然開口。

整間屋子靜默下來，同時看向他。

現在奎恩走了，他是最瞭解紀律公署的人。

「奎恩不是個莽夫，明知時間不夠，他不會一直往裡面闖。只要人能全身而退，隨時可以再找其他機會。」岡納思索著。

他反覆盤問過尼克等人，即使每個人負責的地區不同，拼湊出來的都是相同結果：奎恩就是沒有及時出來。爲什麼？

「現在想想，這整個行動都不合理。」他抬起頭，但不是眞正在看哪個人。「如果他是爲了賣孟羅一個人情，我還比較買單。攻下一個懲治設施能有什麼作用？即使放出裡面的墨族人，全國都是這樣的監獄，一個地方能起什麼作用？」

「老大他……」尼克講了幾個字，突然停住。

「說完。」岡納銳利地盯住他。

「他明明有足夠的時間出來，不管是在哪一層樓，只要跟傑登一起往跳下就好，爲什麼他不跳呢？」尼克最過不去的是這點。

負責留在下面接應的是他，這件事好像是他的失敗，直到現在他都無法正視甄。

「慢著，你們是說，奎恩可能在策畫自己被紀律公署抓回去？」列提霍然而立。

秦甄緩緩抬起頭。

「他爲了你們身陷囹圄，你們一有機會，第一時間依然是懷疑他。」她的嗓音清冷到極處。

「我、我不是這個意思。」列提的雙頰微微一紅。

「無論有意無意，我們必須正視一個事實。」愛斯達拉清清喉嚨。「奎恩知道我們所有情報機密，他被抓進去……這個有點難搞。」

秦甄直接走出去。

「他媽的你們在說什麼？」克里斯在背後開罵。

「甄？」還在講電話的若絲琳迅速跟在她身後。

她穿越馬路，踏進家門，直接上二樓主臥，抽出行李箱開始收拾。

「妳在做什麼？」若絲琳收起手機問。

她沒有說話，大人和小孩的衣物一件件拿出來，摺好放進行李箱。她不能講話，只要開口，先潰堤的會是眼淚。

孩子還靜靜地睡在隔壁，完全不知道爸爸不會回來，她不能先崩潰。

田中洛輕輕扣了下門，自己走進來。

她誰都不看，只是自顧自收拾衣物。

「甄。」田中洛按住她機械式的動作。「列提和愛斯達拉不是這個意思。況且，誰管他們怎麼想？我不相信奎恩策畫了這麼多年，就為了回去他的舊生活。」

她的聲帶終於發生作用。

「那如果我告訴你，我現在收拾行李，是為了帶孩子們離開呢？我們一家走了，看起來是不是更可疑？」

「妳想去哪裡？我幫妳安排交通工具。」田中洛甚至不必多想。

撐在她體內的勇氣突然消了氣，她跌坐在床上，臉埋進手裡。受傷小動物的嗚咽從指縫間逸出來。

若絲琳緊緊抱著她。

岡納站在房門口，眼中有一些奇特的神情。若絲琳對哥哥輕點了下頭，將甄交給他，自己拉著岡納走到走廊底端。

孟羅也來了，從頭到尾帶著一種超然的神情，站在一段距離之外。

這傢伙雖然看似沒心沒肺，其實有個優點，不喜歡欠別人人情。奎恩爲了救他的女人被捕，這個人情欠大了，蛇王孟羅向來有債必還。

「怎麼回事？」她問岡納。

「奎恩想被捕。」岡納突兀地說。

「爲什麼？」

「這是唯一合理的解釋。」岡納固執地看著她。「政府不會只因爲一個網站就倒下來，群眾的熱度有限。妳看看整個軌跡：紀律公署一連串誤殺事件、示威抗議、多斯科技的陰謀、歐倫多的底被掀開，所有燃料已經倒進爐子裡，只缺一根火柴。這爐火再不點，就永遠點不著了」

「他出門之前，就知道自己不準備回來？」若絲琳努力壓抑情緒。

「奎恩是最好的『火柴』。」岡納的眼底暗潮洶湧。「老道格・奎恩爲這個國家而死，倘若另一個奎恩犧牲，人民的公憤抵擋不住，奎恩家族不會就這樣了局，瑟琳娜的奎恩工業，以及所有被他救過的德州人，沒有任何政治勢力可以和這麼強大的力量對抗，美加非改變不可。」

這傢伙想當烈士！若絲琳瞪著他。

「這就是奎恩不讓我去的原因。他離開之後，德州還有我，墨族叛軍不會陷入群龍無首的困境，甄和孩子也會受到保護。」

媽的！要託孤之前也不先問問人家願不願意，岡納心裡罵了七、八十聲幹。

「等我們把他救回來，我他媽的一定要宰了他。」若絲琳閉了閉眼。

「妳得先排隊。」秦甄清冷的嗓音突然插入。

若絲琳差點驚跳起來。

秦甄冷冷看過每個人。岡納，田中洛，孟羅，若絲琳，最後再回到岡納臉上。

「你們男人有一個毛病，老是以爲女人只能躲在後面。」她清冷一笑。「紀律公署和歐倫多政權以爲他們可以奪走我的丈夫，他們錯了。」

眼前這個女人不再是兩分鐘前脆弱不堪的妻子，她眼中生出一股新的力量，堅定踩住她的立場。

「套句里昂說過的話：我是小學老師。在我們的世界，沒有放棄這回事。」秦甄微微吸了口氣。

「我會讓紀律公署釋放我丈夫，即使必須踩平整座首都，我都會做到。」

✷

瑟琳娜站在宏偉的門前，望著一列車隊護送中間的休旅車駛進來，艾德森父子和秦氏夫婦站在她身旁等待。

車隊停下來，她快步奔下石階，及時接住兩個撲進她懷裡的小傢伙。

「奶奶，爹地在哪裡？」

「媽咪說，爹地會離開一陣子，爹地在這裡嗎？我們可以看到他嗎？」

兩張小臉噙著汪汪的淚水，眼一眨，大顆大顆滑下來。

唉，小可憐，你們怎麼會明白呢？你們的世界在一夕之間變色，卻沒有任何答案。

「爹地不在這裡，不過他會來接你們，不會等太久的。」她溫柔說道。

「嗚哇！嗚……爹地……」

「我要爹地……嗚……」

兩個失望的小朋友放聲大哭。

父子連心，他們應該感覺到事情不對勁吧？瑟琳娜緊摟著小傢伙，滿心酸楚。他們的父親是她兒子啊！

秦氏夫婦緊緊抱著女兒。

「妳人來就好，沒事了，里昂的事大家都在想辦法。」秦母安慰她。

為什麼每個人都跟她說沒事？明明就是有事。

「我不久待。」她簡單說。

「什麼？」

「我怕孩子自己過來會害怕，所以陪他們走一趟，等一下我就要離開了。」她鬆開父母，走到瑟琳娜身前。

瑟琳娜以為會見到一個柔弱萎靡的媳婦，她卻意外的清明犀冷。

「瑟琳娜，謝謝妳照顧孩子們。」

「他們是我孫子，即使奧瑪丟顆核彈，我都有地方替他們擋。」瑟琳娜緩緩站起來。

秦甄蹲下來，無比愛憐地撫去女兒的淚水，再替兒子拉好衣領。

「紫菀，道格，爹地被死光星人帶走了。」

「什麼？」道格叫出來，小紫菀抽了口冷氣。

「媽咪得救爹地出來，可是死光星人也想抓你們，媽咪沒有辦法又救爹地又保護你們，所以先把你們送到奶奶這裡來。」秦甄握住女兒的手。「紫菀，媽咪走了之後，妳就是弟弟的小媽咪，妳能答應我一定會照顧他嗎？」

紫菀又要哭了，可是很勇敢地忍住，用力點點頭。

「媽咪，妳就是神奇公主。」道格大聲說。

「對，媽咪是神奇公主，銀河戰士需要我。」她抑住不捨的情緒，「你要乖乖聽奶奶和姊姊的話，媽咪救到爹地，就會回來接你們。」

同行的人還有萊斯利，神色緊繃的他打開後車廂，抬出好幾箱傢伙。

「我來幫你。」艾克立刻上前。

「軍隊包圍邊界，已經開始發動攻擊。整個德州斷水斷電斷網，萊斯利的工作是資訊戰，需要穩定的電源網路，所以他會陪孩子在法國待一陣子。」秦甄解釋。這樣她比較放心，兩個小朋友身旁多一張熟面孔。

「我不會待太久，等忙完這裡的事我就回去。」萊斯利看著艾德森兄弟。「如果你們能拉一條專線更好，我需要用到大量的頻寬。」

他們很少看到他沒有笑容的樣子。

「沒問題，把你需要的東西列下來，我立刻處理。」楊轉頭喚門房過來幫忙。

「歐倫多和奧瑪眞的在國內掀起內戰，眞是瘋了。」約瑟夫無法苟同地搖頭。

奎恩被逮捕不久，軍隊便召集在德州邊界。陸軍上將打著「一周內平定德州叛亂」之名，揮軍進攻。

萊斯利只想盡快回到德州。無論烽火或承平，那裡都是他的家，他的兄弟正在奮戰。

奎恩爲他們準備七年，爲的就是這一役。無論他在與不在，他們都會打下來。等他回來，他們要讓主帥爲他們的表現感到驕傲。

「他們沒有選擇。里昂把他們的底全抽了，好不容易抓到他，只要再把德州搞定，所有故事都能重新編寫。」瑟琳娜的藍眸冰冷無比。

秦甄輕輕握住她的手。

「我可以借一步說話嗎？」

「當然。」

瑟琳娜和她走開幾步遠，秦甄深呼吸一下。

「很抱歉，但願是在不同的情況下讓妳知道這件事，但我們可能沒有這個機會。」

「什麼事？」瑟琳娜凝視著她。

「我們在多斯科技的總部找到這份文件。」那雙和里昂如此神似的藍眸讓她想哭，她匆匆低下頭，把事先印好的文件掏出來。

瑟琳娜接過來，快速地掃過去。

僵住。

「我很遺憾。」秦甄擁住她的身體。

她無法動彈。

「媽？」楊走過來，將她手中的文件抽走。

他們殺了道格……

他們竟然殺了道格……

她不能動，巴黎瞬間成爲極地酷寒。道格……

「瑟琳娜？」約瑟夫輕輕將她擁進懷裡。

楊看完低咒一聲，交給艾克。

「媽的！」艾克不像哥哥那麼克制。「道格・奎恩是他們殺的？這些人瘋了！」

他們殺了她兒子的父親，她終生的摯愛。

她永遠不會知道和道格將有什麼樣的結果。或許最後他們會離婚收場，也或許兩人都勇敢向對方表達自己的愛，變成像里昂、甄這樣的夫妻，但她永遠不會知道了。

她閉了閉眼，強迫自己醒來。

「讓荷莉打包我的行李，我和妳一起走。」她看向秦甄。

「媽！」艾克叫道。

「我不能什麼都不做。」她望向丈夫。

約瑟夫溫柔拂開她的金髮。「是，我明白。」

「老爸，很危險耶！」

「艾克，楊。」她牽起兩名兒子的手。「這個決定不是現在才下的，我本來就決定回美加。你們三個都是我的兒子，有沒有血緣關係並不重要。如今你們的哥哥被抓走，必須有人帶他回來。」

「我懂。需要什麼，跟我們說一聲。」穩重的楊緊了緊她的手。

「好吧，那我也一起去好了，你們會需要一個行銷高手。」艾克翻個白眼。

「謝謝你。」瑟琳娜親親他。

現代戰爭不只是槍炮彈藥，媒體和民意的運作遠超過殺戮，艾克是這方面的高手。

「我問過奎恩，爲什麼不把這份文件一起放上網，他說時機未到。」萊斯利遲疑地看著他們。

「因爲這個祕密不能由我們公佈，里昂只會被打爲滿心報復的狂人。」瑟琳娜藍眸冷酷。「放心，我知道該找誰。」

她會讓惹她的人萬分後悔。

✷

精神偵訊室

奎恩被三名衛士押進來，用力按在椅子上。

偵訊室乍看如一間牙醫診療室，只是更乏善可陳。灰色的小隔間只有一張躺椅，管線藏在地上一個的小圓孔，硬體機件設在相鄰的觀察室。

三名衛士將他的雙手雙腳扣在躺椅上，額頭、胸口、大腿綁住，一名衛官走到他身旁。

「他非常強硬。」其中一名衛士說。

「他很快就不會這麼強硬。」那衛官皮笑肉不笑。「總衛官，容我自我介紹，清除部莫瑞斯。」

「你沒有重要到讓我記住。」奎恩盯著天花板。

「是嗎？或許一個小時後你會改變想法。」

「他不會，一個小時後他只會變成一個口吐白沫的瘋子。」

四名黑袍人笑了起來，奎恩只是繼續盯著天花板，這是他唯一的視野。

他的缺乏反應讓人不太滿足。

「根據規定，我們還是得問你幾個問題，」莫瑞斯遺憾地開口。「你願意招出叛軍首腦的下落嗎？」

「是的，他們在德克薩斯，你何不自己進去找他們？」

一名衛士氣得給他一拳，奎恩全身被固定，臉偏都不偏，只有嘴角微微染紅。

「衛士們，你們得增強自己的偵訊技巧，幸好我以前不是這樣帶人的。」莫瑞斯攔住另一拳。「老實說，我不是很在乎你招不招，只想把你送上絞刑架，可惜這個國家已經不執行絞刑。」

「你會爲普塞爾的死付出代。」一名衛士恨恨道。

「他是誰？」奎恩眉一皺。

這次又被賞了一拳。「你在懲治中心殺死的衛士，你這個叛徒。」他沒有殺死任何人，不過這個不重要，他們也不會信。

「我的案件編號是什麼？」

「什麼？」莫瑞斯一怔。

「若是MPA開頭，表示我是墨族叛軍，應該由反恐作戰部審訊；若是VPA編號，表示我是國內重大罪犯。無論哪一種，都輪不到清除部，你們只負責清除墨族平民。」

「WTF……」衛士又想動手，這次被另一名衛士攔住。

「總衛官，我是反恐作戰部初階衛士安傑。」攔人的衛士年紀很輕，看著奎恩的目光帶了點猶豫。

「你他媽的還叫他總衛官？」

「我沒見過你。」奎恩瞄他一眼。

「我在你離開之後才進入紀律公署。」安傑躊躇片刻。「由於你的特殊身分，反恐作戰部被要求利益迴避，只能旁觀。」

「現任的反恐作戰部首腦是誰？」

「是……」

「安傑，你要不要把內褲尺寸都告訴他？」一名衛士粗魯地推開他。

「你們非常容易激動，紀律公署的標準已經降到這麼低了嗎？」奎恩閒聊道。

莫瑞斯走近他身旁。「奎恩，如果你期待老同事來救你，現在就能打消主意。反恐作戰部已形同空殼，現在是我們清除部當家，還得多多感謝你。」

「奧瑪。」他懂了，奧瑪終於把他的班底拔除。

說眞的，奎恩的態度讓人很不滿足。每一個被他們拖進精神偵訊室的人，若不是嚇得雙腳發軟，就是直接求饒，連嚇尿的都有。少數硬項的人聽說過精神偵訊，臉色慘白都是基本配備。

然而，奎恩只是躺在那裡，一臉無聊，連看牙醫的人都嚇得比他厲害，這男人是眞的有這麼強或是沒神經？

「好吧，派對開始。」

他們從地上的圓孔抽出感應線路，貼在他的身上，四個人往外走。安傑落在最後，臨出門前頓了一頓。

「總……呃，保羅是莫瑞斯親自帶過的衛士，倘若你不合作，他們不會放過你的。」

「謝謝你告訴我。」

✸

在相鄰的控制室，精神偵訊儀開始分析——

肉體疼痛：百分八十九

厭棄物：百分之八十七
心理恐慌：百分之八十二
無感應事項：無

「嗯，鼎鼎大名的奎恩總衛官也跟平凡人一樣嘛！」莫瑞斯評論。

他們都不想提，這個數值比一般人的低。

「好吧！先給他三十分鐘的開胃菜玩玩，慢慢來。」

✷

奎恩被兩名衛士架回牢房，直接摔進去，門一關上便是伸手不見五指的黑暗。

今天是第幾天？第七天？第十天？

他的時間感比別人強，但在第五天過後就失去線索。除了離開牢房接受精神偵訊，就是處在全黑的牢房，他的生理時鐘無法再辨別時間。

他覺得自己在這裡已經待了一百年。

全身每個地方都痛，他勉強撐著地板想坐起來，手腳卻不聽使喚。

當然，因為他的手腳已經不知斷過幾次，指甲也被拔了無數次。實際上未發生並不重要，他的大腦讓這些記憶深入到每顆細胞。

有人曾經告訴他某些很重要的事，跟精神偵訊有關，他努力回想卻想不起來，維持思緒變得如此困難。

這件事很重要，想，用力想。

不，他只想倒在地上，永遠不要清醒。

無論莫瑞斯怎麼做，都不能讓他變成一個「口吐白沫的白癡」，他們很不滿意，最後這件事變成了一個意志之爭。

想！精神偵訊……人腦……幻覺……虛擬……是誰？是誰的聲音？他必須想起來……

不行，好累。

里昂？

他聽見甄的聲音。

爹地！爹地，我拼了一輛卡車。

才不是，是我拼的。

紫菀，道格……他願意放棄一切，只求再見到他們一面。

里昂，回到我身邊。

我會。我會。可是好難……

起碼他們是安全的。岡納在，他會用生命保護他們。只要甄和孩子安全就好……

銳利的光線變成一把刀，切開黑暗，他的雙眼刺痛地閉了起來。這幻覺也太眞實了。

「你看起來一團糟。」

不是幻覺。他認得出這個聲音。

骨子裡不服輸的硬氣讓他使盡最後一絲力量撐坐起來，頭頂的燈光啪地打亮，他撇開臉，閉了閉眼。

奧瑪署長站在門口，門外跟著典獄長。所以現在應該是上班時間，威爾森這混蛋從不加班的。

「你這個謀殺犯。」他喑啞的嗓音一逸出，奧瑪火速將鐵門按上，手勢一打，監控系統的紅燈立刻熄滅。

「你對我說什麼？」奧瑪沒料到他第一句話就這麼辛辣。

「你殺了我父親。」

「道格不是我殺的，雖然我們兩人不合，我一直對他存了一分敬重。」奧瑪低斥。

「別想騙我，我不是白癡，你敢說你完全不知道歐倫多想除掉我父親？」奎恩嘲弄他。「如果你眞的這麼『尊敬』我父親，有充足的機會警告他，但你沒有，是不是你親自動手又有什麼差別？」

道格．奎恩的存在不只卡到歐倫多，也卡住奧瑪的晉升之路。他性格太正直，這項優點在政界卻是一塊絆腳石。

奧瑪的胸口劇烈起伏。「這不是我今天來找你的原因。」

「我對你找我的原因不感興趣。」他靠牆而坐，閉上眼睛。

這大概是奧瑪見過他最狼狽的時候。他的體重在半個月內減少了十五磅，雙眸深陷，皮膚因長期不見光而呈現一種病態的灰白，然而，硬挺的雙肩依然透出該死的驕傲。

奎恩家的男人究竟怎麼回事？除了死亡，眞的沒有任何事能撼動他們嗎？甚至連死亡都不是他們的弱點。

「我們可以把情勢扭轉成雙贏的局面。你出面勸說德州無條件投降，我推動國會撤銷反恐清除法。我答應你，最晚半年內就會過關，你的妻子兒女將合法和你團聚。」

「然後你變成墨族救星、偉大的英雄？」奎恩毫無笑意地挑高嘴角。「滾，我不和罪犯談條件。」

「我不是罪犯。」奧瑪漲紅了臉。

「你是該死的謀殺共犯。」奎恩睜開眼睛，無論肉體多麼疲憊，他的藍眸清澈得如同兩汪冰湖。「奧瑪，我會看著你接受審判，鋃鐺入獄，一輩子爛死在監牢裡，這就是我和你談的條件。」

「你會死在這裡！接受我的條件是你唯一的出路。」

「那我就死在這裡。」他重新閉上眼睛。「滾。」

奧瑪實在無可奈何，憤怒地離去。

過了幾分鐘，另一股體熱蹲在他身旁。

「嘿！奎恩，你有辦法問到傑登的消息嗎？」威爾森壓低嗓音。

什麼？他張開眼睛。

「傑登。你有沒有辦法問到他的下落？」威爾森神情迫切。「已經半個月了，田中洛完全不肯告訴我他是生是死。」

所以，他已經在懲治設施兩個星期，感覺像兩輩子。

「他出了什麼事？」奎恩問。

「一名衛士從背後射中他。」

啊，你這個蠢小子，我叫你不要跟上來的！

「你殺了那名衛士？」

威爾森不回答。

「傑登和你是什麼關係？」他再問。

「不干你的事。」威爾森微微後退。

「幫不上忙。」他又閉上眼睛。

媽的！

「他和我共通擁有一個非常親近的人。」

「誰？」

「跟你有什麼關係？」

「再見。」

「FUCK！」這次終於罵出來。「聽著，只要你能幫忙問到，我可以把你換到條件好一點的地方。」

「對我沒差。」不管換到哪裡，他依然會被抓去做精神偵訊。

威爾森被他搞得無計可施。「好吧，我答應會想辦法讓莫瑞斯他們很忙，沒時間來找你。你看看你這副死樣子，你需要一點喘息時間。」

奎恩終於睜開眼睛。「威爾森，你沒有我想要的東西，我真正在乎的事物不在這間懲治中心裡。」

「媽的，你到底要怎麼樣？」威爾森挫敗地捶地板。

「告訴我你和傑登的關係。」

威爾森煩躁地在牢房裡轉了一圈，終於蹲回他身旁。

「二十幾年前我有過一場短暫的外遇，那個女人是墨族人。有一天她突然消失，再隔一年，她告訴我她生了一個兒子，我的前妻無法懷孕……」

原來如此。

多諷刺啊！身為墨族人清除設施的典獄長，卻有一名墨族私生子。威爾森骨子裡是個傳統男人，子嗣對他極為重要。

「這中間我斷斷續續見過孩子幾次……傑登是個好孩子。」威爾森努力抑下心頭的激切。「有一次他母親的巢穴被抄，她當場死亡，傑登和荷黑差點被捕。我讓荷黑帶他走，條件是他們必須照顧傑登。」

他倒不曉得這段淵源。田中洛忒會瞞，他們兩個有空應該多交換一下心事。

「你到底有沒有辦法問到傑登的現況？」威爾森快翻臉了。

奎恩嘆了口氣。「打這支電話，告訴蛇王孟羅，『我知道草莓是誰吃的，一盆草莓換一個問題』，倘若他知道傑登的情況，他會回答你。」

威爾森如釋重負地站起來。離開之前，他在門口頓了一頓。

「聽著，現在政壇很亂，眾議院正在發起總統的彈劾案，很有可能過關。你只要再撐一陣子，應該有機會活著出去。」

「多謝。」

15

大家好，歡迎來到「無名珍的德州日常」。

我終於露面了，這就是我的眞面目，背景也和以往的廚房不一樣，因爲我已經不在德州。

首先，我要向大家道歉，有個網友問過，我是不是罪犯？我回答不是。其實，根據美加法律，我確實是個罪犯，不過不是因爲我犯下任何罪行。

我是一個百分二十的墨族非法血源者，這是我與生俱來的「罪」。

請容我向大家正式自我介紹：

我的本名叫秦甄，結婚之後變成甄．奎恩。我的丈夫就是奎恩總衛官。我們有兩個小孩：紫菀和道格．奎恩。

我們都不是罪犯，只是最平凡、最渴望幸福的人，和您一樣。

我丈夫被紀律公署逮捕之後，政府揮兵攻打德州。繼四百年前的農奴解放運動，這是美加史上第二度內戰，目的依然是爲了解放另一群飽受迫害的民族。

我們總是學不會教訓，歷史會記上這一筆的。

我的丈夫並沒有叛國，他比任何人都愛這個國家。

請讓我告訴大家過去十年來發生的事。我和奎恩總衛官如何相識，又在德州做了哪些事……

導播在場外檢查螢幕，確定布景和畫面都很完美。

棕髮棕眸的主播站在中央，左右各一張椅子，其中一位來賓已經到場，另一張椅子神祕地空著。

「主播和來賓都沒問題嗎？還有三十秒，每個人說幾個字，確定麥克風的收音。」

主播和來賓依言而行，導播做個ＯＫ的手勢。

「好，副控室。」

「下片頭音樂，五、四、三——」

形象專業的主播站在鏡頭前：「歡迎收看ＣＷＷ『眞相解密』，我是凱莉・華森，今天我們將爲各位解開一個震撼全國的眞相，我們預期節目會在事後承受龐大的政治壓力，但是『眞相解密』從不畏任何權勢，爲全國人民解開眞相才是我們的目標。

「先介紹今晚的來賓。第一位，貝神父。他是紀律公署宗教部及心理諮商部的領導人。在貝神父投身神職之前，曾經是一名軍人，道格・奎恩是他的多年夥伴和好友，對吧？貝神父。」

螢幕上的貝神父清癯優雅，黑色的神職長袍讓他領口的白項圈更加顯目，他的五官刻畫著歲月的線條，全白華髮在燈光下散發近乎聖潔的光芒。

「是的。我和道格從軍校時期就相識，一起從軍二十一年，直到我四十二歲那年決定退出軍職，進入神學院。之後道格和我依然是最好的朋友。」

「直到道格・奎恩在一場恐怖攻擊中殉職？」

「是的。」貝神父輕嘆。

「貝神父，你有沒有看過最近在網路上瘋狂轉載的一段影片？目前已經累積了十七億次的觀看數，拍攝影片的人是奎恩總衛官的妻子，秦甄女士。」

「是的。」貝神父露出一絲笑容。「別叫她『女士』，她會抗議的，叫她甄就好。」

「你認識她嗎？」

「甄是一位非常善良美好的女孩。在她的墨族血源曝光之前，只是一位平凡的小學老師，在湖濱國小任教，她還當選過『最佳小學老師』。」貝神父的笑容溫暖。

他的笑太有感染力，凱莉回以一笑。

「你是在什麼樣的場合認識她和奎恩總衛官？」

「我相信是在十年前，一間超市裡。」

「超市？」凱莉感興趣地問。

「是的。」貝神父笑出來。「當時距離他們結婚還有兩個月，奎恩總衛官陪她一起逛超市，被我遇到。」

「奎恩總衛官會逛超市？太難想像了，我們說的是冷硬無情的奎恩總衛官嗎？」

「相信我，我和妳一樣驚訝。但是看見他們兩人在一起，妳不會有任何疑問。甄是個腳踏實地的女人，她讓奎恩總衛官變成更好的男人。」

「他們很幸福？」

「非常幸福。」貝神父頷首。

「謝謝你，貝神父。我們待會兒再多聊一些。」凱莉轉向鏡頭。「爲各位介紹我們的第二位來賓。這位來賓比較特殊，基於身分敏感，他無法親自到現場，我們只能以衛星連線的方式訪問。歡迎多斯科技『野火計畫』的主持人，端木慶博士。」

空椅後方的螢幕牆逐漸凝聚，最後，一張清晰的華人面孔出現在全世界眼前。

端木慶穿著非常隨性，白襯衫和黑長褲，襯衫最上面的兩顆鈕釦開著，就像一般人在家裡的穿著，深灰背景讓人看不出他的所在。

「博士，感謝你願意加入我們。在節目播出之前，我們提議，若你不願意露面，我們可以打馬賽克，博士拒絕了。」凱莉轉向螢幕。「博士，你爲什麼拒絕？」

「我已經躲了大半輩子，不想再躲了。」端木慶搖搖頭。

「你一定瞭解，野火計畫是一個非常具有爭議的實驗，曝露身分可能會對你帶來極大的危險。」

「我明白。」

「你可不可以告訴我們，野火計畫的內容是什麼？」

「就是針對大腦的人體實驗。」端木慶解釋著。「組織採樣和切片、神經傳導、生物電的傳遞利用、活體組織與異質的結合，基因學、神經學、精神學、心電感應，總之所有你們想得到、想不到的實驗，我們大概都做過。」

「接受實驗的人都活下來了嗎？」

「大部分沒有。」端木慶盡量維持平穩的視線。

「太可怕了，博士！你一定明白這其中強烈的道德爭議，爲什麼你還是進行下去？」

端木慶嘆了口長氣，幾秒鐘的時間鏡頭兩端都沒有聲音。

「我腦子裡閃過好多解釋，不過沒有意義，到最後，這些都只是藉口。」端木慶沈重地開口。「我只能告訴妳，當時的我認爲自己在做一件對人類具有重大貢獻的事，所有受試者都是簽約自願加入，並且會領得高額報酬。」

「他們是嗎？」

「現在我知道不是，他們都是多斯科技從街上綁架來的遊民，社會最底層的人，失蹤了也不會有人在乎。」

「你的實驗目的是什麼？」凱莉緊緊盯著他的畫面。

「據我所知，多斯科技和政府高層有關，目的在研發具有高強度生物機能及精神控制力的人類。」

「也就是超級士兵。你成功了嗎，博士？」凱莉驚駭地問。

「『是』與『否』。」端木慶透過鏡頭看著她。「如果妳想問，我們有沒有製造出像超人那樣無堅不摧的人類，答案是否定的；不過我們的實驗讓許多以腦波控制的武器得以實現，在神經醫療上也有斬獲。我們研發出來的武器讓一個普通軍人擁有超強的攻擊力，某方面讓他們變成超級士兵。」

「但多斯科技是一間環境採樣公司，不是暗黑版的奎恩工業。」

「你們只要去查全世界的專利，擁有意志控制專利的公司就是多斯科技的分身，你們再去查這些公司的幕後投資者，就會挖出所有參與的人，其中隱藏的收益不亞於奎恩工業或雷神、波音。」端木慶直視著她。

「我們一定會的，相信我，『眞相解密』從來不半途而廢。」凱莉終於問：「你以自己的成就爲傲嗎？博士。」

「不，代價太高了。」人類的原罪，就是以爲自己可以取代神。

「過去幾年你躲在哪裡？博士。」

「我並沒有『躲』。十二年前，我決定拿自己當實驗體——」

「慢著、慢著，你剛剛說什麼？」凱莉的眼睛差點掉出來。

「我知道，我在科學界是個天才，生活常識上恐怕不是。」端木慶苦笑。「結果手術嚴重出錯，我精神錯亂，流落街頭，墨族人撿到我，這些年一直在照顧我，直到去年我錯置的記憶開始恢復，才回想起一切。」

「所以你這些年一直都在德州？」

「大部分是。」他點頭。「奎恩來了之後，整頓墨族人，肅清當地罪犯，讓德州變成一個適合居住的地方。許多人都受到他和墨族的保護。」

凱莉轉向貝神父。

「我們聽到一些非常衝突的資訊。神父，在你口中，奎恩總衛官是個忠誠的軍人；在端木博士口中，他卻和墨族叛軍在一起，到底哪一個是眞正的里昂·奎恩？」

「兩個都是。」貝神父深深注視她。「保家衛國是一個軍人的職責，奎恩總衛官眼見一群人受到迫害，卻無人聞問，於是站出來保護他們。」

「可是，神父，你最好的朋友是死於墨族人手中，你怎麼能爲他們說話？」凱莉開始切入主題。

「道格不是死在墨族人手中。」貝神父清明的眼直視鏡頭。「最近我取得一份機密文件，揭露道格死亡的眞相。端木博士也在，或許他能提供自己的看法。」

「我們來看一下這份文件是什麼。」

凱莉站到一旁，巨大的背景牆秀出四張文件，內容是一來一往的Email。

「我的天！」凱莉盯著螢幕，只能說出這句話。

貝神父面容一緊。

凱莉在螢幕上圈出重點。「讓我們看一下時間。道格的死亡日期是八月二十四日。第一頁是七月十八日，寄件者是秦天，他是秦漢科技集團創始人的哥哥，也是多斯科技的幕後老闆，收件者是OLD。『餌已佈好，人也找好，獵鷹計畫佈署完成，計畫是否不變？OM加入嗎？』

「第二封在八月一日，是OLD的回應：『已與OM見過面，他還在考慮，於我們無損。老鷹不飛走，森林無食可獵，照計畫進行。』

「第三封在八月二十四日，也就是道格殉職的當天，晚上十一點半，由秦天寄出：『轟！獵鷹計畫成功，DQ不再是問題。我要一個基地，你依照計畫爭取參議員名次，我會支援。』

「第四封的日期是在兩天後，OLD回應：『德克薩斯是你的，需要一間採樣公司掩護。我飛高，你飛高。我墜落，你墜落。』」

攝影棚一片靜默。

「貝神父，這四張文件代表什麼？」凱莉終於問。

「『老鷹』與『DQ』指的是道格．奎恩，顯然他的存在擋到某些人的路。」貝神父的眼神矇矓。「道格和我閒聊時曾說：『貝，你相信嗎？世界上到底都是瘋子，有人覺得士兵可以從實驗室做出來。依我看，我們鐵打出來的漢子才是真材實料。』當時我以爲他在聊什麼時興話題，不以爲意。」

「你現在的想法呢？」

「……我很後悔沒有多問。」

「不過OLD是誰？」

貝神父指了指背景牆。「我手上還有一張政治獻金的名單，不過大家應該已經從眞相網站看過了。這些政治獻金是合法捐贈，並沒有疑義，不過由此顯示秦漢集團和歐倫多的從政歷程密不可分，OLD很明顯就是『歐倫多』。」

「那OM是誰？」

「我相信是現任紀律公署署長，傑克・奧瑪。」貝神父看著她。「奧瑪和歐倫多總統一直是政治夥伴，每個人都知道，他能當上署長，是由歐倫多總統力薦，經由國會同意。」

「慢著、慢著，這是一件大事，牽涉到成堆的法律訴訟，讓我們冷靜一下。」凱莉轉向端木慶。「博士，你有沒有看過這份文件？」

「應該有。這份文件年代久遠，不小心被誤移到『雜項』底下。我很少管外界的事，所以沒有多做聯想，直到最近整件事被拼湊起來。」

「貝神父，你是說——？」凱莉露出震驚的表情。

「是的。」貝神父一字一句說得清晰無比。「道格・奎恩並不是死在墨族手中。當時還在環境委員會的歐倫多和秦天合謀，將他的死亡佈置成恐怖攻擊，目的是爲了讓德州落入多斯科技的控制，進行野火計畫的人體實驗，收取龐大的利益。無論奧瑪署長參與的程度如何，到了某個程度他不可能不知道，更是直接受益者之一。

「如今我們的三軍統率在國內興起內戰，爲的就是掩飾自己的罪行。里昂・奎恩落入紀律公署手中，命在旦夕。只要這些人死了，一切人證物證全部湮滅。在我國，謀殺罪沒有追訴期限。」

貝神父緊緊盯著鏡頭。「我呼籲司法開始偵辦道格・奎恩的謀殺案，他兒子里昂・奎恩握有關鍵證據，必須轉爲污點證人。

「德州的軍事行動必須停止，對墨族的迫害必須解除。紀律公署應該利益迴避，釋放奎恩總衛官。」

✷

「釋放奎恩、釋放奎恩——」

「釋放奎恩總衛官！」

「歐倫多總統下台！」

「奧瑪署長下台！」

「釋放奎恩、釋放奎恩——」

✷

他不知道第幾次被拖進精神偵訊室，被按在偵訊椅上，所有人退出房間。

莫瑞斯望著玻璃另一端的男人。

「我們的時間不多了，這樣是沒有用的。」他們就算最後眞的把奎恩搞得心臟衰竭，他也不會屈服。

上頭的壓力越來越大，他們需要奎恩出面勸降，再和上頭的人一起站在鏡頭前，重申他對體制的信心。

「或許你們根本就找錯方法，不該用精神偵訊對付他。」安傑終於開口。

莫瑞斯心頭驀然一動。

「你說得對，我們根本找錯方法。」他迅速指示手下。「重新做精神分析，找出奎恩的正向反應。」

衛士不明白，不過依言行事。

正義感：百分之九十七

道德觀：百分之八十六

保護慾：百分之九十九

反應主體：親情、愛情、家庭

「答對了！」莫瑞斯一拍大腿。「依據這個情境設計下一段精神偵訊。」

✷

奎恩張開眼睛。

他在卡斯丘的家裡。

這不可能是眞的，他緩緩從沙發上站起來。

客廳，家具，電視，窗外的聲響，遊戲室的小孩笑聲，空氣裡瀰漫的食物香……他眞的回到家了。

爲何有如此強烈的懷念感？明明只是在校場操練完一天，不是嗎？

他如夢似幻地往廚房走過去。

「嗨，你回來了，晚餐再五分鐘就好。」甄一如以往盈盈而笑。

他過去將她緊緊抱進懷裡。

「里昂，怎麼了？」

「沒事……」他的臉埋進她髮間，深深吸了口氣。

眞的是她。抱起來是她，聞起來是她，甄和孩子都安然待在他身邊。

「里昂？」她捧起他的臉頰，柔軟的黑眸充滿擔憂。

「我好想妳。」他的喉嚨緊得連發出聲音都痛。

「我們不是早上才分開嗎？」她笑了出來。

他不停地吻她，眉、眼、髮、每一吋面容。

「爹地！」兩個小鬼頭衝過來，他一把一個接進懷裡，不斷嗅聞他們身上的乳香。

「你看我拼好變形金剛了。」

「才不是，是我拼的！」

「好了，兩個人洗洗手，坐下來吃飯。」媽咪說。

他們全家吃了一頓豐盛的晚餐，兩個小孩依然鬥嘴不停。

他溫柔看著身旁的女人，上帝！他好愛她。他怎麼能忍受沒有她和孩子的人生？

吃完飯，甄指揮兩個小孩跟她一起收拾餐桌。

咚咚，有人敲門。

「應該是岡納和若絲琳，幸好我還留了一些食物。」她叫他去開門。

奎恩走到門口。

磅！一股灼人的熱力撞破門，他整個人往後飛，重重撞在玄關牆上落地。

強烈的痛楚讓他無法喘息。

爲什麼會這麼痛……他低頭一看，驚駭地發現他的左腿整個往後折。

他用力一撐地面想站起來。啊！他嘶啞呻吟。他的十根手指血肉模糊，指甲全部不見，右腕以很詭異的角度扭轉。

「嗨，奎恩。」

不，不可能！

強森從門口踏了進來。

「唷呼！他漂亮的老婆在家。」托勒斯和其他幾個黨羽歡呼著衝進來。

不對，不對，他們已經死了！

「你們是誰？你們想幹嘛？啊——」甄的尖叫聲響起。「里昂，救我！救我！」

「甄！」他努力撐起身體，斷腿和斷手抵在地板的痛楚讓他直冒金星。

不行，他得過去救她，他們想對甄不軌……

「里昂！」甄大聲哭叫。「救我！」

「甄！」

「爹地！」

「不，放開孩子，求求你們。」甄在哭求。

「好啊，妳乖乖聽話，我們就放開這兩隻兔崽子。」托勒斯大笑。

不，不行讓他們凌辱甄！

突然間，他身上的衣服變成殘破的血衣，胸前背後鞭痕斑斑，體無完膚。他吃力地喘息，往前移動，往前移動……

「好，我聽你們的……」

「不，甄，快跑！」他狂吼。

一隻穿著黑長靴的腳將他踢翻，強森殘忍地踩在他血肉模糊的胸前，用力扭轉。

「啊……」

「你想不到會有今天吧？奎恩。」強森逼近他眼前。「想不想看你老婆服侍其他男人的樣子？托勒斯，帶她過來。」

里昂……

醒醒……

「不，甄！快逃！」他沒有辦法撐起自己的身體，只能不斷在強森腳下掙扎。

誰？誰在他耳邊說話。

醒醒！這不是眞的，你練習過的。

這個聲音爲何如此熟悉？

「強森，看我們捕到哪隻美人魚？」托勒斯將甄從廚房帶出來，摔在他身邊。

她淚水凌亂，緊緊偎在他身邊。他無力地想伸手攬住她，已經斷掉的雙臂卻無法動。

強森一把撕碎甄的上衣。

「不，強森！你們想做什麼，衝著我來！放開她！」

精神偵訊……

現實……

虛擬……

孩子，醒醒！

誰在跟他說話？

不行，他無法想。

托勒斯扯掉甄的裙子，她已幾乎衣不蔽體。

「救救我，里昂，救救我。」她淚流滿面。

「殺了我！你們要的是我，殺了我就好，放開她。」他努力移動自己殘破的身體想擋住她。

「你放心，我們會殺了你的，不過是在我們玩過她之後。」強森用力將甄的頭髮揪起來，摜到沙發上。

「甄！」他狂吼，無視萬箭穿心般的疼痛，死命想絆住他們的步伐。

「救我，里昂，別讓他們傷害我。」甄無助地對他伸出手。

他無法看她受辱，他寧可自己先死。

上帝，你爲什麼讓她承受這種事？

夢境與現實……

到底是誰一直在說話？他沒辦法聽，爲什麼那個人不救甄？

爲什麼？

「孩子，醒醒！」

✷

「華仔。」

「嗨，奎恩，你要陪我一起練球嗎？」華仔自己在球門前運球。「比賽快到了，小朋友們在上課，沒人陪我練球。」

「當然。」

奎恩勾過足球，讓華仔站到球門前。

「華仔，你說精神偵訊並不是不能破解，那是什麼意思？」

「噢，很簡單啊！」華仔撲下他輕輕射來的球。「東方有一個名詞叫『鬼壓床』，就是你睡醒之後突然發現全身不能動。意識很清醒，可以看見周邊的景物，可是身體就是動彈不得。有些人會合併聽見一些奇怪的聲音，或看見人影幻覺。東方人比較迷信，相信自己被鬼魂壓住。

「其實這是一種睡眠癱瘓的現象。你的一部分大腦醒了，控制身體機能的那部分卻還沒醒，所以你並不是眞正的醒過來，講白了就一點都不神祕。

「你可以把精神偵訊視爲一種重度的鬼壓床。要解除這種睡眠癱瘓的現象，只有一個方法：讓你的大腦完全醒過來，所有異象就消失了。」

「我們可以在精神偵訊的過程中『醒』過來？」他皺著眉，踢出下一球。

「當然可以。」華仔微笑。「夢境是記憶的重組，而你所有的情感、痛苦、恐懼都是由過往經歷累積而成，精神偵訊就是經由刺激特定部位，產生極端眞實的幻覺，再壓制你控制身體機能的部分，你就會一直困在這個惡夢裡。你不會對技術層面感興趣吧？」

「只要告訴我方法就行了。」

「很簡單，只要掌握訣竅和適當的練習，對抗精神偵訊一點都不難。」華仔抱著球，走到他面前。「正常人睡著之後，大腦進入休眠期，可是有一些人能做『清醒夢』，也就是前額葉在睡眠狀態依然十分活躍。這樣的人，很清楚地知道自己在做夢，他們的意識有一部分是分離出來的，冷靜地看著夢境裡發生的事，甚至可以憑著自主意識改變夢境。

「例如，在夢裡你跌倒了，有一個人站在三樓笑你，普通人只能在夢裡生氣，但清醒夢的人能告訴自己：我想飛到三樓揍他，然後他們就眞的在夢裡飛了起來。」

華仔告訴他幾個練習做清醒夢的技巧。

「所以，只要我學會做清醒夢，就能對抗精神偵訊？」

「恐怕不是那麼容易。」華仔搖搖頭。「清醒夢是讓你學會把意識抽離出來，開始明白自己處在幻覺裡，不過精神偵訊強大多了，藉由刺激大腦不同區域，你『醒過來』的機制依然被控制住，因此你繼續被困在夢境裡。這時候你需要下一步：援兵。」

「援兵？」

「是啊！終究這是你的大腦，你想做什麼就做什麼，很多人都不明白這點。」華仔把球拋給他，再退回球門前。「你必須練習在腦子裡放一個保險栓。想像一個能激發你最深層、最強大的情緒力量的主體。」

「爲什麼是情緒力量？」他輕輕射去一球。

「因爲人腦對情緒觸發的感應最強。」華仔解釋道：「人類的記憶並不像電腦，只儲存特定的地方，而是由大腦各區域組成。舉例來說，你回想十歲的生日派對，來參加的小朋友有哪些人，這是由梭狀回處理；大家圍著你唱生日快樂歌的曲調，由聽覺皮質控制；你的小手握著刀切下蛋糕，由中央後回控制；你充滿歡愉喜悅的心情，由杏仁核處理。而海馬迴負責統管所有區域，形成一段記憶。」

「海馬迴是大總管。」他點點頭。

「可以這麼說。有趣的是，在海馬迴旁邊的杏仁核是我們的情緒中樞，它可以影響海馬迴的運作方式，讓某些片段留下特別深刻的印象，所以我們總是能記住讓我們情緒激動的事。也因爲情緒具有如此強大的力量，紀律公署不喜歡衛士們情緒波動是有原因的。」

「援兵。」他提醒。

「啊對，抱歉。」華仔拉回正題。「在夢境裡，你有意識地喚出一個情緒主體。以我爲例，我的主體是父親送我的第一隻蝴蝶標本，非常漂亮的帝王斑碟。在夢境裡，我會喚出那隻斑碟，跟牠一起經歷夢境。有時候遇到太恐怖的情節，即使我的意識明白這是夢，依然很難接受，這時我會回頭看我的帝王斑碟，杏仁核湧起強烈、溫暖的情緒，進一步推動海馬迴，讓我想起跟這隻帝王斑蝶有關的記憶；於是我明白，眼前的景象是虛幻的，無法傷害我，這時你已經能把現實與夢境切割開來。」

「這樣就能從精神偵訊中醒來？」

「只需要再一個小小的步驟。」華仔的拇指和食指比出一咪咪距離。

「華仔！」

「你想要一個簡單的答案，這個問題本身就不簡單嘛！」華仔無辜地聳肩。「精神偵訊儀終究是一部高科技儀器，不管你力量多大，對抗的如果是一台推土機，你就不能指望只靠雙手的力量攔下它啊！」

「所以破解的方法到底是什麼？」他的全副耐心都端出來了。

「瞧，在精神偵訊儀剛研發出來之時，我自己試用過幾次——」

「你把自己連結到精神偵訊儀？華仔，你到底有什麼毛病？」

「噯，只能說我這人就是好奇心強。」華仔不好意思地搔搔鼻子。「前幾次我都很成功地使用上述技巧把自己抽離，可是最後一次功率調得太高，我完全醒不過來，幸好助理發現我在檯上口吐白沫地掙扎，把機器關掉。」

奎恩支著額，無力地搖搖頭。

華仔笑得很尷尬。

「後來爲了避免同樣的事發生，我替精神偵訊儀設了一個安全機置。」

「什麼樣的安全機置？」他精神都來了。

「一串密碼。」華仔告訴他。「記住，在你未達到分離現實與夢境的狀態，即使想到這組隨機的字串都沒用，你的大腦依然被精神偵訊儀控制。唯有在意識抽離的狀態下，使用這串密碼，精神偵訊儀偵測到你的海馬迴抓取記憶的特別模式，才會啓動中止程序。」

✷

「孩子，醒醒！」

他倏然回頭。

所有場景消失。

奎恩慢慢地站起來，茫然處在一片灰黑色的空間。四周一片迷霧，剛才出聲叫他的人並未出現，只是那聲音實在太熟悉、太熟悉。

✷

「搞什麼？」控制室的衛士盯著螢幕上的生理跡象。

「發生了什麼事？」莫瑞斯走過來。

「你看他大腦的反應區。」衛士指著一塊逐漸變藍的區域。「這一塊冷下來了。」

✷

這是什麼地方？

「這是你的大腦。你在夢境裡，一切只是幻覺，你練習過清醒夢的，記得嗎？」那熟悉的聲音依然從虛無裡飄出來。

不對，清醒夢是他知道自己在做夢，所以，現在他在做夢嗎？

他低頭看著自己的身體，他的骨頭依然斷掉，身體依然血肉模糊，卻不感覺疼痛。

「因爲你有一半仍然留在夢中。想想看，你該怎麼做？」那聲音催促。

他必須確定哪邊是眞的，哪邊是假的。

他轉頭，一步踏回剛才的夢境。

✷

「又變紅了。」

「應該是儀器的問題，上次維修是什麼時候？」

「我晚點再問問看。」

✷

奎恩望著他的客廳。

強森和托勒斯那些人依然在，甄被按在沙發上，他們想剝光她僅餘的衣物。

不行，他無法看！

奎恩痛苦地閉上眼睛。

問她。弄明白。那聲音輕輕催促。

「救我，里昂，別讓他們傷害我！」甄泣喊。

問她。你知道步驟。

他依然閉著眼睛。「甄，豆漿饅頭要怎麼做？」

「救我！你站在那裡幹嘛？快來救我！」

「只要回答我的問題，豆漿饅頭怎麼做？」他的語氣略略強硬。

「奎恩，你想看托勒斯怎麼騎你老婆嗎？」強森嘲弄。

「甄，回答我的問題！」

「烤箱預熱四百度，把麵團切成小塊，烤十五分鐘，然後拿出來放涼。」

不對。

他張開眼睛，客廳依然是客廳，所有人的動作凝結。

✷

「又變藍了，這是怎麼回事？」

「該死的機器！」莫瑞斯用力敲了螢幕兩下。「叫技師過來。」

「這應該要找機器製造公司，懲治中心的工程師不會修。」

「喂喂喂，你們看。」另一名衛士指著左邊的螢幕。「這是機能反應指數，他的身體機能提高了。」

✷

奎恩慢慢走進被按下停止鍵的世界。

他經過強森的身旁，海格，麥可森，停在沙發前。

甄。

這不是甄，眞正的甄知道豆漿饅頭怎麼做，他不知道，因此他幻覺裡的甄回答不出來。

清醒夢。他一直在練習的。

他在夢中，這是他的大腦，他有完全的掌控力。

他低頭再看自己的身體，所有傷口已消失，他回復正常的樣子。

沙發上衣衫不整的甄牽動他的情緒，威脅將他拖回幻覺裡，一隻手突然搭在他肩膀上，他火速回頭。

第一時間他開口，卻無法發出聲音。

「孩子。」道格．奎恩對他微笑。

他父親依然停留在四十四歲的樣子。他自己年近四十，兩人的外貌是如此酷似，他們不像父子，更像兄弟。

援兵。

老道格就是他設定的援兵。

「父親。」他終於找回聲音。

「別怕，記住。」老道格按住他的肩膀。

「這是幻覺。」父子倆一起說出口。

連他父親也是幻覺，他明白。他父親已經死了，不可能出現，不過這是他的世界，他可以做一切他想做的事。

「咱們一起踢爆他們屁股。」老道格微笑。

「好。」

世界按下播放鍵，強森等人迅速活過來。

他們父子倆並肩作戰。

他看過他父親的武鬥影片，老道格的每一招一式他都銘記在心，心中曾多麼渴望能和他一起出戰。

今天終於實現了。

父子倆在八個人之間飛快穿梭，彼此搭配得完美無缺，彷彿過去二十幾年天天一起練拳。

強森和七個手下完全不是對手，一個奎恩他們已經打不過，更何況是兩個？

如果可能的話，他希望這段一直持續下去，不過不行。

在夢境待的時間越長，越容易被拖回去，要再掙脫出來就更困難，他們必須停手了。

父子倆一起收招，地上橫七豎八躺滿屍體。

甄和孩子不見了。理所當然，這不是他希望他們出現的場景。

「我得走了。」他沙啞地對父親說。

「我知道。」老道格大手搭在他的肩膀。「你做得很好，孩子，我以你為榮。」

他用力把發熱的眼睛閉緊，讓淚水沒有冒出來的機會。

記住，夢境，現實，分野。

當你的大腦把現實和夢境區隔開來，開始默想這組我隨機設定的字串：

蝴蝶。無尾熊。馬路。好望角。

嗶——

「慢著，這是怎麼回事？」

控制室亂成一團。

「這個紅燈怎亮起來？」

「電流開始切斷了。」

「把電流加壓回去，你們在幹什麼？」莫瑞斯大吼。

「我們什麼都沒動！」

羅馬。拉麵。貓。

「為什麼機器自己關機？中毒嗎？」

安全機制啓動中，精神偵訊即將中止。十、九、八……

所有燈號一一熄滅，幾個人又按又壓，精神偵訊儀完全沒反應。

「這個該死的安全機制是什麼鬼東西？」

「不曉得，以前從來沒看過！」

安傑突然大吼：「你們不用再忙了，不是儀器的問題。」

所有人看向他，安傑卻盯著玻璃窗的另一邊。

足球。蜂鳥。交通管制。聖母峰。

清醒。

奎恩睜開眼睛。

他的頭腦清爽，好像睡了一場長覺，經過充足的休息後醒來。

他微微動了下手腳，竟然沒被綁住。

莫瑞斯以爲他已是強弩之末，最近幾次連綁都不必綁。奎恩坐起來，讓大腦和身體習慣這個全新的感覺，然後站起來。

精神偵訊的記憶依然存在，不過他很清楚那些都沒發生過。

他的大腦將那些記憶歸納爲電影，畫面裡的主角是他，可是眞實的他坐在外面看電影，結束就結束了，他一點都不覺得痛苦或創傷。

他的大腦已經完全分辨出眞實和虛擬的差別。

他的手腳並不感覺疼痛，他的腹部沒有內傷，他的皮膚完好無缺，他是好端端的一個人。

高大昂藏的身影挺立在灰色空間裡，慢慢轉過身，笑容中的自信，震懾得他們無以言喻。

「不是精神偵訊，是他。」安傑微抖的手指著玻璃那側的男人。「奎恩總衛官擊敗精神偵訊儀。」

16

「秦甄女士，謝謝妳接受邀請來到我們的現場，或者我應該稱呼妳『奎恩夫人』？」凱莉・華森和她握手。

「請叫我甄就好，『女士』和『夫人』都讓我覺得好老。」秦甄微笑道。

「我不久前訪問過貝神父，他也說過相同的話。」凱莉笑了起來。

「啊，貝神父。雖然我們只有一面之緣，他對我丈夫一直很和善，我非常想念他。」她嘆息。

「甄，最近我們經常在媒體上看到妳。」

「我只是一個迫切想把自己的丈夫救出來的女人。」她的笑容微弱下去。

凱莉繼續在鏡頭前介紹：「今天的第二位來賓是瑟琳娜・艾德森夫人，『奎恩工業』的執行長，奎恩總衛官的母親，道格・奎恩的妻子。艾德森夫人，謝謝您接受訪問。」

「您好。」高雅華貴的瑟琳娜輕輕頷首。

「我們今天是在一處祕密的地點錄影，甄，爲什麼我們必須躲在這裡？」凱莉詢問。

「因爲根據反恐清除法，我只要一踏上美加的領土就是罪犯。紀律公署可以逮捕我，用我來脅迫我丈夫。」

「妳犯了什麼罪？」凱莉好奇地問。

「我是一個百分之二十的墨族血源者。」

「除此之外妳還犯了哪些罪？」凱莉問。

「沒有。」

「眞的一點犯罪紀錄都沒有？」凱莉追問。

「如果妳把我大四那年擅自穿越馬路的罰單算進去，那應該算一次。」她攤了攤手。「我能說什麼？我不是聖人。」

「我想我們的標準可以不用放得這麼嚴苛。」凱莉笑道。「妳和奎恩總衛官結婚，擁有兩個小孩？」

「是的。」

「他和妳結婚時，知道妳是非法血源者嗎？」

「一開始他不知道。」

「他何時知道的？」凱莉刺探。

「我寧可不談這個部分，畢竟我們現在說的每句話都可能被拿來對付他。妳只需知道，他是無辜的。」

「好。」凱莉先讓這個問題滑過去，「妳曾經當選過年度最佳小學老師，對吧？」

「是的。」她露出笑容。

「妳喜歡這份工作嗎？」

「小學老師是全世界最棒的工作，我們得以參與一個孩子人格養成的關鍵時期，這是一份殊榮。」

「像妳這樣的墨族平民是如何隱藏在普通社會裡？」凱莉好奇問。

她的眼神因回憶而溫柔。「有一位偉大的溫格爾醫生發明了一種藥物，可以讓墨族血統在快篩儀上顯示不出來。後來溫格爾醫生的診所被查獲，為了保護他一直在照顧的墨族平民，他選擇結束自己的生命。」

「我很遺憾。」凱莉拍拍她的手。

「我也是。」秦甄微弱地一笑。「這些年來我失去了許多朋友，很多勇敢的人，寧可犧牲自己的生命，也堅持做對的事。一切都是因為反恐清除法。」

「現在妳丈夫又被帶走。」凱莉同情地看著她。「兩位小朋友還好嗎？」

「他們很想念爹地。」她努力抑止上湧的情緒。

「這是第一個爹地不在身邊的聖誕節？」

「是的。」

凱莉轉向鏡頭，給她一點時間恢復。

「眾議院最近舉行了幾場公聽會，主要針對兩大議題：歐倫多總統的彈劾，以及反恐清除法的存廢。」凱莉對著鏡頭說。「讓我們復習一下彈劾權。憲法賦與人民撤換不適任總統的權利，在這個過程中，眾議院扮演類似檢察官的角色，參議院扮演法官的角色。由眾議院提起『彈劾條款』，經由多數表決通過，送交參議院進行審理。一旦參議院審理完畢，若做出有罪判決，總統即刻解職。」

她轉向瑟琳娜。「艾德森夫人，昨天您採取一項行動，可否跟大家說一說？」

犀利清冷的瑟琳娜，相較於溫婉的媳婦，氣勢又截然不同。

「我的律師楊・艾德森，向國際邦聯提出訴訟，控告美加政府戰爭罪、反人道罪。國內律師也針對歐倫多謀殺道格・奎恩一案，及紀律公署非法拘禁里昂・奎恩一案，向聯邦政府提起訴訟。」

謀殺案和瀆職都是公訴罪，受害者家屬只能提民事訴訟。

「可是，歐倫多總統否認自己與這兩件事有關，所有證據都是假造的，目的是奎恩總衛官為自己脫罪。」凱莉提醒她。

「歐倫多是個『嗶嗶』的『嗶嗶』——」

辛辣用語和她高雅的形象完全悖離，凱莉不禁駭笑，幸好副控及時消音。

「我們握有證據和證人，只等著檢察官展開調查，但是歐倫多直接鎮壓德州，想毀掉所有人證物證。」秦甄搶著說。

「從最新戰況來看，德州人不是蓋的，軍隊遇到很頭痛的敵手。」凱莉挑了下眉。

「德州人從不躺下來等死。」她驕傲地回答。

瑟琳娜冰冷的藍眸直視著鏡頭。

「讓我在這裡把話說清楚。歐倫多，你們殺了我丈夫，倘若以為還能殺了我兒子，最好醒一醒，你們惹錯人了！紀律公署完全沒有我兒子的犯罪證據，就剝奪他的公民權，至今沒有人能探視他，也無法為他指派律師。我們不知道里昂是生是死，是否受到非人道的刑訊。

「他們唯一的法源，是一套違憲的種族清除法案；在文明國家裡，沒有任何法律能凌駕於憲法，我們卻閉著眼睛任憑這些惡人、惡法橫行了五十年。

「里昂唯一犯的錯是曠職。如果紀律公署不喜歡一個無故不上班的總衛官，他們可以開除他，但沒有權利剝奪他的憲法權利。

「倘若政府拒絕釋放我兒子，緊抓著一部違憲的法律，繼續殺戮平民，我們海牙的國際法庭見！」

✷

奎恩踏入紀律公署的武道館，所有記憶瞬間回籠。皮革的氣味，汗味，乳膠軟墊味，搏擊武器架，刀劍匕首各式練習道具。他的總衛官生涯有三分之一在這裡度過。

武道館內約有三十名衛士，換上練武服，圍著中央的練習場而坐，大部分的人他不認識，少數有幾張熟面孔。

「杜魯。」他點個頭。

「總衛官。」杜魯點頭回禮。

杜魯從強森時期就在，算是清除部少數他還能忍受的衛官。今天在場的人以清除部爲主，只有兩個人穿著作戰部的武服，那兩個人他都不認識。

「杜魯，你應該改口，這個叛徒已經不是總衛官。」莫瑞斯將他推到場中央。

在一團玄黑之中，他的橘色囚服分外刺眼。更令人刺眼的是，他始終不露一絲侷促不安。

時局天天在變，國會最近對總統及紀律公署展開調查，人人如吊在勾上的魚，惶惶不可終日。

如果沒有眼前這個男人，一切都不會發生。

奎恩可能被放出去，也可能一輩子爛死在牢裡，瞬息萬變，沒有人知道會如何演進。

「奎恩，今天是正規的武術校驗，別說我們佔你便宜。你曾經是紀律公署的首席武術指導，今天指點大家幾招應該沒什麼問題吧？」莫瑞斯繞著他打轉。

「當然，你要先來嗎？」他平穩如常。

莫瑞斯對他陰冷一笑，「杜魯，既然你們是老相識，何不由你先開始？」

杜魯上場，中規中矩地互相一鞠躬。奎恩花了十五分鐘打敗他，兩人點到即止，杜魯鞠躬下場。

莫瑞斯要第二個人上場。奎恩明白了他的玩法，精神偵訊對他不管用，那就用人肉車輪戰。

他打敗第二個人。

他打敗第三個人。

他打敗第四個人。

他打敗第五個之時，氣息已開始粗重。從杜魯之後就沒有「點到即止」這件事，他身上受的拳腳稍微有點感覺。

他打敗第六個、第七個、第八個，右腳明顯略跛，額角被某個人指甲劃開的傷口流下細細的血絲。

那天他打敗二十四名衛士，到了第二十五人，他的視線被帶汗血水模糊，不小心被對手一腳踢到太陽穴，躓跌在地上。

那天他被兩名衛士架回懲治中心。

休息兩天，前傷未癒，再度上場。

他的動作還未恢復順暢，這一天的戰績是二十二人。

第三次是二十一人。

第四次是十九人。

第五次是十八人。

每一次約有三分之一換上新面孔，後來重複的臉孔越來越多。雖然他的勝場數隨著體能疲勞逐漸下降，但周圍衛士的神情開始改變。

他們並未預期他能撐這麼久。

正在鎮壓德州的軍隊八成有同樣的心情。

他從獄警的閒聊中聽到一些消息。陸軍上將蓋洛事前誇口：「一周內平定德州。」如今一周變成七周，他們非但不能平定德州，連戰局都只能留在邊界附近。

現在早已不是冷兵器時期，百萬雄兵或許好聽，沒有人眞的推一百萬個人上戰場。現代戰爭講求戰略、技術、武器、情報和耐力，而德州反抗軍每樣都有。

他花了七年的時間，日夜操練，將這些知識刻成本能，硬塞進每個人的細胞裡，現在就看他們自己了。

曾有一支突襲兵想從廢境深入，結果是二十八名特種部隊通通被俘。

眞是大錯特錯的戰略！德州屬於德州人的，無人比他們更瞭解這裡的地理環境。

連中立城都挺反抗軍，除了第一批撤離的老弱婦孺，其他人堅守原地，德州人頑強的程度讓全世界刮目相看。

奎恩該死地感到驕傲。

第六次，三十名衛士之中出現一張熟面孔。

「費德立克。」十年前剛進公署的衛士，在他逃往德州的途中他們曾短暫重逢。

費德立克已褪去之前的青澀，不過他天生就是一張娃娃臉，看來會永遠帶著鮮嫩感。

費德立克努力掩飾心頭的激動。奎恩總衛官的情況實在不能算好，右半張臉染著程度不一的淤紫，左腳虛浮地踩著。然而他的寬肩依然挺，背脊依然直，藍眸依然清冷犀利。

「總衛官。」費德立克站上練習場，恭謹地點頭。

「來吧！」奎恩懶得等莫瑞斯廢話。

那混蛋從頭到尾沒下場過。是不是某處寫了條規定，只有混蛋才能當清除部的首腦？

費德立克斂去所有情緒，兩人繞了小半圈，互相打量對方，費德立克突然一腳掃過去。

奎恩矯健地躍開，落地時左腳踩在地面，微微一縮，又多退了一步。費德立克看出他的弱點，連珠炮攻擊他的左側。

「你背叛了我的信任！」

「你們需要一點新台詞。」

奎恩矯健地退開，左腳雖然及不上他正常的速度，在其他人眼中依然快得驚人。

費德立克右勾拳直攻他下顎，奎恩左肘擋住他的攻勢，右拳擊中他小腹。費德立克揮出的左拳擦過他右頰，兩人雙雙中拳，各自退開。

「爲什麼？」費德立克控訴。「我加入紀律公署全是爲了你，結果你卻爲了一群墨族人背叛我們。到底爲什麼？給我一個原因！爲什麼他們比我們重要？」

「如果你到現在還沒想明白，」出拳。「那你永遠不會明白。」中。「停止，」被擊中。「把你的夢想，」躍起。「寄託在，」飛踢。「別人身上。」中！

他說的話和岡納一模一樣，費德立克悲憤地一串快攻。

「看看你，你變得一團糟，最後可能活活被打死在這裡，值得嗎？就爲了他們？」

奎恩瞧見一絲破綻，往他的右腹攻擊。費德立克突然閃電般擋住他，反擊他的左腹，奎恩抑回一聲痛喘，跌跌撞撞退開。

「右側防禦不再是我的弱點，多謝你。」費德立克猱身而上，直擊他明顯疼痛的左腹，結束這一戰。

在他的拳頭能碰到奎恩之前，奎恩直接以左腳撐地，滴溜溜地轉了一圈，突然閃到費德立克身後。

費德立克楞了一下，這寶貴的一秒讓奎恩從背後鎖住他的喉管。

「唔……唔……」費德立克用力扳開頸間的鐵臂。

奎恩施力，兩人的臉孔都漲得通紅。

「讓我回答你的問題。」奎恩從齒縫間迸出話。「爲了他們這麼做，值得嗎？答案是，值得，因爲我就是『他們』。如果你落入相同的處境，我也會爲你這麼做，因爲你也是『他們』。」

他用力把費德立克帶轉了半圈，面對其他衛士。「雖然我不欣賞這群混蛋，若是他們陷入同樣的處境，我也會爲他們這麼做，因爲他們也是『他們』。」

奎恩突然用力甩開他，「費德立克，這就是這個國家的問題所在：我們每個人都是『他們』。根本沒有『他們』，只有『我們』，通通都是『我們』，這樣你明白了嗎？」

費德立克震懾在原地。

圍成一圈的衛士鴉雀無聲地盯著他們。

不妙！

「奎恩前總衛官身手不凡，我們不該再繼續侮辱他了。湯姆、山德斯、李、迪卡、詹姆士，你們五個上。」莫瑞斯高誠。

「什麼？」五個衛士面面相覷。

「上！」莫瑞斯大吼。

五個人不暇細想，衝了過來。

奎恩一手將費德立克推開，回身迎擊。

「奎恩看起來游刃有餘啊！所有人，一齊上。」

命令等於紀律，其他人全部攻上場。

奎恩毫不懼場，依然力戰到底。然而，沒有人能單獨對付二十八名衛士的圍攻。

費德立克呆呆站在場邊。

我也會爲你這麼做。

沒有「他們」，只有「我們」，通通都是「我們」。

「不——」從費德立克喉間逸出一聲動物般的長號。「放開他，你們這群混蛋！他是奎恩總衛官，放開他！」

他加入戰局，瘋狂迎向每一腳、每一拳，並肩站在奎恩身旁。

這個男人永遠不會向權勢低頭，他沒有背叛他們！

「混蛋，你們有種來找我，放開他！」

「費德立克，出去。」奎恩伸手爲他擋拳，被多打中幾下。

一堆衛士被他攻得措手不及，整間武道館纏鬥成一團。

砰！大門被撞開。

「你們在幹什麼？」貝神父擊天一喝。

幾個在旁邊被動參戰的人火速回身，風紀部門的里維總衛官跟在後面進來。

十幾條人影依然壓制住奎恩及費德立克。昔日的軍中煞神一手一個，抓住衣領就往旁邊一扔，身手完全沒有因爲年歲而緩下來。

看見被壓在正下方的人，貝神父又驚又怒。

「莫瑞斯，你最好有一個完美的解釋！」

奎恩終於能呼吸了，臉色發白地坐起來。媽的！斷掉的肋骨可能刺進肺裡，連呼吸都疼。

「這是合法偵訊，你們沒有權利闖進來。」莫瑞斯替自己辯解。

「何時起，將懲治中心的犯人帶到紀律公署武道館叫作合法偵訊？」里維神色冰冷。「這是公然刑求，我們使用精神偵訊的目的，就是避免違反日內瓦人權公約。莫瑞斯，你越界了，我會往上呈報，對此次事件進行風紀調查。」

奎恩的衣服被扯破，露出底下更大片的斑斑點點，貝神父怒不可遏。

「如果所謂的『合法偵訊』是這種方法，清除部顯然出了大問題。」

莫瑞斯被罵得灰頭土臉，一群衛士呆立在旁邊。

「來吧，你得到醫務室。」貝神父小心地扶著他站起來。

「不，你們要不就釋放我，要不就送我回懲治中心。我堅持將罪名改爲政治犯，不接受其他待遇。」

貝神父挫敗地望著他。這孩子的硬脾氣跟他老子一模一樣。

「里維，你的調查報告，我要在場，每一名參與私刑的衛士都必須接受懲處。」

「是，長官。」

✷

德州及奧克拉荷馬州邊界

乾涸的泥土路兩方豎起刺網鐵架，軍用補給車一部部駛過去，鐵架後方站滿了示威群眾，手上舉著各式各樣標語：

停止內戰！

歐倫多下台

種族屠殺不是答案

釋放奎恩總衛官！

「停止戰爭，釋放奎恩。」

「停止戰爭，釋放奎恩！」

一名婦女對開過去的卡車吐口水。「你們這群殺人魔！」

「德州裡面還有普通百姓，你們怎麼能這麼做？」旁邊的人跟著鼓譟。

自從鎮壓開始，整個奧克拉荷馬州的執法人員都停止休假，應付從各地趕赴而來的示威人潮。

澳洲電視網的記者站在鐵刺網旁邊，讓鏡頭帶到兩邊的示威群眾。

「今天早上我們還能聽到槍炮聲，下午之後已漸漸停息。

「由於國內反戰聲浪高漲，國會對於鎮壓德州的行動表達高度關切，眾議院針對總統彈劾案的公聽會也即將進入尾聲。軍事專家預期，停戰的命令隨時可能下來。」

記者勞倫斯將麥克風轉向奧克拉荷馬大學的政治教授。「金多斯教授，倘若彈劾通過，歐倫多總統是否必須面臨謀殺罪的刑事責任？」

「噢不，『彈劾』是一個政治程序而非司法程序。彈劾成立的官員立刻解職，由下一順位接任。至於他會不會面臨刑事審判，必須看司法機關後續是否起訴他。」金多斯教授回答。「不過最有可能的情況，新總統上任之後應該會特赦他。」

「所以你不認爲歐倫多總統會爲謀殺道格・奎恩而坐牢？」

「機率很低，不過謀殺罪沒有追訴期，其他共犯就躲不掉了。」金多斯說道。

「秦天已經過世，這表示道格・奎恩的謀殺案，最後可能沒有人受審？」

「非常有可能。」金多斯遺憾地點頭。「不過也不是沒有好事。德州隨時可能停戰，國會已決議暫停執行『反恐清除法』，等待大法官釋憲，短期之內不會有更多墨族平民受害，這一切都是奎恩總衛官奮鬥的成果，他父親應該會感到欣慰。」

馬路上突然有了動靜。

幾個年輕人趁著警察不注意，攀過鐵網架，跳到馬路對補給車扔石頭。

「嘿，你們想幹什麼？」當地警察立刻衝過來，把他們壓制在地上。

「放開我，你們這群魔鬼的幫兇！」

「立刻停戰，解放墨族！」

「廢止反恐清除法！」

幾個警察手忙腳亂。「啊，該死，他咬我！」

其中一人抽出ＤＮＡ快篩儀，一一替每個人驗血。

滴——

非法血源者。墨族血源：18%

被驗出來的年輕人臉色刷白。

「他是墨族人，把他抓起來！」幾個警察紛紛說。

攝影小組趕快奔過來。

「你們不能抓他，要抓就抓我好了！我也是墨族人，我也是！」被押在年輕人身旁的女孩大吼。

警察立刻替她驗血：她只是普通人。

「別吵，你們這些臭小鬼。」

「反恐清除法目前暫停執行，你們不能抓他。」記者大喊。

「我們又沒有清除他，只是把他丟進看守所，說不定過兩天情況又變了。」警察冷笑。

他們抓到一個墨族人！聲浪開始在示威群眾間傳開，一名三十餘歲的男人突然攀過鐵架，直直走過來。

「你們要抓他，就連我一起抓走。我也是墨族人。」

警察半信半疑，替他做快篩。

他不是墨族人。

警察立馬把他推開，「回到後面去，不然我連你一起逮捕。」

「從這一刻開始，我就是墨族人，你們要抓連我一起抓。」男人不反抗，不辱罵，不激動，只是站在原地伸出雙手。

警察面面相覷，不曉得該怎麼辦。

鐵架兩側的群眾激動起來，人人抓住鐵網用力搖晃。

「你們要抓就來抓我，我是墨族人！」

「我是墨族人。」

「我是墨族人。」

「我也是墨族人。

「我們通通是墨族人！」

17

奎恩總衛官踏出懲治中心，結束歷時四個月的監禁生活。

守在門外的群眾大聲歡呼，布條標語揮舞，掌聲響徹雲霄。除了被捕前在鏡頭短短的一瞥，他們已經十年沒見過他，奎恩傳奇卻未因此降低。

年輕一點的依然在歷史課本上讀著奎恩家族的事蹟，長一輩的人可說是看著他長大的。在所有人以為他早已陣亡之後，他重新出現在眾人眼前，依然在某個角落保衛需要他的人民。沒有人希望傳奇殞落。

「奎恩、奎恩、奎恩、奎恩——」

「解放墨族、解放墨族——」

「廢止反恐清除法——」

一輛沒有標誌的汽車開過來，奎恩對觀眾揮揮手，坐進車子裡。

「長官，我們來送你回家。」駕駛座的費德立克燦爛一笑。

他現在已經是一階衛官，原本開車送人的事是叫不到他，不過他一早就在懲治中心等著。

「別笑得這麼開，你看起來像個高中生。」

「抱歉，長官。」不過笑容依然明亮。

過去四個月發生了許多事。

德州停戰，部隊召回。

反恐清除法全面暫停執行。

國際法庭針對美加政府的戰爭罪及反人道罪，正式起訴。

奎恩家族針對政府的民事訴訟火熱開打，每一次開庭都吸引大量民眾旁聽。

歐倫多的聲望降到最低點，連國會議長都建議他「請假」，暫由副總統代任。歐倫多依然堅持自己無辜，所有人只等著看彈劾案的結果。

最戲劇性的是奎恩的釋放。

密西根州長上周「特赦」奎恩總衛官。

這個發展跌破眾人眼鏡。

是這樣的，首都屬於特別行政區，雖然位於密西根州，並不屬於密西根州管轄，國會擁有管轄權。

問題在於，懲治中心兩年前擴建，新建的停車場後面那道圍牆壓過密西根州界。於是，懲治中心成爲橫跨密西根州及首都的建築物，發生在這裡的案件，密西根及國會皆擁有管轄權。

一開始無人發現。直到釋放奎恩的聲浪越演越烈，「有人」找到這個漏洞，善良地提醒一下密西根州長。

兩天之後，密西根州長立刻發布里昂．奎恩的特赦令。

全國支持者歡聲雷動，密西根州長的聲望一下子衝到最高點，有人預期他有機會出來競選下一任總統。

首都當然群情譁然，喜憂懼怒，諸般情緒都有。

歐倫多堅持州長無權特赦「針對國家等級的犯罪」，不過奎恩從未被正式起訴，從頭到尾就是一個妾身未明的狀態收押在懲治中心，因此州長的特赦成立。

無論如何，奎恩走出懲治中心是必然的事。即使沒有州長，也有檢方。

目前兩個案子同時在進行：道格．奎恩謀殺案，及多斯科技的人體實驗案。

檢方提出全案的司法管轄權移交給聯邦政府，紀律公署基於利益衝突考量，必須迴避，奎恩總衛官轉為污點證人，先行移轉至聯邦監獄。

原本以為他一定會迫不及待答應，畢竟誰不想脫離懲治中心那鬼地方？沒想到奎恩竟然拒絕了。

「我是政治犯，不是普通刑犯，你們要不就放我出去，要不就把我關到死，我哪裡都不去。」他一貫的堅持。

檢方被他搞得灰頭土臉，只好把轉移司法管轄權及污點證人的事同時進行，法官以速件批示，給與他司法豁免權。條件是，在審判期間他不能離開首都，奎恩同意了。

於是，在一個星期後，他踏出懲治中心的大門。

道格的案子，由於時日久遠，基於「毒樹果實理論」：非法取得的證據不能成為呈堂證供，而他們的證據畢竟是從多斯科技偷來的，很有可能最後會無法成立，歐倫多眞的有機會從這一案脫身。

不過多斯科技人體實驗案就不是這麼回事，即使不用墨族人偷到的證據，還有太多活著的人證物證。

端木慶博士成為檢方最重要的證人，他的代表律師也談到同樣的豁免權。

這一點，在國內頗興起一陣波動，沒有人喜歡「邪惡博士」逍遙法外，不過他的交易和奎恩一樣必要。

有他在，所有人體實驗的證據都不是問題。這個部分，只要檢方夠厲害，歐倫多應該脫不了干係。

但無論司法如何攻防，所有證據明明白白攤在眞相網站上，全世界都看得到，歐倫多的聲望跌到最低，下台的聲浪不斷上湧。

這之間有許多政治及法律操作，他看出他娘親的手筆。

「公署現在的情況如何？」對奎恩來說，日子沒什麼兩樣，照舊兵來將擋、水來土掩。

「非常非常好，再好不過了。」費德立克十分愉快。

「哦？」奎恩挑眉。

「里維針對清除部展開風紀調查，所有參與刑求的人通通留職停薪，靜候調查，我猜想，有些人的薪水條應該保不住。」

奎恩微微一笑。難怪他那麼開心，那三十幾個人差不多就是全部的清除部成員。他的離去讓反恐作戰部被打到最底，如今也是因爲他，反恐作戰部重新翻身。

「目前作戰部接管整個軍事部門？」

「答對了。不過反恐清除法暫停，我們能做的事也不多就是了。」費德立克聳了聳肩。

奎恩神色一板。「你在說什麼？我們的部門不叫『墨族作戰部』，而是『反恐作戰部』，恐怖份子依然無處不在，沒有無事可做的道理。」

「是，長官！」費德立克差點行禮。呼，總衛官的威嚴感還是在啊！

車子開了一陣，費德立克忽然開口：「我們抓到卡佐圖一次。」

「何時？」奎恩皺眉。

「去年。結果清除部冒出來，把卡佐圖帶走，我們就再也沒見過他了。」如果是在以前，反恐作戰部的人哪有清除部帶走的份？這些年眞的被欺壓得太狠。

「他幾個月前出現在德州，整張臉毀容，陷入半瘋狂狀態，想殺我的家人，被我反殺了。」

「什麼？好耶！可是……抱歉，太多情緒突然冒出來。」費德立克都不知道自己想說什麼。

清除部到底對卡佐圖做了什麼，大概沒有人會知道，不過那段經歷讓卡佐圖終於瘋狂是肯定的。

「我最近聽說，情緒具有強大的力量，不是壞事。」

呃，總衛官是說眞話還是說反話？最後費德立克決定還是不要問好了。

闊別十年，奎恩重新回到「榆橡園」。

寬敞的公寓一片寂寥，和主人十年前離開差不多，時光在這裡幽微地停頓。

「把我的東西還給我。」奎恩回頭看著他。

「長官？」

「十年前，你們從我家抄走一些東西，應該還在證物室。既然那個案子已經結束，理應還給我。」

「是，長官。我回去問問看還在不在。」費德立克頗爲汗顏，那一次抄家他也有份。

證物還在，只除了花花草草都死掉，已經扔了。

三天後，證物箱送回他的家中，奎恩一一拆箱，取出甄被扣押的物事。

相片，刺繡，無框畫，地毯，沙發毯。

憑著精準的記憶力，他將物品一一還原到它們所在的地方。

甄的衣物，他埋進她的襯衫，深深嗅聞。心理作用也好，眞實也好，他仍然能聞到她的氣息。

該死，他好想念她，孩子們還好嗎？

時機未到，他告訴自己。最後這一哩路，所有人都走得分外小心。

他把衣服一件件掛回更衣間。

雕花碗盤、香料架，一一放回廚房。最後他看著整間屋子，還少了點什麼。

隔天，他把所有植物都買回來，甄在露台的香草架，一一還原。

他甚至買了一棵仙人掌，放在小綠原來的地方。

「只是跟你說一聲，你有個哥哥，或姊姊？我不確定它的性別，如果運氣好，有一天你能見到它。」他告訴仙人掌。

經過苦苦思索，他替仙人掌取了一個非常有創意的新名字：仙人掌。

最後是冰箱。他不會做飯，不過他依照甄被帶走那天的內容物，一模一樣買了回來。

他站在公寓中央，一切又恢復原狀，好像他們不曾離開過。

只缺了女主人。

他每天無事可做，就專心研究如何不讓那些植物死掉——事實證明，這件事的難度比操練一支軍隊更高。

第二周，眾議院公聽會傳喚他，他將這七年來的過往據實以告。隔天的公聽會傳喚端木慶博士，不過他們沒見到對方。

奎恩並未聯絡任何人，也沒有人聯絡他。

只需要再一點點時間，每個人都害怕功虧一簣。

冰箱裡的食材換過幾輪，在不新鮮之前他會捐給當地的遊民收容所，然後買一批新的。

再過一周，公聽會結束，眾議會開始進行彈劾條款的討論。

一個月後，眾議院多數表決通過，正式對歐倫多總統提出彈劾案，送交參議院審理。聯邦法庭的案子也在進行。

這段時間，奎恩若不是在榆橡園，就是上法庭作證，或是出席公聽會，基本上哪裡也不去。外界的紛擾好像就在門外，也像離得很遠。

大法官釋憲結果公佈，反恐清除法違憲。

即日起，全國各懲治中心的墨族平民立即釋放，清除設施停止運作。

觸犯刑法的墨族人依然必須接受調查，不過基於反恐清除法的罪名全數撤銷。

✷

這天，奎恩坐在寬敞的廚房，吃著牛奶泡早餐穀片當午餐。

以前他絕對不吃這種東西，不過陪兩個小傢伙吃了七年，已經吃習慣了。

叮咚，門鈴響了起來。

通常有訪客，門房會先通知，奎恩皺著眉去開門。

「親愛的總衛官，我遲到了。」

門外是熟悉的顏笑盈盈。

鵝黃襯衫與淡粉素裙，和她以前去學校上課差不多，奎恩將她扯進懷裡，揉進身體裡。

眞實的體溫，眞實的香氣，他的臉埋進她髮間，吸聞這日夜牽掛的念想。

秦甄的堅強只撐到進他懷裡的那一刻。

「你怎麼這麼瘦？他們是不是沒給你吃東西？你有沒有受傷？那些人是不是對你是很壞？」她哭

得唏哩嘩啦。

他把她攔腰抱起來，證明他依然強壯。她緊緊捧著他的臉，一秒鐘都捨不得移開。

「我好愛你，好愛好愛你……」她不斷親吻他的五官。

奎恩抱著她回到主臥，兩人倒回十年未曾共枕的大床。

他讓她檢查他的每吋身體，只有這樣才能讓她安心。他們的做愛纏綿而溫存。

他比以前瘦了一號，好像回到當年他們逃往德州的那段路程。秦甄無法去想他受了什麼樣的折磨，光是腦子一觸到邊緣都受不了。

「我一定要把你養回來。」她憐惜地吻遍他身上每絲傷痕。

「妳漏了最重要的地方。」奎恩慵懶躺在床上接受妻子的服侍。

「這個地方看起來不像受傷啊。」她挑剔地觀察半晌，「嗯，我很確定，它的功能正常。」

「它空虛寂寞了半年，急需柔情的撫慰。」他把他兒子搏取同情的神情學得唯妙唯肖。

她笑捶他一記，俯身滿足他的需求。

「啊……」他沒眞的要她非做不可，不過一個男人從不挑戰自己的好運。

奎恩將她拉起來，反身將她壓在身下，對他老婆溫柔地做愛。

結束後，兩人都飢腸轆轆。過去半年，這是奎恩第一次有食慾，不再是爲了滿足身體機能而機械性地進食。

「你吃早餐穀片當午餐？」秦甄投給他的視線比剛判十個死刑的法官更嚴厲。

「……裡面有脂肪、熱量和蛋白質。」

「纖維質呢？」

「……我飯後會吃一顆蘋果。」

「呃啊！」

他若告訴她「我外頭有女人」，可能都不會讓她更惱怒。

她一定要把她老公失去的體重補回來！糟糕，她老公不做飯的，冰箱一定空空如也。

「……」秦甄拉開冰箱。

滿滿的冰箱，和她離開前一模一樣。

她又唏哩嘩啦哭了起來。

「甄？」奎恩迅速抱住她。

「沒事……」她只要想到，他一個人站在一間冰冷的公寓，把他們過往的一切努力補回來，她就覺得心碎。

這中間蘊含著多強烈的孤寂！

「你怎麼可以離開我們？」她拚命捶他。「你出發的那天就知道不會回來了對不對？你怎麼可以這樣？你答應會回我身邊，你答應過的！」

「我很抱歉，寶貝。」他緊緊抱著放聲大哭的老婆。「情勢不能一直膠著下去，總得有人……」

「我不想聽這個！」她緊緊抓住他。「我要你答應，永遠不會再離開我們！」

「永遠不會，我保證。」

他反覆在她耳畔承諾，直到她的情緒終於平復。

秦甄直接在他的胸膛抹眼淚。

「這間屋子變成什麼樣子？」她拉著他逛了起來。

從某日早晨出門上班，她就再也沒有回過榆橡園。

「你怎麼會記得我放了一雙拖鞋在沙發底下？我都忘了。」整間公寓的完成度讓她又好笑又酸楚。

這男人是有著照相機的記憶力嗎？

奎恩只是跟在她身後，噙著淡淡的笑，一如他們十年前的日常。

她走到轉角的房門，打開。「你還記得嗎？我們本來打算把這間當成……」

話聲戛然而止。

你不覺得這間很適合當育嬰房嗎？

這整扇窗就是一幅圖畫。那面牆可以放嬰兒床，這邊可以放衣櫃，我們可以在窗户前鋪上遊戲地墊，給小朋友爬來爬去，還能遠眺那些公園。

這個房間夠大，還能擺一組小滑梯，不過最好等小朋友大一點再說。

牆邊放著嬰兒床，左邊放衣櫃，窗戶前鋪了遊戲墊，正中央擺了一組小滑梯。

他把她當初說的話一一實現。

她轉頭又撲進他懷裡哭了起來。奎恩呻吟一聲，真是被她打敗了。

「我餓了。」唯今之計，只有這招才能轉移她的注意力。

「啊，對！」她想起要把他體重補回來的軍國大計。「我記得番紅花用完了，等會兒吃完飯，我們去逛超市。」

他們回到廚房，奎恩望著她忙碌地穿梭在櫥檯間，心頭無限滿足。

「傑登還好嗎？」他終於問出一直懸在心頭的問題。

秦甄渾身一僵，他的心瞬間往下沈。秦甄緩緩回身，輕輕吐了口氣。

「里昂，你得瞭解，傑登送回來之時，情況非常不好。」她在他身前坐下，牽起他的手。

奎恩胸口的石頭越來越重。

「據說是一個衛士從背後對他開槍，孟羅中途不能停下來，只好讓醫務兵做點簡單的處置，帶著他上路。當天晚上他回到卡斯丘，已經出氣多入氣少，沒有人知道他醒不醒得過來。」

該死，你這臭小子，爲什麼要跟上來？他的手指收緊，捏痛了秦甄的手。

「大家苦等了三個星期，傑登終於……終於還是……終於還是醒了，現在好得很，哈哈哈，騙到你了！」她用力指著他鼻子。

奎恩楞住的表情簡直經典。

「活該，誰教你自己先騙人，明明說要回來，結果沒回來。」她快樂地舞動。

「甄！」

她跳起來，抓起一顆馬鈴薯熟練地削皮。

「不過我前面說的大部分是眞的，他被送回來的時候，狀況很差，又有其它內傷，足足昏迷了三個星期。」想起當時的狀況，她猶有餘悸。「幸好他醒了，莎洛美這一生失去太多，我眞的不想她再失去傑登。」

「他的傷多重？」

「楚門必須切除他三分之一的肺葉，不過少了三分之一的肺葉還是能像正常人一樣生活，只是他若想回到以前那種重度操練的日子，可能很困難。萊斯利安慰他，跑跑健身房還是可以把到妹，不然跟著他學電腦，他們一起當科技宅好了。將來莎落美若是結婚，還是能養他當小王，只要她英挺健美、肺活量充足的丈夫不介意。」

果然是萊斯利會說的話。

奎恩嘆了口氣，終於釋然。

「他是威爾森典獄長的兒子。」

咕咚，她手中的馬鈴薯滾到地上。「什——麼——？」

「威爾森就是田中洛的眼線，他以傑登的未來交換自己的合作。」

她的嘴巴依然合不攏。「慢著，難怪以前威爾森一天到晚惡搞你的偵訊。」

不愧是夫妻，兩人的思路相同，奎恩愉悅地想。

她簡單做了馬鈴薯沙拉和墨西哥薄餅，兩個人隔著中島相對而坐，用餐時交談不多，只是時不時互視而笑。

一切依照老習慣，彷彿回到新婚時期。更棒的是，他不會被一通電話匆匆召出門。

吃完飯，他們照例去逛超市。

終究還是有些小地方改變了，超市不再提供手推車。

「逛街購物的樂趣就是推著商品結帳啊！」她失望地咕噥。

他拍拍她的腦袋，將商品掃描機遞進她手中。你拍狗啊？秦甄對他齜牙咧嘴。

說真的，這也是他第一次重回這間高級超市。他無法忍受自己一個人來，因此所有購物都是直接網路叫貨。

他們悠閒地逛著陳列架，有時商品擺太高，她拿不到，他輕輕鬆鬆拿下來，讓她研究一下成分，再用掃描機一掃。

從相識到現在已是十個年頭，第一次，他們心頭都不再藏著祕密，不必擔心哪些人會突然衝過來拆散他們。

這是他們一直以來在追尋的平淡幸福，只是很簡單的里昂和甄。

「奎恩總衛官？歐賣尬，是奎恩總衛官！」

現實終究闖進來。

一名女性顧客認出他的臉，周圍的人全轉過來。

「是奎恩總衛官耶！」

「眞的是他！」

不知是誰先開始的，有人用力鼓掌，其他人跟進，整間超市鼓盪著熱烈的掌聲。

「辛苦了，總衛官。」

「如果不是你，那些骯髒政客還在橫行霸道。」

「妳是甄，我有看妳的『無名珍的德州日常』！」那名女客驚喜地說。

「謝謝。」秦甄維持同樣的笑退到他身邊，偷偷頂頂他。

她不是她家總衛官，她很不習慣變成名人啊！

「謝謝各位。」奎恩莊嚴頷首。

兩人在眾人的歡呼聲中走向收銀台，充滿尊嚴地結完帳離開。連東西都不領了，直接送貨到府。

她癱在車子裡，奎恩迅速駛離。

「我的媽，爲什麼十年前你這麼受歡迎，十年後你還是這麼受歡迎？」明明她老公就是一副冰塊臉的死樣子啊！

「我也不知道。」

他的表情讓她笑出來。他真的一臉困擾耶！這人跟十年前一樣痛恨自己太好認。

✷

今天是星期三，影片之夜，晚上吃完飯，她做了一盆爆米花，兩人坐在沙發看電影。

理所當然，看著看著，最後又看回了床上。

隔天，她愉悅地爲她的香草澆水，他在廚房喝咖啡讀新聞，門鈴又響了起來。

他家最近非常熱鬧。奎恩嘆了口氣，走過去開門。

「爹地！」

「爹地！」

前天的激動一模一樣地湧上來。他蹲在地上，迎住兩隻撲進他懷裡的小鬼頭。

小孩半年內就會長這麼多嗎？

「你跑到哪裡去了？爲什麼都不來接我們？」紫菀撲進他懷裡一直捶他，一面放聲大哭。

「對啊！我們一直等一直等，你都沒有回來。」道格吸吸鼻子。

「我很抱歉，小寶貝。」他輪流親吻兩個小寶貝。

「我會拼卡車人，還會變魔術，你不在的時候我都學會了，我弄給你看！」道格急切地把包包的東西掏出來，現場就想獻寶。

「等一下再變給我看。」他撫了撫小男孩的臉頰。

秦甄倚在廚房門口，微笑望著這一切。

「你看起來不錯。」瑟琳娜尊貴地對兒子點點頭。

「謝謝妳，媽。」奎恩站起來和母親擁抱。

這聲「媽」差點讓她崩潰。很長一段時間，她只是「母親」，他們都忘了如何與對方相處。

「你能及早出來，你的妻子功不可沒。」瑟琳娜對他身後的秦甄點了點頭。「密西根州長的特赦，就是她挖出來的辦法。」

奎恩回頭看著她，秦甄走到他身畔，捱著他比以前清瘦卻依然強硬的身軀。

「我先讓你們一家人團聚，改天再回來。」她必須親自來看他一眼，暫時這樣就夠了。

「妳不必離開，這裡也是妳的家。」他凝視母親。

瑟琳娜輕撫著他的臉龐，嗓音沙啞。「你永遠是我的兒子，我愛你。」

「我知道，我也愛妳。」

他們一家人需要一點時間。學習何時放手，這是當父母最困難的事，瑟琳娜嘆了口氣。

「我住在凱薩飯店的頂樓套房，過兩天帶甄和孩子們來看我。」她拍拍兒子的肩膀，轉身離去。

「哇——」兩個小傢伙衝進客廳，下巴合不起來。

這裡好大好大，光是客廳就跟他們卡斯丘的家一樣大。

「爹地，這是誰的房子啊？」紫菀站在中央轉了一圈。

「這是爹地和媽咪剛結婚時住的房子。」

「爲什麼我們不知道？」小道格攀著他的大腿，他把小男孩扛在肩膀上。

「因爲那個時候你們還沒出生。」

「原來你們眞的是先認識的……」小道格驚嘆。

即使之前就聽說過了，他們依然認爲世界從他們出生那一刻才存在，「爸爸媽媽有一段他們不知道的過往」如今得到印證。

「外婆不是讓你們看過媽咪小時候的照片嗎？」秦甄牽起女兒。

「那不一樣啊，那是外婆跟妳。爹地跟媽咪要有我們，才是爹地跟媽咪。」紫菀嚴肅指正。

這是什麼歪理？秦甄笑了。

「來，媽咪帶你們去看你們的房間，爹地自己佈置的唷！」

「我要看、我要看、我要看！」

兩隻小猴子又興奮起來。

道格迫不及待爬下地，跟在媽咪和姊姊身後。

漂亮的角落房間讓兩個小孩驚呼連連。

溜滑梯受到高度讚賞，兩個人輪流溜了幾圈。

他們在卡斯丘的房子十分樸素，沒想到爹地的另一個家，竟然大到房間裡都能擺下兒童遊樂場，簡直難以想像。

遠方的摩天輪和樂高主題公園讓兩小鬼趴在窗戶上，嘰嘰喳喳討論了半天，最後媽咪同意周末帶他們去玩。

奎恩倚在門框看著，唇角勾著笑。

這就是甄剛結婚之時向他描述的情景，它眞的實現了。

「我不認爲我睡得下那張床。」道格挑剔地打量牆邊的嬰兒床。

「我們明天訂一張新床。」爸爸同意。

「這裡只有一間房，我是個大女孩，道格和我睡不同房間。」紫菀老氣橫秋地說。

啊，才半年而已，他錯過這麼多。

接下來，他每一秒都不想再錯過。

「隔壁還有一間房間，來吧。」秦甄出手解救，兩個小孩又興奮地衝過去，跟著父母探險。

終於鬧夠玩夠，喝了蛋牛奶，秦甄領著兩小鬼打開自己小小的行李，把衣物放進各自的房間。

他們今天一路從法國飛回來，也該累壞了。

臨睡前，還是四個人都擠在主臥的大床上。

奎恩隔著兩個小鬼，無奈看著香噴噴、白嫩嫩的老婆。

「媽咪，爹地，我們會在這裡住很久嗎？」紫菀睏頓地問。

「我想念比利，還有克倫、凱文，還有華仔。」小道格枕在父親懷裡。「華仔有來看我們喔！可是他故意學大人樣，穿得很奇怪，一點都不像華仔，我喜歡以前的學校和華仔。」

這間豪宅或許漂亮新奇，卡斯丘才是他們心目中的家。

「我們會回去的。」奎恩承諾。

有這句話就夠了，兩個小孩心滿意足地睡著。

經過半年，他們終於又回到父親與母親懷裡。

「我們得在首都待一陣子。」奎恩輕撫兩個小傢伙的睡顏，嗓音在夜裡分外低沈。

「無所謂，只要我們一家人在一起就好。」她溫柔地注視丈夫。

他嘆息一聲，越過兩個小鬼吻住她。

是的，只要全家在一起，住哪裡都沒問題。

✷

孩子得找間學校念，還有哪間學校比湖濱國小更好？

闊別多年，秦甄踏入校門，帶著兩個小朋友到註冊組註冊。

湖濱國小沒什麼改變，變化最大就是人吧？目前爲止遇到的老師她都不認識。

辦完手續，紫菀三年級，道格今年剛升上一年級，兩個小朋友各自跟著新老師回到自己的教室，她在兩間教室門口看了一會兒，實在捨不得。

果然學習放手是父母的大課題。

下一站，教師休息室。

叩叩。

「哈囉？」她探頭進去。

整間休息室瞬間安靜無聲。

「妳……妳……」艾瑪指著她拚命抖手指。

「嗨，艾瑪。嗨，東尼。嗨，米蘭達。嗨……梅若莎？」

「甄！」米蘭達先衝過來。

艾瑪使了陰招，腳伸過去擋住米蘭達的去路，圓潤的臀部一拐，立馬卡在前面。

開玩笑，論交情也是她先抱好嗎？

「甄！」

兩個多年好友抱頭痛哭……呃，沒有，秦甄和她抱了兩秒鐘，狐疑地指著梅若莎・約克。

「她爲什麼在這裡？」

梅若莎安然喝著咖啡，繼續翻報紙。

「是這樣的……」艾瑪露出侷促之色。

「爲什麼妳坐在她對面，爲什麼妳們之間有一盒餅乾？」輪到秦甄指著艾瑪抖手指。「艾瑪，妳、妳是不是對我不忠？」

艾瑪驚恐地捂著雙唇。「我……我……對不起，我一時軟弱，她又正好在身旁，我受到引誘。」

「艾瑪！」她心痛地按住胸口。「當全世界都背棄我，我以爲自己只剩下妳，沒想到妳……妳！」

「甄，自從妳離開之後，一到了夜晚，我覺得空虛寂寞冷，就、就……就不小心犯了全天下女人都會犯的錯。」艾瑪掩面哭訴。

「喔，艾瑪。」她跌跌撞撞退了兩步，情痛難忍地抵著牆。「原來、原來這個世界上眞的沒有永恆的感情。」

等一下。

艾瑪突然抬起頭。「誰是K仙女？」

「啊？」

「妳的『無名珍的德州日常』，別以爲我不知道，我都有看。誰是K仙女？誰是T女王？妳跟她們是什麼關係？」

「呃……原來妳也有看，拍得還不錯吧？哈哈哈。哈哈哈。」她立刻無恥地採用轉移注意力戰術。

「哈個頭，我當然有看。妳的聲音那麼好認，上線不久我就發現了。」艾瑪得意地一笑。「我怕別人發現，還很夠義氣地幫妳隱瞞，故意用分身帳號留負評，天下哪有像我這麼好的朋友？」

「啊？妳留什麼負評？」

「我故意一直說妳沒內容，不好看，免得讓人家發現我們認識啊！說不定有人想跟蹤我來跟蹤妳。」艾瑪的金牌特務情節大爆發。

「妳就是『藍迪』！妳幹嘛這樣？」秦甄大叫。

「妳沒聽過障眼法嗎？」艾瑪的白眼翻到天邊去。

「艾瑪鼻子超靈。她發現可能是妳，偷偷跟我和東尼說。我們只是看，都不留言，不過艾瑪擔心也有其他熟人看見，故意扯些五四三的留言帶風向。」布蘭達替她解釋。

「帶風向個頭啦，那些負評讓我很難過耶！」

秦甄來到梅若莎面前，照樣送出一個擁抱。

「若絲琳告訴我，妳幫艾瑪找到她，謝謝妳。不過我還是會在全國教師排名打敗妳。」

「有種就來軋。」老成持重的梅若莎翻個很不老成持重的白眼，坐回位子上。

「妳眞的要回來了？」艾瑪興奮地拉著她坐下來，幾個老朋友全圍成一圈。

「當年妳突然失蹤，我們都不知道發生了什麼事，接著奎恩總衛官也失蹤，我們還以爲他——」

「殺了妳再畏罪自殺。」艾瑪搶著替東尼補完。

「艾瑪！」他明明沒這麼想。

「這樣想的是妳。」布蘭達力抗強權。

「好吧好吧，不過你們得承認，當時的情況看起來就是這樣嘛！」艾瑪毫不悔悟。

「我還以爲劇情是他殺了甄，再和若絲琳雙宿雙飛？」梅若莎深思道。

「噢，那是第二套劇本，我們隨時做了幾套備份，以防不時之需。」艾瑪好心地爲她解釋。拜託！

「我們好得不得了，詳情請看上一期影片，我都解釋在裡面。」秦甄不忘替自己的頻道拉個人氣。

「你們做好下一步的打算了嗎？」東尼嚴肅地問。

「親愛的總衛官得留在首都作證，起碼等一審結束，所以我們大概會在首都住一陣子。」短則半年，長則一、兩年大概跑不掉。

「他還是總衛官嗎？」艾瑪問。

「這就是有趣的地方。」秦甄嘿嘿壞笑。「我們剛發現紀律公署沒開除他，我還在想，要不要找律師追討這十年的薪水。」

「哇，多年不見，妳果然變得更功利市儈、老奸巨猾。」艾瑪和她擊掌。「我喜歡。」

「那妳得找個工作才行。」布蘭達微笑。

「確實。」她期盼地望著幾位多年老同事。「你們想，湖濱國小缺代課老師嗎？」

✷

歐倫多總統辭職的那一天，跟每個尋常的日子一樣。

電視新聞播出他的辭職演說：

「……讓我在此重申，我絕對沒有犯罪。然而，身爲最高元首，國家利益應該擺在第一位。我明白，環繞在我身上的紛擾已經嚴重影響到國家運作，衝擊人民對政府的信心。我個人的榮辱並不重要，倘若我的辭職能平息所有爭端，讓這偉大的國家重新邁向頂點，我願意以大局為重，退下總統之位……」

他把自己塑造成悲劇英雄。

「這隻豬！」秦甄怒斥。「他很清楚參議院的決議這兩天就會出來，情況對他不利，與其被解職，不如自己下台。」

「媽咪，他長得像豬嗎？」小道格問。

「不像，豬比他好看。」媽咪咕噥。

奎恩挑了下嘴角，關電視，專心吃飯。

副總統當天宣示繼位，立刻做出三項宣佈：一，特赦歐倫多總統的刑事責任；二，撤換紀律公署署長；三，不追究德州反抗軍在鎮壓期間的責任。

傑克・奧瑪汲汲營營一世，不屬於他的，終究還是不屬於他。不過他的運氣比歐倫多好，無論多斯科技一案或老道格謀殺案，沒有任何證據直接指向他。

但是他任職署長期間，縱容屬下刑求，另外還有幾件清除部成員被控對墨族囚犯違紀之事，他掩蓋了下來，這個部分涉及瀆職，難以規避刑責。一旦罪名成立，最後免不了坐幾年牢，就看他找的律師夠不夠厲害了。

謀殺案的主謀秦天已逝，無法證明他弟弟秦為漢知情，最後果然只有一些不太重要的從犯被起訴；這個案子應該就這樣了結。

人生不外乎如此，有得有失。

多斯科技一案則牽連太廣，目前預計會有好幾個政府官員、多斯科技和秦漢科技高層鋃鐺入獄。兩個案子最近就會進入宣判，距離他們回到德州不會太久。

滴滴，電話響了起來。

「我來。」奎恩拭了拭嘴角，按下通話鍵。

瑟琳娜雍容的臉孔出現在螢幕上。

「你看見新聞了嗎？」

「是的。」

母子倆一時無語。

有太多情緒，不曉得該從何說起。

「里昂，紀律公署需要改革，如果你選擇留在首都，下一任署長很有機會是你。」瑟琳娜忽然說。

秦甄緊盯著他，奎恩只是對母親笑笑，不必回答。

知子莫若母，瑟琳娜回以一笑。

「你們得來歐洲一趟。」

「爲什麼？」他問。

「美加政府願意談條件，你必須回去和德州討論一下，你們想提出哪些要求，然後大家在國際邦聯總部坐下來，開始協商。」

他很清楚自己想要什麼。

「我要求以下幾個人列席：岡納，田中洛，布魯茲，列提，愛斯達拉，紐約代表孟羅，北愛爾蘭人艾森。」

「你打算提出什麼要求？」他母親很好奇。

「我要德州。」

尾聲

啊，該死，她遲到了！

瓊恩看了看排在前面的隊伍，沒那麼長嘛！德州海關是不是太沒效率了？

好吧，德州海關一如以往的有效率，她只是心急。

莎洛美和傑登拖了十二年，終於要結婚了，身為伴娘的她卻在結婚當日遲到，像話嗎？

「請把包包放在輸送帶，從這裡走出來。」海關人員站在金屬偵測器旁。

終於輪到她了。幸好她只有一個隨身背包，待會兒出了海關，可以直奔機場門口，不必跟人家擠著領行李。

最近是德州的州慶日，她發誓全世界的觀光客都往德州擠過來了。

雖然身為本國人，她出關的方式和國際旅客並沒有差多少。

十二年前在海牙簽訂的「德州復原條款」，明訂德克薩斯和紐約為行政自治體。

他們擁有自己的政府、軍隊、法律、海關、稅務和金融體系，和中央沒有權利義務關係，嚴格說來就是強化版的紐約。

他們也和政府簽訂協同關係，成立處理共通事務的中央機構，例如日常民生、海關進出這些細節。嚴格說來，彼此更像是邦聯，多於州和政府的關係。

以奎恩為首的代表並未要求天價的精神賠償，不過他們確實要求美加政府必須負責廢境的復原和重建，金額是九百億美加幣。基於紐約也是戰後棄境，其中百分之十由紐約分得。

第一年政府必須移除德州境內所有污染廢棄物，預算二十億。扣除紐約的部分，剩下的七百九十億分成五十年攤還，德州每年有將近十五點八億的預算。

這十五點八億非常好用，奎恩迅速籌組州政府，成爲第一任州長。四年後競選連任成功，目前第三任州長是田中洛。整片德州在他們的努力下，已經不是十二年前的樣子。

新首府設在聖安東尼奧，也就是她目前所在之城。

出了海關，瓊恩熟門熟路地往機場大廳走。

「瓊恩！」

「妳們怎麼知道我搭這班飛機？」竟然有人來接她，她正要去租車呢！瓊恩開心地走過去。

莎洛美也來了。

紫菀搖晃手上的名牌：瓊恩・多塞爾。等她走近之後，紫菀把後面一小摺翻下來：德州最不受歡迎人物。

「噢，妳們！」瓊恩假裝掐她脖子。

「不是我，是道格寫的。」紫菀大笑。

「那小子呢？」

「他的第一次勤務在昨天出發，兩周後才會回來。」莎洛美遺憾地說。

「他才十八歲！」

「我爸當年第一次出勤也是這個年紀。」二十歲的紫菀插口。

非得涉身政治時，奎恩做得很稱職，不過他的最愛終究是軍旅生活。做完州長任期之後，他退下來，重掌德州的軍事指揮官一職，並成立全球頂尖的「德州軍事訓練中心」，專門提供精英部隊的訓練。

沒有人能說奎恩不懂得練兵，光看他花了七年就把一群烏合之眾變成一支足以抵抗美加軍隊的勁旅就知道了，目前美加和數個國家都有特種兵送到此地受訓。

岡納則擺明了對政治完全不感興趣，他是德州第一間軍校的創辦者，和奎恩的訓練中心正好比鄰而居。

「他死黨是校長，也不懂得通融一下。」瓊恩咕噥。「倒是妳，準新娘，今天是妳的大喜之日，妳爲什麼在這裡？」

「瓊恩，我說過了，今天只是親朋好友聚在一起吃吃飯，不會有什麼盛大的儀式。」莎洛美挽著她往外走。

「慢著慢著，起碼妳會穿婚紗吧？沒有？那我這個伴娘要怎麼當？」

「妳可以跟在我旁邊，我會告訴每個人妳是伴娘。」

「昏倒！」姻瓊恩抱怨：「都是傑登的錯，眞是太不夠意思了！竟然是那傢伙拖著不結婚是怎樣？」

「傑登擔心自己身體不好，拖累莎洛美嘛！」紫菀替自己的大哥哥緩頰。

「結果他有身體不好嗎？還不是壯得跟頭牛一樣！明明可以青春年華穿漂亮的婚紗，他硬要拖到莎洛美三十六歲，結果還不是一樣要結？」

「瓊恩，不准再說我未婚夫的壞話，不然我推妳上場唱歌。」說眞的，他們的生活和一般夫妻無異，莎洛美不覺得多那道手續有什麼差別。

不過傑登的老闆和現任州長只要談到這件事，都不鹹不淡地看他兩眼。四年前他們的兒子出生之後，兩位父執輩變得更不鹹、更不淡。

傑登經過深思熟慮，覺得還是應該把手續辦了，這樣奎恩和田中洛若殺了他棄屍，莎洛美和兒子可以合法繼承他所有遺產。

「妳想把所有賓客嚇跑就讓我上去唱歌吧！」瓊恩坐進後座。「喬瑟芬到了嗎？」

「她昨天就到了，妳們怎麼沒一起過來？」兩位在地人坐進前座，莎洛美發動引擎，開出停車場。

喬瑟芬十年前成立「古騰婦幼及人權保障基金會」，擔任執行長，瓊恩是她的特別助理。

「她去英國參加國際人權組織的年會，基金會不能沒人管。」瓊恩欣賞窗外的景致。嶄新的建築物，活絡的商業區，柏油路平坦好開，許多建築工程正在進行，碰上州慶日的觀光潮，幸好都市規畫得宜，即使假日塞車都不嚴重。

車子經過州政府，瓊恩大喊：「嘿！這裡是妳爸爸的辦公室。」

「也是我爸爸以前的辦公室。」紫菀驕傲地說。

瓊恩嘆息。「妳們能相信嗎？十二年而已，德州的變化如此之大。」

才沒多久以前，這裡是一座死城。

休士頓和奧斯汀的發展也差不多，短短幾年間，德州黃金三角重拾榮光。唯一和其他大城市相異的，大概就是高樓建築不多。套句傑登的話：「德州的地大到用不完，我們不需要垂直發展。」這樣很好，建築物完全不會遮蔽天空，任何人只要抬頭面對這片無盡蒼穹，都會生出對天地萬物的敬畏感，然後想起他們這一路走來，有多麼不容易。

「戰前我們的人口只有兩百萬，上個月，第一千萬名德州人剛出生。」紫菀驕傲地說。

德州人口中的「戰前」，指的是十二年前反抗政府軍之戰，雖然政府堅持那不是一場戰爭，只是「肅清地方秩序」。既然德州條約已經簽署，沒什麼好說嘴，不過德州人有自己的想法就是了。

車子離開聖安東尼奧，繼續往卡斯丘駛去。

卡斯丘距離首府只有二十分鐘的車程。爲了兩個小孩的成長環境，奎恩夫婦並未搬到聖安東尼奧，在他擔任州長期間依然天天通勤。

希塞營區一直是德州的軍事重地，卡斯丘已經從昔日小鎮變成德州大城，奎恩的軍事訓練中心和岡納的軍校都在此處。

田中洛上任之後，和再婚的妻子海娜搬到聖安東尼奧。莎洛美是岡納的辦公室主任，傑登是奎恩的辦公室主任，兩人依然住在卡斯丘。

車子駛進卡斯區的舊街區，這一帶和十二年前幾乎沒有改變；同樣的，老德州人的詭異堅持。

「唷！莎洛美。」老布在人行道上打招呼。

「布，你不來婚宴嗎？」紫菀拉下車窗。

「當然要，我回去換身漂亮一點的衣服，不能給莎洛美丟面子。」

「你夠帥了，老布。」莎洛美大笑，繼續往前開。

希塞社區部分重建過，軍事訓練基地和居住區畫分得更開，莎洛美的家在奎恩夫婦隔壁，另一側是岡納的家。今天三家的後院圍成一圈，作爲婚宴的場地。

瓊恩一下車就看見傑登抱著他們四歲的兒子走過來。

「喂喂喂，婚禮還沒開始，新郎怎麼可以見到新娘？這樣很不吉利耶！」瓊恩大驚小怪。

「瓊恩，我們昨天已經去市政府登記，今天不會有任何儀式，只是親朋友好聚在一起吃吃飯而已。」莎洛美第N次強調。

瓊恩被打敗了，傑登把兒子放下地，和她握手。

「嘿，小玉，要不要咳兩口血來瞧瞧？我準備了花瓣讓你埋。」瓊恩挑剔地打量他。

「莎洛美，我非常不喜歡妳朋友。」傑登向兒子的媽投訴。

「我也不喜歡你，太好了，我們終於讓莎洛美的人生圓滿。」

傑登和瓊恩指著對方大笑，兩人熱情地擁抱。

他看起來好極了，其實只要別傻到想回去參加特種兵操練，他的體能狀況和平常人無異，甚至更好。

會有那句「其實」，當然就是這傢伙不服輸，硬要回小隊參加訓練。結果他跑到一半缺氧昏倒，被尼克和克里斯抬到醫務室。

莎洛美說，傑登頹消沈了一陣子，有一次奎恩走進家裡和他說了一會兒話。沒人知道他們說什麼，不過傑登開始振作起來。

他練習游泳，訓練自己的肺活量，慢慢增加到慢跑和重訓。最近一次身體檢查，楚門很驚異地發現，他三分之二的肺葉比一些全功能的人更強。

即使他無法回去原來的隊伍，生活依然有新目標。

「你還是一副禍國殃民貌，你知道男人有這種長相是罪惡的嗎？」瓊恩拍拍他的臉蛋。

「這句話妳有種也跟我老闆說一次。」傑登乾乾地說。

他們繞到屋後的婚宴場地，秦甄立馬發現他們。

「瓊恩，妳來了。」

「甄老師。」瓊恩溫暖地和她擁抱。

不管到了幾歲，在甄老師面，她永遠是那個六年級的小丫頭。秦甄現在是卡斯丘國小的校長，這輩子永遠離不開教育。

「妳看起來好極了，大衛呢？」

「他得了非常嚴重的感冒，我要他留在家裡休息，不要來這裡亂噴病毒。」瓊恩強調。

「我很遺憾，在妳回去之前，我會烤一點香草餅乾，讓妳帶給他。」秦甄說。

「他會以爲自己死了，飛到天堂。」甄老師的好手藝認識她的人都知道。

寬敞的婚宴會場分成三個部分，餐桌區、取餐區和舞池。

他們聘請鎭上的外燴公司，採自助模式，所有賓客自由取餐、自由入座。今天受邀的都是親朋好友，大家都隨性慣了，這種不拘小節的方式最適合他們。

婚宴還有十分鐘才開始，食物檯先擺出一些點心和飲料，賓客閒散地坐在各處，相熟的人各自聚成一團聊天。

慢著，那個人是……？

「威爾森？」瓊恩偷偷拉莎洛美的衣角。

「噓。他們父子的關係還是有點尷尬，不過兩個人都在努力。」莎洛美悄聲說。

瓊恩瞭然地點點頭。

威爾森明白，要抓回兒子的心，得先抓住孫子的心，現在陪孫子正玩得起勁，傑登難得露出笑容，在旁邊觀看。

不過……莎洛美家後院那個小涼亭是怎麼回事？貝神父今天穿著神職制服而不是輕便衣物，看來應該不只是來當客人的。

「嘻嘻嘻。」瓊恩竊笑，莎洛美也看到了，翻了個大白眼。

年輕人一直強調不會有儀式，那些大人才不理他們，待會兒想必有一場簡單的婚禮。

「我是伴娘，別忘了。」瓊恩提醒完，走向正和岡納不知爭論什麼的喬瑟芬。

「嗨，喬瑟芬。」

「嗨，瓊恩，妳趕上了。」喬瑟指著岡納的鼻子。「妳能相信嗎？這男人依然認爲死刑是必要的。」

「沒有人能改變我的想法。」岡納喝口果汁酒。

道格。瓊恩以嘴型跟他說，岡納聳了聳寬肩，她無聲回一句「奴隸頭子」。

他和喬瑟芬短暫交往過一陣子，不過距離太遠，戀情最後無疾而終，兩人依然維持友好的關係。

另一端，美豔依舊的若絲琳和姊妹淘聚在一起，她的新男伴幫忙遞茶倒水。從男方過度殷勤而女方冷淡自若的神情，他們大概不會維持太久。

說眞的，沒有人搞得懂若絲琳和岡納的關係，他們有時在一起，有時又各自有人，等分了之後又在一起。最後所有人都放棄搞懂他們的關係，反正他們兩個想在一起就在一起，想分開就分開。

奎恩家的後院規畫給小孩子玩，軟墊和溜滑梯一應俱全。

一個粉嫩嫩的小女娃突然哇哇大哭，衝向正在和田中洛、愛斯達拉聊天的奎恩。

「怎麼了，小寶貝？」奎恩抱起四歲的小女兒。

「他咬我，查理咬我。」奎恩家的小茉莉花淚汪汪地舉高手指。

奎恩把嫩手抓過來一親。「這樣有沒有好一點？」

「嗯。」茉莉可憐兮兮枕在父親肩頭。

「噢——」旁邊一干男人的心都融化了。

秦甄年過四十二才發現自己懷了第三胎，無人料想得到。幸好前面兩個哥哥姊姊年紀都大了，懂得疼小妹妹。

瓊恩站在中間，慢慢地轉了一圈。

所有朋友都來了。

奎恩、田中洛、愛斯達拉、列提那一桌，一邊逗著小茉莉，一般邊著最新的國際情勢。

華仔、布魯茲和萊斯利在那裡聊一些只有怪咖懂的東西。

喬瑟芬、費絲、岡納和拉斐爾兄弟在爭論死刑與人權。

艾瑪、海娜和秦甄這圈小學老師代表，可能在密謀奪取全世界。

羅瑞很不爽地盯著孟羅對他老婆那圈熟女放騷。

還有老布、蒂莎、荷黑和一些老鎮民，尼克、傑登這些老戰友。

這麼多人，如此豐富的生命力，她突然熱淚盈眶。

「儀式快開始了，妳想不想梳洗一下？」莎洛美過來叫人，不料被她的表情嚇到。「怎麼了，瓊恩？」

「謝謝妳。」她用力握住好友的手。

「我做了什麼？」莎洛美的笑容透出迷惑。

「因爲妳，我才能認識這些人。」瓊恩往四周一揮。「因爲妳，我才能有這麼精彩的人生。即使生命在一刻結束，我也能和驕傲地說，這一生沒有白費。」

「瓊恩，」莎洛美溫柔牽起她的手。「是妳爲自己帶來這麼精彩的人生，如果沒有妳，現在的我不曉得在哪裡。」

「二十五年前，兩個小女孩困在我小小的房間裡，孤獨害怕地對抗全世界，妳能想得到有一天我們能站在這裡嗎？」瓊恩擦拭一下眼睛。

兩個女人給彼此一個最深切的擁抱。

瓊恩忽地發現，那兩個小女孩就是現實的映照——

墨族對抗政府。

德州對抗美加。

弱勢對抗強權。

當彈簧被壓到底，退無可退，回彈的力道足以撼動天地。

弱小的一方並非沒有力量，她們見證了歷史的發生，那些塑造歷史的人就在她們眼前，走過血海，踏過千滔萬浪。

接下來，會有更多的人前仆後繼，爲自己與世間的弱勢者發聲。

這個世界永遠有希望。

（全書完）

番外篇

§只有妳§

「嘿！」貝回頭，看見自己搭檔了二十年的老夥伴走進酒吧。

道格天生擁有奎恩家男人的優良基因，身高超過六呎，雄壯陽剛，五官猶如上帝直接情商米開朗基羅雕塑的。

眞的這麼久的時間過去了？記得那年他們都剛從軍校畢業，分發到同一個基地。其實他一開始跟道格．奎恩不怎麼對盤。在他的想法，這不過是另一個顯赫的「奎恩」，到底是有眞本事或假本事也沒人知道，後來……好吧！他知道了，是眞的。

他們無數次頭碰頭、撞得不可開交之後，他終於領悟。

大概七、八年之後吧，有一次道格問他：「你明明不是多難搞的人，爲什麼當年一副別人欠你幾百萬的樣子？」

「我？你有沒有搞錯？你一進寢室就那副『我是老大，你是跟班，你最好給我聽話』的死人臉，誰看到你拳頭不會癢的？」

這席話讓兩人又幹了一架，不過他們的交情本來就是在幹架中建立的。

道格和他不只是軍中同僚，更是可以把生命託付給對方的兄弟。說眞的，當你和唯一的同伴被困在敵軍的後方，四面八方都是槍火，你們兩個人只剩下一把攻擊步槍和一顆雷震彈，必須撐上十八個小時等援軍接應，幾次之後很難不生出過命的交情。

貝另外有兩名手足，可是身爲家族中的黑羊，他向來像個局外人，血緣關係的手足都不如眼前這人懂他。

道格八成也是如此。奎恩家的族長這支一直單傳，他沒有兄弟姊妹，結婚之後也只生了一個兒子，貝就是他的兄弟。

「你看起來還不錯。」道格白牙一閃。

「還行，看你手腳都還在，最近那些墨族叛軍挺安分的？」貝心裡其實有點感動。從一開始的「你還沒被那些經文悶死？」、「床下偷塞了幾具同學的屍體？」，到後來的「你氣色還不錯」、「看來這種日子挺適合你」，道格終於接受了他的選擇——離開軍旅，進入神學院追求神職。

他們兩人都過了必須實地出勤的軍階，不過道格依然和手下一起接受體能訓練，這些年來從未落下。而且貝完全不懷疑，道格一定把握每個機會親自出勤，坐辦公桌從來不是他們的個性——起碼對以前的貝來說不是，接下來的人生，他大概得習慣坐下來聽許多人告解。

「他們哪時安分太久？」道格搖搖頭，拿起啤酒瓶喝了一口。「你在喝什麼？準神父能喝酒嗎？」

「純正德國黑麥汁。」貝揚揚酷似啤酒的瓶子。

「提醒我投資這間公司，免得你哪天斷貨。」道格搖頭直笑。也只有在老友面前，他會露出如此輕鬆的神色。

「家裡一切都好吧？里昂現在幾歲了？我老是記不清楚。」貝閒聊道。

「十二歲，平時都住校，今年通過測驗就能進入中學當我們的小學弟了。」

「是你的小學弟。」他小時候讀的不是他們奎恩家專門念的精英軍校。

道格喝了口啤酒，眸中透出的光彩讓人明白他是個驕傲的父親。

他們父子相貌十分肖似，只除了道格是一雙綠色的眸子，而里昂繼承了他母親的藍眸，貝想像小里昂將來長大了也會成爲眼前這雄赳赳、氣昂昂的男人樣。

「瑟琳娜呢？她還是天天爲你等門？」貝笑。

道格沒有立刻回答。

過了一會兒，他喝完手中的啤酒，舉手向酒保再要一瓶。

「她想離婚。」他拿起新開的啤酒喝了一口。

「什麼？」貝大吃一驚！「她跟你說的？發生了什麼事？你們吵架了？」

道格搖搖頭。「我們沒談，不過我從她的眼神看得出來。」經過這麼多年，她終於放棄了。

貝作聲不得。想想也怪不得她，他們是反恐精英，水裡來、火裡去，每一天都有可能門鈴響起，長官上門宣告壞消息。

「你要不要和瑟琳娜好好談談？」貝還是無法相信，沒有人比瑟琳娜更愛他了！每個人從她的眼神都看得出來，哪個女人能嫁給一個軍人十四年之後依然天天爲他等門？

「她不再等我回家了。」這其實就是個徵兆。

貝沈默片刻。「她知道你知道她會爲你等門嗎？」

「信不信這句話重複十遍，你的舌頭會打結？」道格調侃。

「我是說眞的，瑟琳娜深愛你，你他媽的別想騙我，你也愛她。」貝嚴肅地注視老友。「女人需要一點保證，該死的，男人也需要！但對女人特別重要，你必須讓她明白。」

「我不是那種把肉麻話掛在嘴上的男人。」道格防衛地看他一眼。

「我沒要求你天天上演樓台會，只有一次就夠了。道格，你眞的準備好失去她了嗎？」

悠遠的綠眸重演著記憶中每個晚歸的黑夜。

安靜的公寓，客廳那盞孤燈，燈下睡著的人影。

每一個晚上，踏入家門，心裡明白有一個人一直在等你……

「不。」他終於說。

「那就回家，好好跟她說。等待是會令人疲憊的，尤其等的人以爲自己的等待無望，你必須讓她明白她的愛並非無所回報。」

或許吧！畢竟這種性靈之事，貝比他更懂。出於一股不知從哪裡來的衝動，道格望向好友。

「貝，答應我，不管發生什麼事，你都會幫忙照看我的家人。」

「廢話！這種話需要交代嗎？」這事他們根本是心照不宣、義不容辭。

「我是認眞的，哪天出了什麼事，我不在了，瑟琳娜是個堅強的女人，她一定能照顧自己和里昂，但我要你答應我，確保里昂這一生走在正確的道路上。」

「當然！你少廢話，給我小心一點，那是你老婆和小孩，別想把擔子丟到別人身上。」貝笑罵，心裡卻突然覺得怪怪的，這話好像在交代什麼。

道格笑了起來，冷峻的神情瞬間融化，一個四十四歲的老男人還能長成這樣實在太不公平。

嗡嗡嗡，他口袋裡的手機突然震動起來，道格掏出來，立刻低咒一聲。

「發生什麼事？」貝警覺地看他跳起來。

「墨族叛軍，他們在東布爾大道發動攻擊，有個自殺炸彈客劫持一輛油罐車，正在路上橫衝直撞。」

那一帶是文教區，光一條東布爾大道就有三所中小學。現在接近中午時分，低年級的學生正要放學，不久街上會充滿來接孩子的父母和學校巴士。

東布爾大道離這裡只有兩條街，他今天休假，不過他的距離最近。道格迅速傳出指令，召集手下。

貝跟著跳起來——不對，這已經不是他的工作。他只能望著摯友高大的身影衝向門口。

「嘿！道格？」一股衝動讓他開口叫住他。

道格回頭。

「我說眞的，回去好好和瑟琳娜談談，一切都會沒事的。」貝不知道最後一句話是在向好友保證或向自己。

「我會的。」道格頓了一下，再度綻出罕見的英俊笑顏。「貝，她是我這輩子唯一愛上的女人。」

「那就讓她知道。」貝微笑。

道格點了點頭，消失在酒吧門外。

東布爾大道有一輛坐了自殺炸彈客的油罐車正在等他。他會在那混蛋撞上學校巴士之前阻止他，然後，他會準時回家。

今晚，在結婚了十四年之後，第一次，他會跟他深愛的女人說：「只有妳，一直只有妳。」

我愛妳。

§ 貝神父 §

「……奉聖父、聖子與聖神之名，阿們。」貝神父深呼吸，微吐，低頭冥想片刻，然後張開眼將念珠收進掌心，聖經恭謹地合上，結束他的午後祈禱。

走出祈禱室外，天色已近傍晚。

昔時驍勇善戰的悍將，在這片神的殿堂裡，也只是一名謙卑的僕人。

連他都沒有想過有一天自己會走向神職之路，倘若讓他跟二十年前的傑佛瑞・貝對談，二十多歲的他一定會覺得眼前這老傢伙瘋了。

然而，曾經帶給他成就與驕傲的軍旅生活不再能滿足他。經歷的征戰越多，他心中的疑問越多，終於，到了他無法再忽視的程度。

正義的界限在他心中逐漸模糊，最後，他必須往其他途徑尋求解答。

投入神職讓他找到許久未有的平靜。他知道道格對他的決定不以為然，然而幾十年的兄弟不是當假的，最後道格接受了他選擇的路。

為此他感激上帝，因為他真的不希望失去這位知交好友。

貝神父轉身走向圖書館，他的論文指導教授亦是他的心靈導師約瑟夫神父，和一名他不認識的神父站在走廊上，兩人神色凝重，不知在談些什麼。

約瑟夫看見他，對同伴告了聲退，朝他走過來。

「貝兄弟。」

「神父。」貝點點頭。

「我很遺憾，如果有任何我能幫得上忙的地方，請務必讓我知道。」約瑟夫的眉眼凝著化不開的肅穆。

「神父，你是指哪件事？」貝聽得一頭霧水。

約瑟夫頓了一頓。「你整個下午都在哪裡？」

「我在祈禱室。我立了誓願，每日午後連續誦經至太陽落下，直到夏天結束爲止。發生了什麼事？」

貝遲早會知道的，既然如此，不如由他來說。約瑟夫神父輕嘆一聲。

「貝兄弟，道格．奎恩已經重返天主的懷抱。」

他失笑出聲。「不可能，我中午還跟他一起吃飯呢！才幾個小時前的事，道格好得很，你應該是搞錯了。」

「這是剛剛才發生的事，他在追捕叛軍時殉職了，新聞報導已傳遍全國。」

貝耳中嗡地一陣劇響，接下來什麼都聽不見。

道格？殉職？

不！不可能！

他才剛剛和他作別，道格才剛答應今晚回去要告訴瑟琳娜，他愛她……

不可能！不可能！

貝跌跌撞撞地回到宿舍房間，甚至不曉得自己是如何走回來的。

不可能，他必須問清楚。

滑動電話螢幕的手好幾次按錯號碼，終於電話接通了，昔日同僚肯定了他再也無法閃避的事實。

道格死了。

道格眞的死了。

✷

瑟琳娜・奎恩打開門，面對她丈夫親如兄弟的摯友。

她撲進他懷中放聲痛哭。

記憶中，貝從未見她如此失態過。

身爲奎恩家族的族長之妻，瑟琳娜・奎恩永遠是完美無瑕的，氣質雍華，妝容精緻，金髮如陽光織成的錦鍛，肌膚如月下滑過的水澤。「高貴」與「優雅」兩個字就是以她爲定義。

現在他懷中的女人髮絲凌亂，雙目哭得紅腫，整張臉狼籍不堪，世族教養在這一刻全被喪夫的劇痛擊垮。

「里昂呢？」他擁著她回到客廳，讓她在沙發上坐下。管家明智地退回幕後，給他們一點隱私。

「在房間裡，他說他想自己一個人靜一靜。」瑟琳娜努力呼吸，每一口氣都如此沈重辛苦。

「他才十二歲，不該有人陪伴他嗎？」

「他堅持獨處。」瑟琳娜露出一個比哭還難看的微笑。「他是他父親的兒子，他們父子倆從來不需要我。」

這不是眞的！貝只想大聲叫出來。

瑟琳娜，這不是眞的！道格愛妳，打從靈魂底層深深地愛著妳。這一生，他再不會愛任何女人如同愛妳一般。

「你知道現在我唯一欣慰的是什麼嗎？」瑟琳娜的嗓音飄忽。「道格不愛我。」

他楞住。「瑟琳娜……」

「貝，不必安慰我，這一點我還懂的。」她絕望的藍眸落在他臉上。「起碼道格在人生的最後一段，走得沒有牽掛。或許還是會記掛著里昂吧，不過他知道我會把里昂照顧好，起碼他不必記掛我。」

貝的喉嚨鎖住，完全無法發出聲音。

「眞的，我沒有想過我竟然會爲了他不愛我而感到欣慰，可是現在，我很慶幸他無牽無掛。」她紅腫的眼眶又加深了色澤。「我寧可他不愛我，也不要他走時有任何一絲遺憾。」

「……」貝用力嚥下喉間的硬塊，第一次的開口沒有成功，他再試一次：「妳在道格心中是非常重要的人……」

「我知道。我是他妻子，他兒子的母親。」瑟琳娜突然露出疲倦之色。「貝，我是如此地愛他……但我很高興他不愛我。」

「……妳需要休息，我該走了，如果妳需要我，妳知道哪裡找得到我。」

貝幾乎是用逃的，逃離奎恩宅邸。

✷

最後一次，他換上他昔日的軍服。

貝望著鏡中英武的男人，鏡中的男人回望著他，那形影如此熟悉，又如此陌生。

他穿著這身軍服來到他和道格最常去的酒吧，在這裡，他們有了最後一次對談。只是當時的他們並不知道，那是最後一次。

他一走進酒吧，所有聲音安靜下來。

這間毫不新穎的老酒吧只有熟客會來，所有人眼中都透露他們已看過新聞。

他誰也不看，走到吧檯的老位子坐下。

「嗨，貝。」酒吧老闆拍了拍他的手臂，其他不需多說。

他點了兩杯啤酒，一杯放在自己面前，一杯放在旁邊的空位。

電視新聞突然重播白天的畫面。

「嘿，彼特，關掉電視！」某個老客人惱怒地喊。

「不。」他突然開口。「讓我看看。」

這是他第一次完整看到道格喪生的過程。

前一秒，直升機的鏡頭剛鎖定道格的側顏，下一秒，豔紅火球吞噬了一切。

整間酒吧變得極度安靜。

一個人的存在與不存在，竟然只是一秒鐘的差別。

貝機械性地端起面前的啤酒，和旁邊那杯碰了一下，喝了下去。

不，他不能帶著道格的祕密活下去！

他必須讓瑟琳娜知道！

……他該讓瑟琳娜知道嗎？

他不曉得。

上帝，請指引我，請告訴我該怎麼做。

你的子民已陷入迷惘，請告訴我，我是否該告訴她道格的眞心話？這番話能讓她的心靈得到解脱，或將她引入更失落痛苦的深淵？

他跳下椅子，走向角落的電話，每一雙眼睛都盯在他的背上，他已無暇去理會世間的目光。極之艱難地，他撥通了奎恩宅邸的電話，直到電話接起的那一刻，他的心頭依然沒有答案。

「哈囉？」瑟琳娜的嗓音極度沙啞。

「瑟琳娜，是我。」他的嗓音也如她一般。

「貝？」

「我只是要告訴妳……」他的喉頭呑嚥了幾次。「道格一定是愛妳的，請妳一定要相信。起碼我相信，他是愛妳的，即使他從來沒跟妳說過。」

瑟琳娜在那端沈默半晌。

「謝謝你，貝，你非常仁慈。」然後她掛上電話。

貝不知道自己已淚流滿面。

道格，我答應你，從此之後你的家人就是我的家人。

我答應你，我會永遠在他們身旁。

我答應你，我會確保里昂走在正確的道路上。

我答應你，我會盡一切力量保護他們，

所有我答應過你的事，我一定會做到。

我們天上見，老友。

§小綠§

打開心靈之眼的那一天，全世界對我是新奇刺激的。

我左右看一看，旁邊都是跟我一樣的盆栽小寶寶，我們用植物的第六感互相打招呼，大家對自己的新生命都期待不已。

「……驚爆摩天樓……卡司……」在我面前的人類起勁地聊著天，不過他們說話的內容很多我都聽不懂。我身後年紀更大的前輩說，等我們在人類的世界待久一點，就會漸漸明白了。

然後，一張年輕亮麗的臉蛋突然在我面前冒出來。

「就是它！」那快樂的笑容說。

她小心翼翼地把我裝起來，一路上不停對我嘀咕說話。本來我有點擔心跟到一個不知道如何照顧我的主人，看著她歡悅和暖的笑顏，我心裡的焦慮漸漸平撫了。

最後，她把我帶到一個地方。

好吧！我的焦慮又起來了。

這個地方寬敞又舒適，陽光充足，視野遼闊，我被擺在一個明亮的窗檯上，不過，讓我焦慮的是那個冷冰冰的男人啊！

他是誰？爲什麼我被擺在這裡？爲什麼我不是跟著我的新女主人回家？

「妳確定它眞的不會死？」

看吧！我才剛來，他已經在盤算我什麼時候會死，我能不抖嗎？

悲憤、悲痛、悲哀！

還好，那個冰塊男很有良心，沒把我弄死。

他可能擔心把我弄死，漂亮女主人就不會跟他在一起了。不錯，可見這個世界上還是有識相的人的！

女主人叫甄，每隔幾天會來看我一次，每次來了都會摸摸我，幫我澆澆水，同我說說話，我非常、非常喜歡她。

冰塊男也一樣喜歡她，我感覺得出來。我們植物有一種特殊的第六感，在我們附近的人，我們是感應得到他們的情緒的唷！

✷

日子就在這間寬敞的大廚房過了下去，其實過得也滿美的，旁邊的露台陸續增添了更多的新同伴。

我們經常會用植物的感應聊天，大家都被女主人照顧得很好，都是幸福的植物寶寶。

然而有一天，情況變了。

女主人突然消失，很多天都沒有再出現。

接著，來了一群黑衣人，開始把家裡弄得亂七八糟。我非常非常擔心，冰塊男明明就在客廳裡，為什麼不阻止這些人呢？甄又在哪裡？

所有植物同伴一一被那些黑衣人搬走，植物的感應讓我們知道，這一別，應該就是永遠了。

嗚，小綠，你知道我們要被帶到哪裡嗎？

我好害怕，甄爲什麼不見了？

每一株從我面前被帶走的朋友不斷散發出恐懼的訊息，我悲痛萬分，卻無力可施。這時，天啊！其中一個黑衣人竟然把我也抓起來。

完蛋了，我也要死掉了。

我眞的好想在死掉之前再見甄一面啊！

「你們的命令是撤走不屬於我的東西，這棵仙人掌是我的。」冰塊男及時把我救了下來。

小綠，別擔心，要好好活下去喔！

如果有機會見到甄，記得幫我們跟她說，我們永遠愛她。

我的植物朋友們就這樣被帶走了……

我消沈地閉上眼，不願再想，不想再看。

✷

有一天，情況又變了。

冰塊男突然用一個紙袋子把我裝起來。

他要做什麼呢？他終於要把我拿去丟掉了嗎？

可是，甄不在的這段日子，都是他在照顧我的。他照顧得竟然非常意外地、難以置信地，很用心。他依照甄以前的方式善待著我，所以我心裡開始出現一絲希望，或許甄還在，他依然怕我死掉了甄會不理他，不然他幹嘛那麼用心照顧我，對吧？

可是，我們要去哪裡？

我被裝在紙袋裡，什麼都看不見。

我只聽見外面有很多雜亂的聲音，有一度我被晃動得很厲害，好像他帶著我飛來飛去、甩來甩去的，我都快昏頭了。

其中一次有一道很灼熱的感覺逼得很近，我嚇壞了。這個是不是人家說的「能量波」？這個燒到植物是會害我們死掉的耶！

最後，我突然感覺外面出現「轟、轟、轟」很大的風聲，然後我們就騰空了。

冰塊男終於把我從紙袋裡拿出來，放在一扇巨大的透明玻璃前，我看著眼前的耀眼藍天。

我們在天上！

哇！好美好美，原來天空這麼美。

我們飛了一陣子，又走了好幾天，最後終於來到一個沒有太陽的地方。

期間我又被放回紙袋裡，什麼都看不見。等我的紙袋一被掀開——

「小綠！」

✷

我和甄重逢了！

我眞是太開心太開心了！

我本來以爲她和其他同伴一樣消失了，有一天冰塊男會再找一個女人回來，然後他們會一起虐待我，把我吊起來打，不給我吃飯……好啦！想得有點誇張，但我眞的很擔心啊！

現在我們又在一起，去哪裡都可以。

接下來的日子裡，我們到過一些不同的地方，最後終於在一片叫「德克薩斯」的土地落腳。

坐在廚房採光最好的那片窗檯上，我鼓起植物的感應力往外探索。

嗨。

新來的嗎？

不錯喔，看起來被照顧得很好。

哇，這裡有好多新朋友。可是，德克薩斯不是有毒嗎？起碼我是這樣聽說的。

什麼毒？

沒有啊！誰說的？

我們活得可好了。

我不懂爲什麼植物世界的訊息和人類的不同，不過，我們在這裡定下來了。

然後，小紫菀出現了。

然後，小道格出現了。

他們兩個跟媽咪一樣喜歡我，我也喜歡他們。我努力把自己長得綠油油、漂漂亮亮，讓他們看了開心。

小男生就是皮，有一次道格拔掉我好大一片刺，還不小心傴傷我的皮膚。難得對小孩從不生氣的甄重重說了他幾句，我本來也很生氣，可是看道格可憐兮兮地向我道歉的樣子，我就什麼都原諒他了。

他們是我最重要、最重要的家人，我但願我也跟冰塊男一樣厲害，可以永遠保護他們。

✸

再然後，那一天發生了。

那些壞人來了。

他們好像是冰塊男一直想抓的壞人，現在他們想抓走甄和兩個孩子。

冰塊男不知道在哪裡，甄揪住兩個小孩轉頭就逃。

逃跑之前，道格一掌抓住我，把我緊壓在他小小的胸膛。

我好著急，我感覺到我的刺都戳進他的肉裡。我好心疼啊，努力想讓自己不要那麼刺，可是我就是仙人掌啊！仙人掌就是長刺的。

你不要抱那麼緊，我不會有事的。

我多希望他能聽見我的吶喊。

但道格只是緊緊抱著我，另一手被媽媽抓著，拚命跑拚命跑。

冰塊男？你在哪裡？

你不是一直都很厲害嗎？

你不是一直在保護甄和孩子們嗎？

他們現在有危險了，你在哪裡？快來啊！

突然間，道格不知被誰抓住，甄大驚失色，道格直覺抓起懷中的我，往那個人的臉上扔過去。

ＹＥＳ！

讓我保護你們，你們快走！

我不顧身體裂開的痛楚，盡情伸展身上的每一根刺，狠狠、狠狠戳進那個人的臉上。

那個壞人痛叫一聲，把我從他的臉上拔起來，猛烈地往上一摜。

身體破碎的那一刻，我什麼都感覺不到。

我心裡只剩下唯一的念頭：甄，你們快逃，不用理我。

我終於能保護你們了，這是我唯一的心願。

你們快逃啊！快逃……不用……擔心……我……

我的世界只剩下一片明亮的白光，我想，這就是植物的天堂了吧？

對主人的懸心讓我不願完全走入白光裡，緊緊攀附著白光邊緣的那一丁點現實——

我覺得……

好像……

應該是？

在我終於放手走進白光之時，冰塊男如飛將軍一般躍入眼簾，擋在甄和孩子們的面前。

他趕上了。

我最寶貝的家人安全了。

✷

我不知道在白光裡待了多久。

神識完全停擺。

我本來以為等我醒來，自己會在白光裡，以前被黑衣人帶走的那些同伴們都會在這裡等我。

可是白光裡什麼都沒有，甚至沒有意識，時間成了虛無，我只是飄浮著、飄浮著。

然後，有一天，意識角落裡有個小小的抽動，我一開始不想理；那抽動堅決地持續著，一下一下地勾碰，實在很擾人清夢，終於，我的意識被勾了上來。

我伸個懶腰，身體的痛楚不知何時消失了。

我浮出白光的表層，慢慢睜開眼……

「小綠！」

國家圖書館出版品預行編目資料

烽火再起. 輯三，絕境重生 / 凌淑芬作.
-- 初版. --臺北市：春光，城邦文化出版：家庭傳媒城邦分公司發行, 民109.01
面；　公分. --（奇幻愛情；56）
ISBN 978-957-9439-89-3（平裝）

863.57　　109000009

烽火再起〔輯三〕：絕境重生

作　　者／凌淑芬
企劃選書人／李曉芳
責任編輯／李曉芳

版權行政暨數位業務專員／陳玉鈴
資深版權專員／許儀盈
行銷企劃／陳姿億
行銷業務經理／李振東
副總編輯／王雪莉
發行人／何飛鵬
法律顧問／元禾法律事務所　王子文律師
出　　版／春光出版
台北市104中山區民生東路二段 141 號 8 樓
電話：(02) 2500-7008　傳真：(02) 2502-7676
部落格：http://stareast.pixnet.net/blog E-mail：stareast_service@cite.com.tw
發　　行／英屬蓋曼群島商家庭傳媒股份有限公司城邦分公司
台北市中山區民生東路二段 141 號11 樓
書虫客服服務專線：(02) 2500-7718 / (02) 2500-7719
24小時傳眞服務：(02) 2500-1990 / (02) 2500-1991
服務時間：週一至週五上午9:30～12:00，下午13:30～17:00
郵撥帳號：19863813　戶名：書虫股份有限公司
讀者服務信箱E-mail: service@readingclub.com.tw
歡迎光臨城邦讀書花園　網址：www.cite.com.tw
香港發行所／城邦（香港）出版集團有限公司
香港灣仔駱克道 193 號東超商業中心 1 樓
電話：(852) 2508-6231　　傳眞：(852) 2578-9337
E-mail : hkcite@biznetvigator.com
馬新發行所／城邦（馬新）出版集團　Cite(M)Sdn. Bhd
41, Jalan Radin Anum, Bandar Baru Sri Petaling,
57000 Kuala Lumpur, Malaysia.
Tel: (603) 90578822 Fax:(603) 90576622 E-mail:cite@cite.com.my

封面設計／朱陳毅
內頁排版／極翔企業有限公司
印　　刷／高典印刷有限公司

■ 2020 年（民 109）1 月 30 日初版　　Printed in Taiwan

售價／399元

城邦讀書花園
www.cite.com.tw

ISBN　978-957-9439-89-3

廣告回函
北區郵政管理登記證
台北廣字第000791號
郵資已付，免貼郵票

104台北市民生東路二段141號11樓

英屬蓋曼群島商家庭傳媒股份有限公司

城邦分公司

請沿虛線對折，謝謝！

愛情・生活・心靈

閱讀春光，生命從此神采飛揚

春光出版

書號： OF0056　　**書名**：烽火再起〔輯三〕：絕境重生

請於此處用膠水黏貼

讀者回函卡

謝您購買我們出版的書籍！請費心填寫此回函卡，我們將不定期寄上城邦集最新的出版訊息。

姓名：______________________________

性別：☐男　☐女

生日：西元__________年____________月____________日

地址：____

聯絡電話：__________________　傳真：__________________

E-mail：____

職業：☐ 1. 學生 ☐ 2. 軍公教 ☐ 3. 服務 ☐ 4. 金融 ☐ 5. 製造 ☐ 6. 資訊

☐ 7. 傳播 ☐ 8. 自由業 ☐ 9. 農漁牧 ☐ 10. 家管 ☐ 11. 退休

☐ 12. 其他 ______________________________________

您從何種方式得知本書消息？

☐ 1. 書店 ☐ 2. 網路 ☐ 3. 報紙 ☐ 4. 雜誌 ☐ 5. 廣播 ☐ 6. 電視

☐ 7. 親友推薦 ☐ 8. 其他 ____________________________

您通常以何種方式購書？

☐ 1. 書店 ☐ 2. 網路 ☐ 3. 傳真訂購 ☐ 4. 郵局劃撥 ☐ 5. 其他 _____

您喜歡閱讀哪些類別的書籍？

☐ 1. 財經商業 ☐ 2. 自然科學 ☐ 3. 歷史 ☐ 4. 法律 ☐ 5. 文學

☐ 6. 休閒旅遊 ☐ 7. 小說 ☐ 8. 人物傳記 ☐ 9. 生活、勵志

☐ 10. 其他 ______________________________________

為提供訂購、行銷、客戶管理或其他合於營業登記項目或章程所定業務之目的，英屬蓋曼群島商家庭傳媒（股）公司城邦分公司，於本集團之營運期間及地區內，將以電郵、傳真、電話、簡訊、郵寄或其他公告方式利用您提供之資料（資料類別：C001、C002、C003、C011等）。利用對象除本集團外，亦可能包括相關服務的協力機構。如您有依個資法第三條或其他需服務之處，得致電本公司客服中心電話 (02)25007718請求協助。相關資料如為非必要項目，不提供亦不影響您的權益。

1. C001辨識個人者：如消費者之姓名、地址、電話、電子郵件等資訊。
2. C002辨識財務者：如信用卡或轉帳帳戶資訊。
3. C003政府資料中之辨識者：如身分證字號或護照號碼（外國人）。
4. C011個人描述：如性別、國籍、出生年月日。

請於此處用膠水黏貼